"在新疆"丛书
· 第一辑 ·
—小说七星—
刘亮程　主编

绿洲辞

南子　著

新疆人民出版社
（新疆少数民族出版基地）
新疆人民卫生出版社

图书在版编目（CIP）数据

绿洲辞 / 南子著. -- 乌鲁木齐：新疆人民出版
社（新疆少数民族出版基地）：新疆人民卫生出版
社,2024.12. --（"在新疆"丛书 / 刘亮程主编）.
ISBN 978-7-228-21412-9

Ⅰ. I247.5

中国国家版本馆CIP数据核字第2024XJ0767号

绿洲辞
LÜZHOU CI

出 版 人	李翠玲	**策　划**	李翠玲	可　木
出版统筹	陶小红	**责任编辑**	俞　康	张雪艳
装帧设计	王　洋	**责任技术编辑**	马凌珊	
责任校对	朱梦瑶	**封面绘画**	孙黎明	

出版发行　新疆人民出版社（新疆少数民族出版基地）
　　　　　　新疆人民卫生出版社

地　　址　乌鲁木齐市解放南路348号

邮　　编　830001

电　　话　0991-2825887（总编室）　　0991-2837939（营销发行部）

制　　作　天畅图文设计工作室

印　　刷　北京富诚彩色印刷有限公司

开　　本	880mm×1230mm　1/32
印　　张	13.375
字　　数	280千字
版　　次	2024年12月第1版
印　　次	2025年1月第1次印刷
定　　价	80.00元

序

　　新疆是我们博大的故乡。它的博大不仅体现在山川、河流、沙漠、戈壁、绿洲，还体现在生活在这里的五十六个民族以及多元一体的文化形态。

　　新疆，是多民族共居的美好家园。生活在这里的各族儿女密切交往、相互依存、休戚与共。在中华文明怀抱中孕育的新疆各民族文化包容互鉴，共同成为多元一体中华文化的一部分。

　　在新疆，普普通通的一场雪，会落在不同的语言里。每个阳光明媚的早晨，"太阳"这个词会在这些语言里发光。人们用许多种语言在述说我们共同生活的地方。这正是新疆的丰富与博大。

　　每个人都有自己的家乡。家乡可以是一个很大的地方，也可以是我们心里默念的一个小小的地名。有时候家乡可能就是我们小时候生活的一个地方，当我们越来越远地离开家乡的时候，这个地方就变成了一个地名。但是，往往是那些细小的家乡之物，承载了我们对家乡所有的思念，比如家乡的一种非常简易的餐食。我每次到外地超过三天就会怀念拌面。

当人们热爱自己家乡的时候，想念自己家乡的时候，文学是我们表达以及读懂家乡的途径。我认为文学是不分民族的，作家面对的是在这块土地上共同生活的不同民族，当我们用文学来呈现这块土地上各民族人民共同的生活的时候，我们面对的是人的心灵。

那些远处的生活是看不见的，只有文学能呈现这块大地深处的脉搏，只有文学在叙述这块土地上人们共有的情感。每个人生活中的悲欢离合、快乐忧伤，一起汇聚出这块土地上人们共同的命运和共同的情感。

各民族共同生活，大家的情感交融在一起，这可能就是新疆文学最大的魅力。新疆文学给我们提供了一个多民族和睦生活的样板。用不同的语言表述一件事，用同一种语言描述不同的生活，这就是新疆文学作品的精华所在。

新疆的自然风光、传说故事、地域风情等先天具有文学气质的素材，容易孕育出各民族的众多写作者，也引起了无数读者的阅读关注，使当代新疆文学成为具有独特地域内涵和文化内涵的审美对象。

各族作家们用全部身心去发现和感受新疆日常生活的温度与深度，坚守家园热爱和文学梦想，以其独具特色的文化风貌与美学意蕴，记录和呈现各族人民的生活、梦想与奋斗。

此次推出"在新疆"丛书，是铸牢中华民族共同体意识的一次文学出版实践，通过各民族作家的文字，把新疆这块土地上各族人民共同的生活呈现给新疆的读者，呈现给全国的读者，用文学观照人心，用文学观照生活。希望读者多看新疆作家的书，因为从他们的文学作品中，可以读到熟悉的土地，熟悉的山川、河流，读到发生在身边的故事，或者发生在不远处的历史中的故事。除此之外，借此机会，我们还向读者推介已经在新疆文学界乃至全国文学界成绩斐然、广有影响的各族中青年作家，他们如天上点点繁星，照亮文学的星空。

我们想把新疆最好的文学献给读者，把优秀的作家介绍给读者，希望读者喜欢。

2024 年 11 月

只怕一切来不及（自序）

《绿洲辞》是我写得最有耐心的一部长篇小说，断断续续，时间竟长达七年之久。

这部作品的起点"奎兰镇"的原型，是位于塔克拉玛干沙漠边缘的南疆小镇奎依巴格。它与叶城及莎车县毗邻，尽管偏居一隅，但二十世纪六七十年代以来，这座南疆小镇并不是封闭的，而是一直敞开在时代的晴雨表中。

我人生的重要时光，是在这里度过的。它虽偏僻、炎热、荒凉、闭塞，但这里的气候，树木的色彩及气味，当地人的生活习惯和言语方式，通通一点儿不少长在了我的身体里，成为我成长的根基、缺陷，同时也是肉身中的血液和营养。

在当下，"70后"作家持续不断地关注"城镇中国"已成为诸多文学评论家的共识。而我，既是在南疆边镇生活过多年的亲历者，也是"过去的城镇"变为"今天的城镇"最直接的见证者。在我离开南疆多年之后，这座西部边镇的面貌反而变得清晰，让我觉得自己从未远离。以至于后来，南疆边镇在我的笔下成为一块心理区域，同时也是最有持久力的文学根据地。"南疆边镇生活"来到我的文学空间，是自然而然的结果。

自二〇一五年起，我开始打捞它的记忆之核，并以自己的成长记忆、地域经验，书写父辈那一代人隐秘而深重的精神波澜，试图重建写作者与时代、与社会现实之间的关系，找寻自我和时代的联结通道。

在我看来，时代作为光影的意义，是它并不偏袒某一个人，而是均匀地将这光影洒在每个人身上，互为映照。面对浪奔浪流的时代，没有人会不生一丝改变。

生活是时代中人，提笔却是时代的看客。身处其中的我，就像一个观众，带着自觉的代际意识，小心翼翼地站在它的边缘观看，也自惊心动魄。

每个家庭都是一组丰盈的生命情态。

在这部作品中，我对一个家庭的"光影四十年"进行了凝视和还原，并摘取西部绿洲边镇曾有的一个个细部——广场、大礼堂、文工团、沙尘暴、炙日、盐碱地，以及绿洲之地特有的气味、声响、色彩等，将它们编织到绿洲边镇不同人的命运中，以文学的方式记录下来，让它成为凿破我心中冰封海洋的一把斧子——

我写这座南疆绿洲边镇的蓊蓊郁郁、角角落落，那些枝叶相连的树各有名字，绵延的草叶及沙砾各有味道和形状，通过时代的各种缝隙，传递进来一些躁动不安的大事。它们在日常事物中发酵、变形、转化，最后落地生根，长成了这座南疆边镇独特的样子。

相对于时代的波澜壮阔，我更迷恋日常生活里那些"小事"。因了这些充盈的细节，那些可触摸、可直观的鲜活时间之流，敞开在绵延的人世烟火中，让读者看到，一个个普通、渺小的个体，是如何度过自己的一生——狼狈不堪也好，雄姿英发也罢，《绿洲辞》写下的，是活生生的人在生活风浪中真实的样子。

克罗齐说过，"一切历史都是当代史"。

我希望自己的笔触，能够真切地注视那个已逝的时代，去拓宽题材和形式的局限，写出"历史的声音肖像"。我不一定能写出对那个时代的深度反思和灵魂叩问；我的笔力，不一定趋于厚重，敢于对复杂、开放、宏大的题材做出立体式的概括。但我关注的是历史照进现实后的情形，是活在现实中的历史。这种历史不是博物馆中的历史，而是生长进我们生命、怎么也摆脱不了的历史。是小历史，是个人史，是我父母那一代人的历史，更是那个年代"所有人的历史"。

这种历史，关乎他人，更关乎我们自己。它被铭记，什么也不忘却。

二〇二四年五月

那天中午，母亲与一个男人在家门口对话。伴随房门开关的声音，传来一阵忙乱的脚步声——

我的父亲回家了。

我从卧室探出头看他。他叫了一声我的名字，然后笑了笑——一种羞愧的笑，一种侥幸的笑，从他微妙的表情中显露出来。他对自己沦落到这种地步，成为这样一个残破的躯体感到抱歉。这个微笑使我越发认不出他。

母亲边扶着他在几间房里四处查看，边念叨："这是厨房，过年前请木匠打了一个新柜子，价格老贵了。这是四年前买的沙发，看，木腿的漆都掉光了。这窗帘，有小半年没洗了吧……"

我跟在他俩身后，发现父亲走路的时候，两腿一高一低——右腿是瘸的。他的整个身体微微弯着，似乎打着褶皱。回过头，我看到他在笑，可飘忽的眼神在回避每个人的目光。

这时候，父亲的肚子咕咕咕地响了，声音之大令我吃惊。母亲把他扶到卫生间的马桶上，瞬间，暗绿色的如泥水般的排泄物倾泻了出来。从门缝渗出来一股陌生的味道——不仅仅有腐败食物的味道，还有腐殖土的味道，枯枝败叶的味道，沙尘暴的味道，无数个黑夜的味道，戈壁沙漠中砾石的味道，以及死去动物和昆虫尸体的味道。这样一种阴暗而混浊的气味，似乎源于他多年来所经历的，而我们却无从知晓的生活。

——在皮源县皮林农场的十年里，他曾在戈壁沙漠中走了三天三夜没喝过一口水。为了活命，他喝过自己的尿液，吃过不同季节的草、灌木上的浆果，跟恶狗、老鼠争抢过吃的，有一次还尝试喝拖拉机机箱里的机油。还有吗？他腹中我们不曾知晓的东西？

母亲站在卫生间门口，脸色一直苍白着。父亲从卫生间出来，她把他扶到沙发上坐下，看着这个眼睛似睁非睁、身体一直没有停止打哆嗦的男人，明白了这个躯体还没有死去，正在生与死之间飘浮。

我清楚地记得，那一天是一九八二年四月七日，是我父亲从皮林农场回来的日子。

一

小时候，我多次端详我的父亲，觉得他的长相非常可观，拥有一个朗诵者、施舍者、领导者的面容，但却无相关作为。少见的高个儿，平而宽的肩，那带着夏季凉风味道的男性躯体，四肢骨骼的比例完美极了。据他后来说，他个儿大是小时候吃农村的百家饭催的。还有，他的两腿都曾被狗咬伤，留下浮雕般的疤痕。

他那时的样子就是放在这个年代也算是好看的。我自小就爱看他，并得到灌输——好看，男人的帅气，就是他那个样子。那身高、肤色、气质，简直美貌得过了头，不知有多少女人像我一样地偷看他。据传，他在街上走，一辆运砖的拖拉机迎面而过，满车的妇女转着脖颈一直看他。拖拉机走远了，他身后留下长长的一串面影——

是真的，别小看这个男人，如果早生三四十年，有谁敢保证自己不会爱上这个男人。

二十世纪七十年代初，荒僻、闭塞的奎兰镇少有汽车，只有一条马路。镇子太小，鲜有外来的打工者，来此地的陌生人大多是当地居民的亲戚，以及亲戚的亲戚。在人们的各种闲聊中，有关我父亲是美男子的话题时隐时现。他老是冷着脸，这使他的美男子气概又增加了一些凉飕飕的感觉，让女人们又爱又怯。

与那些样貌朴实的男青年相比，她们更喜爱他这种冷淡而傲慢的美。

那时的我年幼，有了虚荣心，觉得他是我家的私藏，不许别人染指。我真的私藏过他的照片。照片是黑白的。我用手抚摸他的眉毛、眼睛、嘴唇，还有下巴。我喜爱他硬朗的气质，蓬勃且旺盛的生命力，如同火焰。

那时候，他是年轻的，骄傲的。谁会想到日后竟是这般衰老的，潦倒的，沮丧的。他的过去和现在，难以似曾相识，有迹可寻。

我的长相更倾向于母亲，似是而非，没有多少精华，只剩下一些败笔，比两个姐姐难看许多。我似乎从小就很纠结这一点，私下认为，凭着父亲的模样，他完全可以不娶母亲的。他随便从大街上娶一个女人，我都将有着比现在更为骄纵的容貌，而不是组合出此时此刻的我。

待我两岁多吧，我的亲人开始嫌弃我，觉得我沿袭了婴儿时期的丑陋，皱巴巴、毛茸茸的，怕人，还怕光。特别是我的母亲和姐姐们，上街不愿意带上我，就是偶尔被她们带出门了，也要被细心地包个严实，不让露出脸来，生怕被熟人看见，指指点点，令她们颜面尽失。以致我稍懂事后自卑过了头，走在路上看见一分钱硬币和塑料纽扣都不敢去捡，好像不相信自己会有这样的好运气。

我总是在不合时宜的时候雀跃无比，完全没有自知之明。

那个年龄的我，似乎只有父亲喜欢，觉得我长得稀奇，整天爱不释手，还时常把我顶在肩上，举得高高的，说是要托着我去乌鲁木齐的动物园看猴子、看大象，还有老虎。

乌鲁木齐对奎兰镇人来说，是一个闪闪发光的地名。这里的好多老人，一辈子都没走出过这个小镇。

而父亲见过一点儿世面。他是一位地质工程师，在西安上过学，算是我们这里少有的知识分子。

显然，这是一个在命运开端受到厚爱的个体。父亲经历了最不堪的十年后，他的大半生命运飞速退化、败落，接近自戕。作为儿女的我们身处他命运的下游，只能默默看着、忍受着，最多怒其不争，而无法逆流申讨。其实，很多人都是这样，总觉得他们来到这个世界上会大展拳脚，结果一辈子到头，也只是脚步跟跄，草草收场。

是的，我总是要情不自禁地讲到我的父亲，因为，他是我内心所有的敏感、激情和危险。我曾以为自己逃脱了他基因的摆布，但是没有，只要我一想起他，要为他写点儿什么，就像是被人生巨大的悲怆袭击，深感困惑和沮丧，就动了自行告退、不了了之的心思。

我父亲不是新疆人，那他是怎么到新疆南麓这样一个偏僻之地的呢？

他的家族世代在陕西渭河流经的一片地带种高粱。他从小父母双亡，是孤儿，被村里人用百家饭养大，还念了私塾，后来上了西安一所地质学校。

二十世纪五十年代中期，那些来自甘肃、陕西、山东或河南的人，被"到新疆去，那里吃饭不要钱，那里有地种，去了就是公家人"的传言诱惑，招呼着亲戚朋友，坐着驴车、拖拉机、大卡车一路往西走。当然，也有很多不肯走的人，他们在家乡踞守故土、家族、财产等。

父亲就读的地质学校大门前也张贴了这样的告示，说是到新疆去，吃馍不要钱，去了就可以成为公家人，可以拿工资吃公粮。

父亲没有亲人，没有任何经济来源，在当年物质贫乏的年月，他的人生有如整个空白着的严冬。世界之大，但之于他，就只剩下了"吃"这个字，每天如何用最少的钱吃饱肚子，是他人生中一件了不得的大事情。"吃"是一个巨大的胃口，填什么进去都无法缩小它的空间，都填不满那大漠般的饥饿感。

刚毕业的父亲为了一口能吃饱的馍，没多想，就跟着黑压压的人群上了去新疆的卡车。

在那个年代，前往新疆的旅程永远是这样的：在玉门，他们看见了金刚砂矿石在阳光下闪闪发亮；在以后漫长的、夜以继日的跋涉中，他们看到了更多奇异的景象——看见了燃烧着红色火焰的群山，看见了上千亩的千姿百态的胡杨，看见了晚上撒在头顶上空似乎手一摸就能抓到的玻璃似的星辰，看见了像汹涌的朝霞一样在落日下的戈壁滩上奔跑的野黄羊。

旅途的时间当然与空间距离一样长，乘坐长途汽车更是一次历险，使旅人变得迟钝。不过，人们对于这样的缓慢速度似乎习以为常。对于等候天气变晴，烈日、暴雨、大风或者死亡，也已经习以为常。

大卡车行走在戈壁沙漠上，可能一两天过去，景色仍无一丝变化。有变化的只有天空，朝霞变成晚霞，风变成雨，落日变成月牙……

一路上，他们靠在卡车闷热的车厢壁上，闭着眼睛，睡睡，醒醒，醒醒，睡睡，一天天消耗着体力。有体弱的人病死在途中，给车厢里的其他人腾出了空间，然后被就地埋在沙漠，同伴把报丧的信寄回家乡；有人偷走了别人小心别在裤带里的全部积蓄；有人打架斗殴，被赶下了车；有人在漫长旅途中有了私情，约好卡车一到站就一起逃走。

当他们终于到达新疆南部一个叫依奇克里克的矿区，没有谁留在车上。他们跪在异乡陌生的土地上，抓起一把发硬的、白花花的盐碱土，仔细端详。

"依奇克里克"，维吾尔语，意为"野山羊出没的地方"，地处南疆轮台和库车两地之间，紧邻天山褶皱带——红色群山之间一条狭长的河谷带，是岑参诗中"轮台九月风夜吼，一川碎石大如斗，随风满地石乱走"的地方。

这个地方之所以闻名，不是因为野山羊众多，而是因为被称为宝贝的"黑金"——石油。

多年前，这乱石嶙峋几乎寸草不生的红色群山，有如在孤寂中闪耀的荒凉岩石，比人们所知的更荒僻寂静——

看吧，蓝天在上，鹰在上，大风有力地吹。

牧羊人赶着为数不多的羊只，在红色河滩行走，一路东张西望。阳光在灌木间跳跃，他不知道自己的脚下，亿万年前曾经是大海，而此时正暗自涌动稠黑的"黑金"。

深藏地下的石油在被人发现之前，是多么庞大而饥渴的火种呀！它不燃烧时，充满希望地沉默着。

某个深秋的一天，牧羊人为烤火点燃了河滩一处灌木丛。没想到，灌木丛燃尽，火势却越燎越高，热意越来越浓，把他的额头烤得滚烫。

他用细木棒轻轻扒开沙地的覆盖物，惊奇地发现从里面汩汩渗出一摊黑色液体。

"是'洋油'！"

这个秘密，像火一样热烈。当地人用流淌成川的"洋油"点灯的消息不知怎么传了出去，越传越远，直到传到了山外边。

要知道，千百年来，人们从没有停止寻找"黑金"的脚步。它与时间达成和解，已转化为人们内心的精神线索。

一九五二年夏天，塔里木盆地北部、天山南麓绵延百余公里的群峰之上，不断有飞机穿行盘旋——这是中苏石油股份公司在进行航空大地测量。

当地人第一次见到飞机，惊奇地对着天空比画，祈祷这些吉祥的"铁鸟"真的能在这座人迹罕至的大山找到更多金贵的"洋油"。

一九五八年九月二十三日，依奇克里克1号井开钻，十月九日凌晨四时喷出工业性油流。初期日喷原油一百四十立方米左右。至此，依奇克里克油矿被发现——巨大的盆地，像铁锅的底部，居然贮藏着石油。

当天，红日西沉，人们聚集在一处空旷河滩，将干燥的引火棍插进木堆，围着篝火纵情豪饮，载歌载舞。

几乎每个人都被触动了，脸和手被火烤得很烫。

随后，大批外地人拖家带口地来了。他们在地上架起了钻井架。

井架顶红旗猎猎，沉重的钻机声震荡山谷。

依奇克里克原先只有地窝子。后来，因了我父亲母亲这些建设者，才有了干打垒。至于土坯房、学校和诊所，那是矿镇建设最后阶段的事情了。

站在粗糙坚硬的河滩上，人们都以为自己会永远在这座红色的大山里生活下去。

为什么不呢？

依奇克里克矿镇规模真不小，学校、医院、成排的土坯房、宽的街巷、窄的街巷——不难看出这是一个完整的社区形态。

一开始，人们都是在食堂吃饭，后来随矿家属多了，这里就搞了一个小卖部，盐、醋、酱油和蔬菜都是从百十公里外的 K 县用汽车拉来。蔬菜就是白菜、萝卜、土豆，购买方式很独特——一人一铁锹。即使这样，也不能保证排队的人都买到菜。

从依奇克里克坐货车到最近的县城购买生活用品或办事，要颠簸五个多小时。被大山包围的依奇克里克，冬天，天寒难耐，积雪能没过人的小腿；夏天，硕大的蚊子能钻透衣服咬人。人们一年四季都脱不下棉袄。汽车半个月来一趟，运来物资，再拉走一车车石油。

那些新来的钻工很年轻，很多人还没长胡子，脸颊红扑扑的。他们刚到这里时，脸上闪烁着热切的光芒。他们想念着家乡。特别是节假日来临，有的人更加想家。

他们当然知道是什么让自己对家乡如此念念不忘：不仅仅是情绪和这里闭塞枯燥的生活，更多的是远方爱人的脸庞。

那时候，一封信要走几个月，新婚的人，两年才允许探一次家。

他们刚成年，却被要求在短时间内去做让最著名的哲学家也会困扰一生的事情——酝酿对生命的激情并寻找意义，把自己的青春和热血奉献给这片矿区。刚开始，他们不知如何才能做到这一点。但几年过后，他们不再是害羞的男孩。他们变得更加粗野，也更加顽强。

山里多雨。雨水顺着他们的头发、鼻子流下，顺着工作服灌到了靴子里，得用手在嘴边拢成杯子状，才能让工友听清自己所说的话。

冬天，大山零下十几摄氏度的寒天。午夜的寒冻让地面更透亮，让星星更冷硬。钻工们离开温暖的屋子，在钻台不停地走动，厚底黑胶鞋将坚硬的工作台踏得梆梆响，还用衣服把鼻子和嘴巴捂得严严的，只留一双眼睛从衣服缝隙向外看。周围到处是覆盖了一层白霜的身体，呼出的热气升起，在头顶形成了一小片云。

激情可以越过激情的藩篱吗？就像心里充满了无尽渴望，几乎能让山中古老的红石头发出狂热的呼喊，然后，把激情转化为神圣的东西。

我的父亲也是他们中的一员，在依奇克里克矿镇工作了数年后，与我的母亲结了婚。

他们的相识源自矿镇附近某个乡的一次义务劳动——拾麦穗。

父亲是经人介绍与我那当时在矿镇小学当老师的母亲张敏认识的——那个年代的婚姻似乎都要经过这样的环节。父亲模样再好，在那个年代的情境下，也不可能有更为丰富而多彩的情感体验。这是真的，那个年代的人结婚大多不是因为爱情。爱情对于他们来说是奢侈品。

这个乡距离依奇克里克矿镇不是很远，坐拖拉机到那里也就小半天而已。从依奇克里克矿镇到这个乡，途中需要经过一条长长的乡村公路。拖拉机驶过碎石路面，尘土飞扬。这个乡的农民普遍种小麦、棉花、玉米和向日葵。到了采棉花时节，当地妇女在腹部挂一个布袋，把摘下的棉桃塞进去。这样，她们就变成了一只只大肚子的"袋鼠"。

七月盛夏的正午，天气实在是闷热不堪，炙热的阳光无边无际地铺开去，仿佛欲望泛滥成灾以后的场景。田地里的人们停止了劳作，衣衫不整地在树下休息，或立或卧，脸上普遍有一种委顿而烦躁的神色，身体比这个盛夏更加热气腾腾。整个田地除了一片蝉鸣声，似乎再也没有别的声响。

父亲在介绍人热心的指点下，看到了此刻在田间劳作着的唯一身影——那个在今后有可能成为他妻子的女人。只见她的双脚正钉在刚刚夏收过的麦田里，一条粗壮的黑辫子在背后闪着油亮的光——这正是关于丰收和农妇的画面。她捡拾麦穗的动作敏捷、优美，瘦削的身体在田地间一起一伏，凭借她的长胳膊长腿，很快便把周围的麦穗捡拾得干干净净。

此时此刻，我的母亲还不知道，一道男性的目光正火一样投射在她的身上。经历了多年情感饥渴的他，看到正午田野中唯一一位劳作的女人时，眼睛闪闪发亮。

我父母婚后的日子过得波澜不起，就像婚前那样。他们结婚前只有不到两个月的短暂相处期。父亲品行端正，没有大胆而不轨的企图，甚至两人单独相处时，也少有恋爱的男人们通常会有的动手动脚的冲动。他俩在一起，从未论及爱情，直到在单位小食堂举行简单而潦草的婚礼时，他们也只是比陌生人稍稍熟悉那么一点点。

没有什么不对，在那个年代，很多的家庭组合都是如此。

母亲是一名小学教师。作为女人，她的样子不算好看，单眼皮，黑而粗糙的皮肤，薄唇，塌肩膀。凭着父亲当年的样貌，完全可以不娶母亲的。母亲的性格在父亲那里得到了各种不同的解析：内向，隐忍，缺少丰富的感情，精神生活贫乏，就像戈壁滩干燥无风的天气。但她也有她的好，就是有着小户人家的那种勤劳，对家人细碎周全的照料，还有自卑的微笑。

我曾经看过她压在办公桌玻璃板下的一张照片。当然是黑白色的。十七岁的她站在校园里一棵新疆杨下，扎着两把刷子，脸上有种单纯的热情——不，是昂扬，还有意气风发。那种感觉在今天的少男少女的脸上是很难找到的。

我注意到照片里她身后孤零零的土坯房上，有着低垂的阴云所映照出的黄昏暗影。

婚后，在依奇克里克矿镇漫长而无聊的夜晚，我的父母在盲目的、出于责任的身体偶然的交缠触摸中，有了三个孩子：大姐红掌，二姐小凤，我——小崽。

母亲生我那天，足足分娩了六个小时。她的两条腿在空中分开，仿佛在时间中滑雪。

然后，我出生了。那天是冬至。

我睁开眼睛第一眼看到的不是母亲，而是窗外一道道暗红山脊的红光。它紧贴卫生所的墙，好像人一抬头就能碰到鼻子尖。群峰如吼，组成了一片山的惊涛骇浪，像红色的火泅到了山体，有如一堆火焰，看一眼，便两眼灼痛。

那颜色注定要穿透我的一生，在生命的另一端慨然显现。

依奇克里克矿镇除了地下的石油，除了山洪来临时会吃人的河流，还有连绵的红色群山。

在这里，天空湛蓝明亮，像凝固的水晶。

那时我还小，不完全知晓人们被困在大山深处，生活闭塞而艰难。那些听说过的地名，都在大山那边，离自己那么远。一些没有说出的话，还有愿望，一句句藏在心里。

我喜欢长时间地站在山顶上，仰望澄澈的钢蓝色天空翻卷白云，等待第一颗星星出现。我的眼里和心里看不到一点儿黑暗。

我在这永远沉默、无法深究的群山间寻到了一种和谐，并相信，这个世界尽头的地方就在这里。

它完整无缺，永不改变。

可是，改变还是猝不及防地来了。

那段日子，一个有关依奇克里克矿镇部分人员要搬迁到奎兰镇的消息，先于后来的一场暴雨传开。

消息成真。

很快，矿镇动员搬迁的通知发到了搬迁人员手中。

没多久，人们陆续举家搬迁。

这一年春，我家从依奇克里克矿镇搬到了奎兰镇。

说是镇子，其实空无一物。

大包小包的行李扔下敞篷车，人们蒙了——视野里空空荡荡。这里是新家吗？这分明是戈壁滩啊！没有盖好的房子，没有街道，没有广场，没有树，没有草，盐碱地白花花的一大片，日光暴烈得噼啪响，热得要人命。

更要命的是，听说这里风沙大，动不动刮起沙尘暴——中午像黄昏，黄昏像夜晚。而早晨也有点儿不像早晨了，土黄色的沙尘轰轰烈烈地在大地浮游，看不见太阳。

有位老人颤巍巍地俯下身子，抓起脚下一把盐碱土，伸出舌头舔了舔，眼泪落了下来："这土是咸的，涩的。房子呢？它在哪儿?"

他似乎不相信，自己的余生就要在这儿将就度过。

没有人回答他的话。

下车后，每家每户领到一顶绿色帆布帐篷，由一个长着络腮胡子的男人指挥，在一大片盐碱地上打桩子，扎好一顶顶帐篷。

扎好的绿帐篷整齐划一，一家挨着一家，占据着北部戈壁，使每个清晨看起来有一种肃穆的气氛。

刚搬进去的时候，帐篷里什么也没有。我的父母不断添加进去一些东西：先是木头床，然后是高低不一的木柜，再然后是生铁炉子、锅碗瓢盆。

住下来的当晚，刮起了沙尘暴。似乎有一万吨来自沙漠的沙粒悬浮空中，带着呛人的土腥味，一点点地落下，渗进帐篷的各个角落，沙沙的声音落在篷布上，喘息似的微微抖动。

是不是它觉得我们是无名的，人生太轻，要给予万吨重量?

刚开始的时候，帐篷区没有接上电，晚上全靠月亮照明。一旦月亮被云层遮住，就没有任何光线了，任凭帐篷外野猫的嘶叫像剪刀划破夜空。

奇怪的是，没有电这件事对于我们的日常生活似乎没什么影响。

只是与往日不同的是，黑夜变得格外安静和漫长，听觉也似乎变得格外灵敏。当天彻底黑透的时候，那种黑，简直渗透了我的胸腔和外套之间的缝隙。

没多久，一号病来了。

说是奎兰镇周边某一村庄有人误食了沙漠里带病菌的旱獭，腹泻后浑身高热死去。人们对"瘟疫"这个词是忌讳的，含糊其词地给它起了个名字——一号病。

为阻止这场瘟疫向四处蔓延，当地在通往外地的唯一一条路的路口搭了个临时帐篷，里面吊了一盏昏黄的灯。几个男人住在一起，登记往来的车和人，还拿着装满药水的喷壶往人们身上滋。不停地滋。

帐篷里的收音机播放着新闻联播，偶尔换成秦腔，高亢的声音融入漠风，时断时续。

那些日子天似乎也有异象。每天傍晚，夕阳烧得汹涌，太过恢宏。

一天黄昏，帐篷区尖翘的帐顶犹如一簇簇火苗蹿起，瞬间在这片戈壁的中心燃烧起来，整个小镇变成漫延的红色的海，远处昆仑山峻峭的冰峰，像熔红的剑刺向天际。

我倚在自家帐篷门一角，凝神看燃烧的红霞，五脏六腑也像在灼灼燃烧——每个人的前胸都镀上了一层金红色的霞焰。

一个约莫两三岁的小男孩举着一个酸角包从我面前走过。他仰头看着烧红的天，突然，一群鸽子像碎纸片一样飞，翅膀被染红了。

他慢慢张开嘴，慢慢地伸出染着红醉霞焰的胳膊，咿咿呀呀地叫。

啊，这是真实的人间吗？那为何，我的心里会感到难过呢？这难过，是因为觉得它很快要消失了吧。

我的眼睛发痴地盯着在晚霞中飞舞的鸽子，羡慕它们的自由，羡慕它们和伸向远方又延伸到远方的天空和田野。

这样胡思乱想着，直到天空燃褪的红霞被我久久拖着的目光送走。

那些日子，人们很少出门，躲在帐篷里像老鼠一样地吃、睡，与家人窃窃私语——地震、旱獭、一号病、沙丘、血红天空、腹泻、呕吐、死亡这些话题，在茶余饭后，不分昼夜，而又浑然不觉。

这些事情过去后，被人们议论最多的，可能就是一对夫妇了。

说是有一对老夫妇突然离开奎兰镇，雇车回到了依奇克里克矿镇。

有人在那天清晨，亲眼看见这对老夫妇背着行李从帐篷区离开。

有人问他俩去哪儿。

老妇人说："我们回山里啊！我女儿一个人在那里很寂寞。"

这里的人们都知道，老夫妇的女儿是一位年轻的地质勘探员，与同事在一次勘查中突遇暴雨山洪，溺死在山下红河的激流中。

那一年，她才二十四岁。

听说了这件事情的人，聚在一起议论了好久，也叹息了好久。

转眼冬天来临。

天气严寒彻骨，无风，冰冷的空气像要冻结人的肺。但坏天气没有动摇人们的心。人们每天从各自的帐篷出来去工地干活，一路打着招呼，每个人的眼睛都闪着新鲜喜悦的光——在那个激情燃烧的年代，一切都似乎蕴藏着无限可能。

人们对这片戈壁荒滩进行规划，挖了水渠后，将沙枣树苗、榆树苗、新疆杨树苗一棵棵整齐地栽种在水渠及道路两边。他们忍受着沙尘暴的侵袭，忍受着每天长时间的劳作，忍受着寒冷和各种指令，夜以继日地打土坯，脚踏在硬实的盐碱地上梆梆响，好像从没有停止的时候。土坯晾好后盖起了土坯房子，架木檩，搭木椽，在屋顶铺上干草和厚厚的房泥。阳光、沙尘和风雪融入他们的血液。

到了来年夏天，男人们为节省衣服，都赤裸上身劳动。成百上千男人挖水渠的赤裸身体，远远看上去，像一道浊黄色的洪流。

人们做了这么多努力亲手打造新的家园，一定想到要在这儿长久地住下去，想到了子子孙孙。

似乎没几年，这个戈壁滩奇迹般地构建出之前所描画和许诺的奎兰镇：公路两旁有一排排挡风沙的新疆杨，耐旱的沙枣树、榆树；土坯房是十联排的，一家一户一院子。他们建起了横平竖直的马路，还有职工俱乐部、商店、巴扎（集市）、学校、医院和灯光球场。

在父亲的描述中，这是小镇最初的雏形。它是一个真实的世界，正从白花花的盐碱滩升起，在天空下微微颤抖。

那时候，奎兰镇居民的住房都是由房管所统一指派分配。一般家庭的住房面积都很小，四口之家大多不会超过四十平方米，只有一间正房。每家正房的布局几乎相同，就是在房屋中间靠墙处放一张床或一个大立柜，有的人家拉上帘子，把屋子隔成两间，前面是客厅兼饭厅，有床或大立柜的后面就是卧室与储藏室。孩子多的家庭，床还得设计成上下铺，小孩子玩的时候只能以床为座，条件好些的能备上一两只小马扎或小木凳。

一户跟另一户，只隔一层薄薄的土坯墙，每户人家的生活习惯、饮食起居相互影响渗透，渐渐趋于一体化。一天三顿饭，无非是：早上玉米面窝窝头或烤馒头片，玉米稀饭，小菜是红豆腐或萝卜干；中午白菜炖萝卜，有条件的人家放点儿豆腐，主食是用玉米面压制的"钢丝面"或者挂面；晚饭和午饭差不多，顶多再煮一锅红薯玉米粥，蒸一些土豆、红薯。也有人家吃馕喝奶茶。肉食很少见，镇供销社一个月只供应那么一两次，有肉票也不一定能抢上。

煮红薯甜糯的味道特别好闻。尤其是冬日懒起的早晨，阳光照亮了屋檐耀眼的冰凌、冰柱，闻着煮红薯的味道，感觉窗外冰天雪地的寒冽之气，似乎也像一阵风似的吹走了。

南疆边镇的小孩子对现有的生活很容易满足，在那个年代，充其量也就有一颗熟透了的红薯的心吧！

奎兰镇建好后没几年，我们就已淡忘了依奇克里克矿镇。

它的故事到此结束了吗？它好像被抛弃了，唯独古老的激情和车辙遗留在了那里，再也没有一条崎岖的、蜿蜒至此的山路通向它。

我父母是双职工，所以家庭条件比别人家要稍好一些，有一大一小两间房。除了一间正房以外，还另外搭配了一间小披屋，是用来烧饭的厨房。

冬天，父母每天临睡前在床头的最后对话是关于"火墙炉子封好了吗"。

问话的人通常是母亲，父亲照例回答说："封好了。"母亲便放心拉灭了灯。父亲的话带有浓郁的陕西口音，很硬，但是让我听着很安心，立刻沉入了梦乡。

然后是死寂的夜。窗外的风刮得呼呼的，在房前屋后打着旋儿。

他们的生活平静，平静中又有着某种懵懂。每天，他们心平气和地在家谈论当天发生的事情，如同谈论吃喝拉撒睡、酱醋油盐茶。

婚后没多久，母亲还是从这平静的婚姻生活中看出来了一点儿端倪——父亲的样貌太好，性情活泛，在事业上还有着很明确的个人抱负，是一位被大家普遍看好的地质工程师。

特别是，父亲他有生活情调，喜欢古典诗词，《唐诗三百首》几乎被他翻烂了。在落雨的日子里，他教女儿们背诗："高阁客竟去，小园花乱飞。参差连曲陌，迢递送斜晖。肠断未忍扫，眼穿仍欲归。芳心向春尽，所得是沾衣。"……更值得称道的是，他还写得一手好毛笔字，已习遍了柳、颜、瘦金诸体。

但是，我的母亲，始终看不到他的心。他是一个已婚男人，与我母亲在一个屋檐下生活，却感觉他像是一个终身的单身汉，碰巧有了这么一段婚姻插曲。

好在父亲从不回避作为丈夫的表面责任。但是，他的心呢？尽管他们之间相处还算融洽，但母亲始终看不透他，彼此之间好像隔着些什么。

当年，新疆南麓这个偏僻的奎兰小镇很是闭塞落后，家家户户都没有卫生间，上厕所得去距家好几百米远的旱厕。

比如我的家人，他们憋着"情况"，口袋里揣几张粗糙的卫生纸外出上厕所，要穿过好几栋平房，一条马路，还要下一个大斜坡，才能到达旱厕。所谓的厕所，就是挖一个正方体大坑，中间隔堵墙，一边写着"男"，一边写着"女"。

男女厕所各有五六个坑位，上面铺着一条条狭窄的木板，每条木板锯出一个花生壳形状的洞。木板下面全是粪便，充满了热烘烘的臭气，夏天气味尤甚。千奇百怪的虫子从恶臭的粪便里孵化出来，地上随处可见便纸、痰迹。

还有更可怕的事。因为盐碱腐蚀的缘故，旱厕的墙皮开始一块块地剥落，出现了一大堆蠕动着的蛆。慢慢地，它们开始有规律地往下掉，稍有一点儿声响和振动，就会掉落在人身上和头发上。

要说这厕所上得是真不易。因为蹲位是敞开式，有人提着已解开的裤子，脸上冒汗憋着大小便等候一旁，盯着蹲位上的排泄者看，看了脸，还要看衣服。

有些年龄大的女性，裤头可能是用碎布头缝的，看起来花花绿绿的。也有裤头穿了好多年没得换，布洗得稀疏了，露出了破洞和线头的。遇上被多事的人调侃，她们嘴一张便难以封住，一起跟着笑骂。

多年之后，想起与这个旱厕有关的事，就觉得它好像一个荒诞小品，一个不堪回首的噩梦。

一天晚上，母亲去上旱厕，然后是伴随着一声声凄厉的哭喊和叫骂声回到家的。

这个意外的事件居然是与父亲有关。

原来，母亲出去上厕所时，被旁边一同蹲坑的女人嚼了舌根。这个多事的女人信誓旦旦地说，前不久某月某天，她亲眼看见我父亲跟镇粮油厂开票的"上海阿拉子"单独在一起说话，还拉扯了手啥的，好半天都不走。"你男人，胆子大的哪——啧啧。"

母亲听了又羞又气："不可能的，你放屁！"

这个中年妇女轻蔑一笑："你还不信！你到外边打听去，你男人和那个'上海阿拉子'的事情早传开了，就你不知道是吧？"

"上海阿拉子"是一位来自上海的女子。她叫简买丽。

二

隔着久远的时光，我带着持久的热情追忆起南疆戈壁沙漠的偏远小镇上，有一位来自上海的女子曾在此有过一段短暂的生活。我原以为，她只会在我的手稿中一闪而过，但是没有。与此相反，猜想她是我在这个夏季里最重要的事情之一，她的身影模糊而轻盈，在我的文字中自由往返。

一位来自灯红酒绿大都市的上海女子怎么会沦落到这样一个偏僻之地？她多大年龄？长得怎样？家庭成分？结婚没有？有没有孩子？那时，在这个戈壁小镇，不管男人女人，都要面对这些问题。

实际上，长相普通的简买丽年纪不大，脸皮细白，气质像少女又像少妇。怎么说呢，是那种介于女孩与少妇之间的感觉。她的身材挺拔高挑，特像刚从县文工团或者戏剧团出来的人。但那是一种微微的、强忍的挺拔，似乎吸着气憋着肚子。

很快，一个传言成形：镇粮油厂的小干部廖东生，是简买丽父亲生前要好的战友。

简买丽在上海的父亲因受远在香港的妻子牵连，被下放到内蒙古的一个小镇。关于她父亲的生死，有各种版本。不管传闻是真是假，都没有人能够证实。当时及往后的若干年，没人给她捎来只字片纸，也不曾捎来他的音讯或者半件遗物，他或者生或者死，成为了一桩没有对证的事情。

简买丽就自己过日子。她高中上了一半就退学了，没有收入的她，靠变卖家里的东西谋生。她不懂价钱，受了不少骗。没两年，整个家快被她卖空了。

更要命的是，父母亲留下的房子即将被公家征用收回。走投无路的她收拾家什时，在父亲的一堆旧书里发现了一封信，从信中得知，父亲有一个支边到新疆的老战友在南疆某个小镇的粮油厂工作。

"新疆——"对呀，当她看见"新疆"这两个字的时候，突然大彻大悟："我已经没有家了，我不是一直想当个孤儿吗？现在机会来了，就在新疆。我有脚有手，能识字，我还缺什么？足够了！像我这样家庭出身的人，更应该得到磨炼。只要我愿意，我就可以从这里上路，开始新的生活。"

于是，简买丽带着最后的钱和粮票，一封旧信，几件换洗衣物，以及盖了各种公章的介绍信，从上海来到了新疆。

那时候，奎兰镇的人到口里去，首先要坐长途汽车到乌鲁木齐。汽车在戈壁沙漠中要走数天，如果不想花钱，乘坐运油车也行。在新疆南部地区，运油车可能是世界上最孤寂的车了。它们通常是东风牌或者解放牌汽车，车头后面拖着一个大油罐。从南疆某地出发，到达乌鲁木齐，得八至十天。后来，随着道路的修建，行程缩短为六七天。但司机们仍然需要天不亮出发，夜里休息。

到了乌鲁木齐，再乘坐五天四夜的火车才能到达上海。

反之亦然。

简买丽就是这样来到新疆的。

廖东生一家人在狐疑和愕然中反复看那几张盖着圆形红色印戳的纸。这几张纸是某种权威性的象征，它肯定着一个人的身份、历史、操行等。有了它，也就有了某种立足社会的依据。

最后，廖东生在确认了那封旧信的内容后，勉强接纳了简买丽。对外，只说是他老婆的一位远房亲戚。

因了廖东生的关系，简买丽在奎兰镇粮油厂一间放杂货的小屋子安顿了下来，成为一个没有粮食配额的临时工。

就这样，在某一个有着火烧云的黄昏，镇粮油厂临街的那个圆形窗口便多出来一块窗帘。这块棉布窗帘白底蓝花，是镇上没有的样式，当然是简买丽从上海带来的。从街上望过去，从前那个黑洞洞的窗眼就像是有了一只美丽的眼珠子，风一吹，窗帘一飘一荡的。于是，这只眼白眸黑的眼睛就眨呀眨呀的，很撩拨人。

我告诉你，在那个年代，这座南疆戈壁小镇还是很缺乏社会新闻的。镇里的人对这个外省女子充满了强烈的好奇心，她的到来成为一个新闻被广为传播。人们对她侧目而视，一些好事者经常围观镇粮油厂，围观这个白底蓝花的窗帘，就像凝望着城堡、胭脂、宫殿、诗词、空中楼阁、海市蜃楼。

他们说，这个小地方来了个"上海阿拉子"。

那时候，奎兰镇多数人穿的是"免裆裤"，又叫"反扫荡"。这种裤子不分男女，前后都能穿。小孩子嘛，一律穿破裆裤。可是，这个上海女子却穿着一条裤腿略宽略短的蓝布裤子，款式有点儿类似现在流行的阔腿裤，走起路来，蓝色的裤脚一前一后地拂着她的脚踝，在相互拍打中发出风的响声，瘦削匀称的小腿在裤口处时隐时现。她的上身是白色的、洗过无数遍的小翻领收腰衬衫——当年，镇子上没什么女性穿衬衫，更别说是收腰的了。就是穿了，也没人能穿出她那样的与众不同。还有，她居然穿一双男式塑料凉鞋，前面是包头的，样子很笨，但穿在她的脚上却非常别致，显得中性大方。

"上海阿拉子"比我母亲洋气多了。母亲不服气，私下里说她也能把自己打扮成那副鬼样子，可是又有多大意思呢！她说自己不屑与她攀比。

母亲却不知道，年幼时期的我，多少有些嫌弃母亲的土气，以及她那严肃沉默的女干部风范。我渴望有一个花枝招展、游手好闲的母亲，大概就是"上海阿拉子"简买丽那个样子的。

某一个暮春的黄昏，我父亲肩头上搭着一条毛巾，从家里出来准备到镇上的公共浴室洗澡。他的精气神从乌黑的头发里出来，从白棉布衬衣里出来，从绿色胶鞋里出来——然后，又慢慢降落在了镇机关门口的篮球场上。

他的白棉布衬衣扎在蓝布裤子里，双手高举一只篮球，意气风发，黄昏的火烧云在他英俊的脸上、头发上、身上跳动不已。他用那带有陕西口音的普通话对着围观的几个青年人大声喊道："大家快过来打球啊！"

说着，他把托住的篮球往球架上使劲一抛，伴随一个漂亮的转身，一道褐色的弧线呼啸着进了篮球筐。

周围一片叫好声。

那时候的父亲，还不知道这个上海来的女子将与自己产生联系。

距离奎兰镇不远，经过一条水渠和乡村公路，是一条沙枣林带长廊。

沙枣树，这种生长在南疆盐碱地中，树叶一面浅绿一面银灰，看上去有点儿半死不活的怪树，开着小如米粒的金黄的花，却有着强烈浓郁的味道。

春末夏初的南疆戈壁荒漠，人们最先闻到的就是这股味道，它带着人世间最早的芳香，已然从土壤里，从所有的花朵中散发出来，与混沌的未开化的物种浑然一体。

在父亲的记忆中，他与传言中的"上海阿拉子"的第一次见面就是在这一片金晃晃的沙枣树林里。也可能是在别处，但父亲更愿意将场地记成这里，似乎他需要热烈的色彩来弥补过于惨淡的回忆。

那天是奎兰镇组织基层单位春季义务劳动——植树。

清晨一大早，上海女子简买丽扛着铁锹来到这条沙枣林带。没走近，便迎面扑来一股沙枣花的味道。

那是她到新疆南疆奎兰镇第一年的第一个暮春。

她走在油爆爆的沙枣花的气味里，被这浓郁的金黄色耀得睁不开眼。而我的父亲，此时他右手正稳稳地握着一把铁锹，沿着这片沙枣林，穿越岁月之河向她走过来。他在某一棵落满灰尘的沙枣树下清理杂草。我看清了他棱角分明的脸庞，看清了他颀长有力的身躯和宽阔的肩膀。他极适合在时下的银幕上演一个硬派英俊小生，只可惜生不逢时。

而此时，太多的沙枣花正密密匝匝、层层叠叠地盛放在一棵棵巨大的树冠上，这漫天的、强劲而放肆的植物气味，沾在她的衣服上、手上及头发上。这气味像是春天情欲的回流声，扑向树下每一处每一个人，令人无处躲藏，强烈得几乎要将她的身体击倒。

沙枣花一开，姑娘们就想嫁人了。当地人都这么说。

简买丽面对连绵不断的沙枣树林时的表情显然是迷惘的。她缩着肩膀，一只手插在口袋里，另一只手捏着手绢捂着鼻子，但也似乎掩不住四野到处都翻腾着的气味。一想到这股可怕的气味一定钻进了自己的毛孔里，将要伴随她走进南疆一年又一年的盛夏，她的身体一下子刺痒起来。

"这么一大片树林，谁种的？"

父亲看着这个脸色苍白、神情恍惚，仿佛是在梦中浮游的奇怪的女孩，不知该如何回答。

是真的，"上海阿拉子"感觉自己似乎正处于一座孤岛上，是沙枣花的气味之浪在阳光下一览无余地翻滚，汹涌，并哗然作响，把她推向了这座陌生的孤岛。

她觉得头晕。

一切都远了，唯有置人死地的沙枣花的味道钻入她的肺腑深处。就这样。

"上海阿拉子"感觉自己瘦弱的身体就要从这座孤岛上飘浮起来了。她脸色苍白地抓住父亲的胳膊，说："快看，我浮起来了，浮起来了。"

父亲和他的同事们第一次目睹有人因沙枣花香的味道而晕倒的场面。

这一幕给我的父亲留下了极为深刻的印象。

"这个女的真的太奇怪了。"他带着嘲弄的语气对同事说。

父亲与同事们将"上海阿拉子"送回家后，有两天时间她几乎是在昏睡中度过的。

当镇粮油厂门口那棵槐树开始吐出白色花蕊的时候，沙枣花的气味突然消失了，夏日的阳光强烈起来，她的头脑顿时清醒了许多。

在那样一个特殊年代，每一个人都有着并不明确的未来。在南疆的戈壁沙漠中，"上海阿拉子"曾经像一条鱼，漫不经心地游过来，汤汤水水一样地，又从小镇张开的手指间缓缓地流过去，怎么也抓不住，像在茫茫无际的回忆与臆想之间竖起的一根标杆，明晰刺目，以至于我经常怀疑这个女子在我父亲生命里的存在是他个人的杜撰，是他对某种得不到的东西的迷恋和叹惋。

多年以后，当我回想起这个已逝去的上海女子，觉得她像一颗闪闪发光的钻石，神秘，复杂。她的遭遇在我的种种叙述中不可能完整地呈现，我的讲述是它的余光，仅仅隐藏在我个人的想象中。

被塔克拉玛干沙漠包裹的南疆地区干燥、多风，完全被天山山脉阻隔，是一个辽远之地。奎兰镇距上海有几千公里之遥，对它而言，上海是火树银花般的天上人间。所以，当这个小镇出现一个来自上海的女子时，当地人看她，就像是看一个西洋镜。

可是，要什么时候才能见到火车呢？要什么时候才能到上海呢？小镇闭塞的生活让大人和孩子们对从远方来的外地人有一种天生的好奇。若是有外地人走在街上，必定会有人羡慕地在他们身后远远地跟着，流连着。若是跟外地人说上一两句话，就会不安好久，回味好久。

可见，小镇人的爱，也是很谦卑的。

但你有所不知，奎兰镇的女孩天然有一种分辨异类的能力。她们喜欢三三两两地拉帮结派。她们觉得简买丽那口上海话，叽里呱啦叽里呱啦就像外国话一样难懂。她们受不了简买丽说上海话时微微扬起的下巴和眼角，那是一种优越感。这让她们怀疑，她是在骂她们呢——可是暗地里，她们学着她的上海话，然后笑成一团。

她们私下里叫她"上海阿拉子"。

而简买丽对小镇姑娘及小镇的其他一切视而不见。这里对她来说，只是一个多风沙的、闭塞而陌生的地方，只是她人生的中转站，一个暂时的居所。因为这里的一切都显得那么陈旧、混浊、芜杂，像一个旧式衣橱。

到了春天，风季来临，整个落土的天空就像一头蛰伏多年的巨兽，将自己瘦弱的身体吞咽下去；又像千人之手从四面出击，摇撼这座边疆小镇。而道路两旁的新疆杨经过狂风一番扫荡后，枯叶满地，整个小镇无比枯寂。

所以，她不喜欢这里。

现实生活中的她并不合群，游离于小镇人的生活之外——包括食堂里出售的白面馒头，每一个都掺了大量的玉米面，被她嫌弃着。

没有一样纯粹的东西，可以作为她对这个小镇的标记。

可以想见，"上海阿拉子"在这里生活是多么地孤寂，就像一棵从外面移植过来的小苗，无法融入这个地方，无法获得跟当地人一样的眼神、口音、味觉，还有走路的姿势。这里的一切与她隔了一层，彼此互不干扰，就像各自放映的两部黑白电影。

当简买丽明白了自己卑微的处境，便为自己找到了一个仇敌，那就是生养了她，却又让她流落到此的母亲。母亲轻易阻断了母女间的血缘关系。也许，母亲有一千条理由抛弃自己，但是，她还是憎恨这个女人。

南疆风沙大，空气干燥，简买丽经常流鼻血。半夜里，有时她因为空气过于干燥而口渴，突然从梦中惊醒。她睁着双眼看月光从窗棂洒下，想象着姆妈的模样，忍不住在心里骂道："这个狠心的女人！"

而她的姆妈形象模糊地站在遥远的过去，又消遁在大都市的万家灯火中，不给她留一丁点儿痕迹。

简买丽发疯了似的在心里一遍遍询问："我的姆妈，她过着怎样的生活？有钱还是没钱？是快乐还是寂寞？还有，她有没有想到过我?"

简买丽这样想着的时候,忍不住地掉下泪来。她不知道,在憎恨的背后,是压抑着的日益强烈的亲情,还有渴望。

简买丽坚定地相信并自我安慰:"姆妈不会抛下我不管,她只是暂时有困难。姆妈一定会给我来信的,还有电报。她一定会来接我回去的。"

简买丽一遍一遍地在心里对自己说。

那个年代,奎兰镇如同乡下,唯一一条马路还是沙土路。一下暴雨,这条路就变得软绵绵、皱巴巴的,像一锅厚粥。各种马车、驴车、拖拉机、卡车的车辘轳把自己的形状、尺寸留在了上面,同时还留下大小不一的水洼。走过去的人,在这条路上放上垫脚的砖块、破木板、草团子、旧皮包及烂鞋子。

这条路上,人似乎走着走着就消失了。是不是走到这里,人就一下子凌空飞起了?

等大太阳出来晒干了稀泥巴,这条路又重新变得尘土飞扬,浅白的沟壑无穷。

小镇人无意发现,无论阴天晴天,奎兰镇通往乌鲁木齐的唯一公路上,经常嵌着一个女孩纤弱的身影,她朝着公路长时间痴痴地望着。没人知道她在等一个人,或者一份电报,一封永远也不会到来的信。

冷风吹来,她伸出手臂抱紧了自己的肩头。

等待是一个宿命,她无力挣脱它的笼罩。

随着简买丽等待回上海的期望一步步地变得渺茫,廖东生一家也渐渐张大了他们的网，张大到足以将一条鱼活活网住的程度。

廖东生的胞弟是一个傻子，比他小两岁，学名廖荃生——当地人传言，这个傻子是他的爹娘在野地里交合的结果。三岁那年，他爹带着他给一户人家糊泥墙，不想他从房顶上摔下来，导致脑震荡，从此成了一个整天光知道吃馍的傻子。

简买丽第一次看见廖荃生时，感觉他就像一只刺猬一样滚来滚去。他似乎很怕天黑，天一黑他就饥肠辘辘。饥饿感练就了他惊人的胃口。因为经常处于欲求得不到满足的状态，他变成了暴躁的、哇哇大叫的野兽。这时候，他喜欢用杂木树棍攻击陌生人，特别是女人和孩子，似乎女人和孩子能激发他更为强烈的食欲。

"馍馍，你有馍吗？我要吃馍——"

"馍馍，我要吃馍——"

每当这时候，廖东生的老婆便又气又恨："白痴！饿鬼！你个饿死鬼，廖家迟早要败在你的嘴上！"

这个贪吃又暴躁的傻子三十六岁了还未娶妻——小镇没有女人肯嫁给他。简买丽的到来让这家人动了心思：如果这个姑娘跟了他，这个白痴就可以自立门户了，廖家自然也不用再为这个傻子操心了。

简买丽帮着廖东生老婆上街买菜，廖东生老婆从院子墙角一把扯出了廖荃生——这个嘴角永远流着涎水的傻子："荃生，和这个妹妹一起上街买菜去，帮她提上篮子！"于是，三人一起去买菜，上菜摊，进小卖部，遇到熟人就远远地打招呼。

吃饭的时候，四个人却要端上来两样饭——给简买丽吃细粮，廖东生一家吃玉米窝窝。

数日下来，简买丽看不过去了，跟廖东生一家抢玉米窝窝吃。廖东生老婆就说："你要是今后能和荃生在一桌上长远地吃下去，我吃什么都是香的。"

有一次，简买丽伤风感冒了，廖东生老婆赶紧端来一碗葱花香油荷包蛋，蛋的形状极好。

简买丽不敢动碗里的蛋。她知道这鸡蛋来之不易，不是那么容易咽到肚子里的。她在看着这碗荷包蛋的时候，廖东生老婆在看着她，目光大有深意，像在说："你若是今后能和荃生成为一家人，那你可是天天有荷包蛋吃。"

简买丽当然不能吃这碗荷包蛋。不是不想，而是不能。她知道这家人稀罕自己什么，但是，她知道自己做不到。

还有廖东生的小女儿，十二岁的廖丹凤，很看不惯这个"上海阿拉子"。她经常大模大样、走路带风地在自己家里走进走出，一看到简买丽，就本能地不高兴，常常朝她翻白眼。廖东生的老婆看自己的女儿把眼白翻得老大，感到十分有趣。

简买丽后悔自己贸然来到这个偏远小镇。这里虽不是狼窝，也不是虎穴，但不能以此为家。在大时代的飓风来临时，这是一条没根基的、风雨飘摇的小船，任何一场风暴，都有可能将它彻底覆没。

特别是屋角那个整天流着涎水，眼睛直勾勾地看着自己傻笑的廖荃生，动不动将杂木树棍顶在她的小腹上："馍馍，我要吃馍——"

这个傻子眼中冒出的火让她又惊又怕。她想："我不能再住下去了。我是不会在这里扎根，更不会嫁给这个傻子的——那是绝对不可能的。"

日益增强的某种决心，在她心里不知不觉地长成了一棵根深叶茂的大树。

那些年是一个什么都要凭票供应的年代，尤其是粮食。粮票是每一个中国人存活的许可证，它规定每个人的粮食配额，限制不合理的食欲，限定人的居住范围和活动半径。你可以没有自己的房子，没有存款，但绝对不能没有粮票。有钱没有粮票，你同样买不到任何食物。因此，得到所在地有关部门按月下发的粮票，这个人才算是在当地真正立住了脚跟。除了粮票，还有布票、肉票、清油票、澡票、煤票，等等。

在这个南疆小镇，简买丽是一个没有粮票的外乡人。甚至，她还是一个"黑户"。刚开始，这个信息闭塞的戈壁小镇，户籍管理没有其他地方那么严，人与人之间靠的是人情。加之廖东生有熟人，每月弄个口粮什么的没啥大问题。可随着风声愈紧，简买丽在这里待一天，就得有地方住，就得一日三餐，这对贸然收留她的廖东生家来说越来越是一个麻烦。特别是当廖东生家清楚地意识到，让简买丽心甘情愿地嫁给廖荃生是件不可能的事情后，这个"上海阿拉子"对他家来说越发成了一块烫手的想甩掉的山芋。

对"上海阿拉子"的遭遇，父亲略有耳闻，这让他的心里隐隐有所触动——那是一种怜惜。这个女孩对他来说是神秘的，特别是附着在她身上的"上海"这个词，在各种传言中若隐若现，成为远方和更为广阔世界的代名词。

有一晚刮大风，父亲不想早早关灯睡觉，就在桌前习书法。他从来不怕黑暗，但他觉得光亮可以帮助他保持清醒。

后半夜，他听见窗外的风声渐渐微弱，黑透的天色中隐隐地回旋着树叶哗动的声响。只要有风，院落里的枣树、槐树就会倾诉它们的孤单和落寞。

父亲在这样死气沉沉的夜晚中想入非非。他捂住一只耳朵，试图寻找别的声音。他好像听见有长途汽车的喇叭声萦绕在这样的浮尘天气中，一辆运油卡车从戈壁沙漠驶来，里面蜷缩着一个饥饿而哀伤的异乡青年。

他不知道这辆夜行卡车会带自己到何处去。

但是，不管是哪里，那一定是新的世界新的生活。

三

隔着五十多年的时光回头看，小镇文艺会演的舞台在广大的黑暗中发着光亮。它像一只自身会发光的小方盒子，里面有一个个会舞动的小人儿，像提线木偶一般挥舞着胳膊腿儿。

二十世纪六十年代中末期，是文艺宣传的活跃时期，各地每年的文艺会演特别多，会唱歌跳舞的人从各个角落被挖掘出来，组建文艺宣传队。连厂矿都有。小的厂矿是业余的，大的厂矿是半脱产的。各种各样的文艺演出在大大小小的舞台上接连上演——就像一锅汤，热气腾腾的，演出的节目也都大致相同。

男女演员们白天是各厂矿的工人，是学生，到了文艺会演的舞台上，他们画着浓重的妆，身着各色演出服，暂时脱离了庸常的生活，焕发出不一样的光彩。合唱、群舞、独舞、快板书、器乐演奏……在舞台上，出现最多的是绿军装、绿军帽、牛皮腰带——他们用四肢划出的轨迹棱角分明，他们的表情传达着坚定与纯洁。

某些夜晚，到处黑沉沉的，只有大大小小的舞台明亮如仙境，虚幻而短暂。

一些舞蹈节目，像《大红枣儿送亲人》《为解放军纳鞋底的村妇》，还有丰收舞、插秧舞等，舞台上的女主角像宝石般在一转身和一颦一笑间散发出耀眼的光芒。在广大的基层地区，她们被无数个专业和业余的文艺骨干模仿，而人们对演员评价的标准就是模仿得像或者不像。谁模仿得最像，谁就最有前途。

每个女孩都想成为那个舞技超群的人。

看演出是小镇人最主要的文化生活。也是我的。在当年小镇的演出舞台上，我最喜欢看那些年轻女孩，她们全是李铁梅的装扮，化着浓重的舞台妆，身着红花布大襟衫，胸前一根粗而黑的辫子，额前一排整齐的刘海，在舞台上个个眉眼活泛，表情生动，好像任何风雨、污泥浊水都到不了她们身上，好像天上真的有一双眼睛在看着并护佑着她们，眨都不眨一下。

有时，她们唱歌的时候，腰里系着皮带。皮带从腰前绕到腰后。她们在勒自己的腰的时候，脸上无不是杀气腾腾的，而她们的腰会急速地细下去，细得残酷和不近情理。

这些女孩，有的从事演出时间长了，看人的眼神绝不是普通人的眼神。那眼神似有一千瓦的亮度，同时也具有了刹那间的绝对冷滞，仿佛要摄取你的灵魂。

我的位置通常距离舞台很远，看不清台上人们唇红齿白的脸，只看见舞台上一拨人上来了，下去了，又有一拨人上来了，有时是三五个，有时是一群。那是翻身农民和八路军合唱"太阳出来了，嗬哈伊唉呦……"，女的穿着红上衣，甩着长长的黑而油亮的大辫子，男的穿了绿军装，扎着宽皮带，接过枪加入革命队伍朝着太阳的方向走去。我的眼睛为了跟上他们的动作而感到晕眩，这晕眩和他们眼角闪着的泪光一起，成为某种记忆。

我身旁的电线杆子上高悬着一只扩音喇叭，发出嗡嗡的声音，但我听不清里面说的和唱的是什么，只记得他们的歌声很嘹亮。歌声隔离了我的心。

天已黑尽，台下人影重叠，黑压压的一片都是人头。我看着舞台上时大时小的舞动着的小人儿，只觉得人活着是那样地单纯，那样地热烈。

夏天结束之后，我大姐红掌就念初中一年级了。这个时间之所以需要记住，还因为她在这一年夏天正式成为校文艺队的舞蹈演员。队员都是每个班级会跳舞唱歌的积极分子。

红掌得知自己被选为校文艺队的舞蹈演员时，觉得生活在这样一个时代非常幸运。这个时代给她提供的舞台该有多么及时，她早就等待着这一刻了。她成为舞蹈演员的热望已经积蓄了很久，像岩浆一样在她的体内整日轰鸣着，急需找到一个出口。

进文艺队的前提条件一般都是根红苗正。一个孩子若能进入这个群体，就是对他的家庭最大的肯定。说不定将来还有可能进入县级文工团、地区级文工团。

红掌说她有一次梦见自己到市里参加文艺会演，走进了高大、宽敞的礼堂，到处都是红灯笼，连地面都像是闪着红光，刺得眼睛都快睁不开了。她和文艺队的演员们一起上了炫目的舞台，在音乐声中，幕布缓缓拉开——

这样一想，她就感到紧张兴奋，心跳加速。

红掌在学习上资质平平，但在文艺表演上却极有天赋。我不知道一个人的天赋是从哪里来的，是哪股力量带来一道闪电，一道神秘的风，进入她的身体，使她储存了舞蹈的能量和灵魂。

如果我是她，我会觉得这一年是人生中最辉煌的日子吗？这一年，一个普通人家的孩子上了舞台，像是平淡的生活中降落了一大块光斑，舞台底下有成千上万个人在看。

我见过她在舞台上跳舞的样子，那真是美。如果她的舞姿一般，她的美肯定就减弱了一半。可她不，她是在用另一种语言告诉你另一种美。她搅动着空气，带着群舞演员们一起飞升，舞姿柔软又有力度，像火又像冰。

在校文艺队里，红掌总是跳独舞，如果没有独舞，她也是第一排演员里最中间的那个，跳很重要的段落，是绝对的主角。要知道，第一排的女演员是给观众看的。眼睛在台子上慢慢扫过去，哪个高些，哪个胖些，谁最漂亮，谁黑谁白，都要统统给舞台下面的观众看。特别是男人们，平时是没有这么多的漂亮女孩子让他们看的，就是看到了，也不能死盯着，而在此时就可以理直气壮地看，肆无忌惮地看。看了还要进行比较，还要议论。那个被人议论得最多的女孩，就是镇上小范围的名人了。

红掌当然是那个公认的名人。她会跳为前线战士纳鞋底的村姑，跳《大红枣儿送亲人》。无论是丰收舞还是插秧舞，她都跳得得心应手。我最喜欢看她的这些舞蹈，它们健康、欢快、明朗。她的舞姿和其他人的舞姿一起，与舞台上的灯光音乐融为一体。红妆，红衣，手中的花篮或鞋底，脱离了白天单调的色彩和形状，在某一个夜晚，飞升到了某一处舞台，台下是黑沉沉的一片人影，而舞台之上却显得明亮而又生机勃勃。

当年的我是周围女孩子中舞蹈天分最差的一个，但我喜欢舞蹈，私下里还异想天开地想当校文艺队的舞蹈演员。其实我并不是真的喜欢跳舞，而是校文艺队那些女孩子身上特有的气息在吸引我。

我曾去过她们后台的化妆间。房间很狭小，舞台道具、各种演出服装，以及散落在桌子四处的脂粉盒，显得杂乱无章。好在有她们——当十几个或者二十几个姑娘在这样的空间进进出出的时候，整个空气散发出一种甜酸为主的味道。那气味，是雌性生物绽放时淡淡的膻味。

我最喜欢看她们化了浓妆后吃饭的样子。

每个人手上都捧着一个硕大的搪瓷缸子，一把长柄的钢精勺，搪瓷缸子上印着毛主席语录。咸菜、青菜和玉米面饼子的味道混合在一起，一种家常味道，应和着她们没头没脑的说笑，传递出一种暧昧的感觉。

这年元旦夜，气温降到了零摄氏度以下。冷风严寒刺骨，几乎冻结了我的肺，割裂了我的嘴唇。周围到处是一片白霜的世界，路面被一层薄冰覆盖，隐约可见孩子们用彩色粉笔留下的潦草笔迹。

这天晚上，奎兰镇机关大礼堂有大型文艺演出。

当镇机关大礼堂的钟敲响十下，门口的锣鼓轮流敲击，鼓声阵阵，人们的激情沸腾到了顶点。一些人在礼堂外久久地唱着歌，歌声在凛冽的空气中凝滞。

在这令人着魔的时刻，一切都蕴藏着无限的可能。时间静止，心脏跳动，在冻结和融化之间是激情所在。

镇工人纠察队的人可神气了。他们都是小镇上的青壮年，戴着红袖章，站在礼堂门口两侧。没有票，谁也别想进去，就是熟人也别想混进去。

我没有票，只能失望地挤在礼堂门口的人群中四处张望。

可我太想进去了。我甚至幻想让自己变成一只蚊子飞进去，就是一只苍蝇也行。

这个时候，从礼堂厚门帘里探出来画着舞台妆的半张脸，唇红齿白，一条粗黑的大辫子垂在腰间。她是我的大姐——红掌。

红掌很大方地盯着门口的人看，也盯着我看，眼睛忽闪忽闪的，看得别人都不好意思了。

红掌穿过人群。大家看着她，自动给她辟出一条道来。只见她穿着一件掐腰的花上衣，是李铁梅的服装，身材很好看，脸也很好看。

人群中的一个小女孩扯着她的衣角——没人看见小女孩手心冒着汗，跟着她越过了那条"封锁线"。

礼堂前，镇工人纠察队的人看着我大姐，眼神暧昧。

这一晚，有不少人回家会对家人说："今天我看到严家大丫头了，带着一个小女孩，不拿票就进去了。"

这个小女孩，就是我。

镇子里的男男女女陆续进入大礼堂，他们用军大衣把自己裹得严严实实的，以抵御寒冷。

礼堂里到处是彩纸飘带、大红灯笼，大玻璃窗上的冰花装饰着简单的窗户，而水泥地却像墓地那样冰冷。

小孩子们尖叫着跑来跑去，像是在用这样的方式取暖。而陌生人用他们热烈的眼神与我交会，好像在此刻，我是他们的孩子。

扩音喇叭里回荡着一首首歌，我的心澎湃不已，那修辞之间的爱与希望，像这个世纪的赞美诗。歌声悬挂在冰冷的木柱子上，融化了冰和雪，像要把寒冷从屋子里挤压出去。

镇机关大礼堂似乎也随着这动人的旋律微微震动。

镇文艺会演结束后，人们陆续从礼堂出来。有人在小跑，尽管没有喝酒，却带着醉酒的神情；有人像是参加结婚庆典的宾客那样迈着大步向前走去，向着新的一年走去。

而更多的人聚集在礼堂门口，舍不得离去。

这时，有人提出在门口燃一堆篝火，继续刚才未尽的欢乐。这个有些疯狂的建议得到了不少人的认可。

很快，小伙子们从礼堂周围的树林里，还有食堂里，抱来了一大堆枯树枝。他们把燃烧的火棍插进木柴堆的中心，我和另外一些孩子在一起，口干舌燥地看着枯树枝被点燃——第一束火苗终于蹿了出来。

人们围成一个圆圈，火光照亮了每个人的脸，人群里的温暖与亲密融化了我的心。

这时，下雪了。

雪一点儿都不冰，一点儿都不具备它自身所应有的那个温度。它飘落在手中，一会儿就变得空无一物。寒冷的感觉却像鞭子抽着身体，但永远不会冷到让人有从体内开始冰冻的感觉。

这简单的叠加看起来真的是奇妙无比！

篝火旁，最高兴的仍然是孩子。他们围着火堆奔跑、跳跃，大胆一点儿的孩子，将雪团投掷在火堆里，还有大人们的身上。

在这样的一个夜晚，人们的脸、手被身体之外的火堆烤得滚烫。

最后，在火光的照耀下，他们唱起了歌。他们是在用歌声来对抗寒冷。是真的，他们的歌声在凛冽的寒风中透过火光飘进了我的耳朵。

他们此时的纯朴像一面镜子，照亮了我内心的渴望。

这天黄昏，"上海阿拉子"简买丽在小镇唯一一条通向首府乌鲁木齐的公路上百无聊赖地走着，像是在等一个人，等一个迟到的消息。她明知这个人，也就是她的母亲，是不会来的，但她还是要固执地等下去。一天又一天，直到她心里的天渐渐地黑了下去。

公路上没有人，没有来往的车辆，没有声音。她一个人这样走着，是多么地寂寞呀。黄昏的光线如暖水般汁液浓稠，她走走停停，看远处黄色的戈壁滩闪着寂寥的光泽。

没人看到简买丽正含着眼泪，想着这天发生的事情。

这天是端午节。中午，她和廖东生的家人在一起吃午饭。廖东生外出开会不在家。菜是一年中难得一见的炒毛芹。廖东生老婆把菜切得很仔细，出锅时还放了些蒜末，浓香扑鼻，光闻着味道就能让人多吃两碗稀粥。

吃着吃着，廖东生老婆终于忍不住了，盯着简买丽的腋下看，对正在喝粥吃菜的她冷冷地说："你有狐臭，你没闻到吗？"这声音不像是一个人说出来的，它嗡嗡地响着，巨大而清晰。

"你有狐臭，臭死了，污染空气！"说着，廖东生老婆特意掏出手绢捂住自己的嘴巴和鼻子，然后又拿着手绢在空气中扇来扇去，做出一副很嫌弃的样子，言语中充满了恶意。

简买丽蒙了，面色苍白如纸，下意识地抬起手臂闻了闻："没有啊，我没有闻到。"

饭桌另一边，廖东生的小女儿廖丹凤阴阳怪气地说："你有狐臭你闻得见吗？只有懒猪才有这样的臭味！你臭，主要是你每天吃得太多了。"

"妈，我没狐臭吧？"女孩伸出胳膊，一脸嫌弃状地在她母亲的身上蹭着。廖东生老婆哈哈大笑："宝贝，你是香香的呦！"

简买丽准备夹菜的筷子停在了半空中。她惊恐地看着这两个不怀好意的人，脸色煞白。"啪嗒"，随着筷子掉落在地，她的整个身体在椅子上战栗不止，怕冷似的蜷成了一团。

"你有狐臭"这句话，像铁钉一样嵌入简买丽的脑子里。她的心里只有这句话，思绪被这句伤人的话抓住了。她回到屋子里，正午的小镇安静极了，在这安静中她听见一个声音说："你有狐臭，你臭死了！"这句话汇成一团气，又像是脏水，从窗外的砖缝，从树梢，从小水沟里渗进来，充满了房间，整个小屋都被这可怕的声音占据。干净的床罩、枕头、毛巾、手绢好像也被这句话弄脏了，所到之处都留下了痕迹，洗也洗不掉。

简买丽知道自己没有狐臭。

这件事虽然是假的，但却像真的一样深深地伤害了她。

渐渐地，有关她有狐臭的风言风语传到了她的耳朵里，东一句西一句的，如同流弹，射在后背。她四处寻找，却又找不到那个放冷枪的人藏在哪里。

小镇巴扎的右侧有一个供销社，店面很小，煤油，麻油，火柴，大铁桥牌香烟，散装酱油、醋，还有本地硬糖等货物，一一摆放在木质的架子上。这个供销社对小镇人来说，不仅是卖百货的地方，它还是一个消息集散地，由来来往往的人传播着各种信息。

一天黄昏，"上海阿拉子"简买丽到供销社买肥皂，她一进门，倚靠在柜台上的几个正聊得热火朝天的中年女人突然不说话了，眼神像铁钉一样向她飞来。

片刻，一个尖锐的声音像要刺穿她的耳膜："我说你——

你有狐臭你闻得见吗?"

"你有狐臭你闻得见吗?"

很快,那段时间里,小镇的女性群体中充斥着这样的不怀好意的话。在小镇,如果不喜欢某一个人的话,就说"你有狐臭"。

羞耻像一张大垫子盖在了简买丽的身上。

随后,一场由粮票引发的矛盾终于爆发。

那天,简买丽到廖东生家借铁锹,在他家门口,无意间听见了两口子的对话。

"'阿拉子'的事情你到底要怎么解决?"是廖东生老婆怒气冲冲的声音。

廖东生含混不清地回应了她句什么,结果引发了更为尖厉的怒骂声:"她可不是什么客人,我们从来没请她到我家里来!你也不看看现在这个形势。'阿拉子'是个没有粮票的'黑户',你不知道吗?她会是一个大麻烦。她一天不离开这里,咱们全家人会跟着倒霉的。你等着瞧吧!"

简买丽站在门口,进也不是,退也不是。这时,她的后腰被一个硬物顶住了。她回过头看,那个整天流着涎水、眼睛直勾勾地看着自己傻笑的廖荃生,正将一根杨树木棍顶在自己的后腰上:"馍馍,我要吃馍——"

初秋来临之际,"上海阿拉子"被镇粮油厂找了个借口解雇了。她开始与镇上其他没有正式工作的家属一起做零工——摘棉花,挖甜菜,在干燥的盐碱地里刨红薯。没多久,

"上海阿拉子"简买丽就败下阵来。她看见自己的纤纤十指结满了血泡,不由得对着一地泥块黯然垂泪。

她说:"你们看,我的手指头快掉下来了。"

身边的妇女劝慰说:"再熬一熬吧,等血泡破了就结老茧了,结了老茧就好了。"

简买丽像是没听见这句话似的直起身子,看着干燥热风中白花花的盐碱地,以及夹杂着大量泥沙的无波无浪的搁浅在戈壁滩的渠沟。此时,戈壁滩的尽头正坠着一轮如血的夕阳,迟迟不肯落下。

简买丽哭了。她知道,自己在明天,还有明天的明天,仍然要面对这幅画面。她将会一千次地走进这看似唯美的画面中。她知道自己无法回到自然,她天生不是一个自然之子。

她在这样的几近完美的黄昏落日里再一次萌生了回上海的念头。

简买丽坐在盐碱地上,坐在日益萧瑟的沙枣林里,坐在镇供销社门口,坐在一切适于思索的地方,想着同一个问题——是我的父母害了我,连累了我。是他们使我失去了一切,尊严、前途、希望,还有欢乐。我甚至失去了做一个普通上海人的资格。

这是一个残忍的、忘恩负义的结论,简买丽被这个结论吓出一身冷汗。

只要能离开这个鬼地方,任何一种改变,都有可能比现在的生活更好。

她的目光变得清冷。柔情似水的少女时代,在这一刻与她诀别。

因着时差，当大半个中国的人早晨去上班时，生活在新疆的人们还在被窝里做梦睡大觉；其他地方的人吃完晚饭天已黑了，而新疆的天还大亮着，明晃晃的太阳挂在树梢上，孩子们在家门口的土路上大喊大叫地相互追逐、嬉闹，起码还有两个小时太阳才会落下山。

反正新疆人习惯了。在那个年代，时间对于大多数新疆人来说，似乎只有上午与下午，白天和晚上。

夏季来临，到晚上二十二点左右，太阳才不情愿地落下山，余晖成了梦幻般的粉紫色，橙黄色的火烧云明亮炫目，仍在汹涌甜美地燃烧，映照着人们平静的脸。天地变得柔软。随后，昆仑山的巨大阴影覆盖了大半个山脉，直到黑夜的暗影爬伸到我家的屋檐角，并很快地淹没周围的一切。而此时，人们正待在院子里乘凉，有一搭没一搭地说话。没有人说话时，四处很安静，偶尔会有一只七星瓢虫停留在草的叶片上，很长时间都不曾移动。

这时，他们中有一个人像是听到了什么，起身站了起来，看着墨蓝墨蓝的天空，低声叫了起来。在院子里乘凉的人一个个像得了传染病似的，都跟着他伸直了脖子朝天上看，原来是夜航飞机正拖着一条明亮的白线划过天际，白线由浓至淡，消失在天空中。然后，黑夜降临。

南疆的夏夜，有种说不出的漫长，漫长得像要融入第二日的白天中。但是在白天，小镇又充满了夜晚特有的宁静。

那种宁静，也正在本身的静当中向着无限的方向扩散，如同死去一般。但总有一个人，在这样的正午时分走到无人的公路中间，在强烈的日光下站一会儿，看着远处发着白光的公路，直到脸被烤得发烫。

"上海阿拉子"简买丽就是在南疆这样的白天与黑夜中，拨动她手腕上的上海牌手表，然后带着少见的庄严神圣的神情校准时间——

在那个年代，南疆小镇能戴得起手表的人是极少数，但这不表明他们不喜欢手表。"四转一嘀嗒"中的"嘀嗒"的上海牌手表在当年是大件贵重紧俏商品，一只圆头白面的上海牌手表的价格是一百二十元，相当于一个普通职工三个多月的工资，还一度供不应求，要凭票证才能购买。

简买丽的上海牌手表当然不是她自己买的，那是她的母亲离开她之前留给她的唯一一件物品。这块手表摸起来平滑冰凉，沉甸甸的，通体散发出一种淡淡的金属光泽。

因为她是这个小镇为数不多的拥有上海牌手表的女性，走在路上，经常会有人走近她问："喂，几点了？"

此刻，在镇供销社门口一个俗气的花坛旁，一个看起来健康硬朗、面容清俊的男人向她迎面走来，表情淡淡的："请问几点了？"

简买丽一眼认出，他就是去年暮春时节与她在沙枣林带里相识的那个男人——严国光。

这是一个很好的暮春黄昏，没有风，杏花刚谢，而沙枣花也到了将要败落的程度。槐树还固执地秃着，就连花苞都没有出齐全。

父亲的腋下夹着一叠报纸，很无心地看着她，向她询问时间。

他说："对不起，我出门忘记看闹钟了。现在要去镇机关开会，我怕是要迟到了。"

简买丽抬了抬左手臂，略为矜持地告诉了他时间。

父亲不知道，自己走远的有如新疆杨一般挺拔的背影，被这个姑娘深深地看了一眼。

两周后的一个星期天，父亲从单位开会回来，路过镇机关门前花坛，意外发现花坛两边的槐树开花了。他刚驻足，早已等候在此的简买丽走到他身边，说："严老师，您吃包子吗？我做了一些。"

父亲抬头一看，是那个"上海阿拉子"，她双手捧着一只白色的瓷碗，里面装了四只小巧的包子。

"早上才做的。馅儿是槐花的。"她看着我父亲的眼睛又说，声音软软的。她看着我父亲，一会儿轻咬下唇，一会儿又把下巴斜起，还时不时地用手去绕耳边的碎发——那十分女孩子气的动作，说明她的心情有些紧张。

父亲有些吃惊，这种白得像象牙一样的槐花居然能做包子馅。

除了沙枣花，镇上有好多好高的槐树，一到暮春就开大团大团的槐花。一到开花的日子，天空是蓝的，高而远，耳朵里传来星期天的声音，闲而静，就像她的声音。这些槐花是她用细竹竿子的一头夹下来的，掉在地上的不要。清水洗着象牙白的槐花，那微青和紧闭的花瓣，带着难以觉察的清香和微涩，就着她软糯的歌声——那是当地人不曾听过的江南小调，与面粉、白糖一起混合在这星期天的槐花包子里了。

父亲没来得及想这个"上海阿拉子"为何会捧着一碗槐花包子在这里等自己，一只包子就递到他的手里了。父亲立刻咬了一大口——说实话，这个槐花馅的包子味道有些古怪，有种带着一点儿涩的微甜。

但是父亲很有礼貌地冲她笑笑："谢谢了，很好吃的包子。"

正午的大太阳直射下来，耀眼的天空湛蓝广大，天地间布满了均匀纯净的光泽。他俩站在开满白花的槐树下，阳光被层层叠叠的树叶过滤，漏到身上变成了淡淡的、轻轻摇曳的光晕。特别是简买丽，那光晕给她的脸勾勒出晶亮的线条。偶尔有风吹过，树上的花瓣掉下来，随风在空中划了一道美丽的弧线。若是这时候有人路过的话，一定会觉得这情景至纯至美，很有诗情画意。

多年以后，父亲最后叙述的一个场面，是简买丽留在他记忆中的最后一个夏天的形象。那一天，简买丽找到我父亲，让他帮自己买张去乌鲁木齐的长途汽车票，然后，她将从乌鲁木齐坐上到上海的火车。

她说"上海"这两个字的时候，目光悬空，声音颤抖，槐花的气味在身后缭绕不绝，让这两个字越发有一种非现实的意味。

父亲看着眼前这个面色苍白的女孩，在那一刻被打动了——好像并不完全是为这个女孩，而是被"上海"这两个带有远方和新世界意味的字所打动。对于她在这段日子里曾经历过什么样的足以改变她人生观的大事，精神上经历了多少次危机，有过多少次绝望，他略知一二，但却无从安慰。

"别担心，我有钱——"说着，她从口袋里掏出手帕，慢慢打开，里面包着那块九成新的上海牌手表，还有一卷叠得整整齐齐的零钱。父亲瞪着那块看起来朴实无华的全钢手表，看它在阳光下闪烁着一道雅致的暗金属光环，表情看起来吃惊极了。

"够吗？拿它们换一张去乌鲁木齐的汽车票。剩下的，再买一张去上海的火车票。差不多够了吧？"她看着我父亲说。

简买丽突然发现自己哑声说起话来，那些模糊的字句从她唇间快速而火烫地往外喷，连自己都来不及抓住它们的意义。

父亲端详着那块神秘之物，然后装作漫不经心地将它戴在了自己的手腕上。他好像第一次触摸到了富有刺激性的城市气息，心里滑过了一股暖流，一种莫名的伤感让他禁不住地喊出了声："你——真的考虑好了吗？这可不是一件小事啊！"

父亲认真地看着她。

"考虑好了！"简买丽说。

四

那时候，镇上天天都有各种会议，父亲下班吃过饭，喜欢一个人待着，看报纸，看古诗词，练书法。他还喜欢在纸上乱写，有时是在一张旧报纸上，有时是在没用的信封、传单的背面什么的写写画画，写完了还要存放起来。

这个习惯有什么不好吗？他从来没想过。这一个个盘踞在废纸上的文字像潜伏在深水处的鱼儿，很容易冒出来，悄悄地吐气，喘息，有一天却被人发觉了。这个人，就是我的母亲。

她哪里来的如此敏锐的嗅觉呢？我不知道。

母亲向来是一个疑心病很重的人，而她又生而逢时，遇上了一个让人处处疑心的时代。

事实证明了她的正确。

那些年，别说我父亲，其实所有的人都存在着疑点。我母亲对丈夫在一张张纸片上写的字产生了怀疑。这怀疑所带来的焦虑，让她经常在某个深夜里无端地惊醒，在白天上班的路上突然迷路。

这些纸片上到底写着些什么？好多天里，那用传闻喂养的被害妄想症，让她的脑袋里全是一些奇怪的念头，而这些念头正在相互交配繁衍，生产出大量不实的、自相矛盾的信息。她被这些新鲜而危险的信息迷住了，她不再需要外界的新闻了，因为这个让人不省心的丈夫，正以自己的方式制造出一个惊天动地的新闻。

春末夏初，各种会议越来越密集，父亲有时候会从一个会场赶到另一个会场，像明星跑片场一样忙碌，经常是一整天忙得顾不上吃饭。

一个周六下午，他匆匆吃罢饭后便出门了，说是单位开会。

父亲离开家后，母亲快速反锁了大门——她终于有机会从容地翻遍丈夫搁在椅子上的衣服的口袋、写字台的抽屉——可是什么也没有发现。当她将手伸进写字台最下层一个卡住的小抽屉时，它立刻应声弹出来半截儿，里面除了一本《唐诗三百首》及一本《怎么练好书法》之外，还有一块自己从未见过的上海牌手表。冰凉而光滑的小圆块，此时像一块滚烫的石头，让她拿不起放不下。

还有其他的吗？她隐约感觉到，他的心一定夹在这些书页里——尽管它干燥扁平，薄如面纸，但一定有秘密藏在这里。

她一页页地打开了它们。

她不认为这样做是错的。果然，《怎么练好书法》里夹着十几张巴掌大小的宣传单，纸的背面，大多用毛笔小楷字写着七言律诗，其中一张纸上写着"海内存知己，天涯若比邻"。这是两句尽人皆知的诗，意思人人都懂。

她的嘴朝上一撇，冷冷一笑。怎么会不懂呢，当年的年轻人谈恋爱，信件开头，都是这两句诗。

母亲一页页地翻看着，突然，一张绿色宣传单背面用毛笔小楷字竖写的几行字令她面色大惊——

空将汉月出宫门，
忆君清泪如铅水。
袁兰送客咸阳道，
天若有情天亦老。

她对它的阅读是从四行诗的最后一行开始的。

她一句一句地倒着读，异样的感觉是从心底突然升上去的，像针刺，像雷鸣，令她猝不及防，让她震惊的同时，证明了她的判断是完全正确的。

她的心跳得极快，明白了她曾预感到的说不出的危险是怎么回事。这危险像一道墙，开始膨胀和变厚，隔开了她往后的时光。

一块上海牌手表，还有这张写着四句诗的宣传单，让她什么都明白了。他直截了当地画出了那个"上海阿拉子"的形象，暴露出他陌生而危险的内心，令她不安，还有嫉恨。她竭力想把它逐出去，但却失败了。

她把这叠纸摔在桌子上，一张汽车票轻飘飘地落了下来。她捡起来细细地看——车票上的乘车时间、票价，以及车票的形状和颜色。不放过一个细节。

一切，在此刻有了答案。

她怎么会不明白呢？几个月以来的怀疑得到了证实——通过这几行字，还有这张去乌鲁木齐的车票，这个男人身上的某种本质——残酷，甚至是犯罪的东西已经破土而出。

母亲翻来覆去地看这张纸，心情极其复杂，确信这些东西正要将她、将这个家带到一个极其危险的境地。这种危险，将会完完全全地威胁到这个家庭的秩序。

那瞬间，她心头猛地一热——他的脑子中邪了！得找组织帮助他，否则，他是不会意识到自己头脑里的东西有多可怕的。

其实，在当时的社会环境下，这是一个必须严守的秘密。这个秘密像一种沉重的气体，分布在这间面积不大的土坯房里，它会因一个人的沉默而弥足珍贵。

但是，她身体里有一股看不见的力量在对她说："我做不到！我做不到为他保守这个秘密！"因为她相信，在这个世界上，必定有一个神圣崇高的地方，在那儿，所有的人，包括自己、丈夫、孩子，都将被一视同仁地看待，接受道德的审判。

而这个地方，就是上级，就是组织。

有那么一会儿，母亲独自一人坐在桌子前，玻璃窗上的映影与她为伴，直到黄昏来临。窗外的暮色越来越重，她好像没有理由再一眼不眨地盯着车票、手表还有那张绿色宣传单背后的文字看。

母亲折起宣传单，小心翼翼地放入裤子口袋。接下来，她必须头脑清醒地花五分钟时间将丈夫的东西一一归回原位，掩饰她私自翻看过的痕迹。

这个秘密原本只在深水之下，像一只深水中的猛兽。

现在，它就要上岸了。

她做出一个决定——向组织上揭发自己的丈夫。

后来，在等待我父亲回家的那段时间里，母亲盲目地挥着苍蝇拍，在房间里转来转去，像热锅上的蚂蚁。她似乎意识到，由她酿造的祸端，已经开了头。

半个多小时后，家里的房门开了。"我回来了。"当母亲在家门口看见丈夫若无其事地向自己走来时，一股压抑的怒火在她心里燃烧：像他这种背叛家庭的男人，以为靠装模作样摆出一副无辜者或是善良人的模样就能够掩盖自己的罪行吗？这简直太无耻了！

"哦，你回来了。"母亲对父亲凄惨惨地一笑，低声说。

父亲疑惑地看着母亲，不知她这种从未见过的表情从何而来。

母亲看着父亲在水池旁洗脸，将盆中的冷水搅得哗哗响，心中又一次深刻感受到人心是复杂的、难以捉摸的，哪怕这个人是自己的丈夫。

然后，母亲像电影中最老练的特工一样，当什么事情也没发生过，从容不迫地给家人做好了晚饭。她炒了青菜，炖了父亲最爱吃的、我们家过年才能吃到的杂菜煲，还特意加了一道油炸花生米，粥是玉米糊糊，主食是馕店里买的玉米面馕。

这天，母亲的话没有往常多，她只是专心地做饭。铁皮炉子上的一只大号砂锅里，煮烂的白菜叶、切成小块的土豆、浸软的粉丝一起热热闹闹地挤在米黄色的浓汤里，水蒸气噗噗地直往上冒，一小摊麻油在滚烫的汤面上左冲右突。尽管锅里没有一丝肉星，但香气逼人，足以让我们这些孩子像等待一个仪式般期待着母亲那声熟悉的呼唤："开饭了，去拿碗拿筷子——"

吃饭的时候，头顶上一盏二十五瓦日光灯的光晕，均匀地照在每个人的身上，我们彼此并不知道，这是一家人最后一次亲密地在一起吃晚饭了。就着日光灯管的嗞嗞声，碗筷磕碰的啪嗒声，母亲身虽在此，但心已远去。

后来，我感到那一顿饭，其实是母亲在向家人道别。

母亲一边扒拉盘子里最后几根菜叶，一边对餐桌边的家人说，晚饭后，她要去一个学生家家访。

我们只顾闷头吃饭，没有说话。在那个年代，小学老师下班后去学生家里家访是再正常不过的事情。

母亲烧好家人睡前洗漱用的开水后，很镇定地收拾好了一个棉布的手提袋，便出了家门。

我印象中，她拉开房门的时候，还回头看了我父亲一眼，似乎向他打了一个无声的招呼——我走了。

此后的很多天里，我回想母亲拉开房门的最后一个动作，有了时光回溯之感，仿佛仍是母亲在水池旁弯腰洗菜洗碗，忙这忙那，我的两个姐姐挤在木桌一角做作业，背对着我。

而我的父亲则理所当然地占据着桌子的大半部分，挥着浸满墨汁的毛笔写毛笔字，额头淌着汗水，衬衫袖子卷到了手肘处。

倒是我，安静地坐在屋子一角的木板凳上，低头啃着一块带着哈喇味的饼干，口水从嘴角流下来，猛一抬头，却看见一屋子的空桌椅，没有一个亲人——那是不是我的人生中，第一次体验到被全世界抛弃？

长大后，我知道了这个小镇的晚上有很多征兆，比如：夜晚来临的时候，有时会听见某一种鸟鸣；有的夜晚，月亮会变得血红，散发出诡异的光晕。母亲一出门就发现了这一点。她一路走过去，隐隐嗅到了某种不祥的气息。

一路上，那一页纸在母亲的裤子口袋里摩擦着，父亲的字迹隔着化纤布料，慢慢融化在她大腿的皮肤里——不，它更像一排细小的牙齿，轻轻噬咬着她的大腿。母亲甚至觉察出大腿的肉有点儿疼，还有点儿烫，感觉裤子口袋深处正飘出一种古怪的焦煳味，不知道它是来自这个春末夏初闷热干燥的夜晚，还是来自她已紊乱了的思绪。

她隐隐感觉到了这件事会引发出来的后果，如同一个不可知的未来，正冒出一缕神秘的黑烟，会改变这个家庭的命运走向。但是，一切都已来不及。

此时的她正穿过一条街道，几栋平房，朝着小镇机关走去。

这条路上，每隔二十多米就有一盏路灯，黄色光晕在夜色中脏兮兮的，像破开一个昏黄的窟窿。假如这时候有人注意到她，一定会觉得她此时在做一个重大决定。因为只有暗自拿了大主意的人，才会有她那样决绝的表情。她的步伐不快也不慢，到了黑暗处，又很不自然地转身，退着走几步，貌似和自己玩耍。其实，她是想看身后有没有人盯梢。

她没有意识到，从这一刻起，由她设计的一家人的命运正由此而改变。

她一直往前走，身影一会儿在灯光下，一会儿又在黑暗中。终于，她在镇广场左旁一栋平房前停住了——那是一栋再普通不过的平房，房顶被烟囱的黑烟熏成了黑灰色。

这是她第一次来到这里，可是为什么会对这儿如此轻车熟路？自己走到这里是要干什么？她走到这里，反而犹豫了，之前的那个念头开始变得模糊。

镇机关办公室的窗口亮着灯。那时候，人们白天黑夜不分，以单位为家。她确定那个热爱工作的主任杨正此时还在伏案工作。

母亲仰脸站在闷热的风里，周围没有人，玻璃窗里的日光灯发出一种奇怪的、介于青白之间的光，静止不动，好像隔了一层极薄的无法穿越的帷幔。镇机关其他屋里也亮着灯，从玻璃窗看到一些人走来走去。母亲心情复杂地想要看窗户里都有些谁，但却总是看不清楚。

现在，白惨惨的灯光从镇机关的玻璃窗中透出来，整个灰黑色的屋顶浮着一层光，显得很怪诞。

正是这样一种色彩的光，照亮了镇机关门前的一棵榆树，恍惚有小虫子在叶片上爬来爬去，咬噬着叶片上的叶茎，同时也像是在一点一点地咬噬着母亲的心。她沉默地盯了好一会儿，如同看一出尚未启幕的大戏。

她在榆树的影子下停留了一会儿，像下了决心似的，踩着这道影子往镇机关大门走。她没有办法不踩着这道影子走进这道门里。就在这一刻，她知道这个重大的决定没有改变，所有大大小小的不安、预感、阴谋和背叛，都在风雨欲来的云层里、水波里、脑海里一点点地煮到火候，正趋于沸腾——

那就是，她要揭发自己的丈夫。

是不是要再迟一些才好呢？是不是要再想一下才好呢？可母亲就偏偏等不住。那天，是一个快要下雨的阴天，再迟一天去也是可以的，可她就是等不住。一个主意一旦快要落地，就和女人肚子里的孩子快要落地是一样的，再也不管什么天气、时机。如一小簇火苗，一旦燃烧起来，就收不住了。欲望是真正的动机，在这个闷热难耐的阴天里，她必须要做点儿什么。她知道自己必须要做，要赶快做，即便是手忙脚乱、破绽百出也要做，好像只有这样，才能够与自己贫乏迟滞的生活相对抗。

这个春末夏初的夜晚，我的母亲在一棵老榆树下面，彻底完成了一个告密者的形象。

母亲进门的时候，由于太过紧张，灯光又过于清冷了一些，她的表情显得有些诡异。

杨正办公室的桌子上亮着一盏台灯，铸铁的灯座看起来很笨拙，T形的灯架上套着绿色玻璃灯罩。灯罩色泽暗淡，看起来很旧，像蒙着一层总也擦不干净的灰尘。这种款式的台灯，一般是由小镇汽车修理厂的师傅以他们的审美标准用车床统一车出来的。

它虽然是一盏普通的铸铁台灯，但摆在桌子一角，那固执的姿态，似乎有着大理石般的信仰。母亲看着这盏跟自己家里的一模一样的灯，心里有些高兴。她把它拎起来，手往下一沉，有一种连根拔起的感觉。

她刚想说点儿什么，一抬头，看到杨正冷冷的带有敌意的目光，便把铸铁台灯小心地搁回了桌子上。不知是不是这盏灯的关系，母亲话多了起来。

"我有重要的事向你汇报，你千万不要告诉别人。"

她从裤子口袋把那张折叠好的纸，还有车票、手表一下子掏出来，用力按到了杨正手里。那动作很鲁莽，很像是一个不够老练的杀手在扔炸弹。

杨正显然被吓了一大跳。他有些恼怒，大声怒斥道："你干什么?!"见只是一张薄薄的纸、车票和手表，他身子重新坐直，拍了拍自己办公桌旁的一张旧沙发，对我母亲说："坐下，有什么事你说。"

这是个灰色的旧沙发。在那个年代，单位办公室的办公设备大都千篇一律，好像哪里都可以看到这样的沙发：低矮，局促，皮面是质地不太好的牛皮，木头脚。它被一张办公桌挤到了墙角，由于它处在和门同侧的另一端，往往会成为来访者的盲点。

这是一个适宜推心置腹的位置，一个适合于长谈的位置。由于这样的沙发处于一个昏暗、阴郁的角落，而坐在沙发上的人，被墙和桌子挤压着，深深地陷在沙发角落，也就具有了告密者的特点：脸色晦暗、虚弱，身心憔悴。

母亲在这间屋子里待了一个多小时。

杨正听了母亲的陈述，仔细看了那张纸和车票后，微微笑了，心里有了一种奇怪的满足感。他长期以来对我父亲有着一种隐约的恨意——样貌好，性格活泛，女人们总是围着他转。终于，他很幸运地有了一个向这个男人反击的证据。这个证据来得太突然，让他来不及分析和研究——但这白纸黑字，他还能抵赖吗？

这是一种背叛吗？我不知道，但母亲这个行为无疑是最恶毒、最伤人的，足以让一位丈夫心碎。

这是一个很多人都突然消失的初夏。

只是他当时还不知道。

此刻，屋子里很安静，父亲还在灯下写毛笔字。他是拙钝的人，没有感知到自己的人生正发生巨变。一只绿头苍蝇正一下下地撞击着窗纱。

不一会儿，浓重的夜色像水一样漫进了屋子。

五

母亲在镇机关经过的那神秘的一个多小时，造成了父亲命运的恶化。

当她从镇机关出来的时候，发现自己的焦虑感似乎并没有减轻，反而加剧了。她走在回家的路上，第一次感觉自己孤立无援。

她知道今晚注定是一个不眠之夜。

这个夏夜似乎格外燥热，没有一丝风，连路灯下的光晕都带着一种甜美的罪恶，像被灼烧，被融化。镇二中食堂门口的老狗拖着长长的红舌头呼哧呼哧地大口喘气，似乎在说："我的天！我的天！"

我家平房院子一角的垃圾盆，水池下一角的积水洼里，一夜间涌出成群的蚊子，袭击敞开屋门睡觉的家人。在这个如此闷热的夜晚里，一家人分别睡在床上、地上和沙发上。除了我那早已鼾声如雷的父亲，其他人都在反复抱怨这无比炎热的鬼天气和蚊子。

第二天是星期天，人来了。他们是在杨正的带领下来到我家的。杨正双手叉腰，站在我家的屋子正中，瘦削的脸上黑里泛黄，表情中有一种凶狠和恶意。这凶狠是藏在他耷拉下来的细长眼睛里，向下撇的嘴角里，使得这张脸有一种奇怪的威慑力。没一会儿，杂物就被扔得到处都是，床下的箱子、桌子的每一个抽屉都被野蛮地打开过，衣服、床褥被翻过后一片狼藉，几乎全被扔在了地上，任人踩踏。

整个过程中，父亲始终没有离开过他的房间，甚至没有离开过他的木躺椅。当翻抽屉、摔玻璃和撕书的声音传来，抵达了他，乱糟糟的声音像是在他的身体里消遁了。

后来，杨正气势汹汹地走到父亲跟前，站在他对面，扬着头，下巴抬得很高，死死盯着他，一字一句地说："严国光，你老婆已经揭发了你，她什么都说了，你还有什么可说的？"

他的声音不高，却极有威力。

父亲蒙了，无意识地从躺椅上站起来，一动不动，像是要理清一下思绪。母亲惊慌失措地从客厅扑到父亲的房间，看着他，不知下一步将要面临什么。杨正转过身，拍着写字台的桌面大声对她说："你还有什么要揭发的，揭发你这个狗丈夫、臭流氓？"

在强调这个"狗"字的时候，他脸上的肌肉猛然收缩，凶狠而狰狞。然后，他历数父亲的罪状。

窗帘在晨风的吹拂中传递出一种不安的感觉。这是真的，父亲记住了这个早上的所有细节。他突然打了个寒战，觉得这个早晨有一种特殊的魔力，让自己的整个身心在急促的坠落中发出刺耳的声音。那一瞬间，他的脸突然红得可怕，这醉酒般的红脸，是一张可能要出事的脸。

他走到妻子面前，专注地打量她，像第一次见到她的样子——对，他们当年在麦田里初识，他就是用这种探究的眼神打量她，想看清楚她究竟是个怎样的人。

但是，他嘴唇哆嗦着说不出一句话，眼睛先是露出迷惑，接着是震惊、愤怒，甚至还有一闪而过的失望——不，那是一道绝望的白光。

父亲从口袋里拔出了右手，迅速酿成了一个掴耳光的动作。母亲的脸在这突如其来的打击中狠狠偏到了一边。

这一记耳光清脆地回响在清晨的空气中并一圈圈扩散，它发出声响之后，便在记忆中再也没有消失过，就像锋利的刀刃刻在树干上的痕迹。

我清楚地记得母亲当时的眼神，那里面带有一点儿自信的天真："你怎么啦？你怎么敢打我？"过了一会儿，她摸了一下自己火辣辣的脸颊，像是在确认刚才是否真有一个耳光存留在那里。没有口角流血的那种电影镜头，有的只是微微泛起的一层羞耻感。是的，父亲从没打过人，特别是女人。

这一记耳光第一次打在母亲脸上，成为他们之间永恒分歧的一个证明。

我在一旁听到耳光声，看到母亲一脸痛苦，嘴咧了一下，想哭却没哭出声来。

终于，父亲从牙缝里挤出一句话，像巨石般抛向了母亲："你的心，怎么这么恶毒？！"

此刻，一阵热风将门吹开，木门重重地打在白墙上，发出吱吱的骨折般的声响，一些红绿蓝的彩色传单从门口蜂拥而至，在屋子里快速地飞舞旋转起来。

我看见大姐红掌走到父亲身边，扯了扯他的衣袖，用几乎只有她自己才能听见的声音说:"爸,毛主席说了,要搞团结,不要搞分裂——"她把他教自己的"天天读"里面学来的毛主席语录说给他听。

话音刚落,红掌就被父亲狠狠地推搡到了一边。

"你的心怎么这么恶毒?!"他看着我母亲,又说了一遍。

许多年,这句话一遍遍地在母亲耳边、心里回响,让她一辈子也忘不了。她看着丈夫眼睛里的亮光瞬间黯淡下去。要知道,他曾经是一个多么活泛的人哪,他的眼睛里原来也是有过一盏灯的。是她,亲口吹灭了这盏灯。她好像听到他说:"你是否改变了我今后的所有生活?如果是,为什么偏偏是你?"

那一年的夏天出奇地热。

那一年的味道,是被炽热的太阳烤焦的味道。

太阳悬浮在一片淡蓝色中,地面蒸腾着经年未有的滚烫热气。垃圾的臭气四处散发,蝇虫繁忙地飞行,路人仓皇地走在小镇有如烙铁的石子路面上。这真的是一个异常炎热的、令人不安的夏季,有些阅历颇深的老人一边打着扇子,一边忧心忡忡地对当下的时局和天气议论纷纷,他们一致认为,这样炎热的夏季往往是多事的、危险的。

而孩子们,则惊讶日子为什么过得飞快——每天天刚亮,似乎紧接着就天黑了,像被一股寒流洞穿。戈壁沙漠的表面一早一晚升起一层又一层雾霾,肃穆而又萧瑟。

那时候的我,不完全了解成人的世界。那天,站在镇机关大礼堂批斗台最末端的一位年轻女子让台下的看客们最感兴趣。她穿着一件掐腰的蓝布衣服，虽然低着头，样子十分狼狈，卓尔不群的风度依然醒目。

母亲焦灼地等她给个正面亮相。

终于等到了。

有人从她的身后猛地推了一把，她一路踉跄地猛扎到台前，就在这时，母亲看到了她的那张脸——"上海阿拉子"简买丽。

母亲死死地盯着她，嘴角微微上扬，唇边一抹得逞的微笑格外醒目。

那天的批斗会在镇机关大礼堂开了整整一个下午还没结束。

镇机关大礼堂的麦克风和扩音器把主席台上一个男人的声音无限放大，洪亮而轩昂的声音充满了整个礼堂。

母亲从麦克风里再一次听到了"严国光"这个名字。

我当时正趴在母亲的腿上昏昏欲睡，口水打湿了她的衣角。一个油腻的酱油瓶子放在她的凳子旁，母亲说等散会后带我一起去镇供销社打酱油。母亲还说，供销社来了一种叫"糖稀"的甜食。

"严国光！"高音喇叭又念了一遍父亲的名字。

我感到母亲的身体本能地颤抖了一下。我被惊醒了。但是抬头看她的脸，却没有任何表情。她是安静的，甚至是死寂的。我觉得在她眼里，除了父亲，那些周围的人都是不存在的。

母亲低下头，在口袋里翻拣了一阵，朝我手心里塞了两张纸币，一张一块钱，一张两毛，让我拿酱油瓶子去帮着打一瓶酱油回家，家里没酱油了，再买几坨榨菜疙瘩。

"你长大了，该懂事了。"母亲冰冷而粗硬的手匆匆划了一下我的脸颊。

"快去，供销社要关门了。"

我不知发生了什么事情，提着酱油瓶子，一步一回头一脸懵懂地绕到了礼堂人群的末尾。

可是我还是舍不得走，踮起脚在人群里蹿了几回。

当我擦去满头汗，窗外的天光开始变得昏暗了时，我想，我该走了。

这个时候，我出了状况——手里一直攥着的一块两毛钱只剩下了两毛，那一块钱的纸币不知道什么时候从手里丢掉了。我打了个寒战，怀着侥幸心理，心想它肯定是掉在了地上，就赶紧低下身子在地上找。到处都是腿，我的视线被大人们重重的身影切开，时而明亮，时而暗淡。蹲下弱小的身子，我依然在热气腾腾的昏暗当中。

我想，它遗落在地上的时候，可能没被人发现，没被人发现就不会被人捡去。丢钱的慌张使我看不清地面上的任何东西，我只能用手摸，摸到了男人女人散发脚气的鞋、糖纸、莫合烟的烟头、果皮壳，还有痰迹。但就是没有那一块钱纸币。

钱没了。

在我的成长历程中，我第一次面临真正的恐惧。

当我拎着空酱油瓶从供销社售货员手里接过用报纸包好的几坨榨菜时，天光瞬间暗了下来，整个世界仿佛只盛得下一个年幼小孩的蹒跚脚步。

我没敢回家，躲开通向我家的那条土路，又来到了镇机关大礼堂。礼堂大门紧闭，批斗会还没结束，里面不断传来高音喇叭嗡嗡的声音，听不清说的是什么。

四周黑黢黢的，但是礼堂里外全亮着灯，四方形的建筑在渐浓的夜色中通体发亮，像飘浮在夜空中。要是走到远处看，感觉它像是宇宙的中心，一切自然物、生命，都围绕着它昼夜流转。

我靠着礼堂背面的土墙不言不语地坐着，从黄昏到入夜。批斗会是什么时候散的我也不知道。人都走空了我也不知道。

这时，我听到了母亲满世界叫我的声音，但我不敢走到她面前。我是一个多么脆弱的孩子啊，而这个礼堂如此庞大，像一个巨大的怪兽，就这么把一个手无寸铁的小孩给打败了。没有了一块钱，没有了父亲的庇护，我将变得更加脆弱。

当母亲的喊唤声越来越近的时候，我终于大声哭了起来。

这个多事之夏的第一场雨水，一直等到七月初才来。和这场雨同时到来的，是"上海阿拉子"简买丽自杀的消息。

多年后的一天，我想起这个已逝去的上海女子时，试图理解她在死亡之前最后的心境——这个花花绿绿的世界原本就充满了各种让人愉快的东西，就像这里的天特别蓝，好像全中国其他任何一个地方都不会有这么蓝的天，大朵的云从清晨到黄昏排着队从天上走过。上海崇光路商店里的百货，时装杂志上的彩色照片，马路两边店铺齐顶着屋檐的落地雕花玻璃窗，公园的长椅，躺在绒毯里戴着兔子耳朵小帽的小婴儿——这一切，都是那么可爱、有趣且生机勃勃。

而她自己，也曾经是这些可爱、有趣的东西之一。只是现在，她一寸一寸地死去了，连同这可爱的世界也一寸一寸地死去了。凡是她目光所及、手指所触的，都在慢慢地死去。只要她不存在了，这一切也就不存在了。她自身与这硕大无朋的世界被迫拴在一起，你坠着我，我坠着你，一直往下沉。

她再也受不了这样的痛苦了。

她醒来的时候是一个晚上。她看了看窗外的天。天依然很蓝，是那种毫无瑕疵的让人躁动不安的蓝。她第一个感觉是惊奇，接下去的感觉就是深深的庆幸。她感到这庆幸有些可耻，但是她没办法。世界最后向她呈现出的面貌是那么地狭窄，犹如一块巨石挡住了她所有的出口。

她微微睁开眼睛，以极其软弱的目光向这个世界发出最后的求救。

这个"上海阿拉子"就是在这样一个失去希望的夏日夜晚走出房间的。这对别人来说，是平淡无奇的，因为她曾千百次地以这样的姿态走出房间。

我的目光越过了漫长的回忆之路，在想象中不止一次地修改了当初的情景——新疆杨的叶片在日光的映衬下青翠透明，树底下是低矮的民房，民房院落里，一家老老少少在炕上午睡，发出各自的鼾声。大门外，两棵树之间挤挤挨挨挂满了刚洗好的衣服，湿衣服正缓缓地往下滴水，落在土里，"嗒——嗒——嗒——"。正午的寂静中，准备用来煨汤的活鸡在铁皮桶里窸窸窣窣地挣扎着，一头小山羊在垃圾堆里翻捡菜叶，不时悠闲地走来走去，它不朝左看，也不朝右看，慢慢地走过去了。

生命，就这样自顾自地慢慢走过去了。

母亲很快知道了这个消息。

那天，母亲去菜市场买菜，听到了"上海阿拉子"的死讯，说是她触电自杀了。

成年之后的我在想象这个场景时，脑海中一直出现这样一个画面：简买丽在一个夜晚爬上镇粮油厂的房顶，几条横空而过的高压线在月光下亮如游丝——如此诗意的诱惑，带着她通往了一个不可知的世界。背景是凌晨两点的月光，宁静幽远。

她站在房顶上，好像还回头看了看身后，像是看着另外一个自己在赤裸裸地面对如此深刻的困境，像在说："看，你现在变成了什么？你侮辱了生，也侮辱了死，你已经被毁掉了。"

在最后的时刻，她看清了这个。真的，自己已经没有退路了。

在这之前，她不止一次地面临精神困境，面临选择，比如在新疆和上海之间，在自尊和屈辱之间，在"好死"和"苟活"之间，她总是身不由己地选择后者。只有这一次，也是唯一的一次，她选择了死，使得她的一生在最后一刻拥有了古典意义上的壮美。

其实，她完全是可以选择继续苟活下去的，一直活到今天，活到在新时代的大潮中享受生活。而她不，偏偏选择了死，轻而易举地毁掉了自己。

她的毁灭与她平凡的一生相比较，似乎太孤绝了一些，从而失去了一个平凡人的意义。

最后，她平静地，几乎是优雅地伸出了手——不是朝着月亮，而是朝向横空而过的高压线。

月光下，她的身体蜷曲着，犹如一个突兀的巨大的问号，生之痛苦瞬间就这样灰飞烟灭了。

这个下雨的正午，当父亲听到"上海阿拉子"的死亡讯息时，他的喉咙发出"嘎"的一声，好像一枚子弹突然击中了他。他在相信的同时又在否定，在否定中又同时相信。他看着那片低矮的平房区——土黄色的毛坯房，像巨大到不可想象的火车，朝着他轰隆隆地开过来。事情已经发展到不可救药的地步，一切已不可阻挡。

他一直以为自己是有分寸的，适可而止的，却没想到，事情却自管自地向前行进了。

长久以来，"上海阿拉子"的死对于父亲来说像是一个谜语。她的死混杂着神秘气息和现实的可能性，从而让他无法得知她临死前的所思所想。

在这个雨水飞扬的正午，父亲失魂落魄了好一会儿，对着天空发出一声嘶叫之后，感到体内似有什么东西正喷涌而出："这就是她的命吗？"

他的声音在混乱不堪的雨水中荡漾，很快就消失不见了，张开的嘴也如死去一般僵硬。

去皮源县皮林农场劳动改造前，父亲暂时被关押在镇运输公司一间废弃的厂房里。跟他关在一起的还有类似他这样犯了大大小小错误的人。

镇运输公司的大院里种了很多棵新疆杨、桑树及槐树。春末夏初，地面上落有不少桑葚，一会儿就能捡上一大把。到了七月盛夏，地面非常干净，什么也不会有。树木沐浴过几场雨水后，显得更加枝繁叶茂，树下的屋子因了它们的遮蔽而变得更加阴暗。

一个干爽的下午，我们随母亲去镇运输公司大院探望父亲。

一路上，我东张西望，心里可惜着没能给父亲捡一小口袋桑葚。我并不知晓，浑身骚痒的他此时正在黑漆漆的屋子里噼噼啪啪地打蚊子。我没看清楚这间黑房子具体是什么样的，但是从门窗里渗出来的味道就能判断出，地上、墙壁上以及人身体上蚊子留下的血债可不少。黑房子后面连着简易厕所，尿溺与腐烂稻草的气味在这燥热的夏天发酵，滋生了一个庞大的蚊子王国，或者说蚊子是被人的身体滋养着，是第一波的行刑者。

当时，我的年龄还小，够不着窗户，我是站在大姐红掌的背上才看到窗户里的父亲的。母亲站在一边扶着我的身板，我的小脑袋尽力往这间黑房子唯一一扇小窗户里探看。但窗户始终关着。短暂的探视时间里，父亲的脸被铁栅栏分割成许多块状，我看见他昔日光洁的脸颊长出了一片杂乱的胡须，而他那双漂亮的眼睛，那双在小镇男人中很少见的丹凤眼，却像两颗蒙了灰尘的玻璃珠子似的呆滞无光。父亲后来说，那次看到扎着朝天辫的我，他的手想伸出窗去，可总碰到冰凉封闭的窗玻璃。但他不在乎，就在玻璃上对着我脑袋摸呀摸呀的，却不正眼朝站在我身旁的母亲看上一眼。

我们走后，父亲缩在墙角号啕大哭了起来。哭了很久。

那个黄昏，母亲抱着我，她身边走着大姐红掌，我们走在夕阳耀眼的土路上。父亲透过窗户看着，我们渐行渐远的身影，让他觉得所有的一切都像是另一世界的景象。

这天夜里，风呼呼地刮了一整夜，早晨起床，母亲的耳朵里似乎还留有风的声音。屋子里有一股子清冷干涩的煤味，她觉得头痛，揉了揉前额。这是老毛病了，但这次头痛与往日不同，她知道这又是一夜失眠的缘故。

母亲打开窗户，扑面而来的是秋天的凉气，一些晨星在天空零星闪亮。

母亲回过身，看着空荡荡的房间，想到近日来的一个传闻，突然感到心慌——严国光，他真的要到皮源县皮林农场去了？这一走，是死是活还不知道。这样想着，她心里后怕起来，便给自己出了几个问题：假如我不揭发他，放任他，那他会不会终有一天背叛我，背叛这个家庭？他的思想真的有问题，这是肯定的。作为妻子，我又错在哪里了？这次组织上会不会教育得好他？教育好了，他回来后我们就还是夫妻。

母亲心里这样想着，并没有因此而得到安慰，反而越想越乱，一声短促的哽咽暴露出她的茫然无措。如果说那次揭发事件留给她的记忆像是一只破碗的话，那么这只碗里，则盛满了她的愧疚。现在，这残缺的碗口有黏糊糊的液体溢出来了。

母亲拿起梳子用力梳着干涩的头发，心里突然充满了另一种声音：人心都是肉长的，怎么说他都是我丈夫，与我一起生养了三个女儿，他对不起我但我要对得起他。要不，我现在就到镇工宣队去，收回我对他的控告。

这么想着，她的心里涌起一股悲壮的感情，几乎要被自己的善行感动了。

她这样想着，便出了门。

她走到镇公路上，一辆驴车停在路边，车板上堆满了煤块，煤块上铺着破草席，两个看起来不到三岁的孩子蜷缩在破棉被里熟睡。车板底下一个满脸脏污的瘦弱妇女被我母亲的脚步声惊动了，仰起脸警惕地打量她："要买煤吗？便宜。"

母亲愣怔了一下，连说不要，眼前突然浮现出丈夫离开家之后的情景，没有男人照料的家庭该是多么凄凉无助啊。

这时，一辆卡车鸣响了尖厉的喇叭声，吓了母亲一大跳，她像逃命似的奔跑了几步，看着拉木材的卡车渐渐远去，脑子里仍然想着自己的丈夫。

"活该！你活该！"她自言自语着朝镇机关的方向走，对自己说，"这样的男人，这样的丈夫，我还得找他回家。像我这样做妻子的，满世界要到哪里去找啊！"

路过镇小卖部时，母亲看见许多人在排队，连破柳条篮子也排成了一串用来占队。她猛然想到，马上要过中秋节了，人们这是在提前抢购过节紧俏食品啊。她挤到小卖部窗口探头一看，有好些天都难得一见的豆腐、糯米，还有绵白糖。母亲想着怎么会把这么要紧的事情给忘了。她急急地返回家去拿篮子和食品票，之前要去镇工宣队的计划完全被打乱了。

这么来回一折腾，一上午的时间就被消耗掉了。母亲倒是如愿买到了一大块老豆腐和一公斤糯米，还有一些新鲜蔬菜。她提着沉甸甸的篮子往家走时，太阳已经升到正当空。当她快到家门口时，看见一辆卡车装满了人，还有警察持枪把守着，一种不祥的预感顿时浮上心头。

母亲连忙拉住路边一位看热闹的老人打听："这辆车是要到哪里去？"

老人轻描淡写地说："车上的人，要拉到皮源县皮林农场改造去了，这以后是什么情况可就不知道了……"

母亲怔怔地站了好久。

一场秋雨一场寒。一场冷雨下过后，天气很快就凉下来了。

夜深人静的时候，从戈壁沙漠刮过来的风吹得窗户哗哗响，响声遥远，像来自另外一个世界的声音，这声音使我的母亲难以入睡。

这是父亲离开家后的第一年。母亲带着我们三姐妹，将度过这一年漫长的冬季。

那一年像流星一样闪过去了，我们家从那时起发生了诸多变化。要知道，世事风云有时发生在人生的一瞬间，我们家的历史只是斑驳中的一小点。

后来，父亲不止一次地给我描述过皮林农场这个地方。"这个地方，有生之年去了一次，刀架在脖子上也是不想再去了的。"

目睹身边人的死并不是最糟糕的事，最糟糕的事是目睹他们如何活下去。这期间，我听说过不少人关于生存的故事，他们能适应不同的环境来选择活下去的方式。

而活着的人看着死去的人，才会真正发现死去的人是多么地好，多么地静！一切的矛盾都和谐了，一切的缺陷都完善了，一切肉体都不再生出新的要求了！欲望、花招、心计——只有在死者飘然离去的眼神中，才有可能体会到他们的幸福感。

木格窗户用水泥封堵起来，这样听不到外边的风声了，只有一股久未清洗的人体散发出的臭味，沉积在污浊的空气中，久久不能飘散出去。

屋子里，一盏昏黄的白炽灯，照着一群熟悉而又陌生的人的脸。他们靠着墙，看上去就像是组合起来的巨型的、会动的浮雕。

最可怕的是晚上。

他们一个个躺在大通铺上，头颅一律向后挺仰，从喉咙和鼻腔发出风箱似的巨大的呼噜声，有那么一两个人，在睡梦中竟然高举起一只瘦骨嶙峋的手，在空气中拼命抓取着什么。

这里的每一个人看起来都很孤独，像一些被蛀食的灵魂，既不互相倾听，也意识不到他们彼此窒息，却有着每时每刻的恐惧——对不知灾难何时会降临到自己身上的恐惧。

这种恐惧犹如一道黑色的影子，时刻追逐着他们。

在这样寒冷而枯寂的深夜，父亲总难以入眠。他倾听戈壁滩上的风猛烈地摇撼窗棂，到了后半夜，在半梦半醒中，他不止一次地梦见来新疆时乘坐的那辆卡车正拖拽、摇撼着自己。每当这个时候，他总是在昏昏沉沉的睡意中睡去，感觉自己依然在路上，远离故乡的路、人、牲畜、房屋，被漫天浮尘包裹，像在无边际的混浊的黄水中漂浮。他看见自己在里面狂呼，恐惧的声音回荡在夜空中，是那么地凄凉，那么地绝望。

隆冬的一天，父亲和工友们外出劳动时，听说有一个人死了。

那天，一些人在冰湖凿洞挖冰，累惨了。好不容易熬到休息，便在冰湖边的芦苇丛横七竖八地躺下，没有人聊天。他们中有一个中年男人，一言不发，闭着眼睛假寐，不知为何，突然坐了起来，把帽子很端正地戴在了头上，匆匆站起身跑出芦苇丛，纵身跃入凿了一个大窟窿的冰湖里。

待人们发觉，惊叫着围过来，人已不知去向。在湖岸边，人们发现了他的眼镜。镜片粉碎，细小的玻璃碎片在粗糙的砂石和衰草中闪烁着最后的光泽，冰冷，凝滞，像一双不可言状的眼睛。

看着湖水冰冷刺目的光芒，人们决定放弃搜寻。

我没有目睹这件事的发生。事隔多年后的一天，我听父亲讲起这个故事。父亲认识这个人，说他是一位有着二十年工作履历的镇图书馆干部。他对这个干部唯一的印象，就是他高而瘦削，就像死亡本身那样瘦削，头发像乌鸦一样黑，眼睛里的土黄色与南疆的尘土掺杂在一起。还有，他说起话来慢条斯理的，有点儿结巴。那时候，他灰白的眼睛已沉溺在死亡之中……

后来，人们在他的房间——不，是他的床铺下面——的箱子里找了一下，什么也没有，他一封信、一张照片也没留在尘世中。

他太过普通，很快就被人们忘记了。

没有人再提起这件事情。

又过了十几天，凿冰湖的队伍又开始向别处进发，永远地离开了这面湖。

他已变成了水源头的沙砾。

再到后来，我就什么都不知道了。

其实，自杀的念头何尝没有在父亲的心里起着涟漪。要知道，自杀是私下的决定，是超自我对自我的一种秘密处死。

之前，死亡的念头对父亲而言是抽象的，到了这一刻才具体起来。死的念头在此刻就像是他最亲的亲人，他不该就这么冷落了它。一想到死，他就联想到因喝农药而发黑的皮肤还有内脏；因上吊而伸长的舌头，又青又白的脸上毫无血色；因河水淹泡而涨大的尸体，以及可能被河水里的小鱼虾啃得破碎的脸——

一想到这些，父亲的脑子便一片混乱，脸上浮现出一种低贱的痛苦，而这种痛苦，像烙印，也为后来的家族亲人所共有。

"就这么完结了吗?"他问自己。

但是，父亲一直挂念他的三个女儿：红掌、小凤和我——小崽。

他心有不甘。

六

命运的风总是突如其来。

皮林农场的一个女人突然疯了。这个疯掉的女人叫郝一凡。

而父亲，则目睹了她的发疯。

在皮源县皮林农场，父亲刚听说郝一凡这个名字时，她也只是一个名字而已——从某一个工友嘴里说出来，没有形状，没有高矮胖瘦，甚至没有说话的声音和走路的姿势。但是，当得知这女人是从上海来的，就格外地关注她。是不是她让他想起了曾与自己有过瓜葛的上海女孩简买丽？

后来，父亲断续地了解到郝一凡的经历：出身于书香门第，国外名牌大学毕业。她来这个农场，原因是她打算偷渡到香港，再与身在国外的丈夫相会，被人发现后，发配到这个戈壁滩上的农场。

再到后来，郝一凡疯掉的这个事件有如往她名字的空壳里填东西，越填越清晰。

父亲回忆起她当初来皮源县皮林农场时的模样——模糊的年纪，皮肤很白净，有知识女性温文尔雅的气质。她偶尔向男人要香烟抽，那抽烟的姿态让人觉得她很不寻常——她把香烟夹在食指和中指之间，用火柴点燃，缓缓送到嘴边，吸一口，再徐徐地将烟雾吐出，然后微微仰着头，闭上眼睛，有一种沉入往事的非现实感，令人难忘。至少，在当地农场，没有人见过这样的女人的做派。她的一切都是神秘的，包括她写在皮源县皮林农场供人们阅读学习的黑板报上的板书。那板书从不潦草，是有根有底的瘦金体。

那个时候，在农场劳动改造的时间是没有期限的。有海外关系的郝一凡，来到这样一个荒凉的地方，距离农场最近的县城也有好几百公里，而这几百公里，几乎是寸草不生的白花花的盐碱地。再往前走，周围就是茫茫无际的大沙漠。没有车的话，少有人能活着走出这片戈壁沙海。

在一望无际的盐碱地垦荒，是农场人最难熬的体力劳动。

白天的戈壁滩上，人们的劳动场面铺得很开——缓缓起伏的戈壁梁子上，每隔七八米远就有一个挥动镐头的人。

他们开辟的是戈壁滩上万年的荒草地。有人曾生动地形容过镐头落地时的感觉：每一镐落下，戈壁滩的荒地都是通过镐头和人的臂骨撞击内脏，而不是用镐头和手臂撞击戈壁荒地。

因此，不是人垦荒，而是荒垦人。

人们还有一项重要的活儿就是打土块。在这里，打土块的红色黏泥到处都是。先是用水将泥坝里一种红色的泥搅成浆，用木铲铲进木框模子里，赤着双脚在模子里使劲踩踏，脚板下的泥浆发出吱吱咕咕的声音，泥水顺着框底流出去。泥踩结实了，就把木框一个个地取下，留下无数块土块在白灰地上晾干。

刚到皮源县皮林农场的那年夏天，父亲打的土块似乎一直没晾干过，而他想逃跑的心思倒是越来越深。

这一年，雨水多得不寻常，西南风经常在午后阵阵袭来。然后是雨。父亲盯着下冰雹形成的一道道淡蓝色斜线，将翻转的云朵视为抹布。弯曲的闪电如枝丫，遍布天空中的各个角落。电闪雷鸣之时，他常在心里紧张地卜算着：跑，不跑；跑，不跑……

这些人中，只有郝一凡看上去是最沉默的人，衣着也是最清洁的。她每天勤勤恳恳地和别的工友一起劳动。

一日长于百年。渐渐地，人们似乎丧失了对于时间及空间的敏感。

冬至夜。

天知道是怎么回事！凌晨三四点钟，集合的哨子在人们所居住的营地急促吹响。一片漆黑中，父亲和那些人的身体彼此相撞，找衣服找鞋，然后飞一般地朝屋子外面跑。所有人都集中到一个被土墙围住的空旷地带进行整训。没有一个人说笑。杂沓的脚步声停下，融入黑夜似的沉默中，仿佛隐藏着巨大而无可名状的恐惧。这种恐惧不可违抗。甚至，人们还来不及想盲目违抗会带来什么样的后果，恐惧已经先期到来。

在黑暗中，百余个模糊的人影在钢铁一般坚硬的"稍息""立正""报数"的口令下，在冷硬的黑暗中，做着机械的服从——直到天蒙蒙亮，这些人才看到彼此脸上发青的眼窝，蓬乱的头发，以及疲惫而惶惑的眼神。

就在这时，人们吃惊地看到，土墙旁电线杆子下躺着一个年轻女人，短发上沾满了尘土，口吐白沫，两只手在空气中抓呀抓呀的，好像空气中有飞着的小虫，嘴里还念念有词：

"我是鸟。是一只小鸟。人人都是鸟……"

然后，她爆发出一阵大笑——那笑声从她的胸腔里发出来，那样地突兀，以至于笑声的发起完全是哑在身体深部的一股强大震动，还有痉挛。

多年后的一天，父亲回忆起郝一凡濒临疯狂的那一阵笑声，明白了这笑声其实是从某一个痛苦的层次穿越而来，是在挤压和摩擦中穿越而来。然后，这笑声带着一股爆破的力量，挣脱了痛苦而上升，像花朵那样彻底盛开。

那一瞬间，她的嘴舒展到极致，不仅面孔，她的四肢和身躯都是这狂欢的一部分，必须推波助澜地把这笑声给播送出去。

最后，她笑出了尖啸，变得可怕起来——这笑声，不是由欢乐开启，亦不是由欢乐完成。

她怎么啦？怎么会这样笑？父亲和工友们围观着她。农场一侧的灯光把她身体的全部阴影塑造出来——眼眶里的两个洞窟，颧骨下的空荡，微突的牙床。从这一刻起，他们终于确定，郝一凡的精神不正常了，她疯掉了。

自这个夜晚之后，她的夜晚是农场墙角或垃圾堆旁的某一个角落……她衣衫褴褛，脸上的表情丧失了悲喜，在垃圾堆里捡拾发霉腐臭的食物，嘴角流出发黑黏稠的涎水……

疯子有很多种，郝一凡是一个安静的文疯子。就是那种没有什么危险性，常被人嘲笑的疯子。她的手里经常举着一根枯草，长时间毫不厌倦地看着它，眼神迟缓而飘忽，沉浸在一种梦游般的情景中。

在郝一凡刚开始"发病"的日子里，她举止迟缓，目光呆滞，四肢和目光都显示出了同样的质地——软而直。皮林农场的人以为她受刺激只是暂时性的，每天照常给她分配活儿，垒土块，打石头，种苜蓿，等等。

"这种疯魔症，忙碌起来也许就好了。"有人这样说。

但后来，他们发现这样做是无效的，便对她撒手不管了，任其疯去。

因为"疯女人"郝一凡的病根儿根本就不是忙与不忙的问题。

她总像哲学家那样发问："我是不是人？""我是不是外星人派到这里来的？"见别人不回答她的问题，她就扭着腰肢走了，一边走，还一边往头上插野花。隔好远，人们都闻得到她身上长期不洗澡的臊腥味。

世界对她而言，是一张网，更是一堵墙。这堵墙在某一瞬间膨胀，变厚，确凿地将她与正常人彻底隔开。

白天，郝一凡蹲在场部的大院子里，随着阳光的移动不停地搬动身下的小凳子，还不时发出一声令人毛骨悚然的喊叫，把人吓一哆嗦。她突然而起的叫喊声，是那么地锋利，犹如一块玻璃碎片在空气中呼啸而去。

这是父亲记忆中的郝一凡表达她情绪的唯一方式。

很多人用不屑的口吻说："这女的，他妈的彻底废了。""这整天埋汰人的，不如死球算了。"

可是，疯女人郝一凡却不明智地选择了活，选择活在正常的人群中。她的存在，就像是往每个正常人的脸上吐唾沫，每一个活着的人，都像是被她侮辱了。

不过，任何一个年代的人对于疯子、智障者都是抱以宽容之心的。自以为是的正常人认为，疯子和智障者跟自己不是同一类人。

如此，被称为"疯子"的人游走在地狱和人间，身心悬空，滴水不沾。那奇迹似乎暗含一种启示——一个疯子，或许才可以安然地活下去。

可是，活下去，是为了什么？

春天，风季来临，奎兰镇公路旁有几棵新疆杨在一场沙尘暴中被大风折断。小镇的天气大多这样，少有例外。小镇人受够了这种天气。在风季，路过这里的人们不停地抖弹发丝及衣服上的浮尘，仿佛想要匆匆地甩掉什么。

老年人迟缓地从巴扎的摊位前穿过。

他们是怎么度过这难熬的风季的呢？

不能问，说了也不懂，说出来就破损。

父亲不在家的日子里，我独自成长。但是我知道，一个家庭中有父亲和没父亲的感觉肯定是不一样的。父亲在家的时候，他最不厌其烦的事情就是给幼小的我们做沙包，磨杏仁哨子，还有做橡皮筋。

如今，我与他之间横着一条绵长的时间之河，我经常寻思此刻的他在干什么，他住的房子是什么样子……我幻想他如果在家的话，他刮胡子的时候，我会给他递一条干爽的毛巾；他下班时，我会给他准备一碗放了白糖的茶水；星期天，我们会一起逛巴扎，缠着他坐老乡的马车，在巴扎门口买一把染眉毛的乌斯曼草——小镇星期天的巴扎什么都有；遇到熟人时，他会很自然地把我往前轻轻一推："这是我的小女儿。"

黄昏中，有人在西北方向放着风筝。风筝在高空中缓慢摇曳，像迷途的鸟。

这时候，我们三姐妹经常在自家土块垒的平房前跳橡皮筋玩儿。"四五六，四五七，马兰开花二十一……"黑色的或者用很多根彩色皮筋串起来的皮绳，在夕阳下闪着光亮，弹起又落下。黄昏的微风中，跳荡着我们严家三姐妹的花衣服，衣服上的每朵花都在神秘开放，美丽，丰盈。

美丽的严家三姐妹，我们的身体里生长着光芒。

在"歌如潮花如海，欢迎朋友四方来"这样的歌曲中，镇上的大小文艺队仍然到处演出。白天，文艺队的孩子们在学校礼堂排练。正午的校园空而静，有线广播的播音器悬挂在教室黑板的某一侧，像一个陈旧的月饼盒子，盒子里传送出来的音乐一遍遍地萦绕在耳边。

学校的教室、操场上少有人，唯独文艺队的这十几个人，在空荡荡的校园里且歌且舞，如此奢侈，又如此无辜。

遇到很好的天气，大姐红掌最喜欢做的一件事情，就是到镇机关大礼堂义务帮着总务上的人把放在木箱里的演出服全都挂到礼堂门口晾晒。衣服很多，有镶嵌金银线的黑丝绒背心，桃红色的灯笼裤，藏族的半截袖彩条围裙，还有李铁梅的红棉布掐腰上衣，等等。它们整齐地悬挂在晾衣架上，远远看上去，一派花红柳绿的景象。

那天天晴，红掌晾晒完衣服，向总务工作人员要了一张木凳，仰着头，带着满意的神情看着它们随风飘荡。看得出来，她在借着这些服装回忆自己风华绝代的舞台生涯——父亲被押往皮林农场劳动改造后，她再没有在大大小小的舞台上亮过相。

她看着阳光下的每一件衣服，目光温柔，就像看自己未来的恋人，午后的阳光倾泻下来，柔软的衣物在微风中像水一样地波动，静心捕捉，可以听见一种细微的令人心醉的噼啪声。

"你过来。"

这一天上午，我路过镇机关大礼堂，看见红掌坐在晾衣架下假寐，正准备避开她，却被叫住了。

炙热的阳光投射到她的额头和脸部，制造出一种美丽的肤色，可以说是晶莹剔透。她脸部的轮廓上还残留着儿童般的细小绒毛，这些绒毛提醒我，这还是一个年仅十五岁的少女。但是在我眼里，她始终是戏台上的人——喜儿，刘巧儿，以及后来的四凤。只有戏台上才会有这么一条辫子，缠着一寸半的红头绳；只有戏台上才有这样的长眉秀眼；衣裳亦是戏台上的，深蓝的大襟裤褂，领口有桃红的绲边，可人的衣裳随着身体伏的伏，起的起，成了她的一层肉皮似的。

"你过来，给我看着这些东西，别被风吹掉了。"

"你干吗不自己看着？"我无精打采地走了过去，"又没一件衣服是我的。"

"我要上巴扎去。我都两天没逛巴扎了。你帮我好好看着它们,别被风吹走了。"红掌懒洋洋地从椅子上站起来,脸凑了过来,感觉她有些要迷住我的意思。

她走后,除了几只鸽子在屋檐上发出咕咕声之外,四周一片静谧。

我无聊地围着这一大排晾晒的衣服转了一圈,顺手摸了摸面前悬挂的紫色丝绒连衣裙。这件衣服带着一个女性的形状,挨近了可以闻到残留在上面的廉价脂粉的气息,一种柔软滑腻的触觉从手指传到我的身体。我莫名地打了个寒战,心绪有些不安。

我拽了拽衣服一角,狠狠地吐了一口唾沫,转身离开了这些华而不实的玩意儿。

我饿。肚子里总是火烧火燎的,总想在街上找一些能吃下肚的东西。

这天上午,空腹的我一边闲逛,一边想着曾经吃过或听说过的东西——蒸红薯,肉包子,菜包子,饺子,韭菜炒鸡蛋,饼干,爆米花,水果糖,苹果,杏干,哈密瓜干,南瓜子,炒黄豆,油炸花生米——它们形状各异,活色生香。

我样样地想着它们,嘴里干涩无比。我尤其想着油炸花生米和水果糖,它俩放在一起吃最好,花生的香味和糖的甜味交相融合,会让甜的更甜,香的更香。

初秋微凉的空气一凛,感觉更饿了,四面八方的凉气灌到肚子里便翻江倒海起来，烧灼着我的心。饥饿的感觉以最快的速度滋生和集结，在我的身体内部步步紧逼，一次次地把唾液驱赶到喉咙。我一次次地咽下唾液，以平息腹中弥天的烧灼。但饥饿的怒火不但没有平息，反而变本加厉。我全身的冷汗奔涌而出，感觉头有点儿晕。

偏偏在这时，我路过一户人家，门口一个小孩正坐在木凳上吃大个儿菜包子，里面的馅儿只有豆腐干、咸菜和猪油渣，可他吃得比肉包子还香。这香味轰地一下子扑过来，口水从嘴里蹿出，凶猛得像一只带着野性的小兽，我要使劲才能把它赶回去。

可它偏不回去，在我身体里翻滚，我的胃烧得更痛了。

父亲不在家，靠自己一个人的工资养活我们的母亲真是不易。

每到下半月，我们的生活便蒙上了饥饿的阴影，如何填饱肚子成了家人最关心的问题。别说是肉，就连白米饭、白面馒头都是罕见的佳肴。

我家从原先的一日三餐，变成了一日两餐或者一餐，能吃到的食物真的是少得可怜。

回到家里，我藏在木头衣箱后面把饼干盒子打开，一股子蛤喇味冲了一脸，里面的饼干所剩无几。母亲在厨房干活时也出现了下意识的动作，比如往油锅里倒油之前，先将油瓶举到光亮里看一下，手指头伸进倾斜的瓶口往锅里滴几滴，再飞快地刮下油珠。她做这些新动作浑然不觉，一气呵成，但我觉得它们是对我家窘迫生活的一种提醒。

这个时候，奎兰镇收购站成了小镇人生活中的重要组成部分。一只牙膏皮、一截儿铁丝都能卖钱。一只牙膏皮两分钱，一只鸡肫子能卖三分钱，还有各种碎骨头、动物毛发、橘子皮等，都能换成钱，成了不少人家的经济来源。

那些年，奎兰镇经常性地断水断电，毫无保障的交通运输和贫乏的供给，使这里的市场像沙漠一样荒凉——人们买火柴、食盐、蜡烛、醋或者卫生纸这样最基本的生活必需品，都要排起蜿蜒的长龙，几家数得过来的供销社、副食店门前，永远被贫困而沉默的队伍围着。

这时候，母亲提着一只用塑料绳编织的菜篮子，在巴扎的萝卜、白菜堆旁流连。黄昏时的菜市场，烂菜叶以及鸡屎鸭屎鱼鳞混杂的气味依然浓郁。菜贩们正准备撤摊儿，母亲拨开挎着菜篮的家庭主妇，直往菜堆里钻。母亲买回来的，不用看就知道是一些品相不好的便宜处理的萝卜、白菜，更多的是掉下来的菜帮子和菜叶子。

她把人们看不上的菜帮、菜叶捡回来，洗净，撒一把粗盐，腌在咸菜缸子里。还往煮熟的黄豆里放大量的盐，拌上生姜和韭菜，闷在瓦罐里，待它闷出一层霉，发出霉香，就是"霉豆子"。

除了"霉豆子"，什么都可以腌着吃，萝卜缨子，包心菜，蒜头，蒜苗。盐是最便宜的，而玉米糊长年不断，乏味又烧肠子，只有靠咸味来送。在那个年代，人们相信多吃盐才会有力气。

是真的，那个年代的人们，真的是轻信啊。传言说家家都要买五尺红布，如果不买的话，家里就会有人遭殃。一时间，镇供销社里的红布全脱销了。

又有人说，如果不吃绿豆，喉咙里就会长出毒疮，结果镇供销社里的绿豆又被抢光了。

到了春末夏初，闹起了"春荒"，手巧的女人们就用长竿子把槐树枝钩得弯下来，再用手把缀满枝条的洋槐花捋下来。洋槐花是青白色的，花朵小，将开未开的样子特像一只小小的铜钟。把满满一篮子洋槐花在水里漂洗干净，滚水里一烫，放些许油炒香，然后放碎米焖煮，煮出一大锅异香扑鼻的菜饭。

不过，这种菜饭多吃几口就感觉味道异常。洋槐花毕竟是花，不是蔬菜，在人们饥饿的等待中，这花也吃出了一股苦涩味和土腥气。

在当年，肉食是不多见的，一年中也就那么几次吧。镇供销社往往是闪电式供应，有了肉票也不一定能买上，谁抢到了算谁的。

有那么两三次，母亲从抢肉的人群里出来，发现自己的上衣袖子被撕破，衣扣丢失，鞋子少了一只不算，还脏污得有如在泥浆里翻滚过。她学会了用地道的当地话与抢肉的妇女们对骂，必要时还相互撕扯一把。

她什么都不在意，只在意有没有买到一块骨头不大、肉皮不厚的肉。

买回来的肉不多，还得分成几份，其中的一大份肉被切成细细的肉丝，切得越细就越显量多。后来，她的刀工把我们三个孩子都震住了。这些切好的肉丝用粗盐炒了，和腌好的雪里蕻、黄豆一起塞到一只大号的空罐头瓶子里。

母亲做着这一切的时候，我们三个孩子在一旁默默地吃饭，谁也不出声。我们知道，这又是给父亲准备的。

每两个月的月末，她会给远在皮林农场的丈夫寄东西。

每一次，我们被罐头瓶子里的香气刺激得心神不定，母亲照例抱歉地对我们笑笑："是给你爸寄的。"

这看似贤惠和忘我的举止，让她似乎找到了一种非常好的感觉——她只需要我父亲有一天对她的这份牺牲和诚意领情，对负欠于她这桩事实认账，仅此而已。

这让人觉得，她这些年花这么多的时间和精力，就为的是让父亲觉着，其实是他欠了她的，她固执地要找到这样一个平衡。

她从没有给他写过信，她不敢。

而父亲也从未给她写过一封信，只一味地保持沉默。他是想让我母亲明白，那一记耳光是有记载的，没有谁，没有任何人，能承载得了那记耳光。

母亲就这样忍受着他发自灵魂的拷问，这拷问隔了重山复水追逐着她，在对她说："你的心，怎么这么恶毒?!"

但是，其实，她给他写过信。这我是知道的。

在为数不多的一些夜晚里，她给我父亲写信。我看到她把写完或未写完的信撕掉，团掉，然后丢到了桌子底下。那些写给我父亲的信，有多少种开头，就有多少种互相矛盾的念头。母亲微驼着背，两只手臂夸张地撑着桌子，一条夹杂着些许白发的辫子毫无弹性和光泽，垂在背后，随着她的呼吸一起一伏。

早上起来，我看着桌子上还有地下的碎纸片和纸团，看到母亲经过一夜的突围、冲锋和陷阵，想冲出一条出路，却是无出路，一次次地撤回。

我把这些物证一一打扫干净，装作什么都没发生过一样。

在父亲给我们三个孩子写过的不多的信里，从未提到过母亲给他寄的肉丝咸菜。多年后母亲才知道，那些年她赎罪似的每两个月准时寄一次的一大瓶肉丝咸菜，根本到不了父亲手里，早就被农场的干部克扣了。

父亲在给我们的信中说，农场的冬天，河水结了冰，冰下游着好些鱼，可惜找不到炸药，否则一炸就能炸出很多条来；农场附近的四都山下到处都是灌木丛，下个兔夹子就能逮到野兔子和刺猬；还有那些傻头傻脑的麻雀，在地上丢些食饵，就全部上钩了，用泥糊住，丢到火盆里烤熟，蘸上盐水，那真是香得要命。

说实在的，我从不认为父亲真的吃过这些野味，但我对他信中的描述总是做出热切的应答："真的啊？真是太好了！""好美味，我想吃！"

私下里，我觉得父亲对世界的态度变了，整天就知道吃、吃、吃，好像他的生活中只剩下一个"吃"字。

皮源县皮林农场荒芜的戈壁旷野，无疑也是一个巨大的胃口，填进去什么都无法抵挡那赤裸的、强烈的饥饿感。

粮荒和贫穷让奎兰镇的女人们一个个变得凶狠起来，我母亲几乎每天都要在菜市场上跟人斗嘴怄气。有一天，一位菜农为了驱赶这群不劳而获的女人，挥舞着圆镰，竟误伤了母亲，在她的额角留下了一道锯齿状的伤疤。

这道伤疤像纪念章一样感人肺腑，在她后来的岁月中散发出独特之光，让她的三个孩子感念她所经历的不幸，还有牺牲和付出。

说真的，这道伤疤差点儿创造出我的另一个世界观。

我设想，在当年，小镇的女人们为了一口吃的，差一点儿变成了母兽。多年后，当年老的她们集结在小镇广场上晒太阳，会不会带着温和而苍凉的神情，回想起那个饥饿的年代？

我丝毫不怀疑母亲对我们的爱。她的爱塞满了若干种食物，若干个锅碗瓢盆，若干盆洗衣水，若干个衣架。她把她毕生储藏的爱，都慷慨地拿出来，全给了我们。但是这爱却是抽象的，她觉得自己在爱着我们，但我们好像什么都没感觉到。

母亲觉得我们已忘记了父亲，忘记了精确、真实的他本人，他面容的轮廓随着时间的流逝在慢慢变得模糊。因为父爱的缺失，使得女儿们的性情多少沾染上了一丝忧郁，看起来不像自家的孩子。

每逢春节前，母亲会忙活好几个大半宿，把我们三姐妹的衣服补好。打满了补丁的衣服就像鱼鳞一样，而我们则像三条可笑的鱼，迎着大年初一的朝阳游出家门。

就这样，她终日忙碌，少言寡语。除了让我们吃饱穿暖之外，其余时间里，她就像影子一样在我们身边走来走去。

四周安静，阳光明亮。

她那些不曾说出的话，一句句地沉积在心里。那个特殊的夏夜，在她身体里形成了一处深渊，让她每天空空地向我们走来，空空地坐在我们身边，空空地跟我们说话。

她把父亲写给我们的信放在抽屉里。这些信像一道道符咒在提醒她，那一件事是真实的，是赖不掉的。

又到了春末夏初的多风季节，带着泥腥气的尘土味一点点地从门缝、窗缝里侵入，铺到被子和家具上，铺到我冰凉的皮肤上，浓重尘土中的沙枣树与盐碱地、炎热的日光，在我的周围旋转，成为我幼年的纷繁旧影。

风大的时候，干燥的墙壁发出一些莫名其妙的声音，难以入眠的母亲心惊胆战，孤独地躺在冰凉的被窝里，一直到天亮。

在这样的一些夜晚，她偶尔做梦。梦见丈夫仍然在家，听见他用老式熨斗熨衣服的嘶嘶声——特别是在冬夜，铁皮熨斗冒出的蒸气让窗户上的霜花都融化了——他是一个多么讲究的人呀！

她还梦见，他对着墙壁上的一面小镜子刮胡子，喉结上有刮破的细小伤口；他在院子里修自行车，被烟熏黄了的手指沾满了脏污的机油；或者在饭桌兼书桌上练书法，低声哼着歌，墨汁刺鼻的腥臭味让她皱眉头——

但是当她走进去时，房间里、院子里却没有丈夫的身影。

没有一个人。

这些梦让母亲总是大汗淋漓地醒来，双眼呆滞地看着天花板。

天一亮，隔壁家的鸡鸭叫了，窗外的孩子们像麻雀一样带着吱吱声降临，笑声像阳光，使夜里孤独的女人立刻变成了一个嘴角紧抿的威严的女教师。

她的下巴一抬，夜里乱七八糟的想法和恐惧顷刻四散。

有一天，我回到家，看见母亲坐在桌前的台灯下整理票证，将桌面上花花绿绿的粮票、布票一张张码齐，压平，用皮筋绕上几圈，用手掂了掂。她反复拨拉着手中的算盘，算计那几毛几厘的流水账，时不时地在小本子上写上几笔数字。

看我凑过来，她起身将这些票证放进一只铝盒里，嘴里念叨着："票不多了，不多了。"

父亲离开家的这些年里，那熟悉的罪恶感仍以全新的、撕裂人心的力量追逐着她。

每个星期天早上，她用力擦拭空荡屋子的角角落落；在单位，她帮同事浇花，烧煮用于张贴标语的糨糊；下班后，她给我们做简单的饭，烧开水。在一个个看起来还算晴朗的日子，她在僵硬思绪的包裹下投入盲目的忙碌中。她明白，这一切可能都无济于事，不管她做了多少事，做得多辛苦，或者说，不管她心甘情愿地放弃了多少，都弥补不了自己对丈夫造成的伤害。

永远都弥补不了。

"你的心，怎么这么恶毒?!"母亲的耳边，一遍遍地响起这句话。

而我那在皮林农场劳动改造的父亲，是不是也经常地会想起他的妻子——我的母亲？肯定有的。一个模糊的身影，在很多时刻将其勾勒出一个轮廓。

那就是他的妻子——张敏。

在父亲心里，始终回避"妻子"这个温暖的词。他经常自问，我了解她吗，这个女人？婚后这么多年来，无论春秋冬夏，她都穿着同一件有着四个兜的蓝棉布宽大外套。她虽无意树立自身为楷模，但本能地体现出自身的崇高感，把他人逼向惭愧的处境中，让旁人莫名其妙地感到不安，感到她的崇高是一种逼迫，一种压力。

那种超常的平静于表、忧患于内的容貌，让很多人不敢轻易靠近她，跟她开过头的玩笑。在他们看来，她分明是他们中的一员，但又有别于他们。这种感觉真的很古怪。

他一直以为自己是一个宽宏大量的、理性的人。至少周围的人都是这么认为的。但是，每当他想起这个被称为"妻子"的女人时，他认为他并不具备这样的品性。

只要一想起她，一股汹涌的恨意瞬间淹没了他，喉咙里的肌肉因此而抽紧，把他从愤怒推向迷惘和憎恨的极点。他握紧双拳，然后又松开。他想，如果自己活着出去再见到她，他一定会直视着望穿她："你的心，怎么这么恶毒？"

待我稍懂事，知道了他为何在皮林农场劳动改造的真相，我与母亲在心理上便有了永远的隔阂。

这隔阂就像插在心里的一把刀——刀虽生锈了，但刀还是刀。

如今，那磨人的痛，也在我心里缓缓绞动了。

父亲还好吗？我有好些年没见到他了。

母亲说我的父亲在皮林农场，每天干着最为繁重的体力活。还听说，他干活时，夏天穿棉袄，冬天打赤膊。

我很想念他。

一天中午，我在镇巴扎听说，一些皮林农场的人半个月前被统一拉到小镇七十公里外的四都山采石场打石头。

我把这个消息偷偷告诉了二姐严小凤。几天后，她偷偷对我说，要带着我去这个荒郊野岭的四都山寻找父亲。

我们不约而同地没有将这件事告诉母亲。

这天清晨，严小凤对母亲说，要和我去镇南戈壁滩捡柴火，院子里没几根柴火了。母亲允准了。

这让我们很意外。我们一向很害怕她对我们指手画脚，大声叫嚷。

我很小的时候，感觉母亲说话总是轻声细语的，我们从不担心她对我们恼怒发火。但自从父亲去了皮林农场之后，她的性情大变，像是生病了，无论遇到什么事情，如果不大喊大叫的，就几乎说不出话来。

她的心里总有那么多的怨愤，一天天、一年年地积累起来，渐渐地，她也成了怨恨本身。

不知道是不是为了赎罪，母亲一点一点地攒钱攒粮票，想尽一切办法买来或换来麦乳精、饼干，连同用熬炼好的猪油炒的白面、肉丝咸菜等，装在广口的玻璃瓶里，缝成邮包寄给父亲。但是父亲却从来拆不到邮包，都被农场的人截走吃掉了。

冬天，家家靠生铁皮炉子取暖，因此秋末一般要储存足够的柴火及煤块过冬。每到这时，母亲总是怔怔地坐在一旁，发好一阵子呆。

"你爸在家的时候，都是他去拉煤，不用我操啥心。他的力气可真大！"

母亲自言自语着，脸上露出了只有自己才看得懂的微笑。

她经常说起我们三个孩子刚生下来的那些日子，算得上是幸福的日子，却很短暂。随着父亲离开家的日子越来越长，她也越来越少说起那段生活，可一旦说起来，总是怀有一股激情，每一次，她都要添油加醋地补充和虚构与当时生活不符的、新的细节。她回忆起那些年月，就像是回忆一座不存在的丛林或岛屿。

而这些被美化的细节，与现实生活中窘迫的生活相映照，愈发加速了她精神上的死亡。

父亲离家三年后的一天清晨，严小凤揣着三块钱，牵着我的手，在镇东巴扎拦下了一辆去四都山采石场拉石料的拖拉机。

这辆破旧的拖拉机上坐着一车妇女。一开始，她们叽叽喳喳地说话，问了我们很多问题。我俩像是约好了似的，要么点头，要么摇头。自父亲离开这个家后，在大环境的影响下，我很害怕人，特别是怕那些挤在一起窃窃私语，用排斥的目光扫射我母亲的人——尽管一两天前，他们还在跟她亲热地说这说那。这些板着面孔的人，早已掌握了有关我家的但其实并不明朗的"问题"。

一切开始变得可怕而又有趣，充满了刺激，还有恐惧。但当时，迷住我的恰好是那份恐惧。

这种恐惧，在白天黑夜中弥漫，像尾随我的影子，而我这样一个没见过啥世面的小镇孩子，怎么能抗拒得了这暴力、疯狂以及畏惧的许诺？

有好几个小时，我们挤在拖拉机车斗里，在尘土飞扬的土路上颠簸。我们的身子随着车斗剧烈地摇晃着，很快就疲惫不堪了，或凛冽或酷热的风扑面而来，我俩顾不上，只想努力地稳住身体。慢慢地，车上没有人再说话。

拖拉机穿越一个个村庄，沿途有戈壁滩、玉米地，满身尘土的孩子和大狗。

村庄的土路上，永远有孩子在不知疲倦地戏耍，有瘦瘦的土狗与他们做伴。只有当车子经过时，他们的父母才从低矮的土墙下站起身，看孩子和大狗是否还在那里。

那一天，所有的记忆脱离了我父亲离开三年来的所有日子，单独跳了出来。

而记忆，像不像一颗人参果，要经历三个夏天，才有可能孕育出像今天这样的日子？

一路上，戈壁滩灼人的热浪像是凝固了，人如身处地狱。从这一刻，到往后的岁月，我的内心好像不再欢笑了。一路上，我的眼睛一直望着别处。而别处，则永远望不到尽头。白花花的盐碱地像铺满了雪，偶尔有灰色的野兔和旱獭一蹿而过。

　　戈壁滩上的菖蒲、凤尾草、骆驼刺、红柳，在这里生长得太快了，有点儿杀气腾腾的，吹过来的风也带点儿草腥气。天上没有一丝云，只剩下了炎热。

　　偶尔有几辆驴车与我们相向而过，驾车的都是来自附近乡村的少年，他们身上有乡下孩子的荒蛮之气。

　　我们看着戈壁滩反射出的白光不说话。可是这个女孩，也就是我，日后还会讲到这片童年及少年时代不确定的土地。

　　只是现在还不能够。

　　由于我们不说话，只顾呆望着马路两边单调的景色，之后的故事也逐渐变得沉默。

　　在正午的暑热中，拖拉机终于停在了四都山下。我和二姐严小凤下了车，在满是碎石和乱草的山路上行走。不一会儿，光着腿的我俩就被草丛里的蚊虫折磨得想哭，我还差一点儿被路旁一块光滑的卵石绊倒。草丛中不知名的小花有如火焰般的红，火焰般的黄，我们却顾不上去细看。

　　接近山脚，远处传来一种声音。那是硬物敲击硬物时发出的叮当声。声音太响，太特别，不像是从山间任何生命体里发出来的。

继续往前走，我的眼前展现出一片贫瘠、蒙尘的荒野，到处堆着形状各异、大小不一的石块，山下有好几排土坯房，看起来个个灰头土脸的。这些乱石堆旁很有秩序地点缀着上百名男女，他们每个人手中都握着一柄锤子和凿子——这些都是用来敲碎石块的。

我慢慢走到他们身边，寻找父亲的身影。每个人都低着头专心干活，猛烈地击打石头，没人注意我们这两个小孩的到来。

山中正午的日光汹涌，每个人的脸上、脖颈上都闪烁着汗水。

一些男人为了节省衣服光着上身，身体在尘土弥漫的碎石间上下起伏。

我站在一块大石头旁入迷地看了他们好久，忘记要去寻找父亲。上百个人用锤子敲出的叮当声，石头的碎裂声，汇成了一种韵律，共同组成了一种难以驾驭的、庄严的和谐。直到我们在夕阳中离开，那声音仍在山间久久回荡。

我和二姐严小凤并没有在这里找到父亲。他可能仍然在皮林农场，没有同这批人一起过来。但我心里一点儿都不遗憾，因为在这里，我看见了父亲全部的、可能的生活。

七

躁动不安的气息并非只局限在奎兰镇。

时至年末，冷雪频繁，这些躁动不安仿佛从皮林农场里漫溢出来，笼罩着僻远而冷漠的戈壁荒漠。它像是凌驾于人们精神之上的巨人，不动声息地、恶狠狠地膨胀蔓延，每一个人都能感觉到它的存在。

长久地注视"疯婆子"郝一凡，是一件让人难堪而毛骨悚然的事情。毛骨悚然到经常会让人不得不低下头装作不在意，装作没看见她。如果在当时，有人写到她，即便是以最善意的笔调，也是一件可耻的事情。

那些年，关于"疯婆子"郝一凡的传说缕缕不绝地撩动着农场人的生活，她的痕迹遍布在这浩茫戈壁农场的各个角落。

自从郝一凡"疯了"之后，她最喜欢的地方是垃圾堆。每天，她手持一根木棒，在垃圾堆翻捡被人丢弃的烂布、烂鞋、脏污的报纸、缺口的玻璃杯、没盖的鞋盒——这些，她都尽数放在破筐子里。

困倦了，她就睡在院子土坯房的屋檐下或是树荫里。当然，她也时常睡在自己的房子里。最终，她以"疯婆子"的形象获取了自己想要的自由。同时，她也与"疯婆子"这个词一起进入了农场人的日常语汇中。

比如有一个人去农场小卖部买东西，说话颠三倒四不着调，农场小卖部的售货员就会说："你看到门口那个'疯婆子'了吗？你说话就跟她一样。"

如果一个人穿着不够整洁，或者是头发凌乱，就会有人嘲笑他："你看你，又脏又乱，简直就跟那个'疯婆子'一样。"

还有，如果有人手里拎了一根棍子，也会有人嘲笑他："你的棍子看起来就跟那个'疯婆子'的一样。"

连当地的小孩都学会了："你看你，跟那个'疯婆子'一样。"

"跟那个'疯婆子'一样"这句话，被人们当成为人处世的坐标或者参照物进入日常生活的语句中，被熟练地使用，每一次都会让大家发笑。而被参照的人，表情也是讪讪的——是的，没有一个人愿意自己"跟那个'疯婆子'一样"。

当暮秋又一个黄昏来临，农场的职工如同树上的落叶一样变得稀少，他们此刻大多围坐在自家的餐桌前，在这一天的尾声里享受着热气腾腾的菜肴。对于刚刚过去的一天，他们没有半点儿挽留之意。他们一边愉快地吃饭，一边愉快地交谈，所有在餐桌旁说出的话都是那么地引人发笑。当然，他们也说起白天见到的人。很多人在餐桌旁的话题就是关于郝一凡这个疯女人。

"我看见那个'疯婆子'今天在垃圾堆捡菜叶子吃。"

"'疯婆子'用小刀子割垃圾桶里死鸡的肉。"

他们你一言我一语地议论着有关"疯婆子"的见闻，反复地叹息。但叹息中并无一点儿怜悯之意，叹息声里包含的是惊讶和欢喜。

他们就这样谈论着"疯婆子"，觉得这个事情、这个人的行为是那么地有趣。而这荒凉僻远的戈壁农场，有趣的事情很少，"疯婆子"就是这里为数不多的一个有趣的人，所以他们便时常谈论她。

可是，一个人数年如一日殚精竭虑地装疯卖傻，生活在自己设定的"疯子"的情境中，就一次也没有露馅儿过吗？六年过去，郝一凡的装疯，只有一个人看出来了。

这个人就是我的父亲。

"是真疯还是假疯？"猜想"疯婆子"郝一凡是父亲在某一个夏季里最重要的事情之一。她的面容在夏季蒸腾的热气里呈现出隐隐飘动的状态，自由而飘忽，在他的猜疑和想象中来回往返。

郝一凡刚开始"疯"的那些日子里，总有一些人围着她看。看她举着一根小草对着阳光看，阳光给小草镶上了一道金边，看起来毛茸茸的，她的脸上露出了欣喜之色。看她蓬乱如草的头发里细小的虫子在蠕动，犹如野兽穿过原始丛林。还看到她的身上，有被锋利麦芒、坚硬的刺扎伤的痕迹，以及被寒风吹过、太阳晒过的痕迹。

这一天，父亲干完了派遣的活儿，嘴里叼着一根麦秆，靠在院子的墙角里长时间地看"疯婆子"郝一凡。

好太阳。铮铮作响。不含一点儿水的黏腻。仿佛不是从天空倾泻下来，而是从田地涌出。南疆毒辣的日光照在大路旁黑绿色的蜡质叶片上，也照在"疯婆子"郝一凡的身上。此时的郝一凡，正蓬头垢面地盘腿坐在一只垃圾桶旁，苍蝇在她身边嗡嗡地飞。

这时候，农场里有不少人拖着倾斜的影子，在酷热的阳光下垒土块，灰尘的屏障在阳光下时隐时现。

这般闷热的天气里，郝一凡仍穿着冬天的黑棉袄，油脂麻花的。棉袄是敞开的，暴露出几个有大有小的破洞，有灰白色的棉絮从破洞里钻出来。阳光钻进这些破洞，进入她的皮肤深处，只见她在身体上这里挠一下，那里挠一下，一只手还伸进自己的衣领，沿着焦铜般的肌肤小心摸索。忽然，她的手停了下来，待手慢慢抽出时，指肚儿间多了两三个芝麻大小的灰白点——虱子。虱子在指尖上不甘心地蠕动，在她身旁围观的几个人发出"吁——""呀——"的惊叹声。

"又逮到了一个？"有人见怪不怪地说，身子却不自觉地抖动起来，好像此刻有无数寄生在自己身上的虱子也在同时活动。

郝一凡仔细地看了手指一眼，把虱子嘎巴一声咬在嘴里，再呸地吐出来。旁观的人一下子哄笑了，笑声融化在阳光里。

等围观的人看得无趣慢慢散去后，"疯婆子"郝一凡漫不经心地把一根草茎咬在嘴里。过了一会儿，她慢慢从衣兜里掏出一张纸片，还有一支铅笔，放在腿上快速地写着。

这一系列动作自然极了，简直是一气呵成。

她没看见我父亲在距她不远处正目不转睛地看她。这时候的天，浮着几朵稀薄的云，风吹云动，犹如自由变幻的动物，一会儿是马，一会儿是狮子，一会儿是群雁。它们在天空中排列出谜语般的队形，让暮夏的天空充满谜语，那谜语他看不懂。

她身体的很多谜语他看不懂。

当感觉有人在盯着自己看时，她放下了小纸片。

原来是一个男人。

她抿了一下嘴角，朝他妩媚一笑。不，那不是妩媚的笑，是嘲讽的笑。然后，她冷静地把手中的纸片一口吞进嘴里，一边嚼，一边看着我父亲，眼睛里透出的光像冰一样寒冷，又像刀子一样尖利。

她的目光有着无尽的含义。

父亲蒙了。他从未见过这样吓人的眼神，随即便落荒而逃。

从那以后，父亲到哪儿都躲着这个"疯婆子"。他总有一种被人窥视的感觉。他收工回到院子里，有时会回过头来看身后，却什么也没有。他在回过头的同时，又觉得正前方有人在看自己。事实上两头都没有人，但他就是无法摆脱这种感觉。

父亲在心里开始酝酿逃跑计划。

不知不觉，春很深了，残冬消失得连一点儿渣滓都不剩。天气日渐暖和，杏花谢了，梨花落了，风来了，雨来了，天晴了，太阳毒了。红掌焦灼地度过了一天又一天。她不知道，被自己毫不怜惜送走的，是她青春岁月中最后一些宁静的日子。

这一年可以说是古怪多劫。

盛夏的天气实在是闷热不堪，槐树、枣树枝繁叶茂，知了在看不见的树叶间长吟短唱，整个奎兰镇弥漫着一股夏日独有的空旷而慵倦的气氛，往来于工厂、学校、店铺以及居所的人们大多衣衫不整，步履迟缓滞钝，脸上普遍带有一种无所事事的委顿和烦躁的神色。

当年的奎兰镇只有几家店铺，街道很短也很乏味，假如每天就这么在街道上走来走去的话，似乎很难消解掉整个夏天的漫长时光。

是呀，小镇的八月确实是一个令人讨厌的季节，但对于红掌来说，一切都是美好而又充满生机的。这个时候，一个有关 M 市文工团统招专职文艺学员的传说像风一样掠过小镇。各种消息从四面八方疾驰而来，堆积在每一个文艺队队员头顶上，如同乌云和闪电，有力地昭示着一场暴风雨的到来。

在二十世纪六十年代中期到七十年代中期，有着 M 市文工团身份的人是万众瞩目的偶像，他们的声音、容颜和身姿，是那个时代最美好鲜活的花瓣。而年轻漂亮的女性，往往会充当这样的角色 被招集到大大小小的文艺宣传队里，在工厂、学校，县城、公社，她们既是荣誉的中心，同时也是被诽谤的中心。

可是，M 市文工团统招专职文艺学员的各种消息互相矛盾。它们密集地纠缠在一起，令人眼花缭乱。

是的，生活在僻远角落的小镇人，有谁真正见过 M 市文工团呢？我的家人和邻居们都没见过。没有见过的东西令这个传说更加神秘。它本来就远在天外，远在小镇人视线不可及的地方。

一天，刚从 M 市探亲回来的中学老师夏春妮在菜市场上和人聊起她的所见，说这次回家她见到了 M 市文工团的人。

"是真的，我不骗人。"她绘声绘色地描述起她见到 M 市文工团演员的情形。

文工团就在她舅妈的单位附近。那是 M 市俱乐部的后院，一扇大铁门整天开着，里面有一个院子，房前有草坪、花池，有高大的榆树，一排平房玻璃敞亮，透出一面墙的落地镜子和松木地板。里面那些穿着黑色或红色练功服的少女，有的在压腿，有的在劈叉，神态像高傲的公主。还有一些相貌颇好的文工团男女演员在空旷的场院里进进出出；有人在花池旁练声，从他们胸腔里发出的声音很高亢；还有人操着手中的乐器，手风琴、小提琴制造出来的乐声很悠扬。

这些人看起来跟大铁门外面的人完全不一样，个个气质优雅，衣服洁净，但是看外人的眼神都是爱搭不理的，一副很有优越感的样子。

夏春妮说："如果我对人生有所谓幸福的理想的话，那么文工团就是。他们的生活简直就是人生幸福的典范。"

不时传来的各种消息相互打架，刚说是要经过严格的考试才能录取，又听说要经过镇上机关推荐才能进去；前一分钟说文工团不招外地学员了，后一分钟又说全疆要特招八个——不，没那么多，是三个。到底招几个，没人说得清。

多少人想成为那几个幸运儿啊！一旦被特招上，就离幸福不远了。每月都有工资领，生病有国家治，这样的大好前程，就像一块金灿灿的馅饼，从天上垂下来，挂在每个人面前。对于没见过大世面的小镇女孩来说，文工团无疑是她们从无名者的底层爬上艺术家高层的一架干干净净的梯子。

只是，这几个幸运儿将会是谁呢？

慢慢地，大家无不各怀心思，空气中渐渐有了不安的气息，每个人心头疑云四起。一个希望刚刚抵达，另一个失望就劈头盖脸地赶来，一切都乱成了一团麻。不，是比麻还乱。但是，她们赖在这个传说里，就像赖在了另一个世界，这个世界只通向城市，以及她们无法想象的远处。

红掌初中毕业后，在奎兰镇技工学校读学制三年的会计专业。

九月份开学。才过了一个暑假，红掌的个子突然长高了，像一株正在灌浆的稻穗。她的裤管短了一大截儿，又喜又愁的母亲赶在开学前给她的裤管接了一截儿棉布。而她的黑布鞋鞋头也鼓鼓的，两根脚指头像是要顶出来。她的乳房正在发育，黑亮的头发柔软如棉絮，体内的"钟"也每个月如期敲响一次。穿着蓝色工装远远地朝着家的方向走过来的大姐，在我看来仍是一个大谜团。

不仅是红掌，很多人都吃惊地发现，自从有了关于 M 市文工团招专职文艺学员的传说，周围的人好像都有了秘密的打算。这些个打算从四面八方奔赴而来，它跟个人的特长有关。好像只要有了某种特长，就一定会被招上工、招上生。

会打篮球吗？会画油画吗？会游泳吗？会吹笛子吗？都不会？那会小提琴、手风琴、口琴吗？人们见了面都在这样互相问。

"人间四月天，特长吃遍天。"小镇的老年人念经似的对自家孩子说。

这些传言，让红掌有些不安。

要知道，自父亲到皮林农场至今，她再也没能回到心爱的舞台演出。表面上看，她好像不在意也无所谓，似乎对自己的人生马虎和将就起来，似乎听从宿命比什么都省劲儿。

她经常带着玩世不恭的语气对别人说："我妈都说了，我还跳什么舞啊！跳舞能跳来白面、白米饭吗？能跳来清油和鸡蛋吗？能跳来全国粮票、新疆粮票吗？能跳来布票、米票吗……"说着说着，她自己都笑得弯下了腰去。

过了好久，她目光虚虚的，不对着眼前说话的人，而是对着远处长久地看，像是一种向往多时的东西让她眼底发热。

其实，红掌自小就立下了壮志，长大后要到 M 市文工团当一名舞蹈演员。很多年来，这个念头一直沉落在她内心最深的地方，现在，这些个关于 M 市文工团招专职文艺学员的虚虚实实的传闻，像是瞬间撕裂了一个大口子，又像横空劈来的一道闪电，把层层云雾拨开，远远照耀着红掌要去的地方。

她想："我这些年受了这么多的罪，原来我还是想要到城市去，我怎么就忘记了呢？命运让我遭受了种种打击，原来都是些铺垫啊。"

红掌想起这一两年，有那么几次，一群陌生人在校方领导的陪同下，走进正在上课的教室。陪同的老师微笑着对同学们说："全体起立！"这些陌生人的眼睛迅速在每个人的脸上停留几秒，他们不说话，只是微笑，冲同学们点点头。随后，陪同老师又对同学们说："请坐下。"然后，他们就在教室门口跟老师窃窃私语一阵。

再然后，不等下课，总会有一两个同学被通知到班主任的办公室去。被通知到的同学忍住内心的狂喜，明知故问地问一句："老师，发生了什么事情？"老师也不说，只是微笑。

他们到班主任的办公室之后，就看见了刚才在课堂里见过的那三五个陌生人。班主任说他们是M市文工团招生的老师。他们让这些同学唱一首歌或者表演一段舞蹈，再拿出软尺仔细量一下他们的胳膊和腿，还量体重和身高，但最后，他们总是不满意。

大姐红掌是多么地想让他们相中。这三五个陌生人在教室门口一出现，她的心里就很紧张，死死地盯住他们的眼睛，还夸张地做出撩头发、噘嘴巴等十分女孩子气的小动作，想吸引他们的注意。

她想："我的眼睛明亮，头发很黑，他们一定会看到我的。"果然，有一次他们中有人朝着她这边的方向笑了一下，她的心马上狂跳起来，拉长了耳朵全身紧张着，等待那个自己一再呼唤的命运的到来。但是，他们却叫了班上另外两个女孩到办公室去了。

看着那两个女孩高傲地走出课堂的身影，她感到一瓢冷水泼在了头上。

在这个家里，我和我的两个姐姐从来不是水乳交融的姐妹关系，而是水和油的关系。我在家里吃饭、睡觉、干活，对她们的喜怒哀乐几乎视而不见，对红掌如大海般的心思自然也看不见。

当年，我那么年幼，正当对世界充满梦幻和奇异之想时，突然遭遇了家庭的变故，父爱的缺失，以及外界对于母亲揭发丈夫的种种恶评，让我对亲情有了一种幻灭感。

因而，在我随波逐流的童年时期，在安定平静的家庭中生活的我，变为了在母亲的各种疑虑压力和姐姐们的抱怨中时常受惊吓的我。

从父亲到皮林农场那天起，我就知道了太多的事情，就像是一个人提前透支了人生。那亲情中的谎言与背叛原本只藏在深水中，但它却赤裸裸地早早上岸了，暴露在了光天化日之下，被人们拿来做谈资。

大部分时间里，我喜欢独自一人待着，但并非沉湎于过去的事情而不可自拔。对童年的我来说，往事只是一些泼洒了的混沌颜料。我无法摆脱父亲不在家时亲情残缺的忧伤，我有时坐在那条唯一通向首府乌鲁木齐的公路旁，独自微笑和眼泪汪汪，令过往的路人惊讶不已。

如此，在家人的眼中，我越来越像是一个怪物。

在日复一日沉闷压抑的日子里，我过早地经历了初潮。奎兰镇的露天厕所就是一本很好的生理教科书，我知道生理期是怎么一回事，这难不倒我。

当我无师自通独自料理了这一切时，我便得了一张通行证，进入成年人的苍老世界中。

八

九月，红掌终于等到开学了。

开学第二周的周一放学时，班主任在厕所门口喊住了准备上厕所的红掌，让她在外面等一会儿，有事情要说。过了一会儿，班主任出来了。红掌胆怯地看着她，不知她要对自己说什么。

班主任拍了一下红掌的肩头说："再过二十多天就是国庆节了，镇上要举行一场大型的文艺会演，咱们学校文艺队也要出节目。我们正筹划节目呢，你也来参加吧！李铁梅的角色，你没忘吧？"

红掌忍住心里的一阵狂跳，摇摇头，紧接着又点点头，神情变得有些不自在起来。

红掌低声说："好的，老师。"

班主任一脸捉摸不定的微笑："这次说是文艺会演，其实是M市文工团招生的一次重要初选，相当于面试。你各方面的条件都很好。记住，不要跟别人多说这件事。"

班主任离开后，我的大姐红掌在厕所里发了一会儿呆。厕所里散发出来的屎尿气味，她一点儿都没觉着臭。此时，这气味让她感到踏实，甚至还有点儿亲切。

"我就是要到文工团当学员。我要跳李铁梅，一定要跳！我要跳！"红掌蹲在厕所里自言自语地嘟囔着，似乎眼下的处境正在逼迫她思考什么。

这是下午，刚下过一阵小雨，地上半干半湿的。阳光从厕所顶部的小排窗上投射下来，灼热而强烈。红掌突然发现一大块不规则的光影和脚下的水渍尿渍混合在一起，形状酷似一个跳舞的女子。她再次对自己说："我要到文工团当学员。我要去跳李铁梅。我就是要去！就要去！"她的声音很大，像赌气似的，好在没人听见。

十多分钟后，大姐红掌从厕所走出来。校园里没有人，十分安静，路边的杨树、柳树在黄昏中变得柔和，它们肃立着，站在自身的影子当中。

红掌回到家，意外地变得沉默，心里的不安感像滚雪球一样越滚越大，眼前恍然出现了一座独木桥——此端是被沙漠包裹的奎兰镇，彼端是另一个无限辽阔的大世界。它是荣耀、鲜花、掌声包裹起来的海市蜃楼，它若隐若现地漂浮着，散发出独一无二的光芒。

她觉得，自己肯定挤不上这座独木桥。

这让她心情格外沉重。

后来的一段时间里，镇机关大礼堂的建筑工人们在忙碌地搭建一座新的舞台，叮叮当当的声音引来不少路人看热闹。人们知道，这是为镇上盛大的国庆节文艺会演准备的。

每天放了学，红掌都特意绕到这里看看工程进度，心里暗暗怀着希望。

这天，班主任给了红掌一本油印歌本——典型的二十世纪七十年代的样式。要知道，我们当年考试的卷子、各种集会通知、大合唱的歌单、学习资料、小报，等等，全都是油印的。它们是怎么印出来的呢？卷成筒状的蜡纸，有油膜，半透明，铺在垫板上，刻笔像半截儿针，随着细微的沙沙声，蜡纸上出现了细小的白印子。印刷好后，新鲜油墨的气味扑面而来，看着自己刚刚刻上去的有点儿熟悉又有点儿陌生的字迹，让人很有满足感，好像凭空创造了一个奇迹。

也就是从这天开始，红掌加入学校的练功计划：周一、周三、周五练声，周二、周四、周六练舞蹈基本功。

她热爱练功，每一个难做的动作都做得一丝不苟，比别人坚持得更久。她一边想着美好的事情，一边把腿架在窗台的围栏上，前压，后压，侧压，蹲压，一次又一次地将柔软的上身俯向腿部，韧带拉紧放松，腹部收紧。她的足弓饱满有力，有一种难言的美感。她毫不费力地做着这一系列动作，像呼吸一样自然。肌肉的酸痛使她获得了一种神秘的满足感——原来，荒疏了好几年的基本功，自己还是什么也没忘记啊！

她轻抚着自己年轻的身体——在红掌看来，自己有着世上最好的身体，柔软，敏感，胯骨不算宽，却有着最合适的弧度。由于小时候练过功，那身体的柔韧度真是好。

"真是老天爷要赏我饭吃啊！"

一想到要去文工团，红掌的心就立刻感到充盈饱满，全身就像灌注了一种奇怪的液体。它既是轻的，又是重的。一会儿轻，一会儿重。轻时像全身插满了羽毛，有一股气流托着她飞升；重时则感到沉甸甸的，好像自己是一枚熟透的果子，等着掉到地上。

一个正午，还没到上课时间，空荡荡的校园坠入寂静，如同坠入睡眠。红掌走过校园门口的花池，发现夹竹桃开放了。她从没看到过如此繁茂的层层叠叠争相怒放的夹竹桃——是的。怒放。

"怒放"这个词创造得多么好，那些花瓣白里透红，红中泛白，如同天上的花朵，来自不可名状的梦幻之所，像是梦中所赐。

在她的少女时光中，在她的此前和此后，从没有且再也没有看到过如此灿烂的花朵。在这之前，一切的惊喜都被剥夺，如同这夹竹桃的蓓蕾，曾经被花瓣牢牢包裹着。

大姐红掌把这些怒放之花看成是一个好兆头。

那些天，学校文艺队除了必选节目外，还将一首歌排练成一个合唱——《银球飞舞花盛开》。歌词是这样的："歌如潮花如海，欢迎朋友四方来，银球万里传友谊，友谊花朵遍地开……"这是当年人人都看过的纪录片《万紫千红》中的插曲。

有人说这首歌唱慢了才好听，拉手风琴的赵子民就用极慢的节奏拉这首歌的旋律，而演员们也用极慢的速度唱着："歌——如潮，花——如海，欢迎朋——友——四——方——来……"

终于到了小镇文艺会演的那一天。终于到了红掌上舞台的那一刻。

这一天，她精心打扮自己，特意用铁扦子将刘海卷过。头发还接了一根长辫子。她把长辫子一甩，就像一条黑色发亮的蛇消失在她的背后。

她记得那天的舞台地板散发着新鲜杨木的清香，台下聚集着黑压压的观众。舞台一侧的高音喇叭在循环播放着昂扬的歌曲，一拨人上去又下来了，然后又上去了另一拨人，男男女女一大帮；也有单个、三五个站在话筒前跟着唱，或坐着拉二胡什么的。有一个女声独唱，唱得很投入，声音从高音喇叭里传出来，高而尖，咬牙切齿一般，像是唱歌的人哪哪都疼。这时，在鼓、钹、锣以及人群的掌声和喧闹声中，一大堆彩色气球升上了天空。

一种欢乐而雄浑的声浪自始至终地压着我的耳膜。

这时，在红色幕布的后面，舞台一侧的红掌听见台下有人尖声叫她的名字。

她对自己说，该出来亮相了。

当红掌提着女主角的信号灯从舞台的左侧走入前台时，一种神秘的、不可直视的变换在幕布的那片昏暗处完成——此时的她，着一件浆洗过的水红色的斜襟短衫，袖口有脱了亮片的丝线，那衣裳开始绷出早已自由散漫的乳房。她下意识地将一双沾满泥尘的黑布鞋朝裤脚里缩了缩。

还有脸。已宽厚起来的下脸颔再次游动起来，刻画出优美的弧度，脸上的五官在明亮异常的舞台灯光的映照下，特别是嫁接的长睫毛跟羽毛扇似的，呈现出来一种久违的美丽。

还有那——在她肌肤之下，形骸内部，那腰肢部分的柔软和缠绵，一种非一般的冷艳和孤傲已然复生。

当她走出舞台角落重新登场时已经是非常不同了。就在这时，她听到了欢呼声，那肯定是奎兰镇的欢呼。

她意识到自己依然是整个小镇的骄傲。

多年后，大姐红掌回想起这一天晚上的情景：自己那一天跳得好极了，肢体诉说着千言万语，就那样在满是灰尘的舞台上舞动，所有的情愫全都化在了舞蹈里。

她记得自己在旋转中偷瞄了一眼舞台下的观众，胸脯一阵膨胀。但那时的她还不懂得身体内那些生猛的、不受控制的动作是怎么回事，她舞动时，她的脖颈、胸、腰、臂，还有腿，是在表白，哪怕这表白被人嘲弄、唾弃。她的忘形也正在此，只觉得此刻，自己的身体将要冲破极限，无拘无束地飞升。

舞跳到这个份儿上，才真的是自由的。

我在人群中远远地看着舞台上的红掌，并没意识到这是我最后一次看她在舞台上跳舞。

那个晚上，红掌成为我童年时代的一道深邃的印痕，她修长的四肢和水红色的斜襟短衫，像一朵难以摘取的奇异花朵，在尘土尚未沉淀的舞台上缓缓飘浮。

母亲也挤在人群中看着，她看出女儿红掌这天晚上的演出不是无缘无故地轻盈、出色，她是在借舞蹈抛投出一个愿望。她拼命地舞动，像世界末日来临一样。当她旋转得疯狂起来时，母亲才恍然大悟：原来，红掌她什么也没有丢掉。

这个女孩，你以为她的父亲被人那样整过，作为他的女儿就应该因此受到众人的抛弃和驱逐，所有想法和姿态都该被整干净了。可现在她挺过了驱逐，还有苟且偷生，暗中养得羽翼丰满，就是为了在今晚的舞台上再一次竭尽柔媚。这个遭受厄运却不治而愈的女孩，就是我的女儿——红掌。

母亲的眼眶微微湿润了。

突然，一个异常尖厉的声音在台下响起，盖过了音乐声，那声音在说："下去！让她下去！她没资格站在舞台上，她的父亲——"

红掌一下子定住了，身体像冰一样凝固住，感觉下身一阵潮热，那是膀胱受到了压力，她好像控制不了想要马上尿尿的欲望。这是真的，每当红掌感到情绪紧张或者激动时，她的下身就会产生这样一种难以控制的压力。

果然，一股带着臊腥味的尿肆无忌惮地从她的两腿之间噼噼啪啪地流泻下来，流淌到了尘土未落的、散发出原始杨树木香的舞台上。

当红掌突然意识到自己当众撒了一泡尿时，她想笑，却笑不出来，无比羞愧地把脖子扭到了一边，像一匹病马似的站着。

所有的声音在这一瞬间全都听不到了。

舞台一侧的美工上台发出的惊恐的尖叫声，有如刀子瞬间划破了空气。舞台底下的人群涌了上去——我的脑子里一片空白。

红掌不知所措地站在舞台上，惊恐地睁大了眼睛。

就在那一刻，她一下子被彻底孤立起来。

是的，就是从这天晚上开始，再不会有人羡慕和忌妒她了，再没有人希望成为她——红掌。

台下所有看热闹的人开始起哄，那神态无不都是看好戏、看出丑的。在这片起哄声中，我的大姐红掌蹒跚着走到舞台一侧。她的收件人——母亲，像是蒙受了巨大的耻辱一样，准备把她再一次接收下来。

红掌呆呆地皱着眉头，迟钝地看着母亲，好像不认识她了一样。

又一个初秋的正午，暑气疏淡。路上没有什么人，红掌眯着眼睛站在土路边，目光虚虚的。而满街熟悉的景色，看上去也都拧着脸，对她充满了嘲弄和偏见。太阳在她的头顶上烘烤着，残存的树叶在阳光中发出一种刺眼的金属般的光芒。它们全熟透了，正慢慢趋于腐朽。

这时，不远处传来一个女人高亢重复的口令声："一二，打开；三四，收拢。"那声音来自镇二中操场上的喇叭。操场上尘土飞扬，干燥的阳光映照着团体操的排练队列。

红掌侧耳倾听，想象着操场上排成队列的人正按照口令做出花朵开放的动作。

镇二中操场上空回荡着一股欢乐的气流。从小镇的腹部，从更远的地方，隐约听得见雷鸣般的欢呼，那种似曾相识的喧嚣声让她感到异常地孤单——只有她一人，被这种欢乐彻底地抛弃了。红掌快快地环顾四周，忽然觉得这条马路很荒寂，荒寂中透露着某种令人不安的气息。

那时，她还没有完全意识到，她的人生已骤然拉上了大幕。这粗糙、灰暗的大幕此刻正徐徐降落在她的面前。

往昔繁茂的气息，她再也看不到了。

红掌百无聊赖、心神不定地站在马路边上东张西望。她觉得李铁梅演得不错，但到底是与自己失之交臂了。

她不时地在这条马路上来回走动。已经是下午五点多了，强烈的日光晒得马路上的尘土冒出一股子白烟，路两边一座座低矮、粗糙的房屋，树木，都像馒头似的胀大了一点点。什么都胀大了，往来的车辆、行人、垃圾箱，停在路边的自行车，都像是比平时胀大了，让平日无人的街道显得异常拥挤。

红掌躲开了马路上一个穿着红衣的妇人，躲开了一辆看似硕大无朋的小孩子骑的木鸭子，还躲开了一个卖冰棍的年轻人——此时的她，感到头一阵阵晕眩，像是被周围一点点膨胀起来的东西挤疼了。

当母亲找到她的时候，红掌正半蹲在路边，歪着头，十分专注地重复一个动作——用左手的食指不停地搓右手的拇指。她专心致志，沉浸其中。这个动作像一个怪兽，整个地控制了她。

她一个劲儿地搓着，没有时间感，没有现实感。就这样，右手的拇指被一千次、一千零一次……地揉搓着。

又一个秋季过去了。想起曾经在舞台上的风光的日子，红掌有恍若隔世之感。

有一天，红掌路过镇机关大礼堂，大门开着，里面黑漆漆的，靠墙的一角堆满了旧物，过去游行用过的花车、彩旗杆，以及五颜六色的装饰物都发黑了，蜘蛛正在上面放肆地结网。一只老鼠听到了响动，从一堆旧物里探出头，很不屑地看了她一眼，又钻到了彩旗杆下。

侧门墙壁上的一大幅宣传画被风雨所侵蚀，但宣传画上的女孩仍双眼炯炯，高举一盏灯正与灰尘抗争。镇机关大礼堂这一瞥让她心酸不已。其实，这堆东西她不看也罢，当时的她心里并不十分清楚，这一切，包括曾经的荣耀都已经结束了。

红掌真的心有不甘。自从被赶下舞台后，她的自信心就荡然无存了。我好几次看见她站在马路边，呆呆看着镇供销社泥墙西区一群晒太阳的老人。我看到了她眼睛里流露出来的空虚和悲哀，还有内心盘踞不散的惆怅。她似乎触景生情，无比恐惧地想到了自己命运的最后那个部分。

从那天以后，红掌好像变了一个人，开始整日不着家，东奔西跑的——热电厂，化肥厂，畜牧公司，通讯站，人民医院，锅炉厂，等等，她都跑遍了。她轻车熟路地找到这些单位的宣传科、工会，一进门，对人家讪笑着做自我介绍，介绍完了便说："你们单位的宣传队要人吗？我会跳舞。"不等回答，就在人们诧异而嘲弄的眼神中，摆姿弄态地伸胳膊伸腿，跳起了《窗花舞》。屋子太小，腿脚像是伸不开似的。她感觉自己憋屈得很，一边跳一边压抑住对自己的厌恶。

她记得第一次这样做是在通讯站，一位拿着算盘算账的中年妇人，端坐在阳光和灰尘中的办公桌旁，她的旁边是一个烧得暖烘烘的铁炉子。另一个站在她身旁嗑瓜子的妇女，几乎没往自己身上瞟过一眼。她俩有一句没一句地聊天，不时地爆发出笑声，而红掌却僵着肌肉，一个劲儿地对人家笑着，卖力地伸胳膊伸腿跳《窗花舞》。此时的她，形单影只，没有依靠，没有依托，自顾自地赤条条展露一个被剥去光彩的丑陋的自己。

"我真下贱啊！"红掌再一次对自己用了这个词。之前，她只为自己失去了父亲的庇护而感到可怜，但是在此刻，她觉得自己不但可怜，而且还是下贱的。

跳完了，一股暖烘烘的热气从脖颈里蒸发出来，她被这股气托着，感到整个人轻飘飘的，像失重了一般。

她就这样东跑西颠转了好几家单位，进了门就跳《窗花舞》，跳《摘葡萄》，跳《铁姑娘》，还跳假芭蕾。跳完了，她擦擦汗，对人家笑，屋子里的人也对她笑，点点头又摇摇头。一直笼罩着她的进文工团的幻想越来越残缺不全了。

没多长时间，整个小镇都传开了：严家的大丫头有疯魔症，病得不轻。

一个星期天，母亲在家门口串白萝卜条。每年一到冬天，小镇没什么新鲜蔬菜卖，自家锅里的内容越来越惨淡，不管母亲手里怎样抠得紧，钱花到每月中旬就所剩无几了。她沿袭了以往的习惯，把去巴扎菜市场的时间从早上改到下午下班后，那时的菜市场虽没什么好菜，可价格掉下来了。一公斤雪里蕻或白萝卜只要一毛八分钱，一公斤大白菜两毛二分钱。她一口气将各式冬菜买了五十公斤，说要把过冬的吃食都储备足。

现在，她用大号的缝衣针引上线，扎进切成条的萝卜里，如同串珠子。院子里早已牵起一根根绳子，待萝卜条晾干水分后，再把它们放回大铁皮盆里搓盐。她的双手泡在冰凉的冷水里，动作快得跟机器一样。她曾嘲笑自己手笨，现在看看，穷日子可是最好的培训班。

这时，一个熟面凑近了她。是镇二中的陈华老师。

"你的大女儿已经不上学了，你知道吗？"

母亲捏萝卜条的手定在了半空中。

"听我儿子说的，你大女儿上周在汽修厂强迫别人看她跳舞，跳完了后她上厕所，别人搞恶作剧，在门上架一桶和尿混在一起的脏水，她一推门就被淋了一身。心气儿那么高的孩子，怎么受得了这个呢？你们做父母的也不管管吗？"

红掌去汽修厂给人表演的细节，我是后来才听人说的。不管我当时想不想知道，我终究还是知道了。

那天下午，汽修厂的一个车间正在开职工会议，红掌不知从哪里冒了出来，还是那一身穿红戴绿的打扮，开口就说"我给你们表演女声朗诵《战斗者之歌》"。她的脖子上系了一条白毛巾，可能是之前等了一些时间的缘故，车间炎热的温度融掉了她脸上的紫罗兰粉和眉线，暴露出一张憔悴的脸。

可红掌仍浑然不觉，神情很投入，演得很卖力，还举起了一只手臂，挥动拳头，以更高昂的姿势呼应一个有些难度的舞蹈动作。

整个车间的人顿时炸了锅，"勺子、勺子"（"傻瓜"之意）的喊声此起彼伏。车间主任恼羞成怒，立马把她赶出了车间。

再后来，就发生了那样一件在厕所里被人淋尿的事。

雪终于停了下来。一束束阳光仿佛不是从天空倾泻下来，而是从地平线里涌出。整个冬天过后，我再也没有见过那样的太阳，那样的不含一点儿水分的黏腻的、值得夸耀的太阳。

一道金色屏障把整个时间罩住了，被罩住的，还有随冷风起伏的细小雪霰，在阳光下闪闪发亮。

那场春雪已被彻底遗忘。春天一到，杏花又挑逗着开放了。然后是桃花、李子花，白的，粉的，浅紫的，像涂颜色似的一块块涂了来，涂到这个小镇来，没多久，就把小镇的角角落落给涂满了。

久违的阳光与花朵带来了另一个世界的味道，但是我的大姐红掌却没有顺着这一场雪走到另一个春天。

M市东郊区，红掌住过三个月的精神病院就坐落在这里。这是一个略显荒凉的地方，医院的后面是几排民房和一片稀疏的树林。平时没有人记起这里，人们谈论起它来也是讳莫如深，只有在相互攻击时才会恶毒地提到它的名字。

在这座略显陈旧的白色建筑中，住院区里的房子在白天也是铁门紧锁，从里面可以看到一些穿着病号服的病人排着队，被护士带领着，在花园里缓慢地走圈，一圈又一圈。

特别是秋天，那些泛黄的树叶被太阳照得闪闪发亮，又被风吹得闪烁不定，随风安静地落着。因没有人及时打扫，一层层地黄着绿着，在阳光下很炫目，使我有些喜欢上了这个地方。

我远远地看着那些病人踩着地上的枯叶，发出细碎的声响。再仔细看，那些病人直着两条腿走路，脚步呆滞缓慢。

我隔着木栅栏看着这些人的举止，为他们所吸引，感觉他们起伏的身姿正在不断地彼此叠合。

昏暗破旧的土坯房子里，墙裙上绿漆斑驳，炉子上永远坐着一壶水，嗞嗞作响。煤烟味充斥了整个房间，烟囱伸出窗外，暗黄色的油锈已结成了冰——每一天都像是新的一天——在我起身的那一瞬，我看见墙角落漆的木箱上一面镜子里的投影：红掌在病床上睡着了，她蜷缩着身体，皱着眉头，头发散在褪了色的枕头上。她总有那么多不顺心的时候，睡着了也像是在躲避着什么。这些，都是我必须要记住的面孔吗？在昏暗灯光的映照下，她疲倦蜡黄的脸上有一种卑微的辛酸。

总是在这样的时刻，红掌的面容在模糊地浮动，让我感到来自血缘神秘的亲和力，我的心里就会涌现一种既凄凉而又温暖的感觉。常常会在这样的时候想到她的命运，母亲的命运，还有我的命运。

我总是能够在这样的时候想到很多的事情。

那一年，还是若干年前，我和母亲发现大姐红掌患病后，事情便一步步走到了连我们都不愿承认的地步。我常常在夜里被她流口水的声音惊醒。打开灯，看见带着饭粒的液体从她的嘴角源源不断地流出。我用一块小毛巾使劲擦，也没能止住这些恶心的东西往下流。

这时，我感到事情有点儿不对头了，一下子就想到了这个特殊之所——精神病院。曾经看过的电影里像她这样的病人被灌药片、电击的场景，在我的脑子里不断地膨胀和变形。一想到红掌十分脆弱的身体，我犹豫了很长一段时间。

这期间，我也曾言语曲折地向一个熟悉的医生打听从这个精神病院出来的人是什么样子，他说："肯定会黑一些，胖一些，迟钝一些。不过，我好像没有听说有谁治好了痊愈出院的。但是不治是不行的，不治的话会深度发展，会害了她一辈子。"

精神病院的车是在盛夏某天下午到的。当时红掌的病情是怎样的，我从未听母亲说起过。

我无数次地想象，红掌在那一夜突然发病，最后，被两个身强体壮的男医生带走。他们用结实的带子绑起她，然后让她接受电击，吃那些身体会变迟钝的药。这治疗过程使她饱受摧残，伤痕累累，目光呆滞，举止缓慢。不知有多少次，这个面目全非的身体越来越清晰地出现在我的面前，令我伤痛不已。

大姐红掌是被母亲带到专科医院确诊的。

她的面前是一台黑色的仪器。一个着装邋遢的女医生示意她坐下。按照测试的惯例，大姐要回答二百道题左右，在每道题结束的时候，她要按照自己的第一反应按下仪器中的"是"或者"不是"。

当医生退出了房间，透过眼前巨大的玻璃窗，我看见大姐单薄的身影与这架机器连成了一体，好像她是它的一部分。

不知等了多久，红掌坐在仪器的后面一动不动。我盯着玻璃窗看了很久。干瘪的树枝剧烈地摇摆，像得了癫痫似的抽搐，每片发黄的树叶上都有一张扭曲的脸。

测试的结果并不使我们意外。红掌精神分裂症、抑郁症的指数都偏高，早已超过了正常人的范围值，达到了医学界定的指标。

随后，他们又对红掌进行了一系列的检查，光脑电图就做了无数遍，还让她对着抽象的彩图说出自己的第一感觉。面对一套又一套的测试题，红掌居然没有表现出一丝不耐烦。偶尔，她嘴角露出来的微笑，让我感到那是一种嘲讽，是对身边为自己忙碌着的医生的嘲讽，是对正常人的嘲讽。

待医生们都离开了，疲惫的母亲将一把药片递给大姐，看她一脸冷漠地端起桌子上的水杯把药片喝了下去。接着，母亲让她张开嘴，仔细察看了一下她的舌头，确定没有藏药。

大姐对这套动作很熟稔，有时咽下了药，不用母亲提醒，她也会主动地张大嘴，并转动舌头。

可能是真的，人在一起待得时间长了也有害，不知怎的就生出了莫测的变数来。比如母亲，认定自己对亲生女儿没有祸心，绝对没有。但变数本身有没有藏着祸心？她不知道。谁也不知道。有一天，祸心会自己暴露出来。

也是暮春的一个傍晚，做晚饭前，母亲想起自己忘记买盐了，打算让红掌去买。叫了她一声，没人应，便推开她的门，人不在屋里。想她会不会又到外面逛了，便叫上我分头去找。母亲一边走，一边低声骂道："这个货，生了病就是废物一个了！就这么整天在家里赖吃赖喝的，什么忙也帮不上，烦死了！"

出了门，朝左拐，母亲就看见了红掌被一群人围观。

这样一个不体面的女儿出现在这么多的人面前，摇晃着脏兮兮的头发对人哧哧地笑，馊臭的衣裙招惹来几只挥之不去的绿头苍蝇。

母亲叫了一声她的名字，她没应答，便怒气冲冲地走到她跟前，扯了一把她的袖子。她转过脸，用跟母亲一模一样的骆驼眼看着这个疲惫的妇人，眼神蒙昧无邪，似乎不认得那是她的亲人。

在那一瞬间，一种恨意涌上母亲的心头，她突然涌起一个歹念——要是自己没有这个女儿该多好。她狠下心这么一想，才发觉自己有这个念头已好久了。

她看见周围的邻居一家一家地出门，女儿和母亲勾肩搭背地走在一起，亲亲热热，父亲一脸憨直地跟在旁边。这人间世俗的寻常风景，每一次都能把她给看傻了，看痴了。

母亲就想："要是红掌没这个让人说不出口的病，丈夫还在这个家，我们也能是让人眼热的一家子啊。"

我们带红掌回家的路上，路过镇机关一条新建起的林荫道，几棵桃树、杏树、李子树开满了白的、粉的、浅紫的花，风一吹，花瓣四扬，很是美丽。

红掌似乎也被这些花所感染，蹦跳着要去抓头顶上的一簇桃花，抓到了，高高地举在手中看呀看，却被一个林管员看到了，铁青着脸来到红掌面前，说这条林带是公共设施，不能随意摘花，是要罚款的，就罚五元吧！

母亲指了指红掌，似笑非笑地说："这孩子有病，你没看出来吗？"

"春天来了，疯子也来了！"

林管员看着嘴角流着涎水的红掌，又看了看我的眼睛，说了这么一句奇怪的话。

我点点头，然后朝着家的方向走去。

没走多远，我突然觉得她的话另有所指——她在说我的大姐红掌是个疯子吗？我回过身来准备找她算账，却见她已经走很远了。

后来，每年春天，总有一个声音对我说："春天来了，疯子也来了！"

"春天来了，疯子也来了！"

不知怎么的，这句话像是自己长了腿脚，传出很远。我家人出去，只要身边有红掌，就有一些人围观她，遭到母亲轻微的呵斥后，仍有不懂事的小孩不远不近地跟着，待我们回头看，那些小孩就齐齐地喊："春天来了，疯子也来了！"

然后咯咯笑着散去。

也许是因为大姐红掌的缘故，我与二姐严小凤开始了短暂的"友谊"。严小凤和我一起杀气腾腾地在公路上走来走去。她站在马路中间发誓："谁要说我姐姐红掌的坏话，不管是公狗母狗，我立刻让他的脸挂花。等着瞧吧！"

可能是时过境迁，没人长久地记着我家这点儿事，至少在后来的一段日子里，我们没再受到别人的恶意嘲笑。总之，当我们开始凶狠地对待这个世界的时候，这个世界突然开始变得温文尔雅了。是仇恨让我和二姐联结在了一起，仇恨一旦淡漠下去，我和二姐的"友谊"也就消散了。

但是母亲却另有想法。

一天吃过早饭，母亲把一双自己从未舍得穿过的老北京布鞋塞到红掌的手里，又从衣柜里找出一件过时的土黄色棉布风衣叫她穿上。母亲要和她一起出门，去哪里，还没想好。反正一个阴险的念头早就在她心里成形了。母亲坐在沙发上，目光冷淡地看着她穿衣换鞋。

红掌冲她笑笑，好像很高兴的样子，似乎知道母亲要带自己出去逛。

临走前，母亲做好了饭，轻描淡写地说是要去 X 县医院给红掌看病。

X 县长途汽车站人声鼎沸，熙熙攘攘，到处是身份混杂的人，售票口排了很长的队。长途汽车从人群里开出来时，司机一路按着喇叭，但声音很快又被人群所发出的嘈杂声压住了，显得很模糊，听上去像是从另一个世界传来似的。

后来，听母亲说，那个县城距我们这里有二百多公里，人称"小香港"，外来人口很多。

到目的地已是下午。母亲心事重重地带着红掌到汽车站旁边的巴扎里逛了逛。

这个巴扎像南疆所有的巴扎一样嘈杂，到处都是人。玉石摊子、草药摊子、布料摊子、瓜果摊子等一个个井然有序地铺开，卖干果的人在屋顶上各自拉一块简单的篷布，炎热的阳光从篷布的缝隙中倾洒下来，热气在蒸腾。

母亲领着红掌在一个面摊上吃了盘拉条子，菜是辣子和肉。红掌吃得很慢，把拉面一根一根地夹住，然后放在嘴里吸，好像很舍不得吃的样子。母亲心情复杂地看着她，好像是第一次，同时也是最后一次看她这样吃饭。最后，她像是下了决心似的，沉默了片刻后说："你在这里好好吃，我去买个东西，过会儿我来这里接你。"

在那一刻，她像是被自己的这句话吓住了，浑身泛起了一层鸡皮疙瘩。她活了四十多年，有多少个歹念从心里生心里灭，但都统统不算数，因为没有一个能抵得上这个歹毒。这个在她的心里反复预谋了好久的念头让她毛发直竖。

但是又一想，如果得逞了，她从此就能过上自己想要的日子了。

母亲狠狠心，头也不回，直接到巴扎旁的长途汽车站售票口买了一张回家的车票。

车子很快就坐满了人。车要开了。

母亲从车窗里看见了红掌的身影。她站在巴扎的路上东张西望，表情显得很无辜、很可怜。红掌还朝这辆车望了望，似乎看见了自己，还咧嘴一笑，笑容还是像从前那样的蒙昧无知。

可是母亲觉得，红掌的这个笑容像是一个嘲讽，嘲讽自己的歹念终于得逞了。随即，她又恢复了先前的冷漠表情。

母亲避开了红掌追寻的目光。车终于发动了，从巴扎旁边笔直地开了过去。

母亲在心里长叹了一口气。

可是没多久，她心里的声音突然跟打雷似的轰响。她听见一个声音在绝望地责问自己："你这是在干啥？你疯了吗？你真想把你的亲生女儿丢下不管了吗？"

同时，她又听见了自己内心发出的另一个声音："这是她自找的，老这么麻烦百出地活着，来祸害我，祸害这个家。我没对不起她！"

但是，她的心里一下子就像是被什么给抽空了，解脱的惊喜和放松的快感一点儿也没来临。

"你的心，怎么这么恶毒？！"丈夫的这句话，隔了重山复水一路向她逼来。

母亲的鼻子一下子酸酸的，在车上低声抽泣起来，哭得胸腔空空地响，还浑身发抖，就像给自己的眼泪泡透了。有什么办法忘记红掌留给自己的那最后一张笑脸呢？

这辆长途汽车到S县县城的时候，母亲下了车，又拦住了另一辆长途汽车，朝着红掌停留的X县县城奔去。

长途汽车站旁的巴扎上果然早已没了红掌的身影。

母亲在巴扎的每一个摊位细细地找。已是黄昏，在巴扎角落里被炎热阳光晒了一整天的毛驴"昂叽——昂叽——"地叫着，筋疲力尽的声音融入嘈杂的市声中，很快就被淹没了。

人们赶着驴车准备回家。驴车上，成串的孩子攀在车身上，车板上坐着妇女和老人，身边堆着、挂着活的家禽，以及塞满馕饼和水果的篮子。这时候，驴车已失去了它的外形，它们个个水肿，鼓鼓囊囊，成了见所未见的怪物。

随着驴车的远去，巴扎上的人少了起来，但是喧闹声依然存在。

那是五一国际劳动节的前一天，天蓝得发亮，像是涂了一层颜料，暮春的风吹在脸上是软的，巴扎、车站及百货商场门口都拉出了庆祝节日的横幅标语，电工在长途汽车站前的拱形门廊上调试着五颜六色的彩灯装饰，一群小孩子挤在下面看，嘴里尖声叫着："亮了亮了，又灭了——"

节日就是节日，X县县城的街面上弥漫着喜庆的氛围，长途汽车站到处是人，人挤人、人挨人的。若从高处往下看，就像是整个街道涌起一股子一股子的黑水，还翻起漩涡，一旦落进去它是连个泡沫都不溅的。母亲跑到街道上，沿着街道跑了个来回，不停地找。这样地跑了几个来回，也不知自己到底要干什么。

没有人注意到这个满脸悲戚的中年女人。过度的悲伤使她在大街上如入无人之境，挤在人流中来来回回地走，歪歪斜斜地走，不时地碰到别人的身体，遭到别人的呵斥："这位大姐，你会不会走路？"待回头一看，是一张被泪水泡肿的面孔，两只发青的眼袋状如核桃。只听见她木然地仰起头说："我的孩子不见了。她穿着土黄色棉布衣服，蓝布裤子，你看见她了吗？"

红掌找不见了。

母亲站在街道旁号啕大哭起来。她哭红掌是个太温顺的孩子，温顺得像没脑子；哭红掌从小到大给她添的大麻烦；哭自己在红掌身上花去了太多的心血；哭红掌的善良愚钝，不晓得人世的利害；哭红掌没了人的照顾，自己也没留钱给她，可能会被饿死；哭红掌得了这样的病，人家怎会听得懂她语无伦次、乱七八糟的话。

她哭得浑身发抖，一点儿力气也没有了。她的哭泣引来了几位好事者的旁观，几颗恻隐之心被她的泪脸照得发烫，不时地有人前去拉扯她劝慰她。可是母亲并不领情，像是她的悲伤不容侵犯，她一边抽泣，一边还反问那些好心人："是谁在哭？我哭了吗？我有什么好哭的？"

最后，她索性蹲了下来，不理人，用双臂紧紧捂住脑袋，沉浸在自己悲伤的世界中——有什么办法忘记女儿留给自己的最后一个笑容？当女儿知道母亲要带自己出去，像是很高兴的样子，破天荒地在脸上擦了一点儿过期的紫罗兰香粉。她最后的笑脸是花的，粉没擦均匀，让汗水冲开了，又混进了尘土。

第二天凌晨，几乎一夜未眠的母亲鞋也顾不上穿好就出门了。她又去街上寻找红掌。商场，集市，街道……她就这么东张西望，一时觉得这密密麻麻的人群里到处都是红掌，然而又都不是。

在这茫茫人海，母亲又能找到什么呢？如此大的一个世界，隐匿一个活人或者埋掉一个死人，都是不费什么吹灰之力的。

早晨七点，街上没什么人，只有几个晨练的老人在慢走。她向其中一个老人打听，问他有没有看见一个中等个头，偏瘦，穿着土黄色棉布衣服、蓝布裤子的女孩。还有呢？没有大门牙，一张嘴是豁的，像个黑洞。还有什么特征？就是，就是，她看起来和别的女孩不一样。有什么不一样呢？

母亲被这个难以回答的问题给问住了。

这个老人摇摇头，说他没什么印象，每天来来去去的人有多少，没人记得住。她讪笑了一下，道了谢就走了。

一路上，她沿着街道上上下下好几圈，碰到开早点铺的，在花池中修剪花草的，打扫卫生的，都对她说没注意到或没看到这个"看起来和别的女孩不一样"的女孩。

太阳升起来了，洒水车在马路上唱着欢快的曲子，一路洒下清澈的水珠子，空气中一下子弥漫着清新好闻的味道，让人忍不住想拥抱这新的一天。母亲心怀感动地在路边站了好久，心里好像释然了很多。在这一刻，她感觉红掌真的已经死去了，从这个人世间消失了。是自己亲手杀死的。幸福的生活和她，只能选择一样。而她，也只能这样去选择。这真的是没办法的事情。

她真的把亲生女儿给抛弃了吗？

不是的，是她自己走丢了。这是一句现成的理由。

可是，耳边分明有一个声音传来，这声音在对她说："你的心，怎么这么恶毒?!"

到了第六天的早上，母亲才在 X 县县城一所小学门口的垃圾箱旁找到红掌。

她看到红掌的那一瞬间一下子惊呆了：红掌披头散发，晒黑而又饥饿的脸呈青灰色。头发早就脏污了，满是头屑。现在，她的两片薄唇绷成了两根细线，像缺了水似的。这几天来从没刷过的牙齿上，有韭菜叶子露在外面。

再看看她的脚，简直就是逃荒的人的脚，脚趾上全是黑泥，脚面上的层层污垢结成了硬痂子，像怎么也洗不干净的样子。

还有衣服。她穿着桃红色的衬衣，却翻着咖啡色运动衫的领子，外面仍裹着那件土黄色的棉布风衣——她这里面穿的衣服不知是哪里找来的，全都是脏的。我可能没写清楚她的装束，也没写清楚她当时的表情和心理。但红掌的脸看起来是麻木的，好像休克的人。

红掌看见母亲，手里高高举着一只捡来的馕饼，静静地看着她，然后对母亲咧嘴一笑说："你吃——"

有一天，我坐在敞开的窗前。窗外是各种遥远或清晰的声音——建筑工地上的隆隆声、孩子的喧闹声，这些，与夜晚的灯光、草坪上的气息、亲人走动的身影和呼吸混合在一起，成为一种情感。其中也许还隐藏了一些不为我所知的可能性。

我坐在客厅的一角注视着红掌，此时的她正和一屋子的尘土作斗争。那么多的灰尘，无处不在，从窗缝、门缝涌入房间，被带进家门来的蔬菜、水果、衣物、书籍、纯净水桶带入房间，被一些会飞的蝇虫带入房间，被我们不经意间说出的一句话带入房间……

她挥舞着抹布，警觉而敏锐地判断着它们的位置，仿佛这些灰尘有腿有手，是活的，会在不经意的瞬间绊住她的脚。

那么多的生活之灰呀！

这些年，红掌从不化妆的脸蜡黄、肿胀，腹部也奇怪地向前隆起。母亲说那是她疯了以后长期服用一种镇定药所致。服了药以后的她变得安静、少言和嗜睡。有时她带着讨好的笑向我靠近的时候，她的辛酸也在身体里持久地保持着。虽然那一件事已经过去，她看重也好，不看重也好，她的身体、她的脸无论从哪一个角度看，不管有没有光线，都有深一道、浅一道的依稀可见的被生活毁坏的痕迹。

母亲淡淡地说："不管治好治不好，这辈子，红掌是毁掉了。"

她一会儿看看我，一会儿看看举着蝇拍在一旁佝偻着背不停地打蚊子的红掌。窗外的一阵风吹过她额前花白的头发，我看见母亲的眼眶里有泪光在闪动。泪珠如果掉下来，那一定是浑浊的。

"你这就走了吗？"母亲扶着桌角站起身，花白的头发在颤动。

我轻轻地、迅速地回应了她一声。

母亲低下头。我想那泪珠也一定落下来了。浑浊的。

那扇掉了漆的木门在身后发出哐的一声。

这样又过去了很多年。

这是我们共有的家族史。

多少年又过去了，在无数个黄昏中，坐在沙发上和站在窗前的母亲和大姐，老少两个女人，在渐渐幽暗的光线中是一幅意味深长的摄影作品，她们安静，像被复制的时光一样凝滞不动。

九

这一天临近黄昏，在采石场干了十多个小时没歇息的工友们沿路返回农场。农场的土坯房像蜂巢一样密集，房顶上落满了厚厚的黄土，人走过去，或者风一吹，浮土不住地往下落。有几户门开着，露出里面蒙尘的家什，来回走动着的人也被灰蒙着，鼻子眼睛看不真切，远远地看，是污浊的一群。

父亲也像是浑身在尘土中打过滚儿一样，混在他们之中，不分彼此。

因为饿和累，此时他弯着腰，像个病人一样慢慢走过面如土色的人群。肚子越来越响了，当他走到食堂门口，冷空气里散发出一股泥腥味。那是一股子玉米面馒头的味道。他用袖口拂去落在鼻尖上的苍蝇，像是要哭出来，但他最终没哭，打了饭后坐下来开始大口地吃。

父亲机械地啃一口玉米面馒头喝一口粥。粥面上漂着几只虫子的尸体，他像是没看见一样，将它们混着粥一起咽了下去。

他偶尔停止吞咽的动作。抬眼望去，到处是黑压压的蠕动在桌面上的脑袋，一片令人生厌的、像动物一样的沉默的咀嚼声。

猛然，一股陌生的热气在他的身体里涌动："我的生活与他们相比，还有另外一种可能吗？这里将要淹没我的一生一世吗？"

他想逃跑的念头似乎就是从这个时候开始的。他明白，自己再也不能这样忍受、苟且下去。白天劳作的辛苦，"黑房子"透不过气的狭小空间，比待在坟墓里还让人难受。他经历了这些，就是经历了人世间最坏的生活。

这么多年过去了，他没想到自己对苟且的生活有着如此惊人的忍耐力。

但是眼下，他决定要放弃了。

又是一个冬夜，农场一片死寂。几十座戈壁沙漠中的土坯房黑得像阴影之源。

房子里黑乎乎的，没有人声，只有寒冷的漠风带着不同的音阶，"喔——呵——呜——"，声嘶力竭地叫唤着。天空飘着零星的雪花，一轮清寒的月亮隐入厚厚的云层里，过了一会儿又出来了，带着一股雾气在空中漂泊，像在行乞。

这个夜晚还冷得出奇。春天快来了，却冷得几乎不像是南疆的冬天。不，你以为这里没有冬天，但是你忘记了自己的身体就带着冬天。

外面在刮西北风。这里的风不是一般的大。父亲睁着眼睛，一动不动地看着黑暗中的墙角。

他突然想起自己五年前刚到这个农场时，这里荒芜一片，人们最初都是住在帐篷里。后来，"上头"决定让他们自给自足——自己盖房屋。

"要盖房！帐篷是扎不住人的，别让这些人给跑掉了。"

还说："盖这种房特简单，早上动工，晚上就可以住人了。"

还真是这样。墙体是用戈壁滩上到处都是的红柳条抹上泥皮筑成的，尽量把凹凸不平、不方不正的泥坯墙修齐边角，然后刷上石灰。这些泥墙里含有陈年的与鲜活的草根草茎，有筋有骨的，倒是很经事儿。他们在屋顶多加了一层红柳枝，在一进门最打眼的墙上挂上李铁梅、阿庆嫂、红色娘子军的招贴画——有了这些，他们觉得自己与城里人的生活不太遥远了。

可是盖好的房子一下雨就露馅儿了。他们住进去的第一晚，下了一整夜的暴雨，泥土掺牛粪抹的屋顶一直往下滴泥汤汁，待第二天雨停了，泥坯房里钻出了很多条蚯蚓，也钻出了不死的草和花。有时，从墙角、门缝还钻出不少幼小的灰色菌子来。

现在，父亲长久地凝视着泥坯房子里的一方窗户，同室七位室友的鼾声此起彼伏，不时地有人在睡梦中抓挠身体，好像商量好了似的，一起默许他逃跑。

这潮湿污浊的泥坯房子里，跳蚤、臭虫在夜间变得放肆，每晚从一具肉体逛到另一具肉体上去尝鲜。而他因白天过于劳累难以入睡，左手臂腕上的伤口带来的痛感一抽一抽的，每一下都疼得精确又让他憋闷。

他真想用刀子把这个叫作"痛"的东西剜出来。这时候，父亲听见了鼠叫。他从床铺上直起身子来，全神贯注地寻觅老鼠，却不见其踪影。但他在惬动中又似乎和它们进行了短时间的交流。父亲的眼睛睁大着看，黑暗中，有两点古怪的锥形光亮在闪烁。这个时候，他的身体开始哆嗦，在这叫声中开始变凉。他觉得风声越来越嘹亮。他真想和这奇怪的呼唤声会合，却又不知从何处冲出去，这让他心急火燎而又不知所措。

他以为又是一个梦。

在农场这些年，他经常做梦，做噩梦。梦中到处是纸，上面淋漓着新鲜温热的墨汁，自己的名字被写成各种各样的字迹，有些名字上还画着叉。一些词语，最大尺寸如八仙桌的桌面那么大。有无数次，他睁大双眼，自上而下、自下而上地看着这些龙飞凤舞的毛笔字，像是在努力辨认每一个字后面的自己。但这些字让他失语。

他也常常梦见农场四周荒芜的山脊。这山脊是环形的，黑灰色，像一口大锅，而自己的一生一头栽进了这口混乱的令人窒息的大锅里，永久地献给无尽的夜晚，献给黑暗了。

父亲听着风声，想着自己在这异乡之地，一切都完了，剩下的是后半生的断壁残垣。

那么，还有什么舍不下的吗？猛然，一股暖暖的气息从他的下腹部升起，眼前晃动着三个小女孩模糊而无辜的小脸。

他常想起那个被戈壁沙漠包裹的奎兰镇，还有小镇上的家。日子一长，已变得有些模糊不清。那是他的三个女儿，曾经每天在他身旁叽叽喳喳的女儿，在夕阳下的院子里跳橡皮筋——曾经很多个冬天的夜晚，他在书桌兼饭桌上挥墨练书法，窗外的寒风裹挟着雪花呼呼地敲打窗棂，而家里的炉火烧得正旺。一家人每天按时吃喝、睡觉，上学的上学，上班的上班，生活中没有一件事是多余的，以为这种简单明朗的生活会天长地久地过下去。

他胸前的口袋里，藏有一张三寸黑白照片，是我们严家三姐妹的合影。他只有看照片，才能用过去的记忆支撑一些回忆中的片段。每一次的回忆，都让他明白自己身处何地。自己的生活与到劳改农场之前的日子，已处在时光分水岭的两端，就像公元前和公元后那样泾渭分明。

除了照片，还有一封信。信是母亲不久前寄过来的。这封信被父亲反复看了很多遍。母亲在信中用简短而节制的语言向他汇报了红掌"生病"的消息，表示自己一定会照顾好女儿，让他放心。

收到信的那天，对他而言是怎样艰难的一天啊！他沉默着，思绪烦乱，经受着吃惊、害怕、忧伤等各种复杂情感的袭击。女儿红掌突然"生病"了在他这里，始终难以成为坚实的事实，而是以消息的状态与郝一凡的脸重合在一起，在他面前可怕地飘来飘去。

一想到这里，他对自己的这股冷静，或者说是平静诧异极了，就回忆起曾经的那一切——每天上班、吃饭、睡觉、逗孩子，心里有了不踏实的感觉就大声念报纸，直到声音变得刻板平和。他知道这一切其实并没有什么好怀念的，但此刻，他怀念的偏偏就是这些——我要离开这里。我要回去看我的女儿红掌。

父亲被这个想法刺激得浑身躁动不安，眼睛里爆出一股幽蓝的火花。他的牙齿咬得紧紧的，没看见黑暗中有两三只老鼠在警惕地睁大了红色的眼睛，吱吱叫的声音应和着室友熟睡中的磨牙和呻吟声。

他哽在喉咙里的"跑"这个词，像一个会跳会动的小人儿，马上就要跳出来了。

黑暗中的泥坯房被一种深沉的节奏所摇撼。现在，他在凝神细听，感到响亮的西北风跑进屋子里来呼唤他了，而且是贴着他的衣服呼唤，钻进他的头发里呼唤，擦着他的脸颊呼唤。干硬的风像一只拳头，重重地打在门上，发出吱吱的骨折般的声响。

过了一会儿，风小了些，在老鼠们突然平静的那一瞬间，他像一个梦游者一样从木板床上站了起来……

那是一个与平常没什么区别的劳动日。

就在父亲跟着队伍往回走的时候，起风了。是南疆典型的沙尘暴，天地间瞬间飞沙走石。父亲被风刮得身子斜出去，跟地面形成了一个七十度的夹角。

风瞬间把天给刮黑了。西边的沙漠在往东边的沙漠搬家。一小部分沙粒携带着遥远地方的破衣鞋帽等，呼啦啦地朝着未知的方向奔逃。不少沙粒在迁徙的途中落在了人的耳朵、眼睛和鼻孔里。每个人都被沙子活埋了一小半，远远看去，像是会活动的泥胎。

父亲很激动，这是一个奇迹，真的是个大奇迹——自己也许能够趁着这场沙尘暴离开这里。此刻，有个声音穿过时间的年轮在他心里回荡："跑吧——赶紧跑吧！"

父亲至今奇怪那声音的召唤来自何处，来自谁的思想中。是谁让我离开？难道是我自己？

他觉得自己在冥冥中被引领着，不知该向何处去。

渐渐地，他听到身后传来有如野兽般的嘶吼声，那声音逐步接近了自己，同时又向周围慢慢扩散。过了一会儿，那声音又如巨浪般涌过来了，将他包围。这声音使他异常兴奋，他情不自禁地手舞足蹈起来，嘴里也发出了同样的吼声。

突然，在他身后，有一个从风中传来的微弱声音——"快，赶紧趴下！"父亲歪过脸一看，是农场一队的刘指导。刘指导就在他身后五六米远的地方半趴着，头埋在臂弯里，脸抵着发硬的盐碱地，被刮向天空的碎石从他们的头顶上呼呼飞过去，不时地与拔了根的一蓬蓬骆驼刺碰撞，破瓦盆、沙石、树枝在空中横抢，像是被彻底释放了。

父亲没听他的话，紧咬住牙，像拔了根的一蓬骆驼刺，叉开双腿迎向这场突如其来的巨大沙尘暴。他嘴里嘶嘶地抽着冷气——这场沙尘暴，终于让自己的逃跑计划如愿实施了。

"趴下！别跑！我早看出来你想跑，你个龟孙！你跑不出去，你个——"刘指导的声音被风吹得断断续续，话还没说完，他就被风迎面抛来的一把铁铲击中，瞬间被削去半个头皮，血流如注。

沙尘暴终于停了。

当天晚上，刘指导以极其痛苦的方式死去——这一幕，父亲并没有看到，但他因此而成为了间接杀害刘指导的要犯。

父亲一口气不歇地在雪地中走了六个多小时，就发现不对了——此时，身体在疼。不只是骨头筋络疼，皮肉也疼。那种疼，像是自己被生生活剥了。

但是一想到自己将如愿以偿，他紧咬住牙，又在戈壁滩走了很久。他没有回头，也知道身后的农场正白惨惨地浸泡在冬夜里，没有狗叫。

雪不知什么时候停止了。没有风。风也像是被冻住了。四周一片寂静，凝滞忧郁。

他站在那里，好像第一次看见夜晚的雪野。午夜的寒气让地面更透亮，让星星更冷硬。所呼吸的空气正凝住液体和水气，吸气的时候感觉自己就像是被尸冻了一样。

只剩下白色的荒凉无边无沿，回旋着一股股神秘的潜流。

他低头看了看自己的两条腿，笔直麻木。那冰液似乎已灌入了他的双腿，用手捏捏，躯体里好像没有热血了，而是两股冰柱子在支撑着他。

他害怕了，一边哭着一边弯下腰，用两只手掌使劲地摩擦着双腿。半个多小时后，他决定快速离开这里。

又一个白天，太阳喷火，烈焰灼目，荒原上的沙粒泛白发烫，一直涌向天际。

路途似乎永无止境。

他在入夜的戈壁滩上行走，遇不上一个人，光秃秃的荒原有如铅铸出来的世界，周围只有岩石、灰色的地衣和枯草的均匀气味。他看着自己的影子落到灰蒙蒙的地上，忍不住地怀疑，这个在阴冷月光下映照出来的世界是不是真的只有他一个人。这个想法让他难受得想呕吐。

而每一日的清晨与他初次来到的傍晚似乎毫无二致。朝霞作为他再次出发的背景，使我的父亲感到无比温暖。

当他深入群山后，一道峡谷在前方出现。

这条峡谷，千年前曾走过络绎不绝的商人、僧侣，还有密探、强盗、信使等，他们在这条路上匆匆往返奔驰，在时间和沙尘中耗尽光阴和力气，对这无比漫长的路途已经习以为常，对路途中的风沙、烈日、疲惫，以及死亡，也都习以为常。

只是现在，已经没有什么事情再能阻挡父亲的计划了。他看了一眼峡谷之上的白色雪冠，身体似乎重新获得了重力。他的脚踏在沙石路上，在峡谷中发出空空的回声。

按照父亲的计划，他想逃往乌鲁木齐，从乌鲁木齐坐火车去陕西老家。他希望自己临走之前，去南疆的家里看看孩子。他一想到几年未见的女儿们，心中一紧，又一热。这热让他的身体一时间暖烘烘的。

又一日，天刚亮，峡谷尽头的一条大路像黑色的笔直的线在晨曦中飘摇。父亲举着两元钱站在路边。但是他蓝灰色劳改棉服背部印着白色的"322号"，醒目耀眼。他举着钱的手迟疑着落了下来。他脱下棉服反着套在身上。车还算好搭。马车，驴车，牛车，拖拉机，三轮机动小货车，还有运油卡车，在一两天的时间里，父亲把南疆的交通工具都乘坐了一遍。

沙漠沿途地带的路边店大都是当地人所开。几天来，他不知道自己走过了多少乡村城镇，每一个地方都相距遥远，都刮着风。它们的样子也都大体类似：一条或两条主街，几排老店，家家都挂着招牌，门口有意无意种下的果树，在灰尘和热气中耷拉着叶子，枯枝萎垂开裂如伞骨，倒也结了些果实，其中一些熟了，竟没人摘，野鸟啄了一个口子，裸着红色果肉或晶亮的黑色种子。

　　一路上，过度的劳累让我的父亲变得虚弱不堪。他踏上一座没有河水的木桥，知道前方不远处就是一座小村庄。突然，他在桥的中央一下子跌倒了，许久都没有爬起来。他抬起双眼，看到阳光从河边干枯树木的缝隙中倾泻下来，形成无数杂乱无章的光柱，耳边发出了嗡嗡的声音——他觉得自己难以踏上对岸的村庄了。

　　父亲在河道不远处一棵干枯的大槐树下过了一夜。清晨来临，他感到皮肤有些痒。身上，脸上，腿上，哪儿都痒。一摸，上面密布着灰白色的脓包，而身体也开始发烧了。他全身颤抖，下颚咬得紧紧的，双臂屈起环抱自己，然后手臂一点点地往上移，但是这手臂好似在追逐着热量，而热量又顺势潜入了更深的地方。

　　父亲得到了死亡的抚摸，心绪渐渐地平静下来。

　　他挣扎着屈了一下身体，摸了摸裤子右边口袋——那张三寸黑白照片没了。一定是在他赶路的时候弄丢的。他清楚地记得自己把它放入了右边的裤子口袋。可是现在，裤子口袋里的十三元五角钱还在，照片却没了！丢得奇怪，一切像是天意。

黄昏来临。天边有火烧云，变幻着一天中最后的色彩。

这个时候，太阳完成了它一天的行程，渐渐收起了红焰。似乎这个时候，人什么也都不怕了，因为黄昏是一种天然的屏障，在这样的屏障中，人的视线会变得越来越模糊，这模糊挡住了人的真实面目，还有想法。

在漠风与沙石撞击的清脆声响中，各种死亡的方式张开翅膀，集合成一张诡秘的人脸，在父亲的眼前漫天飞舞。那光芒比夜晚的天还深远，在他的眼睛里形成了一片黑暗，一片长久不散的黑暗。他想起来，自己离开奎兰镇的家已有六年。在这空空荡荡的孤旅中，一个熟悉而又陌生的女人的脸时隐时现——

是她。妻子张敏。

离开家这么多年，父亲似乎是第一次认真地想起这个被称为"妻子"的女人，心中不免生出一丝悲凉。

他觉得自己终究是无家可归了。他有些怜惜地摸了一下自己——从皮林农场逃出来不过几天，身体就瘦得脱了形，全身干得快没了水分，手背上的青筋也暴了起来。

"她是谁？是——谁？"恍惚间，一声低沉的轻喝在他的耳边响起。

他一遍又一遍地对自己说，她只是一时冲动而已。可是，并不是每一个妻子都像她这样轻易断送一个丈夫最好的时光；并不是每一个妻子都会这样目标明确，毫无疑虑地断送自己丈夫的一生……

父亲几乎失去了意识，躺在枯干的大槐树下等待着死神。

他感觉自己浮在了地上，犹如一颗从空气中跌落下来的石子。他能看到自己湿热的汗水从皮肤上慢慢流下，它们聚集起来，开始移动。那已经不是汗了，而是从他毛孔里爬出来的成群的蚂蚁，他的全身都是这些蠕动着的玩意儿，这儿一堆，那儿一群，像是一簇簇小小的黑色火焰，很快就变成黑压压的了，从他的毛孔里、脚缝里、耳朵里，甚至嘴巴里钻出来，不紧不慢地将他全身覆盖。这些黑色的火焰就要将他全身覆盖了。

在时隐时现的火光中，父亲看得最真切的一幅画面，是三个女儿在家门前跳橡皮筋的样子。一想到这个画面，他的心一阵绞痛。

恍惚中，他还看到了一只土狗奔向他，将舌头压向他的面颊。它的呼吸带着低等动物的热气和体臭，眼睛里发出冰冷的亮光。它的眼睛里，父亲褐色的脸模糊不清，整个人像是要消失在黑色的泥土中。它嫌弃地用脏污的舌头舔了一下他的肩头，摇摇晃晃地走了。

父亲对这一切似有所悟。

他在心里对自己说："多少人死去，他们生前的荣誉、地位，以及赞美，都不再属于他们。这世界不会再有比这更为简单的法则。那就让我像草叶那样死去吧。人们或许会对我的选择充满不屑，但又有何妨呢？我要把生命中的最后一枚果实——死，留给我自己。"

入夜，下起了雪。冰凉的雪花惊醒了躺在土坑里的人。

头顶上的残叶把雪水滴落下来，慢慢地，一滴水滴到了父亲的眉心。他的头转了转，又一滴水滴了下来。好凉爽啊，得把整个身子转一转才好。这个时候，父亲正做着死亡的梦，那下雪的声音，在恍惚中像他的脚步一样正在远去。而枯干的树叶被这突然而至的大雪无声地吹起，像头发一样被吹到一边，然后纷纷坠落，发出一种尖锐的鸣叫声，这叫声在他的心中引起了不小的震动，把他从梦里拉了回来。

黎明时分，暗蓝色的天光勾勒出枯树的苍老线条，雪在清晨蓦然终止。父亲直端端地躺在一个柔软干爽的麦秸垛上。喉咙里的毛毛痒让他轰轰地咳了一阵，咳得他身体暖和了起来。父亲把眼睛睁开，再睁开，感到意外极了——自己居然还活着。他看守住了自己这条性命——要是在这个时候眼睛闭牢了，就没他这人了。

当他完全睁开眼后，看到的全是一模一样的用泥巴混合搭建的苇草房子，几个村民围着他，孩子们像小鸟一般叽喳叫着从大人的腿下及身后蹿到了前面，盯着他看。他们大都有着一张单纯和善的脸，穿深色的衣服，而女人怀抱中的婴儿正吸食着母亲的奶水。

原来，他被一个牧羊人救下，用马车驮到了这个村庄。

一面土墙下的石臼边，站着一个十一二岁的小女孩。她把杏仁塞到石臼孔里，倒上些许清水，转动着石臼把子。不一会儿，散发着浓郁杏仁香的杏仁浆汁就研磨好了。当地人一般都是用这种方法研磨杏仁浆。

可能是父亲焦渴的眼神打动了她，小女孩将少许乳白色的浆汁倒入煮沸的砖茶水中，舀了满满一碗杏仁茶递给他，示意他喝下去。他顺从地喝了——他曾经喝过哈萨克族人的奶茶，也喝过维吾尔族人的药茶及蜂蜜茶，但还是第一次喝这种口感纯粹地道的杏仁茶。他慢慢地喝着。随后，这个小女孩又端来一碗晾干的杏仁放到木桌上，指指杏仁，又指指嘴巴，意思是让他吃杏仁。

三三两两的男人聚集在苇草房的墙根，或蹲或坐成一排，一边看着他一边议论他的相貌，还有装扮。他们讲话时很大声，好像彼此间离得很远。争论的时候也像吵架一样。要不是这声音同他们和善的脸成正比，要不是此时的心情还好，他眼见的这一切肯定会吓住他。

在这个村庄，他更多看到的是孩子。他们像小动物一样奔跑在满是尘土的乡村公路上。他们大都生着比泥土还要暗的肤色，是紫铜色的。他们仿佛从地平线上涌起，从田野里长出，从树林中显现，在河面上留下倒影——在整个南疆大地上，他们无处不在。

他们围看了我父亲好一会儿，感觉他的手中、衣服口袋里不可能找出吃的东西，就没耐心了，不一会儿便大呼小叫地散开了去玩耍。

村庄的路口有一间铁匠铺，一个男人在打一件工具，向正午的阳光送去一串串金红色的火星。

天边的云一如既往地从粉紫到灰白，夜晚的黑暗，携带着寒凉的夜气再一次降临。

像无数个相同的夜晚一样，几个孩子沿着公路缓缓而行。幽凉的夜气，河边沙枣树潮湿、腥辣的气息，以及长年堆积的落叶的腐败气息混合在了一起。

马路口平时熟悉的草棚下有一个烤肉摊，把孜然、辣面子、热炭混合在一起的香气，以及含混不清的吆喝声，送到了空气中。破旧油腻的木头桌面上，收音机里发出的维吾尔族民歌声有着昨夜欢笑的味道。

两头老掉的毛驴拴在巴扎路口的木桩上，身上落满了尘土。它们古怪的模样像是各种奇迹与罪恶的混合体——只是现在，它们都睡着了，疲倦的蹄子撑起了一个灰蒙蒙的世界。

除了不远处河流的轻哗声外，别无其他。

偶尔，一个摇摇晃晃的酒鬼，嘴里喷着酒气从他的身边走过，脸色困倦；还有皱着沮丧的眉头的晚归的牧羊人。他们各自属于一个完全陌生的、孤立的世界。父亲看着天边一颗流星拖着一抹柔和的光亮窜入远处的草丛。还有比流星更为绚烂的大颗的星星，突然齐齐闪亮在夜空中，像一地碎银。

"我这是在哪儿?"一个声音在迟缓的疑问中低了下去。

他的声音最后变成了喃喃自语。

他在这个村庄住了好些天。

清晨，天还没亮，满村都是鸡啼。白天，村民们各自忙着营生，路上没几个人。黄昏，村头的馕坑里柴火燃起，妇女们头顶盛着发好的面团的盆子陆陆续续排起了队。村民家房顶的烟囱升起了袅袅炊烟，房屋里低低的谈笑声混合着热瓦普的琴音，给这个寒冷的村庄带来了尘世的暖意。

父亲就着凉茶水吃着热乎乎的馕。有些人家的脏污破旧的收音机里放着欢快的歌曲，他带着一副漠然的、心不在焉的神情听着这些旋律，恍惚间竟产生了一种误投尘世的感觉，对睡眠的渴望也随之而来。

他的身躯因为疲劳而呆滞沉重，可是他并没有去睡。沙漠是如此辽阔，像人们所形容的那样。此刻，他极其渴望能看见如同疲倦一样恒久无尽的事物。

父亲恐怕一辈子也不会忘记这些天的感受：他脱离了那座农场，来到了这个村庄，这里的一切都是陌生而淳朴的，值得信赖的。大路上的沙尘把人的气息吹过来，这气息跟奎兰镇，跟皮林农场，太不相同了。

仰起头，看着村子之上的大片云彩，父亲突然想到，人，原来可以是很博大的。

他在这个村庄里住了整整七天，体力有所恢复。这些天里，他除了对日出日落还有食物有所关心外，对其他的事情一概不想，缠了他多年的隐隐的头痛似乎也好了。

到了第八天，父亲乘坐老乡拉羊皮的驴车，还有拖拉机，一路辗转，朝着家的方向奔去。黑夜淹没了他的影子。

他并不知道自己正不知不觉地接近新的危险。

一张巨大的疏密有致的网正准备打捞他这条漏网之鱼。

他的身上，隐隐散发着可疑的鱼腥味。

鱼有水，而他的水，早已经在戈壁沙漠中干涸了。

又是一日将尽。黄昏的魔力已经消失殆尽，取而代之的是看似普通而又平常的夜晚，天空蒙着一层灰白色的薄雾，久久不散去。

晚上九点多，母亲正在准备晚餐。两天前，一个惊人的消息在我家炸裂开来：严国光从皮林农场出逃。如果他回到家，你们作为他的家属知情不报的话，后果自负！

我们不知道有人一直在我家房顶上监视外面的动静，更不知道我家院子门口的榆树后面有两个人正隐藏在那里，没有月光的夜晚刚好把他们的身形隐藏了。他们的烟头在昏暗的光线中发出点点细微的光亮。

"你们的狗父亲可能就要回来了，镇革委会刚来人通知的。"一个瘦削脸庞的男人对我说。

母亲在厨房里掀开门帘的一角朝外看了看，忍住心中万般复杂的情绪，然后回过头来朝我们凄惨地一笑，说了句什么。她的声音太小，像是自言自语，我和两个姐姐都没听清。后来，母亲没心思做饭了，显得很焦虑，总是很警觉地走到门口，耳朵贴着门板，或者掀开窗帘的一角察看外面的动静，一点点声响都使她陷入焦灼和不安，像一只困兽。

夜晚灰白色的雾气中，一个模糊的身形出现，犹如布景上一块灰色的污迹。隐藏在榆树后面的人拼命向前探出身子，终于看见二十多米开外有一个人慢慢地朝这个方向走来。他时而停下，时而犹疑前行，像是努力在辨认方向，跌跌撞撞的身体像是醉酒了一般。等候多时的两个人不动声色。突然，他们像是约好了似的，一起朝这个人影扑了过去。

我家门口传来一阵打斗的声音。

隔着窗户，我听到外面传来嘈杂的脚步声和叫骂声。我打开了院门，看见母亲捂着嘴巴，从她肩膀的抖动可以看出她在哭泣。越过她的肩头，我看见几个人拽着一个满脸胡子、衣着褴褛的中年男子往一辆卡车的方向走。他的双手被迫扭曲在身后，从一闪一闪的车灯中我看见他走路摇摇晃晃，手腕处的钢手铐发出一抹银色光亮——这既是对他罪行的确认，更是进一步惩罚的开端。

当卡车行驶了好一段距离时，我发现母亲正在追着车奔跑。她大声叫嚷着，扯开的嗓门一直在叫喊一些话，以至于我在屋子里都能听到。

她说："你回来干什么?!"

她说："你们要把他带哪里去?"

她说："车子停下!"

没有人理她。母亲绝望地追着行驶的车子。过了一会儿，她停下来，手搭在腰上，眼睁睁地看着车子消失在茫茫黑夜里。

父亲到了家门口也没能见到我们——他的三个女儿。

父亲逃跑后被重新遣回皮林农场的那天晚上，他的右腿被打断了。

那天，"疯女人"郝一凡看着我父亲一身泥土的狼狈样，围着他转来转去，哧哧地干笑，直到被农场的工作人员低声呵斥，好半天才止住。

半夜，父亲不知是因为疼痛还是因为被零星的冷雨淋湿，他醒来了。他微睁开眼睛想要起身，却发现不对，黝黑的天色下一个黑影正发出轻微的喘息声——是"疯女人"郝一凡。她正抓着自己的左手，把它当成一件从未如此近距离打量的东西仔细端详着：一只手，一只男人的手。它瘦削，食指因伤弯曲。她的指尖碰了他的食指一下，微凉，然后她侧身慢慢向这只手俯下身子，呼吸中有一种暖湿的潮热。

她发亮的眼睛望向这只赤裸的手，又看了看我父亲，觉得他没有醒过来的迹象，然后握住了它，触摸这微微发热的皮肤，并深深地嗅闻。

她不知道我的父亲已经醒来。过了片刻，她把我父亲的这只手轻轻翻转过去，似乎想看这只手的背面。就在这时，父亲重重咳嗽了一声，身体像是因为寒冷、害怕而颤抖。她的手嗖地缩了回去，直起身子跑掉了。

她瘦削而微驼的背影，像一只受伤的母兽。

第二天清晨，父亲醒来，反复回想这个细节，觉得自己做了一个梦，一个奇怪的梦。

数日后的一天，他瘸着腿站在宿舍窗前，长久地看在电线杆子下晒太阳的"疯女人"郝一凡。她左手举着一根草，对着太阳长时间地看着，像梦游一般。

"郝一凡是真疯还是假疯？如果不是真疯，那她这么多年装疯又是为了什么？"父亲一想到"装疯"这个词，身体忍不住地打了个哆嗦。

父亲抬头看向天空，那云变幻莫测，有时像兽，有时像人，有时更像一道道门。

那些年，他总是梦见一扇扇打开着的门。他进去，发现有很多的房间，房间又打开很多扇门——铁门，木门，石门，竹门，暗门，宽门，窄门，双重门……

但他觉得自己是岩石中的门，世界边缘的门，无人能够打开。

如果郝一凡是个假疯子的话，那自己，就快要成为真疯子了。

十

那些年，我和当地小孩一样，长到十几岁了，却从没乘坐过汽车，也从没到过奎兰镇以外的地方。真是亏欠。可我还算是见过长途汽车的呀！它只要在巴扎的路边停下，就会引来好些露出白牙的孩子的围观，其中就有我。

在这个小镇上，只有一条公路通向首府乌鲁木齐。乌鲁木齐是新疆最繁华的城市，距小镇有千余公里之遥。我想象着也许会有那么一天，在沉闷而强有力的喇叭声中，一辆车裹着一团尘土停在我的跟前，司机从车窗里探出头来向我问路，向我打听一件我不知道的事情，或者要我帮个忙什么的。

这条通向乌鲁木齐的路，像是把我同外部的世界联系起来了。我希望能够从这个世界汲取点儿东西，逃离我那充满愁苦和辛酸的家人，将我带出这一大片浸透了白色盐碱的戈壁荒滩，然后带往繁华的乌鲁木齐，带往生活在别处的人们那里。

我无法预料这样的事情会不会发生，但是我每天仍然满怀希望。我期待有一天，真的有一个人——我希望是一个男人，嘴角含着一支香烟，微笑着向我走来，问我："现在几点了？"

他也许会钟情于我，缠着我，要把我带到遥远的乌鲁木齐去。

然而其实，这条路上少有外地的汽车经过，更别说是陌生男人了。

很多时候，我是很无聊的。

我在河边的沙地上用彩色的碎石子拼巨大的头像，非男非女，非人非兽。我一拼就是整整一个下午，乐此不疲。

黄昏，一架喷气式飞机划过头顶，屁股上拖着长长的尾巴，我会追着它跑好久。

我看见一些孩子，每个人的手上捏着一枚杏核，蹲成一排，在水泥地上将杏核打磨成简易的口哨。其中一个孩子的杏核被磨开了口子，像张开的嘴，欲言又止。

我常碰见一个老乞丐，是个女的，只有三颗牙，一条腿，走起路来一跳一跳的。她全身总披挂着数层看不出颜色的衣服。她喜欢混在一群孩子中，抢夺他们手中的沙包、皮球还有毽子什么的。一次，她追逐一只滚落的皮球，那只皮球在夕阳中高高地落下又弹起，她笑得几乎趴在了地上。到了冬天的晚上，没人邀她去家里避寒，她没地方可去，就蜷身在某一处屋角下睡觉。下雪的夜晚，我隐约听见她被冻哭的哀号声。她被寒风撕扯着，像一只绝望的母兽。

夏季，小镇燥热的正午，无比宽阔的马路上，没有人，没有来往的车辆。一只鸡大摇大摆地走过去，一只鸭大摇大摆地走过来，它们擦肩而过，没有打招呼。

上露天厕所的时候，我会长时间地凝神于一摊污浊的尿迹。看着看着，觉得这摊水印里面有人，有树，有鸟兽出没，像另一个微缩的人间。

我还看见过一场巨大的火灾，平房上的火光串通了晚霞，点燃了小半个天空。房子被烧去了一大半，空气中弥漫着烧焦的油腻味和香气。

整个少年时代，我都在这些莫名其妙但又妙不可言的事情上花心思。但我更盼望某个外地人坐在卷着一团尘土的长途汽车上出现。只要看到车，还有陌生人，我就会感觉自己不那么孤单了。

就在我十二岁那年，我看见一些外地人真的来到了小镇。那些外地人，真的是由长途汽车喇叭声带来的。就在这一天，就在这个尘土飞扬的小镇上，我觉得，有一部分的我正不知疲倦地尾随着这些外地来的人游荡。

小镇多是晴天，天蓝得坚硬光滑，令人心生忧伤。风浩荡而有力，大朵的白云从早晨到黄昏排着队从天上走过。

与它有着同样力量的南戈壁滩广阔无垠。

那些日子里，我最爱去的地方，就是小镇尽头的南戈壁滩。

我走在晴朗天气里的南戈壁滩上，走了很远，不时避开有刺的灌木丛，还有沉默的蜥蜴。

它足够大，大得能让我无畏前行。

一个个灼热难忍的夏日正午，万物困倦，日光热烈，像大火熊熊燃烧，戈壁滩的空气中弥漫着一种细细的、无所不在的、神秘的"咝——咝——咝——"的声音。但那不是虫鸣，不是风声，没有方向，找不到出处，屏气听那声音时，它便消失了，再一转脸，那声音重又聚拢过来，"咝——

嗞——嗞——"。

开始我以为这声音是幻听，是耳鸣，到后来才发现，这若有若无的声音是新疆的大戈壁滩所独有的。

万物就如同戈壁滩这铁锅中不变的炒货，这声音就是那最后一点儿水分蒸发时发出的天籁之音。

到了秋天，天空深远湛蓝，只有我和我的影子在移动。

大概是被金黄色胡杨林吸引，众多的野生动物如黄羊、野骆驼、野兔、野猪等纷纷在此落户。

想想看吧，戈壁滩无边无际，一群群黄羊像汹涌的朝霞一样奔驰在平坦、开阔而又干爽的戈壁腹地，蹄子践踏起滚滚尘土，让大地有了微微颤抖的感觉。

蜥蜴听到后从灌木丛中蹿出。土拨鼠则迎风站立，看着黄羊群远去的身影，身子被风吹得微微抖动。它想开口叫，更大的风声在它耳边呼啸，漫天呜呜作响，而头顶上的天空湛蓝，空无一物，看着它们渐渐消失在大地的起伏中。

因为野生动物的出现，外地来的车子渐渐多了起来。他们途经这个小镇，远远地就能听到汽车喇叭在小镇唯一一条公路上发出的鸣叫。

偶尔有睡不着觉的晚上，我睁着眼睛，在家人此起彼伏的呼噜声中，依稀听见门外边有长途汽车驶过的声音，那声音越来越大，像要充塞整个奎兰镇。

我甚至还感觉到了汽车驶过时带起的气流。

我忍不住地想，在这样一个荒芜闭塞的地方，会不会有人想到有我这样一个少女存在？

风吹过排列成行的房屋，吹过道路两旁的新疆杨，吹过戈壁滩。而那些吹过去的时间，是永远也找不回来的。

我只好拼命地赞美，赞美这无人知道的秘密之地，赞美强大、横扫一切的风，赞美形状像骆驼的云。喇叭花比昨天多开两朵，我也迫不及待地赞美。

似乎我只要赞美，就有人热切地回应。可我的赞美语无伦次，词不达意，安抚不了我的心虚。

有好些个夏夜，一个打球的男子独自一人在镇机关前的空地上打篮球。那是一个年轻人，穿着白棉背心，托着篮球一次次起跳投篮，动作娴熟，富有一种力量的美感。

看起来，他是真心喜欢打篮球。

有好多天，我远远地站在路边一棵新疆杨下面看他打球，觉得自己快要爱上他了。

可我爱他什么呢？大概是爱上了他的寂寞吧！

他时不时地停下来，在脸上抹一把汗，帅气的动作很吸引我。

我也学他，用手背在自己额头上擦一下，手指沙沙地抹下来一层细沙。

在南疆，春天照例短得出奇，"春光明媚"这个词与这个边疆小镇是无缘的。四五月份是风沙遮日的季节，风一停，天一晴，槐树花、沙枣花开的时候就是炎炎夏日了。小镇上有工作的人，照例又在单位领到了一份用来消暑的劳保——一公斤半绵白糖，还有茶叶。

待家里的茶叶罐子快见底的时候，转眼又是秋天了。秋风已携来凉意，炎热正从这个被沙漠包裹的小镇消隐，人们穿起了长衫长裤。

一到黄昏，街道上出奇地安静，这个时候，宣传车的踪影很少见到了，镇机关门前电线杆子上的高音喇叭也拆掉了好些个，耳根清净了不少。街坊邻居们没啥事做，各自搬个小马扎在家门口一起乘凉说闲话，说着说着，觉得话不投机没啥意思，打个哈欠就算告了别，早早关上自家门睡觉。躺在床上，天边还亮得很，看得到树上蹦跳的鸟影。眼闭着却睡不着，这种时候，人们的听觉似乎变得异常灵敏。

母亲这个时候还在外面转悠。

为了给红掌治病，她开始热衷于找各种秘方，经常提着一只小塑料桶满街转，特别留神屋檐、树梢上有没有母麻雀粪便、蜘蛛网啥的。她拿着一根不离手的铁钩子到处挑、戳、扯。看到过路人一脸的诧异，母亲郑重地说："这是很重要的。"

那些秘方的药引子总是很古怪，比如蚂蚁蛋，蜘蛛脑袋，还有吃奶男婴的尿，等等。她对我说，没有这些药引子，再灵验的秘方也没有效力。

但我始终没看见这些古怪的东西在红掌身上发生她说的那种效力。

又一年春夏之交来临的时候，南疆的戈壁沙漠像是在等待一场大雨，一场飓风，或者别的什么来冲洗。荒地上，垃圾堆，小渠旁，总是生着野生小葵花，在秋天的烈日中打开黄灿灿的花盘。而戈壁荒滩上的植物，香柴胡、沙红柳、麻黄、芦苇、花苜蓿、野亚麻、黄花苦夏子、夜息香、沙茴香、黑枸杞、沙蓬、石蒜兰、白柳、蒲公英、马茹子、龙葵，等等，到了一定的季节，该开花的开花，该拉秧的拉秧，蜂飞蝶舞，虫鸣鸟唱，好不热闹。开花时节，在阳光下有的是一朵，有的是一簇或者一大片，广阔而夺目，泥土的气息和花瓣、草叶的气息一起蒸腾。如果要我把它们的气味、形状、颜色等写下来，恐怕十万字都不够，光是它们的草香，就没有哪一种语言能够形容。

小镇的沿街马路，不知从什么时候起，除了新疆杨，都开始种上了防风林，品种有槐树和沙枣树。树林一段一段的，并不整齐。但是暮春时分，风一吹，整条路芬芳扑鼻，成群的蜜蜂也跟着此起彼伏的花香走。

到了暮春，小镇的街道是甜的。

那种甜丝丝的感觉，是槐花甜，是沙枣花甜。

有一次，我在路上看到一个骑自行车的糙爷们儿，他骑着骑着就停了下来，手臂伸到了路边开着沙枣花的枝蔓中，然后整个脑袋伸进去深嗅。那姿势很女人，很矫情。

他嗅着嗅着，猛然听见身后有过路的女人在笑，便不好意思地回过头，脸慢慢涨至通红。

到了九月开学那天，我来到学校。大家见面，彼此说起暑假的见闻都是兴致勃勃的。我没有加入这样的聊天，站在窗前看着远处的新疆杨，不知怎么就想起在小学时学过的一篇课文，叫《夏天过去了》。

课文上说："夏天过去了，可是我还十分想念。"我的心里反反复复地回响着这句话，仿佛那是一个如泣如诉的旋律，是一个无法让人破译的隐语。

"夏天过去了，可是我还十分想念——"

是的，又一年夏天过去了，我好像忘记了我的父亲。

这一年秋天，母亲终于分到了一套三居室的新房，是带一个小院子的平房。新房是在新辟出的一个小区，向阳。我们忙着收拾新居，擦玻璃，漆地板，给墙刷涂料，等等，忙活了好多天，计划在国庆节前搬进去。

可真的临到搬家的时候，母亲却伤心起来，对我说："你爸有一天回来，会不会找不着家门了？"

卡车呼地驶走了，带走了我们的全部家当，母亲坐在被褥上，不时地回过头去看越来越远的旧居。卡车左拐右拐，拐得她心里阵阵难受，她知道自己再也不会来这里了。

有了新房子，人们时兴在院子里种花种树。

我家种的花是晚饭花、夹竹桃、格桑花和美人蕉，树是两棵白杨树及一棵梨树。

一棵桃树的长成需要三年，一棵梨树的长成也需要三年甚至更长时间。这棵梨树移植到我家院子以后，我没好好地关照它——可能它看上去太瘦小太羸弱了，每个见过它的人都摇头说："这树怕是活不了！"

刚开始，我家人还能控制这棵梨树，时不时地给它剪枝。后来的几年，这棵梨树一下子蹿得好高，有三米的样子。

当阳光出现在粗糙的泥墙上，树叶间的细小光斑闪烁着蜂拥而至，那些坚硬的、柔软的、圆形的和长形的叶子，同时被淹没在阳光中，同时被阳光消灭和升华，遮挡或再造。它们的光影时而明亮，时而暗淡，然后移动、消失。

一个深秋的晚上刮起了大风，院子漆黑一片，天空好像密布着无数看不见的旋涡，而旋涡的中心就是它——这棵梨树。

在夜晚的微光中，它好像和地底下某种神秘的力量接通了，随大风摇摆枝条，发出无可辨别的、无从模仿的声音。在这种声音中，有一些事物在增长，在酝酿。然后，我看见这棵树像浑身通了电似的，带着阴郁的力量，让所有的枝条在风中疯狂摆荡。

那天，我从外面回到家，从梨树下走过时，瞬间感觉自己像被它那股子力量吸住了，被无数根缠绕我的枝条束缚住了，被未来巨大的生存吞噬了。

它在高处俯瞰一切，它的阴影笼罩我、逼视我，使我从此后只臣服于那些强健、霸道而又深不可测的事物。

我面色苍白，惊恐地一下子撞进屋子。母亲看到后，看了一眼在狂风中摆荡叶片的梨树，嘲笑我胆子小，连树的黑影子都怕。

然后，她站在树下，盯着这棵树看了好一会儿，呆立片刻，轻轻说了句："这树今天是有点儿疯……"

从这天起，我带着对未知力量的恐惧，经常长时间地观望这棵不开花也不结果的梨树。看树干上的疤痕，看枯黄的有点儿营养不良的叶片。我还经常用手在树干的皱褶和裂缝处探寻，也不知道自己究竟要寻找什么。

我沮丧于自己弱小的身躯和过于沉重的心事，将身子紧紧贴着这棵梨树。

很快，光阴裹成厚厚的一大团，旋转着，像飞一样。比飞还快。但这棵梨树一直是寂静的，仍不开花不结果，每天迎光而立，孑然一身。

我说不清楚，我身边有哪一种树的沉默会大过它。这沉默被重重围裹，被屏蔽在万事万物的倾听之外。

而那个年龄的我面色苍白，有轻微的自闭，敏感，很少说话，一副心思很重的样子。我经常注视自己的掌心，试图洞见另一种平行的人生。也如这棵梨树般寂静，把心里的渴望、秘密、痛楚深藏起来，只让文字泄露微不足道的一点点。

母亲看到我经常心不在焉的样子，气不打一处来，说我的心智就像这棵梨树一样没啥用，营养不良。

那天，母亲又重复这句老话时，我心里慌乱了一下，忽地，又浑身发痒了。

这是一个奇怪的毛病，我经常一听见母亲的声音就浑身奇痒难忍。我想，是不是这个人与我之间存在着某种奇特的生物效应，让我一听见她，身体就痒得厉害，像是脊背爬满了温热的虫子。

这也许是心里害怕的缘故。当你害怕一个人的时候可能就是这样，身心会变得虚弱不堪。尽管母亲已经不年轻了，但目光却依然如巨兽一样俯视我孱弱的灵魂。

此时，我渴望自己一个人走在小镇街头，而不是听母亲在耳边絮絮叨叨，不断提醒自己该怎样怎样。当我走在镇巴扎上，把家里的一切完全抛在身后，这才深深地吸了口气——突然明白在这个家里，自己的神经是多么地紧绷。

为了避开母亲的责骂，我经常带着轻松的心绪在秋日与几个同伴一起骑自行车在小镇郊外乱逛。累了，我们便躺在某个高坡的草丛中漫无边际地闲聊，看远处绿荫掩映的小镇。小镇在渐浓的暮色中显得格外寂寥和荒凉。

这一天，天还没有完全变黑，东方最后一抹桃红色正逗留在西天某处，很像嘴唇。田野浓酽的植物气息，像一层绿色的、无形的帘幕缓缓拉开。

这时，小半牙薄凉的月亮将升未升——它或许就坐落在西天外远处的昆仑山上，似乎它就是从那儿出生的，其他时间里都在睡眠，只在夜晚独自悄悄长大。

就像我那样地悄悄长大。

天就要黑了。我们短暂地停止了嬉闹，不出声地朝着晚霞的方向呆望，若有所思。

同伴燕西最怕天黑，天一黑他就饥肠辘辘。当饥饿感再次袭来，他站起身，朝着小镇的方向跑了起来，暮色沉沉地压在他的帽子上。他的身体摇晃着，焦躁得像一头幼兽："吃馕，吃烤肉，我要回去吃烤肉！"

"快滚回来——！回——来——"他听到我们在唤他。

这时，另一个同伴安琪的口琴在手中熠熠闪光，他抓起来猛地一吹，呜呜呜的乐声在田野间回响。

他吹的是一首叫《白杨树》的歌。据说，这首歌是一位从上海来的知青写的：

白杨树戈壁滩上长着呢，
白杨树昆仑山下长着呢，
白杨树玉龙喀什河边长着呢，
白杨树我家门前也长着呢。

风吹倒了戈壁滩上的白杨树，
风吹倒了昆仑山下的白杨树，
风把玉龙喀什河边的白杨树也吹倒了，
我家门前的白杨树还挺立着呢。

更远处的田野上，晚归的农户们朝着我们这群放肆的少年看，牛车轮子辘辘地滚过黄土大道的声音在黄昏中神秘地回响。

这一晚的秋风多么浩荡，田野在晚风中无比枯寂。只要走到渠水旁边，就会发现过去的生活正掉下它关键的册页，像一堆发黄的落叶沿着渠水向远处漂去。

我与同伴在郊外的田野游荡着，度过了一个又一个难忘的昼夜。

　　这样的日子周而复始，长得像没有尽头。

　　就在这一年，我的二姐严小凤突然长成了一个成熟女孩的样子。有一天，我看见她和几个女孩子并肩走出校门，丰满的体态使我感到陌生。

　　这是真的，我的二姐严小凤，唇红齿白的，一点儿也不像小镇人——有好事者暗自把她列为镇上"四枝花"之首。"四枝花"这个说辞，有一点儿欢娱暧昧的性质在里头。除了这个，小镇上还有"九龙会""十三太保"等。镇子很小，很快就传开了，当事人的父母感到恼怒，可都是些懒散怕事的人，也没有精力过多地去追究，只是在家里呵斥自己的孩子要小心。

　　那个年代是一个人人热爱照相的年代。每每自以为美的时候，过生日的时候，心情好的时候，人们就去镇照相馆。三毛五分钱一张的一寸照片在我母亲的旧影集里比比皆是，还有那些放大成三寸、四寸和七寸的。

　　照相馆作为背景墙的布景多年不变——画着长江大桥，画着天安门、公园的凉亭，等等，与我所在的小镇的风景毫不相干。早些年的小镇照相馆，严小凤的照片总是失窃。她走在路上，总有人为目睹其芳容而跟踪她。有人打着口哨，跟在她的身后，亦步亦趋，很流连的样子。她的名字像一口美味的零食，被他们反复嚼来嚼去。

在少女时代，作为妹妹的我经常用色欲的眼睛描绘她的身体地图，并将它保存在视线之外。她的青春，她的圆熟，她的真切的女性含义，似乎会从指缝往外溢。

在小镇某些个冬日夜晚，夜气是蓝色的，像烟又像雾。严小凤侧卧在床上散发出一股来自雌性之躯的热气，这热气从她细微的毛孔中发出，在灯光下是淡金色的，因而她的身体也散发出淡金色的光，虽然这些光并不均匀。她胸口上两个碗尖的光倒是结实而明亮，小腹底下却是暗的，整个人看起来很不像她自己。但是她像谁呢？总之不像母亲，也不像我。

这个时候的我，常常以既鄙夷又崇拜的眼神注视她，好像她还有很多秘密是我不了解的。

从小到大，严小凤时常给我她的旧衣服穿，好像理所当然。她的衣服带着甜酸的雌性动物的气息，又有点儿像冻过的橘子的味儿，不臭。她的旧衣服没有汗渍、没有污秽，她的身体没有疾病、没有隐患，就像她的皮肤有着牛奶般的光泽，新鲜润白。

她的气味常常抚慰着我入睡。

我默许了她的骄纵，只好捡她的旧衣服穿。从刚出生开始，从童年开始，从少女时代开始，我就一直等着她气息不明的旧衣服一件一件地向我递过来。

我记得有一件粉红色的的确良连衣裙，被汗水蚀褪了色，带着她俗艳的体味递到了我的面前。衣裙的领口有一只白色的蝴蝶结，有些脏污。我接过这件衣服，自然也就接过了有些居高临下的施舍。

但是，这显然是我最为得意的一件衣服了，放在枕头下面舍不得上身。

有一天，她的好友容儿来了，身后跟着一只小土狗，狗的脖子上居然——居然是那只一模一样的白色蝴蝶结！我扑到屋子里，掀开枕头，果然，衣服没了。

我像只警犬四处搜闻，希望能在空气中捕捉到线索。

最后，我在院子的柴火堆下面翻到了那件衣服，真的被剪掉了蝴蝶结。

为什么要剪去蝴蝶结呢？屋子的另一头，她们在高声谈笑，中间不时地夹杂几声狗的轻吠，我真想冲到屋子里去质问她。

要怎么质问呢？这显然不是一件衣服、一只蝴蝶结的问题。

我的眼泪流了下来。

母亲似乎也已经注意到她的女儿严小凤不同寻常的模样了。她自己一年到头一身灰溜溜的像活寡妇似的装扮，心情复杂地看着女儿每天换着花样打扮，花枝招展，那眼神就像看着别人家的女儿。

女儿严小凤还是无邪的午纪，身体略为滞重，她柔腻的皮肤就像是成熟果实的表皮一样，让人恨不得一口咬下去。特别是眼神中有一股独特的傲劲儿，像极了自己的丈夫严国光。

假如，她的那一半血脉不是来自严国光呢？假如，她从没有告发自己的丈夫，自己和女儿会不会做一对温情的母女？女儿的每一点成长、发育都在母亲的心里勾起一阵迷幻：怎么会这样呢？严小凤有着十足的严国光的表情，看那修长的手指、端直的肩膀、走路的姿态——真的是女版的严国光啊。

是的，她的一切都是丈夫的翻版。这让她一直难以把握，但又备受吸引——而后来的事实确实是这样。

有二姐严小凤珠玉在前，我总感觉母亲不太喜欢我，让我备受冷落。

父亲不在家的那些年里，家里总是很穷，经常是母亲一发工资，严小凤就要零花钱去小镇的小卖部买一种奇怪的小白布兜。我听说这个小东西很神奇，可以把胸前两只不安分的小鸽子兜起来。

我对她的这个牵牵绊绊的小物件很感兴趣，曾偷偷翻看过。我知道那是小镇上的时髦女孩用来罩住乳房的，它的名字叫乳罩。我对这七巧板似的拼接而成的两只小碗简直着了迷，摸呀摸的，感叹着时髦女孩的乳房是不自由的。

后来，到我十三岁那年，我老觉得胸口肿胀，一直肿胀，像是要一夜间孵化出一种奇怪的东西。但是没人教我该怎么做，母亲似乎对此视而不见。

不只一次，我暗示过母亲，可母亲却用奇怪的语气对我说："你干吗要穿乳罩？我就从来没有穿过。"这个我当然知道，因为母亲的确是不穿内衣的，两个凸出的乳头顶在外衣上，若隐若现。以母亲的姿色和做派，当然不是为了引诱人。

体育课，我围着学校的操场一圈一圈地跑，汗水顺着黏湿的头发滑落下来，胸口上，没有胸衣束缚的两只乳房在发热、膨胀，在薄薄的布衫下面一点点地漫溢，跑起步来一荡一荡的——有男孩子注意到了，像受到了诱惑，多看了几眼，然后故意跑慢，好与我并行，来搭讪我，但却被我爱搭不理的目光拒绝。

没有内衣的束缚，我的身体像是没有保护，感到很没有安全感。我的两条手臂试着交叉，然后环抱自己。这样似乎要好些。

可能我的胸长期没有内衣约束的缘故，晃晃荡荡的，满满一大片，没有形状，没有边疆，简直要从腋下漫溢出来，奇怪死了。到了后来，我有条件买内衣的时候，就发了疯似的买，像是要恶补以前的欠缺。但是，似乎什么样的内衣都兜不住它们。

在公共澡堂里，我偷看过别的同龄人的乳房。那是两个捏紧的拳头，最起码，也该是两个发酵不太好的馒头扣在胸前，小小的，紧紧的。那模样不像是我自己的。我暗自期待着，期待我的乳房停止生长，期待有一个声音喊："停下——"

自习课结束，同学们聚在一起交换见闻。后来，不知怎的，开始了关于乳房的暧昧话题。然后，说到了我的二姐严小凤。那时候，二姐早就离开学校，成为一个社会女青年。她们指责她的乳房，对她的乳房充满了一种莫名其妙的敌意，夸大她乳房形状的丰盈，还说她是"下流货"。

她们是故意说给我听的。

我当然听见了，没有反驳，只是傲娇地微笑着，好像是认可了这一说法——谁让我们是姐妹呢？

可是母亲，对我身体的隐秘的成长熟视无睹。只要她在家，我就会感到不自在。如果她让我跟着一起去菜市场买菜，她在前面推着自行车，我就想方设法走在她的身后，远远地跟着。如果她带我和严小凤看露天电影，我肯定会挨着严小凤的身边坐。有那么几次，我挨着母亲坐下了，身子也有意识地跟她保持距离。还有，只要母亲在房间里，我就要找借口离开。她跟我说话我也不太搭理，这种情绪既不是畏惧，也不是仇恨，但真的是一种——是一种不自在的感觉。那时的我，很羡慕别家的小孩，对自己的父亲母亲充满依恋和崇拜。

我在漫长的夜晚独自一人睡觉，肉体悬浮在黑暗中，没有亲人抚摸的皮肤是孤独而饥饿的。

但是，当时的我却意识不到那其实是一种饥饿感。多年以后，我怀抱自己的小婴儿，舔着、抚摸着她小小的脸蛋，还有小小的手脚，看着她满足的甜笑，才意识到，孩子是多么期待亲人的抚摸。如果没有，身体必然饥饿。

在好多寂静的、闷热的、漫长的夜晚，没人看见一个内心敏感、孤独的孩子独自醒来又睡去。窗外，一抹清幽的月光倾泻进来，照亮了那破旧的大床上拥挤着的一家人。此时，她们因白天的疲倦而沉沉入睡，鼾声此起彼伏。

而这个敏感的孩子悄悄坐起，身边横七竖八躺着的一个个身体让她突然感到有些陌生。

但眼下，她还在做梦，带着一个小女孩的天真。

又一个暴雨过后的昏暝的傍晚，房门开着，雨从屋檐下一滴一滴落下来，细密而绵长，响在我空空的体内。两边人家的窗透出昏黄的烛火，更显出此时的昏暝。

母亲在忙碌着准备晚饭，炉火在一天时光的消逝中只剩苍白灰烬下幽幽的暗红色。暴雨刚刚过去，雨水的味道和泥土的湿气混合在一起，随着黄昏寂静清凉的味道一齐涌入半开的门中。

而这正是孤独的味道。

不知从什么时候起，当看到院子大门上斜倚着一个女孩纤弱单薄的身影时，我辨认出了她。就是在人群中，我也能辨认出来。那个女孩就是我。

从她身体中散发出来的，是我们家族中最久远的气息——孤独。

它如影相随。

直到死。

十一

一九八〇年是个重要的年份。初春时节，大概是三月底四月初的一天，一场春雪浩荡而来，顷刻间将整座小镇变成了白色。接下去，阳光灿烂了很多天，全都融化成了春水，一地泥泞。除了远处的昆仑山顶还残留一些白色外，到处是一片生机勃勃的绿色。风开始从东南方吹过来了，融雪的声音在温暖的阳光里滴答滴答，让人的心情轻松又愉快，感到紧缩了整整一个冬天的皮肤开始松懈。

在这座戈壁小镇，春天是一堆被风涂乱了的日子，姑娘们在风中做一些骚动的、有关爱情的梦，脸上开始生出桃花癣和草莓粉刺。

而那些写在墙体上的标语，在一次次的粉刷中被彻底掩盖了，我们走在街上的时候，再也看不到过去的生活。我们只看到现在。

残冬过去了，春天正艰难地来临。但是，新的生活真的开始了吗？

每一个人似乎都在猜测。

被戈壁沙漠包裹的奎兰镇仍然少树木，阳光依然暴烈，小镇人的生活依然贫穷——每家平房的过道阴暗而荒凉；每扇木门的后面都有两三个孩子在没有装饰的屋子里玩耍，都有一个蓬头垢面的母亲在水泥池边弯着腰洗衣服，因过多的家务闷闷不乐，疲惫不堪。

最令人印象深刻的是奎兰镇人家里的气味。那气味似乎大致相同，我家里也有。它混合了肉身的味道，家具的味道，缺少关照的植物的味道，厨房里冰冷食物的味道，还有一些说不清道不明的气味充溢了整个房子。好像家家生活水平都差不多——吃的差不多，用的东西也差不多。你家能买得起的东西，我家也买得起。

夜晚降临，奎兰镇上的人家各怀着自己的心事做着自己的梦。就像我一样，从未感觉这里是我的故乡，我的家人也不是我想象中的家人。

就是在这样的自我怀疑中，我觉察出这座南疆小镇的历史在二十世纪八十年代初期起了诸多变化，人们比平时更热爱报纸、广播，热衷于单位开会时的各种消息，一种躁动不安的气息弥漫在整个小镇，并随着污浊而湍急的河流暴涨、升腾着。在晚上，它笼罩着黑漆漆的小镇，像是凌驾于人们精神之上的黄昏，与这料峭的春意难以割舍，不动声息地急速蔓延。各个角落的人都可以感觉到它的存在，尽管它隐藏在了人们的只言片语中。

就在这时，传来了父亲将要回家的消息。

那是一九八〇年末，一些隐晦的词句从皮林农场的广播和报纸里跳出，让人们从中嗅到了新生活的可能。

一九八一年三月底的一天，父亲靠在农场的广播电线杆子下面，一字不落地听到了那个举国皆知的会议消息。

和他一起在农场的广播电线杆子下面听消息的还有一个

人——"疯女人"郝一凡。当时，她正光着脏污的脚，坐在广播电线杆子下啃玉米。她仰着头，听着听着，用手抹了一把脸，大声嘟囔着。

父亲很不耐烦地向她挥了挥手："别吵吵，我听广播呢！"

她闭上了嘴，给了我父亲一个他从未见过的宽厚而坦荡的笑容。眼神亮亮的。

父亲感到郝一凡的这个笑很不一般。没等他想明白，便见她站了起来，头也不回地离开了。

第二天是一个晴天。清晨，天还没亮透，父亲早早地醒来了。

他搬了一个小凳子放在窗子底下，双腿颤颤巍巍地站了上去，拉开了半扇窗，一抹淡淡的阳光照在他的脸上，像长矛一样直射到他身上，尖锐，冰凉。

父亲看见了朝霞。

其实，这一天是一个再普通不过的日子，没什么特别的地方，也没有丝毫的异兆。但朝霞满天，令父亲很诧异，长久地盯着它看。前一天黄昏，父亲看到西天边的层层乌云，以为第二天清晨不会有朝霞。而且，他觉得，这平平淡淡的一天不该有一个如此辉煌、如此绚烂的开始。

周遭的事物看起来还是无所不在——瓷盘上的牡丹花纹，镜面上的石膏框，洗漱时映在镜中的脸庞。这一切显得更为明亮，轮廓更为清晰，连关门时的重重声响都是那么地突兀。

这种触摸和听闻到的明晰感，倒不完全是因春天来临，而是从心底感受到的一种炽热的觉悟，认识到了万物汇集的终点。

父亲想，这是好日子要开始的预兆吗？但为什么会觉得这是最后的时光？

凹凸不平的泥地上放着一只脸盆，里面盛了小半盆水，表面结了层薄冰。他用指尖蘸了点儿水揉揉眼睛，擦去了疲倦和睡意。墙上有一面破损的小圆镜子，他从里面看见自己的脸瘦得只剩了皮包骨头，脑袋大大的，下巴上留了一圈胡子。

他端着搪瓷盆，将用过的脏水连同胡须渣一起倒进房后的水泥池子里，默默地站了一会儿，像是在祈祷他的不堪的过往也能永远地随脏水流走。

就在此时，吱呀一声有人打开了门，父亲看见一个熟悉的身影笔直地朝着农场街道的方向走去。

是"疯女人"郝一凡。她居然不疯了，穿戴整齐地走到农场唯一的邮电所，口齿清晰地要求发一封电报，发到北京去，发给她的家人。

这么多年来，皮林农场的老老少少有谁不认识这个"疯女人"呢？

此时，她一身整洁、面带微笑地站在那里，与之前衣衫褴褛的形象判若两人。

她的头发特意洗过，在脑后挽成一个滑溜的髻。脸皮是光洁的，嘴角微微上扬，像是在笑，但这笑意跟之前人们看到的大不相同。在场的人全都愣了，一种异样的感觉突然升了上来，像针刺、雷鸣和枪击，具有突然性和强烈性，令人猝不及防。

大家默默地给她让出一条道儿，默默地看她表情严肃地在电报纸上写电报内容。而这个电报内容，再过几十年也不会有人忘记，因为只有五个字："接我。快快快!"

郝一凡在最短的时间里离开了新疆，从此再无消息。

对于郝一凡的装疯，多年之后被提起时仍有人有所问：一九七五年后，皮林农场的人比起其他劳改农场的人来说相对自由些，他们散居在农场各处，看守水闸、果园、菜地，等等，像真正的农民一样，有的人还担任了农场学校的代课老师。这么多年来，郝一凡有什么必要装疯呢？

也许对于一些人而言，被"圈养"的日子过得也挺好。但郝一凡觉得不好，所以决定装疯。这个决定，连果园里的苹果花、河流里游弋的野鸭子也阻止不了。

装疯，仅仅是为了要活下去吗？

郝一凡决定装疯的那个初冬之夜，她从宿舍出来，寒风凛冽，操场上唯一一盏煤气灯勾画出她漫长的影子。她踩着自己的影子急急往队伍里走。就在这时，她做出了这个重大的决定。

郝一凡选择了活着。既要活着，就要逃离目前的现实生活状况。装疯，或许是她在这个世界上唯一的保护伞，也是唯一的安全之所。想到装疯这一招，她感觉自己一下子获救了。

郝一凡在决定装疯之前，一定搜肠刮肚地将自己在现实生活中或者书中见过的疯子的种种形态，包括他们的嬉笑怒骂，在心里过了无数遍。然后，她做了普通人难以理解的大事——纵身跳入自己所设定的疯狂中。她装扮得很成功：脸是脏污的，有鼻涕、口水和煤灰的痕迹；头发蓬乱，扎着朝天辫，且被各种捡来的脏布条和绳子捆绑，不时沾有些许枯草茎。

疾病是一条通道。从那以后，她的疯像是一堵墙，一堵活生生的墙，在某一个瞬间开始膨胀和变厚，确切无疑地挡住和隔开了郝一凡今后的生活。

说实话，在这之前，人们在现实生活中从未听说或见过像郝一凡这样的人，她绝对是一个例外。她不具有普遍性。当父亲说到她时，总感到她太独特太难以把握，有如一股奇怪的气流掠过舌尖，使他的语言失去控制而迷失在这个上海女人的身影中。

后来，当父亲跟人说到这个女人时，有人会惊讶地问："她是凭借什么坚持下来的？那是一个怎样的人才有的意志和毅力呀！"

"她的信念真强大！"有人感叹说。

是的，一定要活下去。执拗在不同的人身上，可能会有不同的结果，她有这样强大的信念支撑着，一定会活得很久。

但是，为什么要活下去呢？这个世界，究竟有多大的意思值得人们放弃尊严活下去呢？

直到四十多年过去，父亲才理解了她的选择：某种形式上的自由，对她而言并不是真的自由，她要的是身心的完完整整的自由，去护住她的心，还有全部的尊严。即便她所选择的装疯这件事，在外人看起来并无尊严可言——但对郝一凡来说，这是她仅有的一张底牌。

多年后的一天，父亲抽烟时突然想起这个叫郝一凡的上海女人，情不自禁地模仿起她抽烟的姿势，但总觉得哪里不对劲儿。在那一刻，他似乎看到了郝一凡嘴角一抹嘲讽的微笑。

十二

我清楚地记得父亲回来的日子——一九八二年四月七日。

那是一个晴天朗日下的正午。天气燥热不堪，唯一通向乌鲁木齐的公路上少有人和车往来。远远地，一个跛脚的男人下了一辆卡车，在两个人看似殷勤的搀扶下，朝着我家的方向走来。他们走走停停、指指点点。有那么一会儿，跛脚的男人好像还固执地摆脱了那两人的搀扶，独自站在大路旁东张西望。

这个跛脚的男人正是我平反回家的父亲——严国光。

那一刻，我好像听见他说："我回来了。"

他走在小镇的街道上，右脚跛得很厉害，但他好像不想让人看出来，后背挺得笔直，每一步落地都很小心。这个古怪的姿势把他荒疏了很多年的体力重新召集了起来，每走一步都像是在重新联结一小截时间的链条。现在，他沿着它们一点点地走回了从前，回到了这个熟悉而又陌生的小镇，回到了他的家。

他一路走着，看街面的空阔，房屋的低矮。一股裹挟着尘土的风卷过来，他看着公路边稀疏的防风林，心想就这点儿树木怎么挡得住风和土。他感受着小镇一如既往的破败和寒酸。马路上新铺的沥青路面被正午的太阳晒得臭烘烘的，他的鞋子踩在上面咔嗒咔嗒地响。

不过，越往街道中心走，道路两边的树木就越多越密了。父亲一边东张西望，一边看一道道树影把阳光裁成了均匀的条状，仿佛命运又在此铺设了一根根竹签子，尖而锋利。他一路踩上去，一丝丝疼痛从脚底传递到大脑。

他在心里对自己说："我回来了。"

父亲的这句话，只有母亲一个人听见了。

此时，人们都在午睡，奎兰镇很安静地在滞重的寂静中构思黄昏之后的流言蜚语。

道路两边那些陈年灰尘的气息，没有及时清扫的陈腐物质的酸臭气，窗子下面不知哪个酒鬼或者小孩留下的便溺发出的隐隐的尿臊味——它就是自家门口的气味，从未消散，一直停留在这里，无论搬过几次家，那熟悉的气味却是不变的。就像往昔的气息从过去曼延过来，缭绕在他的身上，越接近家，这股气味也就越浓重。当他在镇工作组人员的搀扶下，在自家平房门口停下来时，十年的空白仿佛已经滤尽，现在的抵达和上次的离开恰好衔接，一点儿空隙都不存在，一点儿时光都没逝去，一切事件都不曾发生。

父亲站在家门口，准确地敲响了家门。

他一进门就要喝水，也顾不上跟我们打招呼，一副口干舌燥的样子。他喝起水来咕咚咕咚的，喝得很急迫很喧响很笨拙。虽然是早春，但是天气却很燥热，他的脸上淌着汗，腋下白色衬衣上满是黄色汗渍。透过窗户朝外看，窗外白炽炽的大太阳下，落了一地的麻雀。

日后回想起这一场景，我总觉得那些麻雀在那天安静得出奇，一动不动，像一些假模假式的用纸剪贴出来的东西。

我当时可能已经知道，我生命中最重要的一个时间已经扑面而至。

现在，我看见我的母亲端着一只装满温开水的大碗，站在他的身边。他俩不知道怎样跟对方说出这许多年来的第一句话。母亲像是自言自语似的说："喝水吧，喝水吧，喝完了我去倒。"她似乎还想说什么，却什么话也说不出来。

一会儿，母亲猛地想起炉子上正煮着的炸酱面的面酱，一拍脑门，大喊一声"糟糕！"，就冲进厨房里去抢救，只听见她在里面说："完了完了，面酱成了焦炭了！"

她的声音从没有如此尖锐、空虚过，令我感到陌生。

她打开厨房的窗户，一股焦烟蹿了出去，两只栖息在门口榆树枝上的乌鸦跳上跳下，碎裂了树枝的时空。一辆拉粪车从房前的大路上走过，腐臭的气味钻进她的鼻孔，再往下，直至喉咙、食道、胃，她的身体在那一瞬间整个地被那股臭味包裹，连同呼吸也是臭的。

母亲忍不住蹲在地上干呕起来。

是的，曾被自己告发过的丈夫回家了。

很长时间里，母亲不敢与他的目光对视。他看她的目光空洞而冷淡，似乎还有一抹淡淡的嘲弄。她以为丈夫一回家会对自己说啥重要的话，可是他什么也没说，就是大口地喝水。他太能喝了，一连三碗都没喝够。他的胃是一个无底洞吗？

这十年来，我母亲似乎已经习惯了丈夫不在家的日子。他不在家，自己似乎就远离了那个深藏在心底的罪孽，当作过去的一切什么也没发生。

可是丈夫终究是要回来的。他一回来，一个紊乱的、带着罪恶感的、难以启齿的记忆也就回来了；她充满愧疚的赎罪般的日子也就回来了；一个噩梦也就跟着回来了；疼痛，当然也就回来了。记忆轰然一响，成了满地碎片，放射出尖利的光芒。那光芒如今有如一排细小的牙齿，轻轻重重地噬咬着她。

得知父亲要回家的那几天里，母亲觉得门前那两棵老榆树上又重新挂满了纸，一页页被翻过去的历史又被风吹到了原处，等待她去辨认。她有些害怕。但她必须辨认。

一个低沉的声音越过重山复水，再一次质问她："你的心，怎么这么恶毒?!"

父亲上完厕所，继续巡视完屋子里的家具、小摆设，还有他的孩子后——他摸了摸我的头，站在红掌面前，却什么也说不出来，只是长长地叹了一口气——坐在了一张老旧的木椅上，在我们惊讶的目光中把右腿的裤管慢慢地卷起来，往旁边的桌面上一蹬。他的右腿绝不同于一般的腿，丑怪而壮实，从脚踝到膝盖处是黑紫的一片，上面布满了浮雕般的伤痕，脚踝处异常突起，曲扭着所有的肌肉和筋络，像是骨头从皮肤里顶出来了。而另一条腿则上下摆动着。

他这个举动像是在展览，又像是在炫耀，但更像是在示威。然后，他与我母亲的目光撞在了一起，伴随着隐秘的飓风，闪电般不期而遇。父亲的这条瘸腿骇然暴露在她的视线里，她静静地看着，一种奇异的冰冷感觉从她的脚底升起。

父亲到皮林农场十年来，给我们几个孩子为数不多的信中，从未提到过这条伤残了的右腿。一句也没有。

可以肯定的是，他的这条腿是在他的那一次逃跑后被打断的。这无疑是他十年劳改生活的纪念品。

母亲看着他的这条右腿，有些慌乱，嘴角轻轻抽动了一下，什么也没说，手中的抹布不知怎的滑落到了地上。

母亲设想过丈夫回家的一百种方式，但是没想到他是拖着一条破残的右腿回来的。她看着这条腿有些害怕，腿上碗大的黑紫色的疤像一只巨眼，在指认她曾经的罪恶。

但是，她必须接受我的父亲跛了一条腿这一现实。

还有他身体上的臭气——嘴里的气味，头发上的汗臭味，来自衣服上的酸馊味，所有的气味集合起来，完全就是一个人腐烂的味道。这让在一旁小心翼翼的我十分困惑，忍不住地悄悄问母亲："我爸——他身上为什么这么臭?"

忽然，传来一声哨声，屋檐上一群白色的鸽子飞向空中，树枝分割的时空再一次地碎裂了。那一瞬间，连她横放在厨房案板上的牛肉都在慌乱地抖动。

母亲仰起头，呆呆地看着父亲，忽然发现自己的生活其实是一个假象，而真相则是往后的连绵不绝的阴影。

父亲回家的第二天早上，天灰蒙蒙的，下起了尘土，空气中弥散着呛人的泥腥味。

这场浮尘预示着奎兰镇又一个春天的到来。

195

我打开了一扇窗户，窗户对面一棵梨树上的白花蒙了尘土，像顶了一树皱巴巴的脏手帕，给人一种不洁的感觉。我使劲吸了吸鼻子，我知道，这尘土一下起来就会没完没了。所以在我的感觉中，夏天还很遥远，仿佛远在我的童年里。

　　吃早饭的时候，我听见父亲说，这浮尘一落下来，他的右腿就好像发霉了。他低低的抱怨声就像外面的尘土一样，沉闷而且无聊。不一会儿，他黑着脸没有表情地玩弄着手里的一根木筷子，突然用劲儿一拧，把它折断了，说："你们听见了吗？我的右腿里就有这种筷子被折断的声音。"

　　我们谁也没吭声，默默地吃早饭。早饭是大米粥跟油煎馒头，还有一小块红豆腐。我们一边吃一边听他说："早晚，我的另一条腿也会像这样断掉的。"说着啪嗒一声，他又折断了另一根筷子。

　　我抬起头，看到他的脸色就像窗外的浮尘一样灰白。

　　见我们一副吃惊的样子，父亲继续说："我知道，那是我的骨头一根根地断掉了。"

　　"别闹了，吃饭吧！"母亲冷冷地说。

　　"你看看我的腿。"父亲把瘸了的右腿重重地搁在饭桌上，伸手把裤子往上卷了卷，露出腿上深深的疤痕。

　　"看到了吗？右腿，你看我的右腿。这下，你满意了吗？"他看着母亲说。

　　看着我们半是恐惧半是恶心的神情，他突然笑了。他怪异的、干冷的笑声就像是两张铝片刮出来的一样，生硬而尖锐，充满了一种令人不安的恶意。

在此之前，我从未从父亲那儿，或者说从任何人那里，听到过这样的一种笑声。他笑得是那么突兀，好像那笑声的发起，完全是哑在身体深处的一股强大震动，现在，它从一个痛苦的层次穿越过来，形成了一股爆破的力量。他的嘴和五官都在那一瞬间舒展到了极致，不仅仅是面孔，他的四肢和身躯都是这狂欢的一部分。

我们是什么时候离开饭桌的，父亲根本没有察觉，他感觉不到自己。他想活动一下四肢，可是那条残废了的下肢没有动静，像是麻木了。

而窗外，漫天的浮尘像一壶暖水一样，把他周围的一切都淹没了。只有他，像一块冰一样难以融化。

一九八二年春天的早霞已经升起来了，他看着灰黑转为玫红、金黄的云，想着当年那件事。那件事一定是发生在昨天的早上。他是昨天早上才离开家的，是被人五花大绑地带走的。当时他好像对妻子说了什么，她一脸麻木漠然地看着他被人带走，也不阻拦。当时，他好像还看见他可爱的小女儿哭了，女儿为什么要哭呢？

这个问题让他想了好半天。

从那以后，父亲经常会摆出一个固定的姿势：瘸了的右腿放平在桌面上，一只手搁在上面慢慢抚摸腿上浮雕般的伤疤，而另一条腿半屈起，垂在半空中轻轻地摇晃。他微闭着眼睛，长时间地坐在那里。每到这时，家里没人敢打扰他。

"小崽，给我热一下毛巾。"

在燥热的夜里，我听见父亲在卧室里叫我的名字。

我知道，他的脑袋又在痛了。

他回家后的几年里，我经常看见他半夜里坐在床边抱着脑袋呻吟，棉内衣拧成绳状，紧紧地捆住脑袋，眼睛充满了血丝。父亲的头痛病在皮林农场的时候就开始发作了。他说，在那里，头疼得更厉害，有时疼得让他忍不住要呕吐，那种感觉就像是一把刀子正插进他的后脑勺。

每到这时，我就坐到他的身边，按摩他的脖子，等他感觉好点儿了，我到厨房里用热水浸湿毛巾，把热毛巾敷在他的后脑勺上。慢慢地，头痛似乎缓解了，他才平静下来。

而他身体上的臭味回家好长时间了却还是没有消散。这曾让我十分困惑，忍不住再一次小心翼翼地问母亲："我爸——他身上为什么还是这么臭？"

而母亲像没有听见这句话似的，情绪如止水般平静。她在杂乱拥挤的屋子里来回走动，引得父亲含义不明的目光常常追逐着她，而她则像一个真正的妻子那样耐心地侍奉着丈夫，照顾他的生活起居，关照他的吃喝。春末夏初的太阳或冷或热地投窗而入，那张单人的弹簧行军小床就支在窗子底下，弹簧早已不堪重负，父亲睡在上面，忍受着它每天的吱吱抱怨。

父亲的睡相不佳，有时口水会顺着他的嘴角一路而下，母亲便轻手轻脚地走到他身边替他擦去。我记得父亲刚回到家的那些天，她给他搓澡，眼神里怀着无以名状的厌恶、恐惧和内疚擦拭着丈夫已残废了的右腿，右腿一如风干的皮下赫然毕露的青筋和伤疤有着触目惊心的丑陋，昭示人生曾有的那一份混乱还有不堪，透露着死对生的轻佻与嘲弄。

这个时候，我的母亲就会听到一个声音隔了重山复水一路传来，在说："你的心，怎么这么恶毒?!"

父亲刚回来的时候，我一直不习惯看他的身体，将近一米八的身高，体重却不到六十公斤。我把家里的镜子藏了起来，不想让他看到自己有着层层疤痕的身体。灯光把他身体中全部的阴影塑造了出来，眼眶中的两个洞窟，颧骨下面的空荡，还有微突的牙床。一个人经历过死亡的形状全部都塑造出来了。

在皮林农场的十年，他粗糙的红色面孔生出了两块被冻伤被烈日灼伤被风刮伤的黑紫色的疤痕，这使他脸上的皮肤十分坚硬，各种表情都会长时间地僵在上面。曾经风流倜傥的父亲，样貌已变得令他自己陌生——步履蹒跚，声音沙哑，脸上布满密不可数的细小皱纹。

父亲回到小镇上的家之后，似乎并未像我想象的那样，一切都会好起来。

他回来之后，便多了一个称呼——"严瘸子"。他走路的时候，是那种用一只手撑住瘸腿才能走的样子，姿势像划船。而他跑起来的时候，身子一拐一拐的，样子真是难看，看得我心里又酸楚又好笑。因为家里有一个跛子，家人的脸面总是要受到损害的。

虽说他的残疾不会传染到人群，也不会污染空气，可是这体外的缺陷谁都看得出来，他早已被别人分门别类。

他不理解，为什么别人用了那么多意想不到的词句来形容他的步态。有人恶毒地说他走路像边走边撒尿的鸭子，一路走一路撒；有人比较温和，说他像科教电影里的企鹅；有人特别喜欢出父亲的洋相，特别是孩子，一看见他走在路上，就忍不住地相互挤眉弄眼。当他弯着残腿，一瘸一拐地出现在人们的视线里时，他那两条腿似乎就艰难得像笼子里的困兽在喘息。

他自嘲地想，如果自己是一棵树就好了。树随便长，长得歪歪斜斜的也没有多少人在意。可他不是树。

是的，我的父亲是个瘸子，右腿比左腿短一截儿，因而肩膀也是倾斜的，右肩比左肩低。一些小孩子总爱走在他身后模仿他走路，还笑得要死。他也咧开嘴跟着笑，笑容里看不出苍也看不出凉。我找不出一个词来描述它。也许，每个词都有各自的局限。他粗重的呼吸里有痰有石头有沙子，在人群里旁逸斜出得很，像一个无脊椎动物一样窝囊，让人不舒服。

父亲的右腿伸不直，算是残废了。这意味着他无论如何努力，贴药膏，扎针，做各种理疗，都无济于事。

父亲将这不幸再次归咎于我的母亲。

那句话，连同当年那个事件，越过无边的岁月，越过戈壁沙漠、烈日、死亡，以及时间的睡眠，来到今天。

那句要命的话一次次地在母亲耳边响起："你的心，怎么这么恶毒?!"

一个天气晴朗的秋日，我搀着父亲出门晒太阳。他在家门口站了一会儿，对着太阳半眯着眼睛，一动不动。

我有点儿害怕，但又有一点儿被虫咬似的悲伤。镇小卖部门口半蹲着五六个男人，百无聊赖地抽烟、闲谈。其中一个男人发现我搀着一个人，便转过头来对同伴说："严国光回来了?"

不等同伴回答，这个人就对着我喊："你过来!"

他这一声叫喊，其余的人一下子都不说话了。

然后，我听见他们小声地商议："去看他一眼，去看一眼。"

我知道小镇人对什么事情都很好奇，但他们这种猎奇的态度让我很不舒服，我父亲又不是什么珍稀动物，为什么要说"去看他一眼"呢? 可这几个人偏偏就凑到我们面前来，边打量父亲的脸和身体，边发表各种感慨。其中一个人的话听起来还蛮有同情心："有十多年不见了啊，怎么老成这个样子了? 你这个人一辈子好坎坷啊……"父亲听了，什么也没说，只是咧了咧嘴，样子很难看，像哭又像笑。

父亲从皮林农场回来后，因这条残腿遭到别人多少粗暴野蛮的嘲笑。以至于后来，各种嘲讽和羞辱对他来说都是司空见惯。

他认了命——看到他人对自己的嘲讽，早就不那么愤怒了。

他只对一个人例外，那就是我的母亲。

总是在这个时候，我避开他突兀伸过来的残废了的右腿，低头看他的手。离别十年后的他，手黑而粗糙，其中一个手指的指甲盖被掀掉了一大半，露出黑紫的肉，触目惊心。与其说他是在展示那些年里在整日劳作中被弄得破残的身体，展示在拥挤的舍房和长满黑黄色菌斑的天花板下麻木的脸，倒不如说他是在展示自己十年来备受屈辱的心灵。

正如我害怕的那样，每到这时，父亲的情绪都极为激动。他不知疲惫地乱喊乱叫，声音如同狂风，吹得我们的身体如树叶般抖动。

是的，回来的他，总像南疆春天的狂风席卷这个脆弱的家。

他说得越多，叫得声音越大，母亲就越害怕他停下来，害怕随之而来的沉默，那意味着该轮到她说话了——每当他停顿下来，母亲就会感到头一阵晕眩。

我对这个回家的父亲感到好奇。他喜欢一个人独处，喜欢长久地待在黑暗的光线里想事情。那样的时刻，他如同被放逐在另一个天际，没有人能够与他交流。

我不知道，他被放逐在荒凉的戈壁滩上，日复一日，年复一年，与周围的人彼此没有倾诉的愿望，又害怕丧失说话的能力，便经常不断地活动嘴部的肌肉，在黑暗中大声讲话、骂人。但是黑暗中的独语又令他感到恐惧，像是与鬼影幽魂在此密会。

有时，他躺在床上，用极其陌生的眼神注视着房间里的陈设。在窗外灿烂阳光的照射下，蓝色碎花的窗帘闪闪发亮。

父亲还会注视着床对面那个笨重的五斗橱。五斗橱上放着一只老式座钟，旁边的一只瓷酒瓶里插着一束蒙了些灰尘的塑料花，还有一张他与我母亲的结婚照。两个人的腮帮子都按照当时的时尚涂了一些桃红色，看上去有些不自然的喜感。

每当这时，母亲在厨房里不停忙碌发出的声响，像是远处的船帆，遥不可及。显然，父亲当时很难分清厨房里的声响是什么，那响声令他感觉自己的身体是漂浮在水样的东西之上。

我与母亲的对话声和碗筷的碰撞声，再一次让他滞留在一片灰暗之中。

我走到他身边，替他打开窗户。他的身体因为屋外阳光的短暂照射而获得了片刻的上升。

这样一个父亲，无疑令少年时代的我感到陌生。无论在房间的哪一个角度，我似乎都能看见这个像病人一样躺在床上的人，头发发暗，像他的脸一样没有光泽。他因心情压抑食欲低下而消瘦，皮肤松弛。这让我感到，这个躺着的人是一个陌生人，我不曾看清楚他，也自然从未有过这是一个至爱亲人的感觉。

在一些夜里，父亲会尖叫着醒来，用手掐着自己的脖子，有一次差点儿被自己的手掐得窒息。这个吓人的举动惊扰到了我们。等他清醒过来，说是模模糊糊地看到墙角的家具有着令人胆寒的轮廓，很像一个人躲在那里。

他很想起身跑到外面去，可是总感觉屋子的角落里和家具下面有一些可疑的影子在动来动去。一种突如其来的恐惧让他的心一下子绷得紧紧的，从内心深处闪现的念头清晰而可怕：有人藏在了自己家里，有人要害他！

他是谁？

是自己那个可恶的妻子吗？她为什么放些东西在这里？

他的头猛地扭到了一边，重新包裹在一片漆黑之中。他说他听到了很多的声音，有死去的室友的，有路人的，有工宣队队长的，有"上海阿拉子"简买丽的，还有夜晚猫头鹰的叫声。我一个劲儿地轻拍着他的背，告诉他夜里听到的那些声音其实并不存在，是他自己想象出来的。

一种突如其来的恐惧让我的心一下子揪得紧紧的，一个从内心深处闪过的念头清晰而可怕——我的父亲，他这是精神出问题了吗？

我记得，父亲回来之后的一段时间里，他经常在闷热的中午用大棉被裹着身子半卧在床上一动不动，一待就是好几个小时，不说话，看人的眼神愣愣的。家里的窗户本来就很小，但他还是嫌大，用报纸遮住大半个，只透出一点儿光，说这样他才会感到舒服。

他怕光，怕声音，怕外面传来的一点点动静，哪怕是陌生人的脚步声和说话声。

有时，到了黄昏时分，房间开始暗下来的时候，他死死盯着屋角摆放着的家具，很警觉，似在等候急促的敲门声。

还真有一个晚上，凌晨两点多了吧，一阵紧促的敲门声从隔壁邻居家传来。母亲不敢开灯，擦亮了一根火柴，看到我父亲嘴唇在不住地哆嗦，坐在床上老半天不动，一副吓坏了的模样。我在昏暗的光亮中嗅到他的恐惧，紧紧捏住了床单一角。我感觉到此时的他浑身颤抖。

"他们要来抓我了。"

他轻轻地挤出这句话。

这句话，也是他常常对家人说的。

屋子里没有人应答，一片死寂。母亲在黑暗中的阴影像一个笨重的家具似的朝他倾斜了过来，加深了此刻的压抑感。

"他们来抓我了！"父亲好像突然很确信。

从他回家的那天起，他似乎一直在等待一阵气势汹汹的敲门声，然后是一群人猛扑进来，喊他的名字。一想到这儿，他就心慌腿软。

他从屋子里的某一个角落挺身起来，去拿自以为需要的东西：牙膏、毛巾、香皂、拖鞋、刮胡刀以及刀片，还有两三件换洗衣服。这些东西全部整齐地放在了一个发旧的布包里，搁在床头柜上，以备"这些人"的到来。

我记得，那只布包里还有一包用草纸包好的馒头片，他说自己最怕的是饿肚子。

很多个夜晚，父亲几乎彻夜不眠，等待着那始终没有出现的敲门声。

但是这样的场景，他已经在心里预演了很多遍。从大榆树开始漫街落叶到白霜下地，这个场景并没有出现，他似乎感到了些许不耐烦。

那些年里，他觉得所有的人都在监视他、议论他。他走在路上，老觉得有人跟踪他。这个人如影随行，令他寝食难安。

有时在路上，他说自己总是看见一个四十多岁的理平头的男人在不远不近地跟着自己。无论是买菜、逛公园还是逛超市，这个平头男人就这么跟着自己，不说话，也不走近。

"就像是一块烂泥巴，甩都甩不掉。"父亲这样形容说。

一天，我们小区门口的大型超市搞商品打折活动，人们闻风而动。早上，整个超市人流熙攘，像过年一样热闹，收银台前待交款的人排成蛇形长队，父亲也在其中。

忽然，父亲清晰地听到身后有人在说话："大家快看前面这个穿灰呢子上衣的老头儿，他是个坏分子，你们别卖东西给他！"

父亲一惊，回头看去，身后隔着起码三个人的位置上，那个总是跟踪自己的平头男人正死死地盯着自己，露出暧昧的微笑。那笑容猥琐而粗俗，令人作呕。

父亲发怒了，冲到他的面前对着他大叫："你是谁，你跟踪我这么多年，到底想要干什么?!"

还有一次，我见到父亲衣衫不整，驼色毛衣的袖口已经脱线，衣服上的扣子也掉了几个，脸上有像被细树枝划过的几道血痕。

他看起来状态很不好，一副疲惫不堪的样子。

我很吃惊。他对我说，他一大早到巴扎买大葱，有一对穿军装的男女跟着自己，自己走到哪儿，他们就不远不近地跟到哪儿。好在自己灵机一动，趁着他们不注意，搭乘一辆毛驴车拐到了郊区一个陌生的村庄，村庄的名字很阴郁，听起来仿佛是一处最后的、孤注一掷的藏匿之所。

父亲对我说，在当时的恐惧中，血液似乎一下子撤离了大脑，视线也仿佛变得模糊不清。在毛驴车前行的过程中，他看到低矮的房屋在摇晃，人行道在塌陷。他好像听不清楚周围的声音了，街道的嘈杂声变得沉闷，像是湖水在齐声咆哮。

他一路在想，这会不会是自己一生当中最后一次看到这条街道了。

——这些，都是他后来告诉我的。我有那么三五次听他讲述这几件看似很离奇的跟踪事件，我无法辨别它们的真伪。

成年后的我因为家庭变故的原因，对心理学有着浓厚的兴趣。我对父亲这一行为的诊断为：幻听，被害妄想症。

有幻听症状，还有被害妄想症的人，一定是精神病吗？特别是幻听。我看了一些医学资料，说是幻听是出现于听觉器官的虚幻的知觉，是精神病人常见的症状之一，尤其多见于精神分裂症。我有些害怕，背着父亲偷偷去医院询问了医生。

精神科的医生说，引起幻听的原因有多种，而父亲有可能是心理原因引起的，比如精神过度紧张。幻听的表现多种多样，有命令性幻听、评议性幻听、议论性幻听等，其内容常常是对病人不利的，如谩骂贬议，说病人犯了大错误，命令病人去自杀或去投案自首等。

可以肯定的是，十年的劳改生活给了他痛苦的回忆，它所留下的焦虑和恐惧伴随了他多年，这使得他的性格越发孤僻。父亲曾对我说："我的一生，一直挣扎在痛苦之中，总是很害怕，害怕再次被人带走，重新回到那个地方。这种害怕不是具体的东西，它更像是一种自卑，一种模糊的缺陷。"

那些日子，我的父亲像是生病了。他躺在床上，感觉身体像阴影一样虚无。突然，一阵强烈的光芒簇拥而来，托着他上升。可光芒又顷刻消失，他感觉自己被扔了出去，使他滞留在一片灰暗之中……

是的，我不止一次地写到母亲，但感觉从来没有写好她。她心智的模糊性，让她过日常生活和政治生活都绝对随大流。在那个特殊事件之前，这个家与别的家庭一样，是波澜不惊的平静。但是，她的内心呢？

这么多年来，母亲对那个告密事件真正自省过吗？我不得而知。要说就太复杂了，怎能说得清楚？我父母之间的语言，只有他们自己才能讲清楚——他们之间的语言，对其他人来说是密码。

在母亲眼里，丈夫是一棵疯癫的不老松，以家人的名义存活于世。母亲面对他日渐枯瘦的面孔和羸弱的身体，就仿佛面对残酷战争后留下的一座无人的废墟。

经常，我的母亲半夜醒来，看见丈夫盘腿坐在床上，用指尖顶着下巴，以这样的姿势静默好长时间，嘴里偶尔还含混不清地挤出一句谁也听不懂的话。

有时，母亲睡着以后，又像是被什么给弄醒了。她看见丈夫正怀着一种可怕的温情注视着自己——在黑暗中，他模糊的密布阴影的脸离她很近。他紧闭着的双眼也有这么一层同样的淡灰色的阴影，像她同样紧闭着的嘴唇一样，覆盖着令人眩晕的沉默。

他在审视她睡觉的样子。他眼睛里发出一种令人费解的嘲讽，好像在对整个世界宣告：我看清楚你们了。所有人。还有你。你告密的每一句话我都听见了，你所做的每一件祸害我的事情我都看到了。

母亲睡意蒙眬地说："你老在半夜里起来偷看我，我不知道你脑子里在想些什么鬼念头，你到底要干什么？"

"你的样子让我害怕。"父亲说。

"快睡觉吧，我困死了。"母亲的嘴里嘶嘶呵着气，感到一种莫名的恐惧。

"你睡得着吗？我的腿，右腿，断了。脚掌上还有一个洞！"父亲突然厉声朝她大喊，一把掀开母亲身上的被子，那条受伤了的右腿搁在了她的面前。

他说："你好好看看我的腿！"

他经常分心听着窗外人们说笑的声音，就像倾听着他们如何胃口大开，利用自己健康的牙齿啃食快乐的时光。他意识到，自己疏离他们的每一分每一秒都变得更加痛苦。

他的卧室有一扇窗户装有细木条，细木条将一个十字架的阴影投射在屋子的地面上，它像一个会动的吸血鬼僵尸一样，给外面的欢声笑语蒙上了一层阴影。

后来，他身上的那种阴冷的气息同时也在我的身体里到处钻。直到很多年之后，我才意识到他的孤独其实就是我的孤独。他沉浸在那种自我与孤独中，站在生与死的界线上，同时被两者抛弃，让我原本该活泼的脸，在父亲孤僻目光的映照下显得像他一样阴沉。

他因与众不同而与人隔绝，独自禁闭在自身孤独的殿堂里，远离外面正在变化着的生活，孤独得每天都像是刚刚出生。

这个男人，以他垂暮的还有滞重的身体腐化着自己还有家人蓬勃的生命力，以至于当我的爱人突然有一天看到我幼年时的相片时，一眼就看出了我脸上闪烁着的灰暗的衰落之气。

那些年，父亲有意无意地对母亲进行精神上的惩罚，有如一个死囚在执行对另一个死囚的处决。

他对我母亲的惩罚，是从他平反回家那天就开始了的。第一步是分床而居。我以为父亲只是一种姿态而已，后来我才知道那并不只是一种姿态，而是一种债务清理。母亲在父亲的眼里已经轻若粪土，这段婚姻早就名存实亡了。

他之所以还没离婚，只为做一件事——惩罚。他放不下这个特权，他要惩罚母亲。在父亲看来，惩罚是一把锋利的匕首，闪着寒光，时刻对着妻子的良心。当他对她的不满无可抑制的时候，会用这把匕首牢牢对着她，控诉她，伤害她，甚至羞辱她。

父亲最初想的是惩罚她的精神，可是母亲经过了这么多事情，为了家庭操劳，她的精神，她的悲伤，还有渐渐弯曲的脊背，已渐渐成为一个会移动的废墟，没有多少可以惩罚的余地了。于是，先惩罚她的精神还是先惩罚她的肉体，便成了父亲两难的选择。

你知道的，我们在小时候，对大人生活的好奇有时会远甚于自己。我小时候，经常半夜醒来，恍然听见父母小声吵架，做爱，或者是吃东西。

到了第二天早上，我仔细地要在父母亲的脸上找出一个证据，找出我半夜听到或看到的一个个不那么寻常的证据，可是我什么都没找到。因此，我会在心里认为，自己只不过是做了一个梦而已。

到后来我才知道，我的父母是那种在睡觉时也穿戴整齐的人，衣服之于他们就像是头发和脚指甲，是他们身体的一部分。尤其是我的母亲，她在任何时候都把自己包裹得不辨雌雄，神情里总是有些神经质的警觉。

她的衣服少得可怜。白天，她穿着四个兜的藏蓝色干部服，扣子一个不差地扣好，里面是白色的确良衬衫——这是春夏季的；到了秋冬季，外套里面会换成腈纶毛线织的土黄色低领毛衣。

晚上睡觉时，她换上一套蓝色白杠的男式棉秋衣秋裤，右裤脚有个小洞，还脱了线——那是他们学校多年前给教师发的劳保用品。

那个年代，家家没有衣柜，一般是用沉重的木箱装一家老小的衣物。所以，她的身体无论什么时候都散发着老旧木箱子里的灰扑扑的气味，还有樟脑丸的气味。

那是一股令人生厌的气味。

在我写过的那么多的文字里，什么是我避开不讲的，什么是我讲过的，我似乎也说不清了，但是我相信我对于自己家人爱恨交加的情感一定是讲过的。在许多的关于毁灭和死亡的故事里，不论是爱还是恨，这情感的等量都是平均的。

我总觉得，在关于这一家人的故事中，可能恨的情感要多一些。这恨的感觉可怕极了，像一场绵长久远的苦役，而恨之所在，就是从沉默开始的，它隐藏在这家人的血肉深处，像刚出世的小婴儿那样盲目和新鲜，与现在的我保持着同样神秘的距离。

我很害怕听到父亲的脚步声，钥匙开锁的咔嗒声，房门打开的吱嘎声——这些声音都会让我心跳加速。我躺在床上，听隔壁房间里他的鞋落地的声音，听他把鞋脱掉后沉闷的、拖着脚走路的声音。凭着这些声音，我能判断出他正在干什么。木头椅子的脚拖着擦过地面发出的不堪重负的吱呀声，他的饭碗和盘子的相互碰撞声，他翻阅报纸的沙沙声，他喝水时发出的咕嘟声……

是的，这个家庭就像一块顽石，凝结得又厚又硬，不可接近。"亲密"这个词是被禁止的。这个词在这里表示屈辱和骄横。我的父亲和母亲从不拥抱，母亲和我们姐妹从不拥抱，妹妹和姐姐也从不拥抱。

最后，我们不得不承认我们彼此之间互相憎恨。这憎恨令我们彼此心存敌意，总想着要离开对方。可是随着时光的流逝，我们又找到种种借口打消了这个念头。因为厌倦还在，正源源不断地袭来，在过去的某个日子里挖好了它的洞穴，使一个厌倦的尽头成为另一个厌倦的源头。

一年一年过去，我们总想着生活会有所改变，但却始终没有改变，似乎将来也永远不会改变。以至于我，至今依然生活在这样的家庭里。我不可能去别的地方。我只能属于这里，只能生活在这样的家庭中。

奎兰镇一到夜晚就会发出各种声音和气息。

小镇东巴扎几家牙科诊所、书店、裁缝店已开始打烊，发黄的菜叶、果皮、塑料袋、纸片等丢弃在地上。沿街拐角处，一个卖甜石榴的妇人守着一堆还没有卖出去的石榴，天快黑了，但她仍迟迟不肯离去。

马路边上，一些扎堆的男人面色黧黑，坐在一块看不出颜色的旧毡子上喝茶、吃馕、谈笑。路边露天小饭馆的收录机里麦西来普的音乐声很大，相隔不远，同样有一些男人扎堆坐在一起喝茶、吃馕、谈笑。

第二天路过时他们还在，仿佛很久以前就在这里了。

仿佛他们从不曾离去。

直到漆一样的夜色厚厚地打在他们身上。

我的身后是一片低矮破旧的土墙平房，沙枣树、槐树苍苍的树叶舒展在我的头顶。如果是五月和六月，空气中会有初夏花木浓稠的甜腻和夜幕降临时缓缓升起的静穆气息。

天空墨蓝，如同深海。

我喜欢天刚黑的那段时间，马路两边没有路灯，人们在独自行走时也不会感到害怕。小学生们刚刚放学，唱着歌走在回家的路上。如果这时我突然从平房的某一个角落里跳出来，这些受了惊吓的孩子就会又笑又跳地追我，但我们之间没有任何特殊的情愫。

这种时候，我喜欢骑着那辆破旧的自行车一个人在街上瞎溜达。风吹着路边无忧无虑的树和沿街旧得不成样子的石灰房。我骑得很快，我听着风，仿佛只有这样，才能躲避自己往昔生活中的阴影。

从二区住宅区沿着柏油马路往上走，就可以路过奎兰镇农贸市场，这里有很多的外地人，抱着婴孩的农妇、打工者、无所事事的小青年，以及行动不便靠在烟摊边的老人……时间在他们的身上失去了作用，有一种世事如梦的气息，像是僻远小镇生活的一部分。

夜色一点一点地降临。在这个我生活了近二十年的小镇，我看见自己在没有雨的傍晚骑着车走遍大街小巷。连衣裙的裙裾顺着风扬起，我顺着风沿着东风路的大坡滑下，那种飞翔的感觉只有奎兰镇才能给我。如果天气好，我很乐意每天都去那里，我热爱东风路、奎屯西路、京二路。

我是这些路的女儿。

夜凉下来。

我看见跌下去的月亮像一颗硕大的露珠又大又亮，让人害怕。沿街的小酒馆里的灯光彻夜不眠，在浮尘中浑浊而昏黄。酒馆里永远有一群醉了酒的外乡人，他们带着酒气的谈笑声中有一种尘世的暖意。自行车上坡时树间的月亮，夏夜宁静的天宇，沙枣花慵懒、无所事事的气息……我甚至在睡梦中都能听见它们的声音。

多年后，我走在同样的大街上，在同样的夏夜走动的身体上入梦，空气中充满了一种干燥、苦涩的微尘和昨夜的清冷月光的味道。路两边沙枣树被压弯的枝条密密匝匝，树梢、花蕾散发出一种浓得化不开的甜腻的气味，巫术般在我所到之处的黑夜弥漫。

在这虚拟的月光中，睡眠、远去的年代在广大的阴影中暗暗涌动，覆盖了我的头顶。

奎兰镇为我再造了一片月光。我从路的两边滑过，又猛地停下车，四顾茫然。我想我一定想起了什么。

那几年，小镇的马路正在整修，夜晚没有路灯，晚上全靠月亮照明，一旦月亮被云层遮住，就没有任何光线了。

在奎兰镇生活多年，我一直弄不明白，为什么一种黑暗会如此地不同于另外一种黑暗。当我有时候不得不在外边待到很晚才回家，让我感到害怕的并不是来自我母亲的拳头，而是黑暗本身。

黑暗的触感如此柔软，我静静地站在马路上，旁边是落满灰尘的新疆杨，但我却什么都看不见。

在这样的夏夜或者黄昏，我往往一待好久，看来往的路人，看邻居家几个晚归的小孩追逐打闹，也看我家院子里种的晚饭花。这些散植在居民院墙外、院落里的粉红或鹅黄的钟形小花，都有着深绿色的纤巧叶片。晚饭花的奇妙之处，就在于它的一开一合与人们的作息时间背道而驰。

每天，当黄昏的太阳落下山去，那些低矮的黄花、粉花一起开放，到了次日早上太阳初升，这些晚饭花就像小伞一样匆匆收拢花瓣。

我嗅着它们淡然无味的香气，觉得自己像极了这些晚饭花，在无人理睬的晚上独自开放，一时心绪黯然。

我家对面是另一栋平房，一扇窗子透着暖黄色的光，而隔壁的窗子则黑着。一个人影嘎吱一声打开窗户，我听见了从收音机里传来的歌声，还有男主人和小孩说话的声音。窗户又瞬间砰地合拢上了。他们一家人又在里面了，四四方方，分享一切：欢笑，哭声，小孩的蛮不讲理，甚至是感冒时的病毒。

这是多么明智又合理的生活呀。可是我又想，那些窗子里的人，有没有在夜晚里睡不着，献出他们的身体却藏着他们的心？那些看似普通而平凡的女人们，心里会时常感到绝望吗？她爱她的丈夫吗？她渴望他吗？

而他，也渴望她吗？

十三

一九八三年，好像是一个人人都可以谈论如何挣钱、如何发财的年头，稍稍动些脑子的人都赚到了钱。我家隔壁的老宋，白天在机修厂上班，晚上到露天电影院卖自家炒的五香瓜子，他的老婆做酸辣萝卜，把大块的萝卜剁成小丁拿到学校门口卖，也赚到了钱。

还有人在夜晚的路灯下面卖酸枣面，卖烤土豆，卖凉粉。以前农村老乡家门口掉落的桑葚、青杏，路人可以随便捡，如今却不行了，想捡走，就得掏钱。本地还有一个聪明人，发明了去除开水壶中水垢的简易方法，将要用的东西做成小包装，骑着自行车去镇上各家单位推销。人们在一起谈论的话题离不开凤凰牌自行车、永久牌自行车，还有熊猫牌黑白电视机、砖头式的收录机，就像现在的人们谈论好车、好房——好像一夜间，小镇的大街小巷一下子热闹拥挤起来。也有胆子大的人，不屑于做小本买卖，立志要发大财。

这一年，小镇开始兴建土木，沿街搞绿化，铺地砖，盖房子，还凭空多出了几条街道。街道两边几乎都是私人门面房，一个比一个花哨，开业的鞭炮响个不停。

这个时期，外来人口也不少——四川人来了，住在这里；河南人来了，住在这里；甘肃人携家带口地来了，也住在这里。他们一旦来到这里，就很难再走出去了。四川人回不了四川，甘肃人回不了甘肃，就像是孩子回不了娘胎，日复一日地生长着，一旦扎下根，就似乎没有什么地方再想去了，就是最近的K市，隔着偌大的戈壁滩，也像是天涯海角。

最后，这些个外地人一个个都成了爱吃拌面、抓饭、烤包子、烤羊肉串，满嘴"干撒呢干撒呢"的"楞怂货"。这些外来户，在戈壁小镇只对自己的家人和老乡说家乡话。那让本地人听不懂的方言，在这僻远荒凉的戈壁小镇流传。

这一年早春，春季服装、生活用品展销会在奎兰镇东巴扎如期举行。南方客商带来的货品都是江浙一带过季过时的真丝服装、珍珠饰品、干咸的海产品，以及各种生活日用品等。这些物品带着与小镇不同的气息，让人兴奋。

展销会第一天，几辆贴着"春季服装、生活用品展销会"标语的卡车载着这些货品在街道上缓缓走着，每辆车都有一个大喇叭，每个喇叭都在声嘶力竭地叫唤着，推介他们的货品。孩子们兴高采烈地跟在卡车掀起的尘土后面。

人们在东巴扎搭建起的简易棚里窜过来窜过去，如浪潮般地从左边的门口涌入，又从右边的门口出来。人挤人，脚踩脚，肩膀在人群中相互碰撞，眼睛贪婪地四处张望，鼻子嗅着各种商品的气息——在这里，他们挑选着服装，挑选着日用品，也是在挑选着接下来的生活。

冬天过去了，春天已经来临，是该换一下生活方式了。

那些日子，好像镇子上所有人都来到了街上，气氛变得热烈，人们除了走向东巴扎，还走向商场，走向餐厅，走向朋友，走向恋爱——人们走在街上只是为了走。老人们随便走一走就回家了，可是年轻人还在走，因为他们需要这样走，他们只有在走着的时候，才感觉自己正年轻。

真的，那个动荡的十年终于成了过眼云烟，那些留在墙上的标语在一次次的粉刷中不复存在。

人们兴致勃勃地走着，似乎再也看不到过去，只看到了现在。

这一年，广播、报纸上好像正提倡"人人会挣会花"，号召老百姓多花钱多消费。有一期报纸上的新闻给我留下了深刻印象。这期报纸的主题是"能挣会花的先进典型"，记者走访了河北一个当年风光无限的"万元户"，赞美了这个"万元户"家的摆设，他全家人的着装，以及他们家丰盛的饭菜，并热情洋溢地作了结语："在当下的中国，这样的家庭还有很多，很多。"

我记得当时自己正坐在镇机关大礼堂前的台阶上看这张报纸。我捧着报纸，看着远处，好像远处有着报纸上所说的那种热气腾腾的生活……

这一年，我们一家人仍生活在新疆南端戈壁的小镇上，和当地所有人一样，住在单位分配给职工的平房里，还免费配给一些简单的家具，如条桌、木椅子。

那几年，没有什么娱乐活动填补小镇人的业余时间，人们晚饭后大多待在家里。当时每家都配有一个单独的小院，大一点儿的院子可以随心所欲地种上些瓜果蔬菜，养些鸡鸭。

院子里一般都有一两棵树，大多是榆树、新疆杨、槐树、梨树或者葡萄树。

南疆白花花的盐碱地很适合葡萄树生长。一年有三季，葡萄树的长势繁茂，长长的藤蔓被木头架子牵引着，一直长到房顶上去，树叶荫蔽着院子的一角，引得鸟雀前来筑巢。而葡萄架下，大多是一家人吃饭纳凉的地方，门外是暮夏长长的黄昏，热度和湿度都是薄的。

到了冬天霜降之前，葡萄藤就会被人盘卷着收起来，用沙土埋到地里。谁家的葡萄藤埋晚了，就会被人嘲笑，说是懒人。而我家通常是赶在霜降之前埋下葡萄藤的。

好像小镇上家家都如此，没有例外。

但是，还有什么不一样的事情吗？

杏花是春天来临最确凿的信号。大簇的花朵从干涩枯黑的枝条上绽放开，引来成群的蜜蜂。正午明晃晃的阳光倾泻下来，照射在公路上，光线刺目，空气里散发出一股湿热的花香气。

可是，尽管这样，奎兰镇仍然没有春天的存在。一过三月，天空就下起呛人的沙尘，好像整个天空都在落土，伴随而来的是飘着浮尘的干热天气。沙尘暴时不时地会来，吹倒房子，吹倒树木。每年这个季节，都是如此。人们心绪淡然，知道它会来，像等一个老朋友。不，更像是在等一个无聊的劫匪，不确定它哪一天会来，要么早一些，要么晚一些。

沙尘暴到来之前的天色像黄昏，有着异样的静。这种寂静是物质的，就像灰色的墙，厚而冰冷。沙尘暴到来的时候，可以听见云碰撞云的声音。然后是树——它们相互碰撞乃至撕扯。整个天空像翻了个盖子。那些沙尘层层地落下，又像水渍一样地漫延开，好像总有一天它会不动声色地填埋掉房屋、植被，还有人。

风季来临的那几天里，上了泥的红柳枝屋顶被风掀起来，刮到其他屋顶上，把房子里外的残骸碎片都吹到了空中——烟熏过的细椽木，没了玻璃的窗框，紧接着哐哐哐跟过来的，是打馕用的铁皮盆子，酒瓶子，还有掉了封皮的彩色画报。

我还捡到过一个没了眼睛的橡胶娃娃，衣服破残，一只胳膊指向天，另一只胳膊指向地。

它绝不是我梦见的那一个，我看了一眼，就扔下了。

到了五月，沙枣花开，整个小镇弥漫着一股甜腻味。沙枣落在地上，无人捡拾，任其在泥土中发酵。我觉得自己是被这股催情的味道困住了。

小镇周围的戈壁沙漠，全是宽而硬的白碱地，走上几天几夜也到不了头。我觉得自己是被这片白碱地困住了。

即使一年一版的新地图，也来不及写上新出现的村落、镇子，地图上那些音节优美的名字，如果翻译过来，本应是"野狼出没之地""飞鸟坠落之地""大风口"，等等。我迷路了，是被这些地名困住了。

我在街道上看着过往熟人的身影，看着他们来来去去。我觉得自己是被那些人困住了。

在夜晚，我朝着家的方向走去，街道空旷无人，路灯把我的影子拉得好长——那么一团小而脆弱的黑影，天一亮就要融化的一摊黑影——我，是被自己的影子困在这里了。

这座小镇对我来说仍然是一片沼泽地，我曾深陷其中不能自拔。

我觉得自己总有一天会被这个地方淹没。

这是我命定的悲剧吗？

过了风季，奎兰镇变得炎热起来。下雨时，最高兴的是孩子，他们像水一样从家里涌出来，聚集在这条公路上，在雨中追逐打闹。过往的大人们并不理睬这些孩子，如同不理睬在他们周围飞舞的苍蝇一样。

小镇的孩子们，一般来说没见过啥世面，平时除了玩雨水、玩泥巴、玩雪之外，还玩其他东西——磨杏核哨，做风筝，打牛牛，追赶没来得及长大的家禽，摘野果子，等等。我带着厌恶的心情看他们一边玩耍，一边大惊小怪地叫喊。

我经常眯着眼凝望那条通往乌鲁木齐的公路。

像往常一样，奎兰镇燥热的正午正是这条公路相对沉寂的时刻，柏油路像一条简单的黑而直的细线伸向远处，初夏的阳光像碎银一样弥漫开来，世界明亮而坦荡。路边的杂草、红柳丛以相似的姿势安静地伫立，有野蜂和蝴蝶从花蕊上飞进飞出。

我在公路的中间突然站住了，四处远望一番。脚下的碎石散发出新鲜沥青的刺鼻气味，我的心情也像这个天气一样烦闷不安。

然后，我看到远处的公路上有一个小黑点，近了，原来是一辆运货卡车正从北面驶来，细微的声音如虫鸣。很快，这辆卡车与我擦身而过。

不到半晌，这条公路上有五辆运货卡车和一辆长途客车驶过。

公路边经常有司机扔下来的一些乱七八糟的东西，譬如香烟盒子，彩色糖纸，果皮，旧弹弓，一节废弃的电池，空酒瓶，揉成团的电影海报。我还捡到过一个彩色塑料绳编成的金鱼。它们被人随意扔在公路上。我经常会把自己挑中的物品放进书包里带回家，然后一件一件地摆出来看。

母亲厌恶这些看上去脏污不堪的物品，往往一股脑儿地把它们扔到垃圾桶里，但这并不妨碍我在公路边继续执着地漫游和寻找。我还曾在公路边上捡到了一把铜钥匙，钥匙上粘着一小片白胶布，上面用圆珠笔写了一个人的名字：李军。

我看着这把铜钥匙，想着跟这把钥匙有关的房子，还有住在房子里的人。但很快，我的视线又被另外一些新奇的东西吸引住了。

比如一个破旧的钱包。那是用彩色画报纸折叠成的钱包，当年流行这个。打开钱包，有一股奇怪的香味，里面只有一张两分钱的纸币，一张母亲抱着一个小婴儿的黑白照片，还有一张从乌鲁木齐发往奎兰镇的长途汽车票。

看日期，是两个月前买的车票。

钱包里没有什么值钱的东西我倒不觉得遗憾，我喜欢这张汽车票，因为它代表了一段漫长的旅程。对于当时从未坐过长途汽车的我来说，它几乎就是一个令人羡慕的珠宝。

长这么大，我还从没去过任何一座城市。在小镇生活的漫长时光里，我几乎走遍了大小巴扎。小镇东边的那条河是我最爱去的地方，小时候和同伴们和尿泥、堆雪人，在结了冰的河面上滑爬犁、打牛牛。

还有，还有小镇周围的大戈壁滩，沙尘裹着热风一次次地从这里的上空飘过。地面是干硬的盐碱壳，人稍稍往那儿一站，就会沾上一整天的热气，一地的热气，一身的热气，就像戈壁滩上到处都是的黑色石头。

除了到处闲逛，我还吃遍了小镇上千奇百怪的食物，酸枣面、小白杏、老汉瓜、多汁不膻的烤羊肉、皮辣红，还有东巴扎上老阿娜家的豌豆凉粉和凉皮、薄皮包子、皮亚曼石榴、医院门口的沙枣、青皮土桃、民警大队的葡萄、化肥厂的无花果。

河滩上的沙子被我玩了又玩，河水中的小鱼被我捞了又捞。逛久了，我闭着眼就能一口气走完小镇的街道。有时，我走过河边的桥，沿着时高时低的河岸一直往东走，就会看到小镇东边一片又一片的沙枣林，粗大的树干是红褐色的，布满裂纹，弯曲如蟒。沙枣林的右面，一条小路蜿蜒至此。

我感到自己已经走出很远很远了，回头一看，我依然在戈壁沙漠边缘的小镇生活。

这个小镇距城市遥远，地处一个大沙漠中间，被层层的沙子包裹住，每周日只有一辆长途汽车通向遥远的乌鲁木齐。每年的四五月份正是风季，沙尘暴来临的时候，街道被沙子覆盖，像一夜间消失，令人无法从路的这一端走向另一端。

路上的行人用厚布把鼻子和嘴包得严严实实的，只留一双眼睛从缝隙处朝外看。

长途汽车和运油车在这条唯一通向乌鲁木齐的公路上全速前进，在一团团的尘土中不停地按响沉闷而强有力的喇叭，以驱赶在道路上玩耍的孩子们。

孩子们太多了，但是在这个僻远的小镇上，有什么东西不是太多呢？

也许，终有一天，我不再像从前那样带着厌恶的情绪看着他们大呼小叫。而这条公路，也不再是我常常张望着的那条路，而是我的二姐严小凤在焦虑地等待之后终于离去的那条路，是他说过的要来找我的那条路。但这条路对我的父母来说，却是永远残缺的、再也回不来的路。就像他们的心。

不过，在这一天还没到来之前，我还要再次回到小镇和我家人的故事中去。

就像这一年的事件被迅速推往记忆深处。

黄昏将尽，风一点儿也不硬，带着这个戈壁小镇特有的陈旧气息。

而此时，落日红得像血，把平坦的戈壁滩也染成了红色。远处的荒山像一只卧着的兽，等着山里兵站的导航灯给它点上眼睛。如果长时间地望着，心里会莫名地感到哀伤。

虽是暮春时节，但地上到处都是落叶，踩在脚下沙沙作响，使小镇显得有些破败。大街上走着好多人，看打瓜游戏的人，东张西望的人，无所事事的人，在烤羊肉摊上又推又搡、一边喝酒一边干号的人，在镇机关篮球场上一遍一遍独自投球的人……

夜气凉了下来，街道两旁依然破旧的房屋前，空荡的晾衣绳似乎还有着衣服的影子，红柳枝铺成的屋顶上几根细电线交错在烟囱灰黑色的轻烟中。那些屋子里亮着光，带着睡眠前困乏的人体的气息。

这时，有人骑着一辆自行车从我的身边驰过，卷起一小团灰色的灰尘。我的白色棉衫在越来越浓的黑暗中闪着微光。

这样的夜晚太安静、太驯服了，像露珠一样丰盈，又像蜜汁一样浓稠，带着一丝丝奇异感人的光泽。

我怀着留恋，像最后一次享用这个独属于我的夜晚。

我不想早早地回家面对我的父亲。

还有大姐红掌。

大姐红掌经过多年的药物治疗后，病情时好时坏。好的时候，言谈举止像一个正常人，一旦发起病来，顶着蓬乱如枯草般头发的形象令人恐惧。这个形象像阴影，从少年时期起就笼罩了我。

这一年的八一建军节来临前夕，红掌又一次失踪了。

当母亲告知我这个消息时，我感觉周围的一切突然安静了下来。经常是这样，母亲告诉我一些事情，然后把这突如其来的安静丢给我，让我意识到，这个世界安静得只剩下我一个人，且要我承担。

我用头抵住墙，懊丧和恼怒又一次占据了我的情感。

失踪，是个吓人的字眼，在容易敏感和紧张的人中焕发出光泽。如果没有找到的话，消失便成了真相。大姐红掌经常在某一个早晨或中午一觉睡起来后不知去向。这暗示不祥的游戏，她竟然乐此不疲。

她是去"找活儿"。好像一直有一个声音对她说："红掌，要快快去找个活儿，快快去找工作。"

八一建军节前一天中午，有邻居打电话来，说是刚才在新开业的镇政府宾馆参加亲戚的婚礼时看见了红掌。"她穿的是一身崭新的灰色工作服，好像是宾馆给清洁工统一配发的专用服装。"

真是不可思议。女邻居的描述让我半信半疑。作为一个精神有问题的人，她是怎样走进这堂皇的宾馆的？她是用了怎样的语气、声音介绍她自己，而得到酒店清洁工这份工作的？

我把这个疑问抛给母亲，母亲轻轻一笑："她不犯'疯魔症'的时候，看起来就像正常人一样。"

我与母亲匆匆赶往镇政府宾馆。刚开业才两个星期的宾馆灯火通明，建筑外部是一层钢化玻璃，白天，它将蓝天、白云、飞鸟及步履匆匆的行人的身影投到光滑的镜面上。

走进大堂，从走廊深处传来清泉般的音乐声，如一团微弱而温暖的火焰，烘照出人们的孤独和相互依存的美感。

当我们在一楼走廊左侧看到红掌时，她正怯生生地站在楼梯拐角处，像一个穿着紧身衣的病人，一个失忆者，垂下她的眼睛和手腕，而楼道的阴影正吞吐着她。

她没看见我们。

红掌偶尔拿起抹布慢慢擦拭楼梯上的灰尘，动作迟缓而笨拙，脖颈上渗出细密的汗，一缕打湿的头发散发出古铜色的光泽，像是完全沉溺于自己的动作中。

听见我叫她的名字，她转过身。看见我们，红掌显然吃了一惊。她不敢靠近我们，只是像做错了事情的孩子那样，瞪大了那双灰白色的眼睛。

我的母亲倒是很高兴："红掌有工作了。"

尽管只是在试用期，但这意味着红掌终于可以像一个正常人那样生活自理了。在那一刻，我们几乎以为幸福已经降临了，而我的家也将走向另一个安宁。

母亲在走廊里兴奋地走来走去："真高级的地方啊，红掌，你要好好地干！"

忽然，她像是想到了一个什么重要的问题："干完活儿了，你在哪儿休息？"红掌微笑着把我们带到洗手间旁一间不起眼的门房，拧开把手，一间大概两平方米的屋子，里面放着拖把、塑料盆、洗洁精、木桶等杂物。

"干完活儿了，就在这里休息。"

母亲唏嘘着，看着她，目光中含着抚慰。红掌只是一味地用手指紧紧扯住衣服的下襟，就像扯住粗糙的手指本身。

母亲太兴奋了，话多了起来，"病""控制""按时吃药"

等这样的词句悬浮在空气中，像某种粗糙的物质，在一个特殊时刻掠过走廊上另外一个陌生女人的耳边。这个女人穿着宾馆工装，在一旁用异样的目光看着我们三个人。她的目光像剑一样地锋利，又像星光一样闪闪烁烁，仿佛我们三个人是一群不祥之物。在她的目光之下，母亲、大姐、我——我们三个人，全都虚弱不堪。

她的目光含着深刻的敌意。

我想起我们三个人在说话时，她在一旁像岩石那样沉默，缺乏温度。她不论上楼下楼，总是给我们一个冷峭的背影。那个背影从未迟疑地转过身，但我还是看到了她猫一样的脸——一张告密者的脸。那眼神，就像是一种时刻警惕的、防范的，却又无法制服的动物，对世界有着先天的恨意。

母亲反反复复地在光滑如镜的米色瓷砖上走来走去，嘴里发出惊叹声。红掌在一旁浅笑着，笑容有些矜持和神秘，这种陌生的表情让我暗自惊奇。

她站在那里，在宾馆的明亮灯光中袒露自己，那神情像从前一样有着顺从命运的畏怯，仿佛在召唤命运深处的淡淡容光。

但新的生活不会说话，只会微笑。

终于等到红掌下班，已经是晚上了。我、母亲、大姐三个人一起走出镇政府宾馆，准备在暮夏夜晚的大街上走回家。

当时，我们还不知道她第二天早上会又一次被炒鱿鱼。

镇政府宾馆门口有一个喷泉，正随着乐声绽放出巨大的透明花瓣，在半空中洒下一层薄雾，水的味道在飘散，与夜晚的凉意，与我们彼此靠近的体温交织在一起，呈现出彩虹般的色彩。每个从喷泉边走过的人，身上都洒满了细小的水珠，孩子的笑声中也有一种被水微微打湿的欣喜，在衣服、眼睛和头发上闪烁。

我们三个人第一次这么近距离地看这个喷泉，小声地说着话，同时也在聆听这令人宽慰，也令人无所适从的静谧的水花声。有好长时间，我与母亲，还有红掌，带着一种微弱的、难以察觉的愉悦之情互相看着、微笑着，我们之间的隔膜逐渐褪去，我听见它瓦解成了碎片，取而代之的是亲人之间那种相依相偎的默契。

那一刻，我似乎已经不那么讨厌红掌身上那股湿漉漉、臭烘烘的味道了。我从这种味道里嗅出了我们一脉相承的血味，嗅出了亲人之间最久远的、相互依存的温情，也嗅出了清苦贫寒。

这血味证明了我想赖也赖不掉的血缘关系。

现在，我不假思索地辨认出了它。这气息正与我们血肉相连。

最后，我把母亲、红掌的手握在了一起。

我握住了我们的手，接近了彼此的外形、轮廓和内心。

那一刻，我们是如此相似——柔弱、苍白且掌心潮湿。

第二天中午，红掌被镇政府宾馆的两个人送回了家。

一个看起来像单位负责人的人很诚恳地对母亲说，镇政府宾馆刚开业，目前正在试营业期间，短时间内招了很多的服务人员。今早在对新员工进行业务培训时，他们发现了红掌的——特别之处。他说到这里，着重地加重了语气。

他的话给我还原了一个画面：一早，镇政府宾馆大厅里，几十名服务人员整齐划一地站立，正在接受岗前培训，说是一周后要进行考核，合格的人员才能被正式聘用。

突然，站在最后一排的红掌冲到了培训人员面前说："我会跳舞，会跳舞的人就是合格的人员，就不用考核了。我给你们跳《大刀舞》。"

不等回应，她就自顾自地跳了起来。因为没有刀做道具，跳起来感觉不顺手，才跳了一半，她又换了《大寨铁姑娘》。说实在的，她跳得确实是好，有一种置身于舞台的感觉。

大家似乎都蒙了，静静地看着她，没有人说话，也没有人笑。她跳完舞后又继续朗诵著名舞剧里的解说词，她听见自己的声音在很遥远的地方抖成疙疙瘩瘩的一大团。

她的面前黑压压的一大片眼睛，拥挤着，翻卷着，像一池滚水一样淹没了她，她又一次形单影只，没有依靠，没有依托，甚至没有一寸一寸的距离，在展览着一个被剥去光彩的、滑稽可笑的自己。

"她有病。她是一个疯子！"

人群中，一个女声像刀片，清晰地划开了这一刻。

回头一看，就是昨晚那个在一旁偷听我们一家谈话的女人。一个清洁工。

"好了，你下去吧！"宾馆主管冷冷地打断了红掌声情并茂的朗诵，"你站回队伍里吧！"红掌在人群压抑着的笑声中站了回去。

"如果你不录用我，我就写血书！"人群中又传出红掌沙哑的声音。

"我写血书！"

宾馆主管一眼看过去，红掌正用热气腾腾的眼神盯着他，好像这份血书已近在咫尺。

人们又窃笑起来："这个疯婆子，她是活在哪个年代的人？"

此刻，宾馆主管叹了口气对母亲说，他不知道红掌身体欠佳就匆忙试用了，这是他们工作上的失误。然后，他用探询的口气说："她——是不是受过什么刺激才变成这样子的？"

全家人沉默着，没有人接他的话茬儿。

其实，早在红掌得病之前，红掌的性格中就已布满了内向抑郁的因素，"文工团事件"只是加剧了它们。那些病的特质如同一股暗流，时隐时现地漂浮在我的家族中。

随后的几年里，红掌都没有恢复正常人的清醒和理智。大概是一九八六年，家人到乡下找了一个老中医开了偏方，按时扎针吃药，半年以后她的病情才有所减轻，但也是维持在时而清醒时而糊涂的水平上。

因为药物的作用，红掌变得黑而胖，腰围有水桶那般粗，神情凝滞，反应迟钝，与原来的美貌少女简直是判若两人，之前脸上的红润自然也消失殆尽。谁也想象不出这个黑而胖的女人曾经是这个小镇上的名人。

红掌一直没有正式工作，病好些了后，在小镇医院的药剂室当了洗瓶工。这一干，就是很多年。

每个药瓶中几乎都残留着一些药液，携带着肉眼看不见的病菌，在穿透她手上的皮肤。有些输液瓶因闲置已久，瓶子内部呈现出一团团黄绿色的绒毛，令她头晕恶心。

令她头晕的还有每天往药剂室运送瓶子的那些工人。他们远远地出现在大门口，还没走进药剂室，红掌似乎就受到了惊吓，那是一种像电影中的逃亡者濒临被抓获的感觉。

每天有六七个小时，红掌的手泡在水池冰凉的水里，连经期也不能停下来。她的工具很简单：一只用来清洗瓶子内部的钢刷，一瓶用来消毒的甲醛液，一双长筒胶鞋，一叠用来搓磨掉瓶身纸签的中号砂纸，还有一块抹布，用来最后擦净每个瓶身上的水。

这种体力劳动的恐惧从一开始就笼罩着她。所有的人都比她有力气，她走进这个行列，别人就以为她跟那些男人一样有力气。没有人帮她，我的父母也不能够。

每天，水池子里注满了凉水。那些待洗的空药瓶漂浮在冰凉的水面上，甲醛消毒液呛人的气味被她一次次独自吞咽下。

那一个个被她洗净的瓶子带着饱满、光滑、透明的弧度，在箱子里垒起，垒到最后，就是一个个锥形。是谁发明的这样一个形状？一个个大小不一的锥形堆立，占据着药剂室走廊的各个角落，使每一个早晨含有严肃的、街垒一样的气氛。

这种气氛令人窒息。

红掌在她三十八岁那年嫁给了小镇修理厂一个五十岁的开刨车的工人。

她的婚礼在小镇油腻的、满是大锅菜气味的机关食堂举行。来的客人不多，没坐满四张桌子。结婚仪式寒酸冷清，主持婚礼的司仪心不在焉，新郎草草地穿着一套半旧的深蓝色西装，土灰着脸，神情偶尔露出一丝油滑，和对这场婚礼的漫不经心。吃酒席的已婚妇女们一边吃饭，一边用冷眼从头到脚打量着新娘红掌。

整个结婚典礼的气氛死气沉沉。而红掌的打扮在当天显然是最隆重的。她化了个浓艳的妆，婚纱层层叠叠的裙褶，有着俗丽的小镇品味。新郎亲戚家一个老太太，一个劲儿地说新娘的礼服是从镇照相馆里租来的——反正不是自己买的。她们在一起交头接耳了好一会儿，声音不时地传到我母亲的耳朵里。

母亲仿佛是下了决心，要为操碎了心的大女儿制造一些美丽的回忆，也是想向自己证实一下：人们尚记着红掌曾经的美丽，人们谅解已不再美丽的她。

当证婚人念证婚词的时候，大姐红掌微微低着头，脸的上半部隐在头纱的影子里，脸的下半部在摇晃的光与影里。虽然来的客人不多，虽然司仪无精打采，虽然新郎一脸的不耐烦，虽然——她的礼服，真的是从照相馆里租来的，但是相比今天这个日子来说，又有什么关系呢？

这场婚礼，我的家人中只有我和母亲参加，父亲没有参加。那时，我的二姐严小凤早已离家出走。她从不写信，偶尔有来自某地的包裹寄来。我们凭着包裹里的特产，知道她在什么地方。

这是真的。我很少从红掌口中听到她说起"爸爸"这个词，她实在无法把她一生不幸的根源叫作"爸爸"。

在那个家庭出身左右个人命运的时代，红掌一向认为她的人生之所以错误，要归罪于我们的父亲。

每每说到这个话题，她的嗓音开始爬音节："我本来可以进M市文工团的。要不是他……"她嫌恶地闭住了嘴，还有眼睛。

十四

那些年里，外界火热如旋涡般的生活围着每个人打转，又裹挟着他们像洪流一样滚滚向前。我的父母亲对外界的生活无动于衷，将自己静止成一块岩石，躲避着时代的激流。他们被再一次地孤立起来，成为了极少数的畸零人，在危险的崖岸边徘徊着。

自父亲回家后，一种紊乱的理性在这个家庭中蔓延，一切开始变得摇摆不定——有的时候我同情母亲，可有的时候，我又坚定地站在了父亲一边。

这些年，父亲只是母亲听到的某些声音。比如：他在隔壁房间睡在笨重破旧的大木床上翻身时床板发出的嘎嘎声；出门前急促而忙乱的脚步声；一脸倦容，带着冷淡神情在餐桌上沉闷地吃饭的咀嚼声；在浴室里洗澡时被他弄出的哗哗的水流声；茶勺敲击玻璃杯的叮当声。

有时候，他还是我母亲眼角余光里所看到的东西：沾了灰尘的左裤脚，额头上的皱纹和老人斑，匆匆打开房门的手，入睡前掉落在地上的杂志，走路时扑打脚后跟的旧拖鞋——除了这些，她还能嗅出他身上某种疾病的气味，口腔残留的隔夜食物的腐臭味，身体的汗酸味、烟草味，以及他的肠道消化不良的气味……

冬日天冷，屋里屋外温差明显。特别是早晨，懒起的孩子们不敢把小脸蛋伸出被头，一旦伸出，就感到室内的空气寒冽异常。窗外的光线灰蒙蒙的，吹了一夜的寒风慢慢停息。还没推开门，想象一下自己出门的情形，就不由得倒吸一口冷气。

有一年，立冬过后天气转冷，除了上班，母亲便待在家里，头不梳脸不洗地在厨房里清洗一堆蔬菜准备腌制。里屋传来父亲翻看报纸的沙沙声，他偶尔去厨房里倒茶水，看案板上、箩筐里摆满的切成片、块、条状的白萝卜、黄瓜、青红椒，煮好的辣椒水、胡椒水，一股清爽的甜辣味道让整个屋子散发出一种世俗的、过小日子的暖和气息。

母亲一会儿把甜辣椒的果柄切下来，一会儿用木勺舀满满一勺粗盐压进陶罐，很忙碌的样子。父亲站在一旁看着——真是少见。母亲流露出想让他参与进来的热切眼神，可父亲只是淡淡地看了她一眼，转身走了。他那冷漠的一眼，让房间里顿时充满了伤人的沉默。

父亲似乎有些怕这个总是在厨房里搞出窸窸窣窣声音的女人——他的妻子，我的母亲。

早晨，母亲为他做早饭。她很磨蹭地将清澈见底的小米粥和馒头片端到桌子上时，什么都凉了。她每天都歉意而讨好地笑笑：“凑合吃啊！”他说：“没事儿。”

她在粥里放很少的米，说省着点儿吃。她说话的时候表情严肃，像一张保险单。

“我们不是穷人啊，家里有的是米。”父亲告诉她。

有一天早上，他听到卧室门口迟疑的脚步声，知道她又慢腾腾地来找他了。

"吃饭了。"门开了，母亲在门口微笑，但不是对他，而是眼神空茫地对着眼前一物。"快吃吧，饭要凉了。"

这一次的米粥，浓稠得像是搞错了似的，还有一盘加了酱油的榨菜丝在一起指控他。父亲心中泛起一阵呕吐之意，却又被他不动声色地咽了回去。他笑笑，端起早已凉掉的稠粥。母亲一如既往地看着他吃下第一口，才慢腾腾地拿起筷子，脸上流露出某种莫大功劳与牺牲的神态。

父亲打了个冷战。

"你冷吗？"母亲问道。

"不冷，就是粥太凉了。"

他们是夫妻，但仍然是陌生的，无经验的，生疏的。他们之间没有形成什么习惯，但为什么他会感觉自己在这间屋子里只待了一刻钟，却像永远那么久，那些时间缓缓地被一碗凉粥所填满？

父亲很想知道自己躺在坟墓里是怎样的感觉。大概是像他们的婚姻生活那样沉寂吧，没有空气和阳光，只有窗外飘过来的声音隐约可闻。他们的婚姻缺少水、肥料和空气，还有土壤与种子，岔出的话题是因为线索太多，它们之间相互扣成数量众多的环，只需牵动一环。

是真的，他有多么厌恶我母亲，就有多么厌恶他自己。

我躲着父母，看严小凤穿衣打扮才是我唯一专注的事情，有如巫术般迷人。

奎兰镇像戈壁滩这张巨大无垠的叶片上的一小块疤结，而这个年轻浮浅的女孩就在这个疤结中的某一处平房里，正对着镜子佝偻着身体，一遍一遍反复往脸上涂抹水、膏、霜、粉，美人鱼牌眼线笔、紫罗兰散粉等廉价的化妆品铺了一桌子。

这个时候，作为妹妹的我半卧在房间一角的旧沙发上，一会儿举着报纸大声念新闻标题，一会儿走来走去假装拿抹布擦桌子、擦板凳，可是眼神时刻看着她在镜子前改头换面，看这个没见过世面的小镇女孩将怎样在这个散发出煤烟气味的贫寒夜晚中，绽放成一朵塑料花。

那时的严小凤还没完全学会化妆，她的小镇审美趣味一旦撞上了自己的脸之后，如干柴遇到火。她先是在脸颊抹上粉底，然后反复拍上紫罗兰香粉，同样的粉也拍在身体的某些部位上。廉价的眼影色盘分隔出色彩缤纷的粉末和油膏，她仔细地将它们分别涂抹在眼窝、脸颊和嘴唇上，然后不厌其烦地用一支黑而粗的眉笔在乱草般的眉毛上认真描画，把眉毛涂得又粗又黑，还给原本就丰满厚实的嘴唇描了触目惊心的唇线，涂上了油亮亮的鲜色唇膏。

她带着镜子赋予她的尊严感——不，是仪式感——在化妆。这个时候，谁跟她说话她都装作听不见。

她那打了厚厚一层定型发胶的头发，高高堆成日本富士山的样子，且在头发上面插上一枚亮闪闪的假珠串饰——这是当年小镇流行的发式。

她的衣服布料是来自镇东巴扎上的地摊货，全是按照当时小镇上最流行的款式做的。她的红色高跟鞋的皮面闪烁着人造革的光亮。

最后，她喷上小镇妇女常用的阿曼牌花露水，那深郁刺鼻的味道霸道得很，传递出一种热气腾腾的雌性动物的味道，也可能就是她身体中本来就有的味道。

当她打扮停当后，日常生活中的她立刻消失。这个时候，镜子里的她知道已召唤出了另一个自己，将她变成了自己的倒影——另一座肌骨殿堂的女主人。

而那镜子，也像是支撑不了热烈目光的重量而裂成了两半。

奇怪得很，严小凤的脸部、发饰以及衣物的颜色越多，我对她的记忆也就越鲜活。

是真的，我从没见过这么盲从流行的女孩，尽管她是我的姐姐。对她而言，全世界最重要的事情莫过于头发卷曲吹整的弧度，还有脸蛋恰到好处的白皙度。她有意使自己的打扮肉欲化，使自己变成一块人们的眼睛可食用的肉——

要知道，严小凤在她的少女时代就有一种成熟女人的气息。真正的少女不是她那样的。

可是，就这一点深深迷住了天真无知的我。

我时常像是自我惩罚似的在镜子里搜索我身体上所能找到的每一处丑陋：皮肤像失血似的苍白且粗糙，肥大的蒜头鼻上撒满了黑芝麻般的黑头白头，脸颊两边的法令纹很深，油腻的头发紧贴在头皮上，看人的目光是怯怯的，总像是受了莫大的委屈。

我还经常伸手插进衣服里，狠狠挤捏滚圆肚皮上的一圈肥肉——个头不到一米五的我，体重却有六十多公斤。

在漫长的青春期，一个过于招摇轻浮的姐姐，无疑压制住了我追求美丽的欲望。

现在，墙面上的这一面裂镜映照出严小凤的脸，也映照出我的脸。

严小凤当然知道我喜欢盯着她看，尽管她瞥都没瞥我一眼，但是空气中的某一种颤动，仿佛是自她顶得高高的、丰茂张扬的头发的天线传递过来——那是她一身俗气的华美给四周的空气通了电，像是在对我一遍遍地说："你来看我吧，来看我吧，羡慕我吧！"

最后，她踩着那双猩红色的人造革高跟鞋，骑上自行车前往小镇上的舞厅。

一九八五年，小镇的第一家舞厅开业了。舞厅是由镇机关大礼堂改造的。设施很简单，舞厅靠墙都是清一色的木椅，中间是舞池。

小镇舞厅刚开业时热闹非凡，几乎每晚都营业，镇上很多保守的人都去舞厅了，风头一下子盖过了刚开业不久的旱冰场。当舞厅的灯光越来越暗，对于小镇人来说，这种闪着五色光的霓虹光线无疑是一种沉醉剂。

化好妆去舞厅跳舞是这个小镇上的女人最时髦的事情，没有人教她们怎么化妆，她们就从杂志上学习做发型和画眼影的技法，商店里日渐丰富的化妆品给了她们取之不尽的材料，而晚饭后漫长的黄昏又给她们递送来无尽的时间。

她们沉迷其中，彼此相互模仿、相互忌妒，又各取所长。

晚饭后，差不多也到了小镇舞厅开放的时间。小镇女孩们一个个唇红齿白地婷婷走出家门，个个都画出了自认为最好最美的，让男人们看了走不动的妆。

她们三五成群地走在路上，像一群叽叽喳喳的鸟，给夜晚的大街送来了几分人间的气息。

夜色暗了下来。奎兰镇舞厅里的灯光开始挑逗。眼前是飞旋的霓虹灯，红的嘴唇，白的牙齿，搂住苗条腰肢的手，以及欲拒还迎的眼神。三步，四步，快四慢四，舞曲换了一支又一支，伦巴舞曲奏出了热带风情，全场的长头发短头发在快节奏的音乐旋律中刮起了旋风，成了兽鬃。白天那紧绷的欲望在这一刻彻底松弛了下来，每一个人都在全力以赴地舞动、旋转，像波涛一样要涌出封闭的堤岸。

在这些旋转着的女人当中，我的二姐严小凤看起来是一个多么快活的人——是的，她跳舞的时候最快活，舞厅里的男人们都接二连三地请她跳舞。她穿着俗丽的紫红色金丝绒长裙，露出白色钩边的三翻假领子，轻抚着男舞伴的肩膀，眼神灼热，像似两汪油。人生所有的明媚，都在此刻尽情燃烧了。

舞会的尾声，转暗的灯光不断变换着令人眼花缭乱的色彩，舞厅里响起了歇斯底里的迪斯科音乐。我看到所有人的面孔都在变形，随着音乐汗水淋漓地肆意扭动着年轻的臀部，舞伴们之间相互拉扯着，好像生怕对方不小心变成了别人。拥挤的空间里充满了烟味、令人头晕的体臭味——那是雄性与雌性动物在一起的味道。

小镇舞会像火把一样燃烧了好几个小时。

有一次，我大着胆子跟着严小凤进了镇舞厅。那天，我穿着宽大的豆绿色卡其布夹克衫，而女孩们则穿着当时流行的长长短短的裙子。除了穿着，我发现了我跟别的姑娘的不一样——她们快乐，放肆，浑身散发出小镇姑娘的风情，三三两两地在一起，不时爆发出莫名的大笑；她们的脸上都描着眉涂着粉，浑身散发出紫罗兰香粉的味道。而我的脸色苍白、蜡黄，神态举止显得紧张、拘谨，可以说是手足无措。

严小凤在这群女孩中显然是很出挑的。她一边左顾右盼，一边嗑着瓜子。她吐瓜子皮的时候，那股放肆劲儿，仿佛她已儿女成群。

当音乐声起，舞厅的灯开始闪烁出五彩光芒，女孩们安静了下来，一边故作矜持地用手帕扇着风，一边左顾右盼地等着男人们邀请自己跳舞。

我发现了自己的寒酸和过时。整个晚上，我紧缩在一个靠墙壁的小角落里。我觉得这个地方并不属于我，我只是一个偶然的闯入者，但是舞池里的男女相互搂抱着欲拒还迎的神态又令我的心蠢蠢欲动，竟有些喜欢这里的气氛了。

严小凤跳完舞回到家，迎接她的经常是一个烦人的夜晚。

她先是听到厨房里响起摔打东西的声音，然后听母亲开始咒骂自己。骂一会儿，母亲又调转枪头，骂我父亲，抱怨他无能，离开家这么些年，回来也没能让家人有好日子过。上梁不正下梁歪，一定是上辈子祖坟没埋好，让自己嫁错了人，生错了孩子。

母亲的怨诉自有她的风格，无论愤怒还是悲伤，都有其突如其来的紊乱的方向。

母亲断定，她的厄运是从嫁给我父亲开始的，真是错一步错一生。

严小凤早就听惯了这些陈词滥调，她一声不吭地洗漱，换脱衣物准备睡觉。枕头很柔软，灯光很朦胧，厚厚的棉被有白天晒过的阳光的味道。这味道让她安静，也让她困倦。

母亲愤怒的咒骂声时断时续，经过散漫的变奏，竟成了她在这样的夜晚的催眠曲。

镇舞厅是小镇时髦男女们最推崇的聚会圣地，当然也是各种是非和谣言的中心。

常和二姐去镇舞厅的女伴里有个叫张云香的，是舞厅雷打不动的常客。她有小镇唯一一辆凤凰牌女式自行车。崭新小巧的红色自行车每天被她擦得一尘不染，车架是斜杠式的，红色鞍座高矮合适——不得了，见过它的人都说，那简直就是女皇的坐骑。

张云香骑着凤凰牌自行车在街上闲逛，人们看车也看她。我第一次知道，自行车也是分男式女式的。可是这种小巧玲珑的红色自行车是从哪里买到的呢？真是有本事。要知道当时，买任何牌子的自行车都是要有指标的，凭证购买。它好得不像是土里土气的小镇人所能拥有的，据说只有在北京、上海那样的大城市才能买到。

我想象着生活在大城市的女人们，上下班和逛街都骑着美丽小巧的自行车，有凤凰牌、飞鸽牌，还有永久牌，滑行在摩天大楼下的宽阔马路上。这些顶级的自行车在阳光下闪闪发亮，满街都是，让人羡慕。

我没有自行车。但是严小凤有，是一辆旧的二手车。颜色是黑色的，车架直杠式，链盖不是半边，是整个的，看起来大大咧咧，上下车时大腿翻飞，一点儿都没有姑娘家的矜持。

家里人从没觉得我其实需要一辆自行车，哪怕旧一点儿的也行。没有自行车的我经常做一个在天上飞的梦。在梦中，一辆自行车从天而降，它有时是半旧的，男式双杠，半边链盖，二十九寸，我扶着它，它是如此之轻，轻得不像是用钢铁做的，倒像是用棉花做的。

我跷起右腿，坐在了鞍座上，自行车一下子离开地面，在小镇上空飞越过平房、树木和街道。

更多的时候，我梦见的自行车是崭新的女式车，深红色，凤凰牌的。我骑着我心爱的座驾驰过小镇街道，人流让开，对我和我的车纷纷注目。

但这只是我的一个幻想而已。

听说张云香在镇舞厅里认识了那个开旱冰场的老板，是两年前来小镇寻发财路的四川人。这个老板拍着胸脯说一定要跟他的"黄脸婆"离婚，然后跟她结婚，还夸下海口说要送她一辆红色轻骑，也就是摩托车。凤凰牌女式自行车在当年的小镇已经很少见了，更何况是一辆女式轻骑。张云香一下子就掉到这个幻境里了。身处这种境地的她一时间搞不清楚他说的是真是假，这让她跳舞时的姿势也变得犹犹豫豫、顾盼左右，脸上泛起一种别样的神情，好像是拥有了一个天大的秘密似的。

而她自己也守不住秘密，逢人就讲这个旱冰场老板，以及她将要到手的女式轻骑。我们当然见过这个男人。他有口臭，额头上还有一大块红斑，像长年不愈的牛皮癣。他嘴里叼着烟搂着张云香跳舞的时候，那只不安分的手总是滑向她的臀部，捏呀掐呀的，张云香的身子越发地软，缓缓前后滑动，仿佛是在以他的上衣纽扣来搔自己的胸脯。老板嘴里的烟头不小心烫到了她的头发，发出的噼啪声令她高声大笑，一边用骨盆撞击他，一边将头发往后猛甩。

"真骚啊这女的！"人们窃窃私语。

后来听说张云香为逼婚喝了一次敌敌畏，但还是没等到结婚，倒是等来了旱冰场老板的老婆。

舞厅里的这场好戏是在某一天的中场休息时出现的。

那时，《蓝色多瑙河》的舞曲刚刚结束，人们在舞池边等待着下一支舞曲，旱冰场老板的老婆意外地出现了。她的脸色蜡黄，身上的衣服既高级又丑陋。

旱冰场老板当时正在说笑，没有看见她走过来，当有人拍他的肩膀时，他才看见自家老婆已经站在他的身后了，手中高举着一条蓝白条纹的女式内裤，细看，有一根细棉线从裤角垂了下来。

他脸色苍白，有些口吃地说："你这是干……干什么？"

他清晰地听见他老婆尖厉的喊叫："你站起来！"

旱冰场老板犹豫不决，但还是畏畏缩缩站了起来。在众目睽睽之下，他老婆将手中皱巴巴的内裤扔在了他的脸上："这是在你的枕头底下发现的，但不是我的！"

可以想见，随后镇舞厅里展现了怎样一幅撒泼、哭叫、咒骂的滑稽图景。

旱冰场老板跟他的老婆离开后，一时鸦雀无声的舞厅重又杂声四起，在一曲《走过咖啡屋》的音乐声中，男女舞伴们相互搂抱着在舞池旋转，当他们旋转到地上那条无辜的女式内裤旁时，像避雷一样避开了它。

舞厅里一对一对的人在相互拥挤着，直到身体滚热发黏，空气中散发出一股猪血回暖般的腥气——那难以言说的气味肯定不止这些。舞会终于结束，人们像吃饱了一顿好饭菜那样，带着心满意足的神情陆续从舞厅里走了出来。

"你们看，她在那儿。"

张云香坐在镇舞厅的台阶上，晚风将她的头发吹拂到眼睛前，她微斜着脸，右手托着腮帮仿佛在沉思，眼神变幻莫测。

她对舞厅的喧闹似乎视而不见。正是那一刻，她似乎开始对自己将来的命运迷惑不解。

我经常跟踪她——我的二姐严小凤。

一天傍晚，我去小镇的"三味书屋"买书，看见她的自行车停在门前，想了想，就来到书店对面不远处"老程家"凉粉摊，一边吃豌豆凉粉，一边朝着"三味书屋"打量，生怕错过了什么。

我看见二姐严小凤专心地翻着一本又一本杂志，不用说我也知道是《人之初》《知音》《大众电影》《故事会》之类的。她边翻边轻声哼歌，脸上带着空洞而又寂寞的微笑。

多年后，我想起这一幕，总感觉自己心理阴暗，不大方。

那天，严小凤穿着一条黑色超短裙。黑色超短裙是当时小镇时髦女孩的标配。

除了裙子，我还注意到她那两条紧绷而结实的腿。好在肉色长筒袜没能将这两条赤裸的腿界定为情色用途。但一看到这两条腿，多数男人就会想，这腿不是用来逃跑的，而是要用它来缠住或勒住他们的脖子。

还有红色高跟鞋。这双鞋是她让人从乌鲁木齐带回来的。鞋的颜色猩红，有如雪地上的血迹，带着某种不祥的气息。

这双红色高跟鞋被她视为心爱之物，整天穿了又穿，直到皮色黯淡，鞋板微微开裂，犹如一扇陈旧的窗口。

假想有一天，我从这里向逝去的时光瞥了一眼，正是这一眼，便被时光所击中——一切都在变化中，变得面目全非，走向命运的反面。

不一会儿，严小凤从书屋里出来了，手里拿着《知音》《故事会》和《人之初》，推着自行车在马路上慢慢地走，而我在不远处慢慢地跟着她。

天色暗了下来。

这条马路大部分路段没有路灯，即便有，也大多被镇上的小孩用石子打破了。幸存的几盏灯是冷光灯，散发出来一大圈死白的光晕，而一轮残破的小镇城区之月，带着些许寂寞的浅紫，映照着正踩着红色高跟鞋一路造作地左右扭摆的严小凤——那鞋跟很高，高得令她在脱离这个世界，变成一种像鸟又不像鸟的奇怪生物。

一天，我偷看了她藏在枕头下面的一个练习本——她的日记本。

"我今天在灯光球场里看到他了。他和镇机关文体部的小高他们在打篮球，我远远地就认出他了。他满身是汗，没看见我。打完球了，他提了两大桶水从球场走出好远，他的力气可真大。"

"今天晚上跳舞结束后，他给了我一套邮票，是蝴蝶的小型张。四张联票。这是我一直就想要的。我很兴奋。他的身体朝我挨得很近。他的身体特别烫，像浑身发烧了似的。他让我碰碰他。"

"跳舞的时候，他的衣服有一股烟草味道。真奇怪，我从没看见过他抽烟啊！"

"他今天说，有机会要帮我洗头。我爸妈还没帮我洗过头呢。我点头答应他了。还没正式洗呢，他就开始摸我的耳垂，我痒得不行了，笑了起来。"

这些妖里妖气诱惑而又禁忌的话语从练习本里大着胆子溢出来，在漫长的夜里生根发芽，越发让我觉得二姐严小凤像传说中的某种精力充沛的动物。这是什么样的动物呢？是一头我听说过但是从没见过的母豹子、母羚羊，还是别的什么动物？但肯定是雌性动物，猛烈，无所顾忌，身上带有一种天然的未被驯服的野性。这些形容好像都不像她，又好像都是她。

这样的姐姐，是我父母没把她教育好吗？

她与我为什么如此不同？她在禀性上像谁？

那么，严小凤是一个女流氓吗？而我是好女孩吗？好女孩一般都不太有趣，故事太少了，干巴巴的，有趣的事情都是坏女孩干的。

这些是我好长时间都没想清楚的问题，但是我从她的身上感受到了尘世中火辣辣的欲望。那"想成为她""我想是她"的欲望将我紧紧裹缚。

我清楚地知道这欲望中有两个重点：一个重点是她脚下的红色高跟鞋，另一个重点是她骨子里的轻浮和放肆。

有时她坐在椅子上，跷起一条腿，来回轻轻摆动，红色高跟鞋清晰地勾勒出她脚掌的轮廓，让我不由得想到她带着对危险的亲近在向一个男人走去。

我对这双红色高跟鞋产生出一种无法形容的倾慕。

还有她的轻浮与放肆。这烈焰焚身般的感觉，更是让我产生了某种对悲哀的向往，对一种自暴自弃的向往。

我有些想不开。我们同为姐妹，血脉相连，为什么禀性却相差得这么远？

一九八五年，我的世界如此狭小，狭小到无法安置我的心，小到严小凤都在鄙视我嘲笑我。她当时已经懂得的事，我现在还不知道，而我现在已经知道的事，以后她永远都不会明白。

一天中午，严小凤向我展示了她新做的衣服后就睡下了。半开的窗户涌进来沙枣花开放时的浊重气息，我皱着眉头，对这股浓浊的味道感到厌恶。有一缕阳光从窗帘的缝隙处渗进来，我的目光一点点滑过严小凤脸上的细绒毛，薄衬衣被乳尖撑起的皱褶，还有脊背的曲线，小腹的弧度——有她在，屋子里就会有一股牛奶般的气味，有点儿甜，有点儿腥。

只是，这眼前可闻可感的一切，有一天它会破碎吗？会褪色吗？它的光泽会永远消失吗？

如果它破碎后消失了，这个世间还会有谁随她而去？

她的青春如此骄纵。站在她的面前，我战战兢兢，生怕怠慢了她。知道自己貌不如她，如此类推，似乎什么都被她比了下去。

当她美得头晕目眩、气焰嚣张，我开始预感到她命运的多舛。

数年后，当她的青春终于下落不明，处在命运的下游，没有人再来议论她时，她就像是一道没有雷声的闪电，彻底消失了。

这是一个从令人生津到无人问津的过程。

此刻，我睁大眼睛躺在正午的静谧中，想一些不着边际的事情。窗外偶尔有车辆经过，我的床微微颤动起来。

小镇没啥意思，家里也没啥意思——父母亲为十几年前发生的那件事情僵到现在，以后也好不了了。但严小凤，仍对将来发生的事情抱有期待。

这一年春季，因为邓丽君的歌，三洋牌收录机，俗称"半头砖"，在小镇流行了起来。它的外形像一块黑色的砖头，模样像早期人类制造的青铜器那样稚拙而天真，这是继红色凤凰牌自行车后严小凤所梦想的另一个心爱之物。

在南疆灰蒙蒙的春天，镇里的时髦人物从"半头砖"里听到美妙的歌声，李谷一、张蔷、谢莉斯、王洁实，等等，他们的声音在二十世纪八十年代初中期就像是一条颜色鲜艳的彩色丝带，被电流的水草纠缠着，搅来搅去。

他们的歌声也是气味。

三洋牌"半头砖"收录机是钱胡子从广州走私来的。那时候，走私是违法的，他冒险带回来了三台机子。

钱胡子是个从镇技工学校毕业，穿尖头皮鞋，飘洒着爆炸式长发的"不良青年"。在小镇人中，他第一个下海做生意，走私电子表、香烟——至少，在当地人的眼中，他就是一个不学好的"社会人"。

他常托人从广州等地购进一些歌手磁带。那时候，买一盘空白磁带需要大约三块五，而他托人从广州购买"母带"、空白磁带的同时，还会买很多印有歌手头像的磁带封皮，样式与原版一般无二，翻录、包装后，就在学校、工厂门口以每盘八元左右的价格出售，短短时间里挣了不少钱。

他还卖明星大头照贴纸。

那时候，小镇孩子们最喜欢的是港台歌星影星的不干胶贴纸。这小画片是从广州传过来的，最热门的大致是翁美玲、张曼玉、林青霞、邓丽君、成龙、刘德华这些人的美照——一张明星画片也就方寸大小，若干张连为一版（张），每大张一般是十六开的，一沓沓摆在小摊上，买一张或半张都可以。

孩子们狂热地热爱他们——买来剪成一小块一小块的，到处粘贴，铅笔盒上、课本上、书包上，乃至家里的白墙、家具、床头、镜子上。老师和家长屡禁不止。

钱胡子连续几个月在机修厂门口卖磁带、明星大头贴，结识了不少厂里的女孩子，其中就有我的二姐严小凤。

一天，钱胡子见到来他的小摊上买明星大头贴的严小凤，发现她比从前憔悴很多，就很体贴地说："你的情绪怎么这样糟？"又说："别害怕，我会帮你的。"

他的声音很低，而严小凤却一字不漏地听到了，周围嘈杂的人声在她的耳朵里神奇地退去。这句话从眼前低音的男声里亲切地蹿出，饱满，清凉，像是人世间最美好的声音，只为着眼前这位受了委屈的少女。这声音在对她说："别害怕，我会帮你的。"

见周围没人，钱胡子就从随身的黄挎包里取出来一个包裹，打开，是三洋牌收录机。后来，它在严小凤许多重要的生活场景里出现，从里面传来的声音，就像是一条条颜色鲜艳、线条优美的鱼。

"喜欢吗？"钱胡子看着严小凤说。

"这机子颜色太深了。"严小凤貌似内行地挑剔。

"颜色深？你挑一个颜色浅的给我看看。厂家都是这个颜色的。"钱胡子淡淡一笑。

严小凤脸红了，朝他妩媚一笑："哦，是吗？"

钱胡子见状，立刻声音低了下来："你喜欢吗？"

"我喜欢怎样，不喜欢又怎样？"严小凤故作轻蔑地说。

"你喜欢就送你好了。还有这些贴纸，有刘德华的，《上海滩》许文强、冯程程，《射雕英雄传》黄蓉的，全套。"严小凤的目光停在了个体户钱胡子脚下的财富地带，她注视着他，好像他是透明的，她必须通过这张脸去看见令自己眩晕的承诺。

"你为什么要送我这些？"严小凤问。

他似笑非笑地注视着她，眼神里充满了肉欲的贪婪。严小凤瞥见了他眼中的自己，感到一种不自在——脸涨得通红，嘴唇微张，颈部的肌肉细钢弦般紧绷着。

在这个男人面前，她第一次感觉到了自己有某种潜在的堕落的可能，令她为之屏息。

"你靠过来一点儿，我来告诉你为什么要送你这个。"然后，钱胡子贴着严小凤的耳朵轻轻说了一句话，严小凤咯咯地笑了起来。她一边笑一边用拳头轻重不一地捶打他的胸脯，那动作和笑声里有一种天真的放荡。

严小凤傍晚回家时带回来了那只砖块形状的收录机。当我远远看见她提着一个纸盒子朝家门走来时，我知道，由她挑动的事件发生了。一路上，她的嘴角情不自禁地朝上弯，好像眼见的一切是那么妙不可言。

回到家，严小凤一把扯开包装盒上的胶带，打开纸盒，很小心地将收录机捧在了手上。她入迷地看着这个砖块大小的玩意儿，像行家一样把开关按键弹开又关上，这样反复了很多次。

这件突如其来的礼物让家人感到了不安——很多年来，没有任何人给我们家带来任何新式的物件。这个能录音能听歌的小铁匣子，带着大城市的气息，将我们家如同牢笼般幽闭的世界打开了一个缺口。

只是这个有些昂贵的铁匣子是一个名声不怎么好的男子送给严小凤的，让这个东西有了一种暧昧而又上不了台面的感觉。

直到晚饭时，大家都不谈这个话题。严小凤好像有心事一样，不吃饭，只坐在远离桌子的那张靠墙的椅子上发呆。

"过来吃饭吧。"母亲招呼她。

"不想吃。我想自己一个人待着。"严小凤的声音很冷淡。母亲不安地观察她，而她什么也不看，神情怨毒地就这么坐着，怀里抱着那台诱人的"半头砖"收录机。

"你为什么拉长脸？"母亲长叹一口气，突然冷冷地说：

"我祖坟没埋好啊，生出你这样的贱货女儿！"

然后，她又开始了那些陈词滥调。

"你要这个收录机给谁听？这东西对你毫无用处，你把它给我。"最后，她用很平和的口吻说。严小凤将它递了过去。

母亲长久地注视着这台全镇都很少见的"半头砖"收录机，神情变得很怪异。

"贱货，人家给你就要！这是白给你的东西吗？"

母亲双眼紧盯着天花板，一脸羞愤的样子，像是痴傻了一样低声反复骂她"贱货"，好像这是她的本名似的。

严小凤心里好气又好笑，想知道自己把收录机递给母亲的那一刻，她究竟从中想到了什么。这份昂贵的礼物，在她身上究竟唤醒了什么样的青春，什么样的被压抑的热情呢？

严小凤的嘴角流露出一丝嘲讽。她知道，母亲是不可能让自己把这台收录机还给钱胡子的。

当她站起身准备离开时，母亲也站了起来。仇恨开始爆发了，她扑向女儿，挥着拳头，以全身的气力砸向她，以她当母亲的权力的力量，以她同样强烈的疑惑的力量，还有屈辱的力量。母亲一边打她，一边说起在父亲十年的劳改生涯中她孤儿寡母的艰难日子，还有她的疾病，她的疲惫，她的贫穷，以及这一切所带来的各种屈辱、委屈，还有不甘心。

父亲在一旁冷眼看着，慢慢挪开了身子，以免母亲的拳头不小心砸向自己。

这样的状况持续了近半个小时，母亲累得坐在了椅子上，平静了片刻，一句话也不说。

然后，她又站起身来，再一次扑向严小凤，嘴里反复说着之前的话："你为什么要他的东西？你跟这个流氓睡觉吗？你这个贱货！"

　　严小凤尖叫着躲避她说："我没有跟他睡觉，我说我喜欢收录机，我想练跳舞，他就把机子给我了，我连问都没问过他。"严小凤的头发散开了，随后跌倒在母亲脚下。当她试图扶着凳子站起来的时候，母亲用脚又把她踢倒在地，咬牙切齿地说："你老实说，你跟他睡过没有！你敢不敢承认！"

　　"我没有……"严小凤在重复了无数遍这句话之后，再一次地啼哭起来。

　　母亲无法忍受女儿重新站起来。女儿随便做出一个什么动作，似乎都会惹恼她。

　　最后，严小凤妥协了，斜在地上紧抱着脑袋小心地保护自己，不再挣扎。

　　"说，你跟他怎样了？他睡了你对不对？然后他给了你这个不值钱的机子，对不对！"母亲反反复复地说，因为疲惫，她的声音有几次都低了下来。

　　严小凤在地上蜷曲着身体，费力地喘息着，紧闭着眼睛像睡着了一般。

　　母亲打累了也骂累了，身子直挺挺地半躺在椅子上，屋子里不再有人说话，严小凤也不再哭泣。因为母亲的哭喊、咒骂，只能唤起她对这个家的羞耻感，却无法唤醒她因母亲而起的愤怒。

　　母亲很快就睡着了，脑袋一顿一顿的，嘴巴半张着，在她自己的世界中漂浮。是的，当我们看到此时此刻的母亲，就知道任何人都再也不能怨恨她了。连我的父亲也是。

我的母亲——她曾强烈地热爱过我的家人，正是她那持续不断的、无可救药的热爱使她精疲力竭，让她变成了现在这样。是的，生活是可怕的，而现在，母亲和生活一样可怕，它令她陷入了无助的地步，让她以这种姿势得以在此休息，就像此刻的睡眠。

甚至连死亡都不可能再打搅她了。

我一直冷眼看着这混乱的一切，将扔在桌旁的收录机抱在怀中，摸索着按下了其中的一个黑键。突然，这个小小的灰黑铁匣子传出激烈欢快的节奏——那是当时风靡一时的歌曲《迪斯科女王》。

这支歌曲被钱胡子翻录了下来，以至于后来严小凤每次听到它，都要跟着摇头晃脑的："摆摆头，摇摇你的手，所有烦恼都在你的脚下溜走。跳跳探戈，跳跳哈梭，不如来跳迪斯科它花样最多……"

对她来说，这就是最动听的音乐了，它的旋律如甘如蜜，如云般流动，百听不厌。它的节奏，跟着蝙蝠衫、猩红的嘴唇、夸张的塑料耳环一起长在她的心里了。

每当她打开这个黑匣子听这支歌曲，周围的一切都变得更加明亮。

而同样喜欢这支歌曲的父亲，却显得更加衰老了。因为他好像从这支歌曲里听见了自己曾经汩汩流淌的青春热血，犹如一只被禁锢的鸟在拍打着窗玻璃。

每当母亲打严小凤时，严小凤就格外地想从这支歌曲里得到些许安慰。

她想，或许自己在不远的将来离开这座小镇时，脑海里响起的声音也将会是它。因为这是歌颂未来的赞歌，是歌颂出发的赞歌——自己所期待的就是融会到这首产生于城市诱惑的歌曲中去。

远方的大城市瑰丽神奇，充满了无数未知的相遇，当然还有爱情。

而这首歌，正是为了这种诱惑而产生。

似乎从那以后，严小凤每天晚上干脆泡在镇舞厅里了。一些好事者给她起了个十分猥琐的外号——"十二点过五分"。意思就是她差不多晚上十二点过五分从镇上的舞厅出来，然后和钱胡子等一干不三不四的人鬼混。

这种声名狼藉的事情，在这样的偏远小镇其实并不经常发生。可是，为了一个砖块大小的收录机，这个放荡的丫头竟心甘情愿地让一个下流的个体商贩玩弄。终于有那么一天，厂里的女工都不和她说话了，远远避开她。她们对钱胡子感兴趣，是因为严小凤。因为他是猜测某种关系的一个因素。他是水果皮，果皮是不好吃的，但果肉好吃，这个果肉就是严小凤。

她们早看出来了，严小凤这辈子完了，毁在了贫穷和虚荣心上，毁在了对男人的依赖上，也毁在了不知如何搭救自己的青春上。

那些日子，她与钱胡子之间真真假假的事情被人传播着，至于事情真实的情形，它的因果、机缘，它的最中心的内核，它神秘复杂的构造，以及事情是如何流传出去的，等等，我无从知晓。但是关于严小凤的事，我的母亲实在是受不了别人的闲言碎语，又发了一次疯。

那天，太阳的颜色开始变深的时候，严小凤进家门了，脸上的笑容还没有完全消失。从母亲的角度看去，这是一个像蜜糖一样的小人儿，一点儿瑕疵都容不下，但是她一眼看出了破绽。她低吼一声，扑到严小凤身上，死死抓住她，扇耳光，附在她的身上又是闻又是嗅，像是要找出某个可恨男人的气味，又像是在找某个可怕可疑的污迹。

严小凤高声尖叫着，像是要让全镇的人都听见她说"我没有"，可母亲的声音比她的还高，她骂她丢人现眼，没有廉耻，连一条小母狗都不如。她这些压在心头很久的话一旦骂出了声，就什么也不怕了。她连着骂出好几个"小婊子"，好像这三个字是严小凤新的别名。

没有一个人出来劝架，说不要再打了，放开她。

终于，母亲打累了。严小凤神情坦荡地站在母亲面前，与她的眼睛、面孔乃至呼吸一起，继续她的谎话连篇。

严家人古怪的生活让小镇上的人生出许多的谈资来。

流言是什么？在南疆僻远的小镇，我们好像都是在一轮又一轮的流言蜚语中成长起来的，仿佛流言总是轮流着来，今天落在张姓人的头上，明天落在李姓人的头上，后天呢，有可能又落在朱姓人的头上。每天都有新的故事，充斥着人们的舌尖，交织着新的言辞。每当流言泛滥时，这些流言像纸屑一样纷扬在小镇的上空，今天是李家的女儿堕胎啦，明天是刘家夫妻离婚啦，大后天是张家的男人有了一笔意外之财啦，等等。

在这些明暗不清、是非难断的流言蜚语中，我看见二姐严小凤变成了一个真正的贱货。而且，像个真正的贱货一样为了一点儿小恩小惠跟别的男人睡觉。

少女时代我曾经天真地以为，跟比自己年长的姐姐在一起会让自己更加成熟，我的生涩幼稚和冒失会被宽容，很多事情做错了也不会过于自责。这个时候，姐姐就会像一棵枝繁叶茂的树，她丰富的生活经验会笼罩着我，让我感到安全。

看我周围的女同学，都有哥哥姐姐。特别是有姐姐的女孩子，理所应当地得到姐姐的提携和庇护，当妹妹的理所应当地穿她的裙子戴她的耳环，包括经她传授交男朋友的经验。

生活之路，姐姐总是先行一步，这样妹妹就可以趋利避害，不以身犯险。

虽然这个念头未免有些自私恶毒，但是于我，这样的好姐姐决不会是严小凤。

我经常自问：为什么我的青春期会缺乏爱、缺乏知己、缺乏榜样、缺乏鼓励、缺乏提携、缺乏尊严？为什么要有这么多的泥沙俱下呢？姐姐，你到底干什么去了，为什么我想依靠你，而你却自身难保？

我原以为时间可以埋藏耻辱，偏偏我家的每个人都乐意当掘墓人。我看着他们不断翻飞起伏的嘴片子，不禁微微一笑：请原谅我的亲人们的七嘴八舌，无孔不入。他们说的人和事，常常颠三倒四、矛盾百出，时常跑出来干扰我的视听。

再说一件与我有关的事。还是我上初中的时候，有一天，快要上体育课了，我发现自己来了月经。我觉出全身的酸胀后不想上体育课，上体育课要跳木马，要跑步，就写了假条让课代表带给体育老师。这下有人不答应了。体育课代表是个女生，她叫了个女孩把我困在女厕所里，说是要验身，来月经了就准假，没来月经的话就绝对不饶我。

这个课代表真的是可恶，都上初二的年龄了还没来月经，所以对别的同龄女孩来月经的事总是无比重视。我的年龄比课代表可小多了，她看我又蠢又蔫的，居然也来了月经，着实让她懊恼。

你们有所不知，这个年龄的女孩子在很多事情上都是有虚荣心的，在零食、零花钱、衣服、家境上，自然也会在胸部和月经上。眼下，在来月经这一点上比不过了，就要刁难，要妒忌。

她们笑着拉扯我，像两个真正的下流货，用手指不停地在我的腹股沟处来回戳，准备将我的自尊撕开。

我当时一定是蒙了，在那一瞬间，我在心里准备了一长串恶毒的话准备反击，可是却什么也说不出来。我怕她们，觉得她们比我强大。

在这两个强悍的女孩面前，我是没有什么自卫和反击的能力的，连话语的捍卫权都没有。

我只好死死地捂住快要被她们扯下来的内裤，陪着她们一起笑，笑得像哭一样难看。

最后有没有被扯下内裤验了身，我记不起来了。照我当时的情形和个性来看，也照我那天回家哭红了的眼睛来看，也许我真的被两个女孩强行验了身。裤子一旦被脱下，就再也穿不上了。从那时起，她们不断栽培我的羞耻感，又不停地损伤我的自尊心。

大概，我对同性的嫌恶就是从那个时候开始的。

我长大后，在生活中一点儿也不精明，一失败就逃跑，一逃就逃到男人那里去，结果染上了更大的麻烦。我永远不能像那些强悍的人一样，与对方决一雌雄。

我这么失败，用母亲反驳我的话来说："你到底像这个家里的谁？你看你，蠢得像液体。"

在母亲的强烈坚持下，严小凤的自行车被没收了，说是给我用。就这样，在严小凤一连串的白眼中我有了人生中的第一辆自行车，感觉自己的世界一下子拓宽了，有了作为一个少女开始探索世界的热情。

自行车真是一个好东西，它比我强大得多，轻易地就能把我带向双脚无力抵达的地方。

那些日子里，我最爱去的地方就是小镇尽头的南戈壁滩。

南疆春天的风浩荡有力，与它有着同样力量的是广阔无垠的南戈壁。当大地冰雪消融，一层层地泛绿，人世间最早的芳香已经从盐碱地，从花朵中，从一切已然成熟的万物里散发出来。

被南疆的戈壁沙漠困久了的人总是沉默的，胆怯的。比如我，总是在失望，总是在犹犹豫豫，特别是见识了沙漠戈壁之后，我还有了一些不甘心——它那么地广大无垠，何时是个尽头啊，就像这小镇无聊的生活。

到了夏天，时间就像戈壁滩上的热风，缓慢得像要凝固，连电子钟也都走得不大准了，到处都有滞留不去的蝇阵和热风。沙尘暴说来就来。夏日正午是小镇人午睡的时候——在那个年代，人们的时间真多呀，也不只是南疆小镇人，好像全国人民都爱睡午觉。在太阳又大又白的正午，热、白炽的光、虫的噪鸣、难以化解的艰涩，到处是荒漠般的寂静和荒凉，空气中弥漫着一种浓稠的、梦魇的气息，像一个人晦暗的生长期。

而正午的睡意像一张灰色的网，在它的笼罩下，身体变成了没有重量的东西，手脚和头脑全都融化在一片灰色中。我时常在正午某个时辰睁开眼睛，那来自内心低潮的寒冷，常常在不设防的时刻向我袭来。看草席上被汗水浸出来的形状，感觉皮肤都被泡白了。

我经常吃过晚饭后将碗在桌上一推，骑上自行车就到外面逛，逛累了才回家睡觉。

母亲总是对我大吼："你是一个造粪机器啊你?!"

这一天黄昏，我骑着自行车在东巴扎的路口闲逛。路口两旁摆着好几张台球桌，一群小镇青年在懒洋洋地打着台球，拉着线的灯泡映照出他们无所事事的脸。

还有几个年轻人靠在土坯房的墙上，双手插在裤兜里，低头围成一圈相对而立，让我感觉他们像我一样，是这个小镇上最最寂寞的人。此刻，他们的孤独和寂寞传染给了我，正与我达成深刻的默契，这默契将我们彼此联合起来，与外界隔绝。

"严小凤，十二点过五分。"

一个女孩突然跑到我跟前，说完这句莫名其妙的话之后，与另一个女孩大笑着跑开了。

我无比吃惊地看着这个饶舌的女孩，在这样一个初秋的黄昏，镇东巴扎路口的树木因缺水干渴正随风落下叶子，而这个女孩的黄色布裙在夕阳的余晖中闪烁着刺眼的光芒。

我很想跟她们吵架。这个地方的女孩虽然千人千面，但有一点是雷同的——她们个个都有吵架的天赋。我吵不过她们。

我什么也没说，骑上自行车闷头向着小镇边缘的戈壁滩驰去。

那条通往乌鲁木齐的柏油马路，在夕阳的映照下横躺在那里。

一路上没有什么人，只有风。

戈壁滩上的风是会说话的，它发出的声音像在嘟嘟囔囔地附和着我。但我无法告诉别人这个秘密，因为他们会认为我在说谎。

我停下自行车，背对着风静静地站着。风很大，呜呜呜地刮，我恍若听见了风声中的话语。它说："走吧，走吧。"

"走吧"是什么意思呢？我不相信这是风发出的声音，但转眼间，那声音漫天都是，像是要溢出来了。

"走吧，走吧——"是不是这个声音足够急切，足够威严，让我信任了它？

在此后的很长一段时间里，我认定这是戈壁沙漠深处发出的最真实的声音——那是对我最后的劝诫。

又一年的春节来临。

除夕这天，太阳提前降落了。窗户上结满了冰霜。黄昏时下起了大雪，雪线是斜的。下雪天，分不清下午和黄昏，天反正是昏沉的。广播站寂静无声，没有一个人——人们都早早回家过年去了。街道上也没有人，偶尔有几声响炮炸碎一点儿平静。从窗外望去，那些从房顶上穿出的烟囱吐出来的烟变成了细白的一溜溜，被朝着一个方向吹。天就要黑了。

大街上，到处都是瓜子壳和花炮的残骸，店铺门口不时地响起鞭炮声。行人们三五成群，骑着自行车匆匆赶往某一个地方。不断的车铃声，点染了他们骑行的气氛。这种气氛就是过节的气氛。随着车轮一起跃动，空气中有了一种令人愉快的早春的气味，使僵硬了一个冬天的肌肉迅速舒展起来。

过了正月十五，当小镇人放完了鞭炮，吃完了豆沙馅、芝麻馅的汤圆，新年的气氛也在一阵阵的饱嗝声中悄然隐匿了。

这天一大早，天气预报说一股寒流就要南下，南疆大部分地区可能会有降雪。当地人对此并没有在意，因为天气预报总是出错。

严小凤推着新买的梅花牌自行车，再次出现在中午的小镇街道上。

这天中午照例是一个浮尘天气，灰蒙蒙的天色让人有想哭的冲动。有很多年，"严家一枝花"这个称呼曾经让严小凤的虚荣心得到了一些满足和骄傲，她走路的步态因而变得更加柔软和妖娆了。

可如今，奎兰镇随着岁月的流逝产生了新的格局和变化，即使有人在观望夜灯下的街景，看见我的二姐严小凤娉婷而过，新一代年轻的路人也不可能认识她，更不知道曾经流传的有关她的种种闲话了。

她一路走着，看到饭馆及商店前面的节日垃圾被清扫干净，居民家门口的红色对联在冷风中开始变色，镇机关门前写有"欢度春节"四个字的红灯笼也被摘下来了。不知是谁家办喜事还是饭馆开业，鞭炮声一时间不绝于耳，空气在震颤中散发出一股浓重的火药味。一只烟花的残骸像受了惊吓的鸟一样乱飞一气，先是落在了一辆面包车的车盖上，然后又滚落在她的脚下。

她低头一看，是一只六角形烟花的残骸，"恭喜发财"的字样隐约可见。

她突然觉得很无趣，索性站在小镇的街上，仰着头，懒洋洋地看云，看鸟，也看人。看着看着，她对这个自小就生长的地方产生了一种厌倦感。

路两边的蒙着灰尘的沙枣树、榆树和杨树，总是一副不干不净的样子，一点儿美感都没有。到了下雨天，她在想，真是好不容易下了一点儿毛毛雨啊，口水一样，说干就干了，一点儿意思没有，哪像南方，空气湿润多雨。

出太阳的时候，她看着阳光像油一样亮闪闪、热乎乎地黏在这个小镇的一切物体的表面，又在想，一到夏天，这南疆戈壁滩上的太阳晒得人一点儿力气都没有了。

在小镇的服装店里，她看见货架上年年挂着的做工很差的蝙蝠衫、巴拿马西裤，丑陋的款式让她恶心又绝望。她甚至还恶心春末夏初下浮尘的夜里马路两边的沙枣树散发出的腐败气息，不可阻挡地从门缝、窗口、墙缝，以及一切肉眼不可见的缝隙步入屋子。它们在室内弥漫、上升，没日没夜地充满整个空间，那气味浓得简直化不开。

就是在这段慌张而悲伤的路途中，好多泛着苦水的往事在她的心头涌现。她想起父亲回来后的暴戾乖张，想起如守活寡一般生活的性情阴郁易怒的母亲，想起七岁起就跟着母亲在寒冷的冬季运送煤块的自己。

现在，自己正是爱美的年纪，可母亲这么些年却很少给自己买衣服的零花钱。回头望这个家的泥泞之处，真是下贱又冷酷。

而且，这个家卑微而贫贱的气息愈加浓重了——她厌恶公家发放的呈猪肝色的家具，厌恶绿漆斑驳的墙壁，甚至厌恶死气沉沉的二十五瓦的日光灯——更厌恶的，是亲生父母之间的那种冷漠与仇恨。

她这么一路想着，几乎落下泪来。

她想到自己居然在这个小地方生活了近二十四年，险些要在这个地方待一辈子。一辈子就在这样一个家里待下去，真是件很可怕的事情，无论如何她都是要走的。

一想起"走"这个充满极限色彩的词，就像一道闪电照亮了她的道路，又像一把利剑刺痛着她的心。"离开"这个词像浮尘一样从四面八方向她劈头盖脸地倾泻下来。

她在这假想的灭顶之灾中奔逃。

这个时候，一个陌生而新鲜的地名打动了她——深圳。

二姐严小凤作为一个生活在僻远边疆地区的小镇青年，她对深圳、海南的了解是通过道听途说，还有报纸及广播。深圳的夜晚极尽繁华，火树银花、流光溢彩的灯流在坚硬的高层建筑的峡谷中流淌，像突兀奇异的花朵。

这样的夜晚不像是任何一个季节的夜晚，让夸张的更夸张，美的更美。还有小梅沙、大梅沙的海洋气息近在咫尺，暖而湿，咸而微腥。

这一切对她而言，有如天堂——就是天堂也不过如此了。

是的，在二十世纪八十年代，全国人民都在说深圳、海南。当年，这两个地名比北京和上海都要时髦。广播、电视、报纸上都说"到深圳去""到海南去"，以至于火车上的厕所、洗手间、过道、列车员室门口，甚至硬座座椅底下都塞满了人。

她的钱胡子就在深圳。

这个想法有如一道亮光照亮了她。可也就是那么一瞬间，她对这一想法不再那么确定了。早在一年前，这个不安分的钱胡子就不告而别去了深圳。听说，他租了间房子做了个体户。

而且，钱胡子走了之后，很少跟她联系。

这半年里，钱胡子只给过严小凤一个电话号码，从来都是她上邮局花钱去打长途电话。要知道，当年的小镇只有一家邮局，只有唯一一部长途电话，电话费是按分钟计算的。

长途电话被供奉在邮局隔壁一间单独的房子里，二十四小时都有人值班。无论多晚，小镇唯一的街道上所有的店家都关门了，邮局的电话房也还透着亮光。

有一次，排在严小凤前面等着打电话的人有六个，她心不在焉地东张西望，算着口袋里的钱大概能够她说上几句话。线路不好的话，就得一个劲儿地"喂""喂"；还有，电话通了，人若是不在，一个人跑去叫，楼上楼下要跑半天的，这电话费还要算。

还有，电话通了，打电话的人之间说的话，都被一房子的人仔细听，耐心听，一边听还一边笑。

严小凤有点儿心虚了。她将要为他说出的情话，字字珠玑，但又单薄赤裸，可一想到这些话要被身后的陌生人听过来听过去，就感到无奈。过了好久，电话铃声响过，远在深圳的钱胡子把话筒贴到耳朵上时，听见的却是千里之外的带着新疆南部地区浓重尘土味的女人的低泣声。

一开始，电话那头的钱胡子听到她的声音还会惊喜，会温柔相劝，可是反复几次后，这幽幽的低泣声就很惹人讨厌了，成了一只挥不去的虫子，在黑暗里嗡嗡作响，让他怀着恶意地想起她哭泣时的丑陋模样。

他从来没有告诉过她，他早已对她腻了，她的存在只是肉体的一种烦扰，一阵不抓不行的痒。像是一种病情，发作完毕，只留下感观感觉，一种使他半感羞耻的瘾头。

现在，他要逃跑了。

那些日子，严小凤不知道自己已经被抛弃，还隔三岔五地给钱胡子打长途电话。那个年代，在那样的一个僻远的小镇子上，长途电话一分钟得要不少钱，还得交上足够的押金。那个打到深圳的长途电话，经常会超过三十分钟。居然。

一天下午，我去巴扎上买冻豆腐，路过镇邮局。冷风里，我远远地看到严小凤握着电话机，背驼着，身体微微颤抖，嘴里哈着热气，正在大声地哭，整个人像条垂死的鱼，接近自戕，令我这个冷漠到无精打采的人都为之动容。

连旁观的人都看不下去了，指指点点说："你看，这个女的多可笑！"

严小凤感觉到了什么，双手越发抱紧了电话。她所抱紧的是不属于她的东西。哭一会儿，再说一会儿，人们发出的笑声丝毫没有影响到她。而她抱得越紧，那具身体的离去也就越早。

听说钱胡子在深圳好像混得很惨，有那么一段时间吃了上顿没下顿，自然也顾不上远在千里之外的严小凤。

有一天，母亲发现抽屉里少了三百块钱，严小凤拒绝承认是她偷的钱。三百块钱在当时实在不算是一笔小数目，严小凤甘愿冒着巨大的风险偷家里的钱去救济这个关系尚不明确的男友，多年以后想起，那也是一份不小的真心。

没几个月，钱胡子便彻底没了消息，留下严小凤独自面对这一切。

严小凤当时仍在机修厂做学徒工。白天，她穿着宽大的工作服，面容消瘦、神情恍惚地在空旷的厂房里不停地搬运那些生铁的毛坯。厂房里机声轰鸣，四处弥漫着腥甜而又浓烈的生铁的气息，这一切是她熟悉而又厌恶的。

到了正午吃过饭后，她独自一人在更衣室里休息。

厂房里胡乱堆放的生毛坯散发出一种类似于男人体味的蛮横气味，锃亮的车床像隐藏着巨大的阴谋。阳光从南边窗户外面跳进来，跳到窗边一张积满尘土的木桌上，木桌被阳光晒得很暖和，而严小凤身处幽暗的位置，感到一股切肤的寒意。

她抱臂独自坐在凳子上，模模糊糊地想着自己最后一次和钱胡子钻被窝是什么时候，她想钱胡子怎么会忘了呢？这种事情怎么会忘了？女人又不是一杯茶或者一泡尿，怎么可以说忘就忘了呢？

想着想着便昏昏欲睡。她的疲倦是她的，无法与别人分享。正如此刻，这份疲倦正化成睡意袭来，将她牢牢包围。它是实实在在的，像窗外的太阳，丰满，炙热，浑圆。

此刻，她渴望能够看到如同她的疲倦一样恒久无尽的事物，比如自己不曾看到过的大海，她想象它如南疆的戈壁沙漠一样辽阔，就像人们所形容的那样。

但眼下，她的身躯却因为疲倦而呆滞沉重。

虽然我与二姐严小凤很少交流，但我已经能感觉到她心里盘踞不散的惆怅。她对于家的不满越来越溢于言表。虽然我与她之间的对立依然存在，然而，因为不满自己的家庭，我与她之间也出现了一些共同的默契。

她下班回到家里也还是睡觉——天知道她哪来的那么多觉。她扔在木椅上的绿色直身裙，腋下部分被汗渍浸得褪了色，发黄发旧。我从来没注意到她的衣服也会磨损，是她把它们穿旧了。

现在，这条发旧的绿色裙子正倚靠在椅子的扶手上，像一个真正的人形那样有了灵魂。

严小凤一心一意想离开这个家，想离开这个小镇。她想让这件绿色裙子代替她留在这里，而她自己抽身而去，从此消失。

夏日黄昏才是小镇最热闹的时候。这里的女性，吃了饭后一起搭伴钩花，织毛活，一边织，一边传播各家的八卦。她们的存在，就好像有一个庞大的黑影子在我的头顶上晃动，朝着我指指戳戳。

我不想跟她们搭伴。从童年时起，我就嫌自己的世界过于拥挤，老的少的全是人，彼此推着，踩着，挤着。而我什么人都不想要——可憎的人，可爱的人，我一概都不要。

我像一个真正的外来者一样，与小镇人始终隔着一道深深的裂沟，游离在群体之外，承受着一个熟悉的"异乡人"所必须承受的被驱逐的感受。

与群体融为一体的快乐，于我是一种永久的欠缺。

就在这样快要被热死的黄昏，我也愿意一个人独自待着，没完没了地想事情。有一些过去了，我记不起，而另一些远远没有到来的，我却设想了一遍又一遍。却从没想过，我的二姐严小凤，会先于我离开这里。

严小凤从小镇上突然消失是这一年夏天的事情。

十五

南疆的暮春多是大风天气，火苗一样蹿跳的风，隔三岔五地撕扯着焦干的土地，但转瞬之间，又变得风和日丽。这种变化多端的天气，让这个季节的人们情绪多变，性情无常。

这个春天，小镇上的人迷恋上了做风筝。风筝大多是用过期的彩色画报和糊了好几层的报纸做的。稍有点儿风的天气，小镇广场、学校操场及周边空旷地带就飘起了各种各样的风筝，多为鸟的形状。风筝点缀了奎兰镇宁静的天空，给封闭呆板的镇子添了些许生动活泼的气息。

严小凤也跟风，让人给做了一只蜻蜓形状的风筝。有那么几个黄昏，她站在镇广场最开阔的地方，扯起了长长的风筝线。她的那只黄绿色蜻蜓和别的彩色大鸟盘桓在人们的头顶，当她抓着风筝线，随风筝一起游荡的时候，发出了矫揉造作的大笑。

严小凤离开家的次年春天，有一日，父亲路过镇广场旁的榆树林，发现一棵榆树的树梢上，一只蜻蜓形状的风筝吹断了线，褪色的纸带垂落下来随风飘荡，一如严小凤变化莫测的命运。

那些天里，奎兰镇的人们在谈论一件大事，说这里要发生翻天覆地的变化，除绿化环境、拆房开路、建化工厂之外，为改善风沙气候，打造样板镇，还要在镇西北角的戈壁荒滩上建一座规模不小的水上公园。"麻雀要变凤凰了！"老人们都这样说。

可是，在南疆干旱的盐碱地上建一个水上公园不是神话吗？人们充满疑虑地窃窃私语，令这建水上公园的传闻开始发酵。

镇上的大多数人没去过镇以外的大地方，但是通过电视和电影，城里人的公园是啥样还是知道的。无非是圈起一池子面积或大或小的湖水，可以划船；湖心岛上建有曲径通幽的亭子；湖边的平地上要有绿化用植被，绿化带上还要有形式各异的园林小品；开阔地上是摩天轮、碰碰车、旋转木马等游乐设施。更重要的是，公园里的一座或多座人造假山不可或缺，假山上可以建凉亭，还有涵洞，为的是让水从涵洞中通过。

在干旱缺水的戈壁沙漠里建造一座水上公园是一个极大的诱惑，更是一个难题，可是这难不倒小镇人。他们说了，建水上公园的前提是要先在镇西北角的戈壁滩上挖一个相应面积的池子，砌上水泥续水造湖，用挖出的碎石垒建假山、涵洞，而筛出的细沙土则用来培植大量的绿化用植被。

南疆的盐碱滩，代表着荒僻、荒凉，人们一想到水上公园，就会想到不远的将来，这里的植物繁茂无比，各种花朵铺天盖地，绿色植物的气味像浓雾一样隐隐浮动。

这规划听起来很完美。

镇上建水上公园的规划书很快被审批下来了。

可是，该由谁来负责这项挖池建山的工程呢？父亲所在的单位恰好是镇城建所，那些日子，关于挖池建山工程的会议开了一次又一次，而负责这项工程的人选也确定了一个又一个，最后都被一一否决了。每次开会，父亲都坐在会议室的一角，默然无语。

有那么一个下午，天很热，单位没什么事，照例是政治学习，主管领导念着报纸，大家心不在焉地坐着，或捧着白瓷茶缸一小口一小口地喝茶，或昏昏欲睡。

领导念完报纸后说，今天要确定下来负责挖池建山工程的合适人选，不能再拖了。

这时有个人，指着在会场角落里正半闭着眼养神的严国光——我的父亲，大着胆子用半开玩笑的语气说："这个活儿，老严很合适嘛！"

父亲听见了，嘴唇微微抽动了一下，没有说话。

主管领导一愣，苦笑着，无意识地重复了一遍此人的话："老严很合适嘛！"

性格决定命运。我的父亲，他一生都似乎处在命运的下游。父亲平反回来一个月后便恢复了工作。因他与原先的地质勘探工作疏离太久，被组织上派到一个技工学校的后勤部门看管库房，算是一个等待退休的闲职。

五十一岁那年，他离开技工学校去镇城建所当了一个普通科员。这也是个闲职，上班一般没什么事做，喝茶看报可以消磨到下班，日子循环往复。

我惊叹他能把日子过到如此平静的地步。

这天开完会后，不停有人跟父亲打招呼，对他说："老严很合适嘛！"每每听到这句话，他就笑一下说谢谢，一种隐隐的热量从他胸腔里挤压出来，这是一种令他感到愉快的力量，一种他久违了的力量。

他认为自己虽然是一个普通人，但是不是也应该遇上一些普普通通的运气了呢？

他感到自己这一天是在接受命运的眷顾。

会后，他好不容易熬到下班，骑上自行车，破天荒地朝着镇西北角修建水上公园的方向而去。

镇西北角有一条刚修建好的柏油马路，偶尔有车过往，父亲长久地站在那里，看着眼前的荒滩——这是一片真正意义上的戈壁滩，在黄昏中呈现出麻木懒散的气氛，像一潭死水，神秘莫测。现在它沉睡在夕阳中，没有一丝阴影。

他在荒滩上一站就是好久。

太阳渐渐沉了下去，戈壁滩上的光泽越来越暗淡，在暮色中显得有些怪异。

父亲从戈壁滩回来，母亲已吃完晚饭出去散步了，家里空荡荡的。

时间像是被施了魔法一样，在无边无际的冷漠中静止了。

父亲没有什么心情吃饭，心事重重地望着窗户，听小孩子的嬉闹声从窗缝间流泻进来。这一时刻，外面应该是一个美妙的黄昏。三三两两轧马路的人迟迟不想回家，在一起高兴地谈笑，他们都有着对美好时光的焦急而甜蜜的向往，似乎只有他一个人除外。

在炎热的空气和虚无的心绪里，父亲无所事事地在床上小睡，恍惚中，他好像又听见了远远传来的长途汽车的喇叭声——那是一辆运煤的汽车从远处驶来，让他再次感觉到大地的震动，乌黑的煤堆上蜷伏着一个面容哀伤的男青年，他的眼睛一直看着前方，不知道这辆长途汽车将要把自己带到哪里去。

是的，对于父亲来说，他梦想的远方永远是一辆黄昏或清晨的汽车。它总是在梦里颠簸、震动，让他在睡梦中也感到晕眩。

醒来后，他发出一声长长的叹息，那叹息声很像发自一个老年人——而他，的确是一个老年人了。

窗户外面，有一个人突然唱起了歌，然后另外的两三个人应和着他的调子也唱了起来。他们唱的是时下流行的张蔷的《走过咖啡屋》，歌词很可笑很幼稚。他听了后不出声地笑了一下。歌声伴着莫名的嬉笑断续地从窗户外面传来。

猛然，父亲的胸腔里涌起一股热气。想到在自己的参与下，几年之后，这片戈壁滩将不再荒芜，会成为一个风景怡人，有假山、有湖泊的水上公园，成群的游人在其间熙来攘往，给这个偏僻的荒漠小镇增添了生气，如同湿润而清新的水珠，凝聚着美好的字眼——希望、信心，父亲一扫之前的颓丧，心里有种说不出来的激动。

"鼓足勇气，我还有用。这是我的最后一张牌，我错误的一生至少还是可以完美地结束的。哪怕是没有人赞美我，说我是好样的。

"我只要从这件事看到意义就行了，证明自己是一个有用的人，往后的余生会因它而心满意足。公园建好后，一些生活设施会跟着建起来，绿化项目也会跟着起来。等各方面都发展好了，我的女儿也不会一天到晚想着要离开这个家，离开这里了。"

父亲在心里自言自语，像是一种祈祷。他感到生命的最后一环正在将自己箍紧，从过去的命运折磨所组成的痛苦的深井中，从破灭的希望当中，从忍受的厄运涌出的强大力量中，一种他从未想到过的力量升腾起来——梦魇退却了，死亡的恐惧不再令他害怕，一切事情都是简单的、符合自然规律的。

这样一想，一种莫名的难以形容的兴奋让他再也平静不下来了。

"镇上要建水上公园了。他们要我负责其中一项工程，在公园西北角垒三座人造假山，工程量很大。"

第二天早晨吃早饭的时候，父亲看似漫不经心的话让母亲吃了一惊。

"建水上公园？垒假山？要你负责？你——疯了？"

"我没疯。你想想我以前过的是什么日子。我想干点儿事情。"父亲冷冷地说。他这番话让我感到有些意外。我不知道他做出这个决定之后的不眠之夜是在回顾过去，还是盘算着未来。

母亲惊异地观察丈夫的表情，发现丈夫说这些话的时候是认真的。他在说出"想干点儿事情"这句话的时候有些结巴，但他的双眼却炯炯发光。

"水上公园——你要在这没有水的盐碱滩建水上公园？啊，别说下去了，这戈壁滩上的盐碱土差不多有十厘米厚，像稻谷的根那么长，我要笑死了——"母亲满脸通红地大笑起来。她已过五旬，曾经历过那么多不幸，欢笑的机会是那么地少，大笑若是控制不了她的时候，会产生出危险的刺激，就像现在，她莫名的大笑令人不安。

"水上公园若是建好，环境也会变好，小凤、小崽也不会整天想着要离开这里了。"父亲的语气淡淡的。他说话的时候，眼睛并不看妻子，苍白的脸上闪现出一道清醒的灵光。

"你这个人！"母亲看着眼前这个男人的脸，突然觉得这个人有些让自己感到陌生。这种感觉在他们多年的夫妻生活中曾多次出现，但从没有像这一次这么强烈而动人。她好像看见了几十年前的他，有着敏捷而健壮的四肢，像一头鹿。还有着一双充满渴望的闪烁着光芒的眼睛。那时候，自己是多么地喜爱他，留恋他。

也许出于女人天生的恻隐之心，母亲发现丈夫也有着脆弱和令人怜悯的一面，就好像他的一部分在阳光下行走，而另·部分却一直躲在黑暗的阴影中低声哭泣。

"你这个人——"母亲摇了摇头，再次发出低低的嘟囔。

风季来临，金黄的沙枣花发出轰鸣声。

"风来了，风一来沙枣花就全没了。"父亲站在满是碎花瓣的泥地上，望着天。天空被虬爪似的沙枣树割得四分五裂，蓝得晶莹剔透，偶尔有云飘过树影的空隙。父亲其实就是在瞩望那些云。

这一日，天一擦亮，父亲吃过早饭就匆匆地来到镇西北角这片工地的料场上。堆积的碎石泛着斑驳的光，几台挖掘机的隆隆声掠过晴空，不停地在耳边回荡。

晨光初现之际，他一直在观察着镇西北角这片戈壁荒滩。透过两座高大石堆之间的缝隙就能看见不远处村庄的房屋，还有新疆杨。如果没有这几个石堆阻挡的话，这一大片树林就会一直蔓延到南戈壁的尽头，那是地平线的最远处。

往常，这片戈壁荒滩到处是沙砾、灌木丛，眼见的一切空旷荒凉，既无生气，也没有神秘之感。

但是现在不同了，戈壁荒滩上沉睡一夜的机器苏醒了过来，在晨光中身披霞光，高音喇叭传出一支歌颂劳动者的歌曲，歌声慷慨激昂——"咱们工人有力量，每天每日工作忙……"

十几辆装卸沙石的翻斗车隆隆轰鸣，将碎石块卷起，倾倒在了指定的空地上。沙石落下来的声音很闷，像一片大雨声，又像一群老妇女尖厉的吵嘴声，对抗着高音喇叭里的音乐。

父亲听着这熟悉的旋律，心里涌起诗意般的激动——一种强烈的庄严感在胸中扩散，好像一个伟大的时刻就要到来，任何人都不能制止它的脚步。我父亲，包括工人们，呼吸着清晨新鲜的空气，使自己从内心感受到青春的气息。

工人们走来走去，在沙地上留下了明显的脚印。他们一边互相开着玩笑，一边勤勉地指挥挖掘机在指定的范围里转来转去。挖掘机挪位时，驾驶员鸣笛的声音一如往常那样地枯燥，抄报表的人员仍在认真计量挖掘机每一次卸下货物的数量，笔在纸上沙沙作响。

另一些工人则在用水泥袋子装沙石。他们沿着一条直线有规律地走来走去，就像钟摆，显示出时间前进的节奏，但又不破坏这枯燥动作中所隐藏着的无限孤寂的魅力。

这个值得永远记住的清晨就这样开始了——当风吹过，脚下的灌木丛在风中摇摆，云从昆仑山的左侧飘来，在山顶盘旋，一条一缕的，但仍没停下脚步，似乎受到了某种非常重要东西的呼唤。

工地上，一切都显得有条不紊。刚一开始，每天有二百多个工人投入到这项挖池建山的工程中。他们用大卡车将工具运到施工工地，数天后，又有成批的工人加入这一行列。他们在劳动时赤裸着上身。烈日下，一个个黄色的身体散发出胶质的光芒。

父亲同他们一起起早摸黑，早出晚归。

收工后，父亲常常要待到很晚才回家。荒芜的戈壁滩如男人宽阔的胸怀般无垠，令人永远也探不到它的边缘。他时而从戈壁滩这多毛的胸膛上捧起一捧沙石，嗅着干燥清凉的沙石味。过去，他把这种味道叫作"穷""寡淡"，现在才发现味觉、嗅觉也是一种概念，是可以改变和更换的。他想让这片戈壁滩包容他过往的一切，把自己播进这片大地，让它埋没自己，扎下根。

他还要让这片戈壁荒滩开花结果。

这是希望的时刻，他又涌现出那英雄般的幻想，那是这一段时间值岗时涌现起的幻想，他每天都要增加一些细节，使之越来越完美。

自从父亲负责这项垒假山工程以后，几乎每天都泡在这个戈壁滩上，很敬业的样子。

在干旱荒芜的盐碱地上开辟一座有山有水的公园，听起来就像是乌托邦。这项工程由几百名因为突如其来的狂热而终于从多年的麻木状态中苏醒过来的工人悉心构筑而成。

然而几年后，当三座圆滚滚的由卵石、沙土高高堆砌而成的假山坐落在白茫茫的无水、无草的盐碱滩上时，面对这样的情景，的确，谁能不痛心呢？谁会不去探究如此狂热的希望的起源，再坚持命中注定这种肤浅而又迷惑人的解释呢？

巴扎的街口处有一个卖杂碎汤的小饭馆，简陋得无以复加，也许二三十年前，也许更早，它就是这样简陋，但是每天来吃饭的人却不少。混合着青菜的羊杂碎盛在一个半旧的搪瓷茶缸里，一个个紧挨着摆放在屋子中间的大铁炉子上，茶缸里咕嘟咕嘟冒出的香气把空气变得潮湿温暖。

父亲因工作忙来不及回家，常到这家小饭馆解决一顿午餐或者晚餐。饭馆的大门敞开着迎向他，就像他走后的那些日子一样。

很长一段时间过去，父亲还是一点儿都听不懂当地人说的话。他们不停地说——时间在往前走，他们的话也越来越多。慢慢地，父亲熟悉了他们的口形，他们说的话也能明白一些了。

有时，父亲会跟他们谈论水上公园建好后他们生活中即将发生的变化，有人听懂了，对父亲将要做的事情深信不疑。他们面对被盐碱灼毁的庄稼时，默默忍受是唯一的办法。

父亲和这些陌生人热情洋溢地谈论这件事，在笑声中渐渐摆脱了那些虚空的情绪，好像从中发现了一种新的语言、新的文化。

他不满足只是这样说说而已。他说，那些嘲笑他的人，个个长着"恰玛古脑袋"（傻子之意）。

这些人听了后开心地笑了起来——他们之前没听说过这样的比喻，他们用夸张的肢体语言嘲笑长着"恰玛古脑袋"的人终有一天看见水上公园建起时的表情。

下班后，父亲也不急着回家，他喜欢长时间地看着这座巨大的沙石堆毫无变化的轮廓。虽然这座被称为是"山"的东西没啥好看的，但他还是愿意一动不动地站在那里看着它，就好像是站在一个美好的奇迹面前似的。

天空有些云，云影遮住大地的一角，显得很古怪。

父亲希望它的高度和形状发生一些改变，可是没有。

戈壁滩上，巨大的山形石堆很寂静，时间前进的步伐好像是被施了魔法一样。

是的，时间过得真快，好像一分一秒都不能停下，甚至连回头看一眼都不可能。他很想喊"停下，停下——"，可这是没有一点儿用的，所见的一切都在飞快地消失，人，四季，还有云朵，都在仓皇奔走，如同水流，永不息止。

最近一段时间，发生在我父亲脑袋中的越来越严重的眩晕突然之间消失了，世界好像停止在漫无边际的冷漠中，钟表的指针也只是空转。他似乎一直在荒凉的戈壁滩待着。灰蒙蒙的戈壁滩无边无际，空空荡荡，没有树，也没有人，一切都陷入永恒不变的时空之中。

现在，他远远地看见附近乡村的一条绿化带，还有石山下面星星点点的灌木丛——有绿有粉，像一个秘密，只有他看到了。

但就是这个秘密的希望，让他仍然对余下生活的美好部分抱有期望。

他支起自行车，朝着家的方向走去。

十六

又一个春天的早上，好像是八点左右，我走出家门，微亮的天色有一种昨夜暗暗修补过的、稚嫩多汁的蓝。但我感觉院子有什么不一样了。空气微微紧绷，我的心微微紧绷，嗓子眼儿也是紧绷着的，半天才发出"啊"的一声。

"啊"这个字，便是对世间某一事物最好的、最极致的赞美——

这棵梨树也终于开花了。

不，不是开出花来，而是喷射出花来——那么多脆弱的白色花朵簇拥在干枯、苍黑、遒劲的枝丫上，以磅礴的力量激情怒放，风一吹，花瓣在空气中微微颤动。

我一下子感到周围的一切都静止了，画面凝固了。

一树的白色花朵开得密不透风，绚烂而又宁静。叶子是新发的，青翠油亮。树梢上一团团喧哗的白与绿对立，散发的香气与早春的清寒对立，与周围的世界有着巧妙的切入和神秘的默契，带着不属于尘世的气息在微风中摇动，仿佛春天正下着一场白茫茫的大雪……

而梨树之上的天空，像蓝色颜料泼上去了一般蓝啊，蓝得不真实。

我站在树下，畏惧它的突然盛开。在这样的蓝天下朝上看，脸被日光照耀得闪闪发亮，喉咙被突然的激情胀满，什么也说不出来——此刻，某种生活的禁忌被打破，欲望滚滚而来，不能停止的倾诉滚滚而来。

我感觉自己精神的某一处正凝聚成一个个生机勃勃的花苞，从某个地方探出头，大声应许此时此刻的微弱存在——我最终会变成那种人，或者终将成为那种人——一部分的我留在此地，而另一部分的我在遥远处游荡，就要投身到热烈、横蛮的生活中去。

这一年的七月盛夏，连续好几天四十多摄氏度，让整个奎兰镇成了看不见火焰的烤炉，人们整日里陷入惶恐不安。这种气温不适合人类，也同样不适合动物。一些被热死的麻雀、土狗和鸡，以古怪的姿态纠集在黏糊糊的柏油马路上，在烈日下暴晒它们腐烂恶臭的尸体。

哪儿来的炎热？哪儿来的疲惫？我承受着南疆夏季炎热的迸发。它漫延开来，街道，屋舍，以及走来走去的人被淹没其中。

我想在一张床上平放这具滞重的灌了铅一样的难以移动的躯体，平放这具在炎炎烈日下几乎跌倒在暗哑大地上的成熟了的躯体。

由于天热，任何事情似乎都带有坏事的气味。坏事的事，我们总是夸大其词，把眼前碰到的芝麻绿豆事想象成灭顶之灾。

"快热死人了"是那些天里所有小镇人的大事，其他的都微不足道。

虽然我早已见识过这种热，但在一九八九年度过的这几个没完没了的日子里，我懂得了关于"热"的全部含义。路上的每一颗沙石都冒着热气，像是正在锅里爆炒的黄豆，发出光。

特别是在正午。小镇的夏日正午是一头困兽，在烈日下睁着锐利的眼，但是没有声音。小镇在最热的时候总是没有声音，没有声音的小镇似乎在酝酿着某种不安。

严小凤就是在这样一个酷热的中午离家出走了。

这天中午，严小凤把一只放着领边钩花、钩针及的确良绷布的苇编小篓子放在了门口的木凳上，人却不知道到哪里去了，到了吃晚饭的时候还没见着人。

天色已昏黑一片，母亲数次到门口张望，看见的只是一片薄凉的幽暗和随风飘落的叶子。

一个路人骑着哐哐作响的破旧自行车从家门口经过，母亲发呆似的看了好久。

到了凌晨一点多还不见严小凤的身影，母亲慌了，便挨个儿到她的朋友家去找，到公路上去找，还一路上喊了好多次她的名字。

可是第二天有个人说出的事情却让母亲当场大哭了起来。

那是母亲在菜市场上经常遇到的一个熟人。这个人说，她当时看见严小凤在家门口一边钩领花一边跟一位卡车司机搭话，有说有笑的，然后就看见严小凤坐上了这个卡车司机的副驾驶座，沿着公路走了。她以为严小凤跟这个司机很熟，只是坐上车出去遛一圈儿，哪里想到人不见了。

话说这一年春季，奎兰镇因为要搞各种形象工程，从外地进来了好几支建筑队，他们带来了好多辆拉货卡车。白天，这些卡车运载着货物在沙漠公路上往来穿梭；到了夜晚，他们将车子停在路边，打开车灯，半隐半现地聚在一起，进入属于他们的世界中。

那些卡车司机都有一副走南闯北、见过天下的痞气。黄昏时，他们光着膀子，三五成群地在镇招待所的院子里靠着墙根捧着大海碗吃饭，吵吵嚷嚷的，时不时地爆发出粗鲁的大笑，对着过往的姑娘小媳妇挤眉弄眼地吹口哨。

我对他们没什么好印象。他们大多衣冠不整，特别是夏天，或者干脆裸着上身，下身只着自制的白粗布短裤，布料大多来自"丰收牌"面粉袋子，裆部很宽，裤腰的尺寸放到最大，随意挽一下，用裤带系上。

他们的双手似乎都带着过度劳损后的伤痕，年轻的几个还爱喝酒。他们一边分享着香烟，一边把瓶装的高度白酒传来传去，喝着喝着，还揭开自己的衣角擦汗。

酒越喝脾气越暴躁，有时在谈论着什么话题的时候，突然就出手打了起来。年纪稍长一些的，平时眉眼比较温和，喝多了要酒疯也要得温和一些。其中有一个留络腮胡子的司机喝多了喜欢平躺在招待所前花池的水泥台上，他的宝贝——那个小小的沾着油污的红梅牌收音机，就搁在他的肚皮上，里面正播着评书。当收音机里的铿锵女声停下来的时候，他的如雷的鼾声，和着戈壁滩上浩渺的热风声。

多年后，我觉得我熟悉他们，熟悉那些长年被沙漠戈壁的风吹透的站立不稳的身体像饿鬼一样单薄。只是现在还没有人注意到，落日的红光照射在这些漂泊的卡车司机身上，正把他们以及他们的影子送往各处。

如果去乌鲁木齐，坐这些卡车司机的拉货车，沿着沙漠公路得颠簸七八天，免不了要在途中投宿。

我想象那些卡车停在空旷的白碱滩上的那些破烂的土墙房子旅店前，在被热风烘烤的深夜中，旅人们迷迷糊糊地下了车，有那么一个人在一两声狗吠中抬起头，看满天灿烂的星斗在广阔的夜空熠熠闪耀。

严小凤离家出走前那些天，经常约上一两个女伴，坐在镇招待所门前花坛的水泥台上，一边钩领花，一边和卡车司机们闲扯搭话。

不知道这些满脸油污的年轻男子们跟她说了什么笑话，她发出的尖厉而快乐的笑声多少让人感到轻浮而放荡。

这群陌生的异乡客无疑给严小凤带来了快乐。

母亲听到了闲言碎语，不准她再出去跟他们鬼混。

有一天，母亲用乌斯曼草为严小凤染了眉毛。她说："我们说好的，染了眉就不能再出去疯了！你好好待在家里，哪里也不要去。"

母亲看见严小凤坐在窗前，手执小圆镜看脸上趴着的两条粗而黑亮的眉毛，满不在乎地笑了笑。

可能是盛夏太热的缘故，严小凤经常坐在家门口的树荫下钩枕套，钩衣领上的领花，身边的老榆树的浓荫密密地遮住了炎炎日光，而阳光底下的一切都闪着又亮又硬的光泽。太阳大得像是把一切东西晒得冒出了烟，这烟从地面、屋顶冒上来，房屋和树木都浮在热气中，显得很飘摇，很不真实。

而严小凤就坐在树荫下面，一边安静地舞着钩针，一边想着心事，又白又长的纱线一节一节地抽动着，漫长的夏日午后也像她手中的纱线一节一节地缩短，偶尔有几只苍蝇、蜜蜂在身边细声细气地吟唱——如果不是后面发生的那件出了轨迹的事情，每一个从她身边路过的人，都觉得她可以钩花钩到地老天荒。

那天，一个卡车司机将车子停在了路边，走到严小凤身旁，问她：“喂，现在几点了？”

在那个年代，这几乎是僻远小城镇地下流传的一个隐语，有点儿类似于后来黑社会的接头暗号，隐含着模糊的、极不明确却又是约定俗成的意向。

他向严小凤要了一碗凉水喝。

喝完水，司机没有立刻走的意思。有人经过这里，看到他俩说了一会儿话，司机用疲惫而沙哑的嗓音诉说着自己走南闯北的见闻，严小凤专心倾听着，神情变幻莫测。然后，她把手中的钩花随便塞在木凳旁的苇编小篓子里，坐上卡车就消失了。

她离开的这个中午，光影都能重叠起来，静静的，波光粼粼的，没有什么东西能搅动，很花样年华。

严小凤这一走就是好些年。从此，那些无法让我们知道的、发生在她身上的经历，就成了我家，抑或是小镇的一个秘密。

严小凤在那个盛夏离开家时的情景，与她千百次地这样走出家门的情景并无不同。当我借助别人的语言反复复刻这一细节时，我的目光越过了漫长的回忆之路——重新看见严小凤，她走出的已不是房屋，而是不小心走错了的时间。

小镇人流传最广的一个说法是：严家二女儿跟一个不认识的卡车司机说了几句话，就跟人走了。

我私下里很是不平。我经常在这条公路上走，为什么我什么人也没遇到？我的故事始终没有发生。我不停地想着，无数次地想到了许多最后时刻的情景，又无数次地从头开始想象。

在我无数次的想象中，严小凤离家出走的前一天晚上，她在舞会结束后回到家，在镜子前长久地看着自己的这张脸。她的肌肤与从前相比稍稍变得丰腴，似乎某种本质正在改变。她的清新之气正在慢慢消失，脸不再是美的，而是漂亮。漂亮在某一方面是她的病症，显示出她没有灵魂，唯其如此，才让她变得不三不四。

她的命运早已注定。她注定要用自己的身体玩尽一切情爱勾当，在丧尽廉耻之后，怀抱一颗真正的童贞之心死去。

只是现在，她背向她的退路，背向她的历史。

她的前方是戈壁沙漠。

严小凤离开家的那些日子，天热得像要把人逼疯。我站在马路边上，马路上没有一辆往来的车，也没有往来的人。汗水渗透发根，顺着脖颈流了下来，一挠一抹黑垢。

一个戴草帽，头上蒙着湿毛巾的中年女人，骑着破铜烂铁似的自行车经过我身边，沿途兜售冰棍，冰棍箱上裹着厚棉被。

"冰棍——冰棍——奶油冰棍——"

她渐远渐去的声音在正午刺目发白的日光中给人一种恍若隔世的感觉。

那一刻，我突然觉得，为二姐严小凤担心是不必要的。她曾经听过了那么多的情歌，看过了那么多的电影——那么多相爱的人，那么多的情话，那么多的别离——还有，那么多的最初和最后的拥吻，那么多的答案，那么多的命中注定的事情，以及那么多的残酷的，当然也是不可避免的致命的抛弃。这一切，全是由她在替我一一经历。

这样的时刻，父亲心里特别乱，一团大乱。二女儿严小凤离家出走了。"她为什么要走，是我，是这个家对她不好吗？她为什么一天到晚想着要离开？"

这是八月的一个上午，父亲坐在一辆运沙车里，透过车窗玻璃，看着一座高大的砾石堆，一层薄雾从砾石堆顶慢慢扩散开来。

他不知道，这座用碎石垒成的假山，已成为自己后半生的一个巨大的隐喻。它是青灰色的，它所带来的压抑感永远存在。

他下了车，朝这座假山走去。

到了这个时候他也没有真正意识到，这项工程到最后是一个大笑话。在南疆干硬戈壁滩的盐碱地上挖池建山，以改善恶劣的土壤和气候，这根本就是荒谬而滑稽的。

想想看，几个世纪来，广袤无垠的戈壁滩早已被盐碱灼毁，真的像母亲说的那样，盐碱土少说也有十厘米厚，像成熟期的稻子的根那么深。除了滑溜溜的石块和耐旱的芨芨草、红柳之外，其他的几乎什么也长不出来。这块极度缺水的盐碱地，它只能荒芜着。

父亲却坚定不移地认为，在这里挖池建山是可行的。在这件事上，他只认定明摆的事实，遵循他自己那些与众不同的逻辑，这使他更加坚信自己通过这种方式找到了改变平庸生活的方向。更重要的是，他是为了孩子——现实是可怕的，生活中唯一的温情来自女儿。当他发现自己这如此克制的情感时，忍不住地流泪了。"我的孩子们对这封闭的、贫乏的生活早已厌倦透顶，想永远地弃我而去，我觉得自己没有权力也没有勇气留住她们的心。我整天心急如焚，反复想这些问题，但是，我是真的想留住我的孩子。"

可是没等工程完工，严小凤就离开了这个家。

当时的我，暂时在奎兰镇的一家工厂做工。

每天，当下班铃声在厂区回荡，穿着工装的年轻人便骑着自行车，如黑压压的潮水从厂区大门奔涌到马路上。

马路笔直宽阔，新疆杨的树叶在夏日暖水般的夕照中有一种金灿灿的慵懒，那些年轻的面孔也被镀上了一层薄薄的金色。

从此刻开始，我和他们将走向家庭，走向菜市场，走向餐厅——走向相同的命运。

我骑着自行车夹在他们中间，熟练地按着车铃，灵活地变道，偶尔回过头看身边的他们略带疲惫的脸。自行车流在马路上拐弯的时候，他们一个挨着一个以不同的速度朝前驶去，那背影让我突然想到一句话——"不知什么时候某一个人的命运就赶过了另一个人，也不知哪一个的生命更长。"

这是帕斯捷尔纳克写的《日瓦戈医生》中的一句话，我曾在书中这句话下画过一道线。

秋天来临。小镇的秋天永远被沙漠深处刮来的风沙所洗涤，街道两边的新疆杨覆盖着尘土。

一个没有二姐严小凤的秋天，该是多么地沉闷、单调、无聊！她的不告而别和下落不明，让我感到周围的一切都变得那么无趣和焦灼不安。从那以后，当有人在我面前有意无意地打听严小凤的消息，并用含混暧昧的词语说她实际上是一个少见的自轻自贱的女孩时，我总是对他怒目而视。

后来，我不得不承认，他们的说法是对的。

严小凤到底去了哪里？有人说严小凤离家出走，是跟着卡车司机到甘肃寻宝去了，说是有人在甘肃武威的山里发现了罕见的夜明珠，一颗能卖好多好多的钱。但此事一般秘而不宣，只在要去寻宝的人或有血脉关系的亲戚之间流传，好像夜明珠也能认亲，认了就能发光似的。

这个发财的传说让很多人蠢蠢欲动。

可是，这消息虚虚实实，让人辨不明真假。

这一年，奎兰镇有不少的人外出打工。对小镇人来说，"去打工""去大城市"又成为一件时髦的事，一种新的生活方式。它像一块肥肉，挂在人们含义不明的嘴边，被反复咀嚼着。

其间，各种小道消息纷至沓来。奎兰镇上有很多人通过各种门道陆陆续续调到了乌鲁木齐，调不走的人也在找门路，想办法。

一天早晨，母亲出门去买早点，目睹一个青年男子拖着一只皮箱沿着公路狂奔。这个男人母亲认得，是镇机关陈会计的儿子。他的身后，和他刚结婚两个月的老婆正披头散发地在追他，一边跑，嘴里一边不断地喷吐出古怪的如秋风般的咒骂声。

然后，她敏捷地擒住了这个善跑的丈夫。

两人来回拉扯间，母亲听见了这个女人沙哑的如暴风雨般的倾诉。她说："你这个糊涂虫，跟什么风呢？你吃错药了吧？你去了谁给你洗衣谁给你做饭？我还要给你生娃呢！你不要我还要呢，你快跟我回家！"

很快，围来些人看热闹，看男的怒气冲冲，看女的忧愤满腔。女人那悠长的哭泣声，在初秋微凉的雾霭中弥漫。

母亲站在路旁，饶有兴味地观赏这幕轻喜剧，心中很是满足。当她拎起放在地上的豆浆缸子转身准备回家时，忽然听见这个男人发出一声如困兽般的咆哮。母亲一回头，目击了这个男人将自己的新婚妻子狠狠踢倒在地的场景——这个女人年轻壮实的身体发出一声闷响，仆在了公路上。

母亲顿时怒火中烧，将手中滚烫的豆浆泼向这个狂躁的男人。她怒目圆睁，发出一声嘶喊，但喊出来的却是："严小凤，害人精！你快给我回来——"

母亲凄厉的哭声和嘶叫声，隔了几条马路我都能听见。

那一刻让我感觉到，即便是二姐严小凤活着，她也将重新死去。

初冬的一个下午，天空乌云低垂，除了计车工及运沙工以外，没有多少人在施工工地上忙活。父亲站在死寂的碎石料场上，像是在等待着什么，一阵挟带着凄冷细雪的风吹过，让他浑身打战。

阴云一刻不停地朝向西方移动，突然，阴影来到他所在的地方，他停了下来，转身望向更远，但没看到任何新东西，仍然是光秃秃的卵石、灌木丛，以及遥远边地的雪雾。

天色缓慢地发生着变化，傍晚即将来临。

在越来越昏暗的天光下，无论是灰色的山体还是周围的景色，都透露出不欢迎、不吉祥的意味。

戈壁滩的地平线显得更开阔了，远方出现了昆仑山的轮廓。

天色越发暗沉。

突然，戈壁滩很远的一端，一个白色的小点出现，正朝着石头山的方向靠近。在昏暗的光线中，这座青灰色假山的顶呈圆形。它的正面看不到，因为正面刚好朝北。

近了，是一辆运沙车。在阴云低覆的天空下，它太亮了，明亮得有些刺眼，似乎在讽刺着父亲的老花眼。

灰蒙蒙的天空下，到处是光秃秃的，周围既没有一处房子，也没有一个人、一棵树，一片混沌的景象。

运沙车缓慢地用麻木笨重的车轮在湿冷的戈壁滩上丈量出完全徒劳的宿命，摇摇晃晃、坚定不移地抵达了眼前的这座石头山，抵达了他，然后停止，车身后移，上翘，唰啦一下卸下了大小不一的鹅卵石。但是，那座石头山没有因增加了分量而增高一厘米。

这时，从远处陆续传来运沙车喇叭机械而反复的喊声："请注意——倒车，请注意——倒车……"这声音好像只向他一人传来，越来越响，音量达到最高峰后慢慢向另一方向飘去，最后渐渐消失。过一会儿，这声音又像回声似的从左侧响起来，缓慢，单调，"请注意——倒车，请注意——倒车……"，重复单调的喊声如同某种埋怨的声调，然后又消失了。

夜晚来临。

一丝微风使山上的灌木丛飘起来。半山腰上，一些黑色的人影在机械地起起伏伏地搬运着沙石袋。挖池建山工程刚开始时，父亲最爱看工人们在工地上干活的场景。他觉得这个世界上没有什么工作场景能让他看得如此真切，如此着迷，如此兴奋——他爱看工人们搬运沙石袋不堪重负时扭曲的脸，特别是有些人扯着嗓子干呕，倒在碎石堆上大口喘气的脸。

父亲站在碎石料场坡地前面一个不太远的平台上，他前方的坡地，在月光的映衬下显得黑极了。

除了刮过的呜咽冷风，四周一片死寂。

好像哪里不对——在风中，父亲分明在石山的后面又一次听到了若有若无的小调，单一的曲调回环往复，好像永远也不能完结。

临近冬夜，这么冷，谁会如此孤单？

"是谁？你是谁？谁在这里唱歌？"他听见自己的胸腔里逼出来一声大喊，差一点儿连自己也被吓着了。

没有回应。风好像更大了，一切又沉浸在无边的寂静中。在这寂静中，刚才听到的那种飘摇的哼唱声似乎更大了。

一股猛烈的寒气从他的脊背流过。父亲明白了，原来是风在作怪。

远处看，这几座沙石山因还在施工阶段，地面形成了深浅不一的沟壑，裸露的石层奇形怪状：有的龇牙咧嘴，状如怪兽；有的危台高耸，垛堞分明，形似古堡；有的似亭台楼阁，檐顶宛然。有风的时候，有时气流如箭，在山间穿梭回旋；有时声如洪钟，若恼若怒；有时细如妇泣，让人毛骨悚然；有时宛若哼唱，时断时续。

这时，公路上出现了一道巨大的白光，那是车灯。车灯把公路一分为二，好像公路是从车灯那里延伸出的，而另一边是黑暗，还有扑面而来的令人窒息的冷气。这道光束断断续续、由远及近地斜射过来，一路扫过了沉睡的村庄、河流、屋舍，以及遥远之处的戈壁沙漠，直到它驶向与之相反的另一条公路。

在戈壁滩的阴影下，父亲眼神空空地望着远处青黑色的昆仑山。山脉莽莽苍苍，与那片永恒的阴影融为一体。

严小凤确实是离去了。她盛放领花、钩针的苇编篓子还在，被恼怒的父亲扔在了院子的墙角。

一个初雪的冬夜，领花的一角从花池的泥水中露出来，那一抹白色深深刺痛了我的眼睛。

后来，我回想严小凤的经历时，她与父亲的形象叠加在了一起——这两个有血缘关系的人，其实是同一类人，他们都因自身肉体所赋予的本性而身败名裂，被孤立被隔离，以至于很多年过后，他们都不能够从戈壁荒漠中的可怕的孤独中走出来，从恐惧、疯狂、遗忘中走出来。

一天晚上，我步行回家，马路上的一盏盏路灯映照着白雪，我的影子忽而变长，忽而变短，很蛮横很古怪地在雪地中曼延开来，一种难以言说的恐惧让我加速了行进的脚步。

当时夜已深，只有我一个人在铺满薄雪的路上行走，我被身后的这条影子追逐着，双臂前扑，给小镇的雪夜画上了一个逃亡者的像——那是严小凤在身后追逐着我吗？让我滑稽的奔跑像是另一种逃亡。

逃离是一种有害的愿望吗？越强烈越有害，以至于我一产生这样的念头，就感觉母亲正从公路风尘仆仆地狂奔而来，用洞察一切的目光看着我，像是在告诫我：这个小镇发生的一切事情我都看见了，女儿你说的每一句话我也都听见了。而你想干什么事情，我也都知晓，你可别再跟我耍花招。

这个画面，让我在梦里也禁不住地瑟瑟发抖，等待母亲的审判。可母亲什么也没说，只是向我伸出一只手说："有我在，你就别想往外面跑。跟我回家！"

醒来后，我经常是一脸的茫然。除了窗外那一轮金属般的冷月悬挂高天，碰触着戈壁沙漠的睡姿，周围一片静谧。

这是一个噩梦吗？

十七

严小凤离开家的第二年，重阳节前夕，镇城建所因要更换仪器设备，给了父亲去上海出差的机会。

这是他有生之年第一次去上海。

到上海后，他找了家旅馆住下，吃罢晚饭便搭了一辆出租车到上海外滩看夜景。出租车在这座闪闪发亮的城市里穿梭，一路上，满街的火树银花，什么都像是被照亮了，变成了一个薄脆易碎的混沌的梦，在出租车的周围不断地散开，合拢。

人行道上走着的人轻而易举地进入这个梦中——剧院前车水马龙，里面传来钢琴声，时远时近。远处的街巷有如暗影中的迷宫，青石板路在湿润的黄昏中闪着光亮，薄雾笼罩着恋人的身影——整个上海城在沓乱庞杂中闪闪发光。

父亲坐在靠窗的位置上，贪婪地看着城市的夜色，在它的世界里漂浮。

在那一瞬，他猛然记起新疆荒僻的戈壁滩上的房屋的点点亮光——半夜里，四周一片漆黑，夜行卡车的车头灯只切割出一小片楔形光亮，目力所及之处，戈壁滩酷似汪洋大海。在浩瀚的漆黑当中，一个个细小如蝇的灯光颤抖着。

下了出租车，父亲在路边一家便利店买了一只细长形状的水杯，紧紧握在手中。他其实用不上这只看起来女里女气的杯子，但是此刻，他需要一样东西赋予他笃定和无所畏惧。

他摩挲着光滑的杯身，穿过马路，一头扎进了灯火辉煌的夜色中。

前方不远处，就是上海外滩。

入夜的上海外滩，上海大厦流光溢彩，像一座巨大的峡谷，又像突兀奇异的坚硬花朵悬挂在人间，传送着咫尺之距的黄浦江的气息——那是一种暖而湿、咸而微腥的气息。

一眼望过去，一个个巨型广告牌，红的、橘红的、粉红的光影，倒映在黄浦江水中，一抹抹刺激性的颜色在江面上不停地蹿上落下，厮杀得异常热闹。父亲边看边在心里感慨：在上海这个张扬的城市里，就是栽个跟头，恐怕也比别处要痛些。

这样想着，他的不安和气恼一下子就消失了，感觉气顺了许多。

站在空旷的十字路口旁，马路像广场一样开阔，道路四周的高楼一点儿都不压抑，父亲像一只流连忘返的羔羊迷恋水边的青草一样，难以说服自己离去。

一辆洒水车从干净的街面上驶过，细小的水珠在月光中闪闪发亮，路面上冒着淡淡的水汽，很快与更多的气味混杂在了一起。他贪婪地嗅着这些气味，它们很好闻，使人心平气和。

他在心里对自己说："我总算到过上海了。"

回旅馆途中，在一个巷子口，一辆黑色奥迪从父亲身边急急地擦过去，差点儿碰到了他。父亲闪到一边，摔倒在地。

车子犹疑片刻，很快在距他不远处停了下来，一个穿着大红色高跟皮鞋的中年女人下车走到他身边，看他怎样了。

父亲抬起头，看着这个浑身散发香水味道的女人朝自己微微弯下腰身，一头闪着茶色光亮的卷发咄咄逼人，感觉她冷淡而瘦削的脸似曾相识——简买丽，很像她。

父亲突然直起身来，问她："请问，现在几点了？"

这个女人目光冷淡，有些吃惊地看着他。稍后，她抬起手腕："十九点零四分。你的身体，没啥大碍吧？"

"你不是简买丽。"父亲低声说。

这个女人似乎懒得接话，和司机一起把我父亲扶起来，让他靠在路旁的一棵梧桐树树干上，透过衣服，她的手感觉到了他消瘦的骨架。见他身体并无大碍，女人客套地寒暄几句后，将两张百元钞票塞到他衣服口袋里就急忙离开了。父亲看她穿着大红色的高跟皮鞋咯噔咯噔地向车子走去，矜持而傲慢，一时间觉得简买丽附了她的身，但对自己，却是全然陌生。

"你不是简买丽。"父亲轻轻摇了摇头。

"简买丽——为什么我一想起她，内心会有一种蚀骨般的痛苦呢？跟她一比，我既污辱了生，也污辱了死。她活得太酷了不是吗？哪像自己，活着，像在接受某种漫长的处罚。"

一想到这里，父亲觉得自己的身心愈加虚弱。

明天就是离开上海的日子了，父亲跛着脚，再一次来到外滩的黄浦江边，凭栏近望。邮轮、客轮，鸣笛而过。他看了一会儿，将皮包里的上海牌手表掏出来，放在手掌细细地看。

过去这么多年，父亲好像是第一次这么认真地看这块手表，它依然像过去那样，是平滑冰凉的，通体散发出一丝淡淡的金属光泽。

这块半旧的上海牌手表，时间一直停留在二十点整。

这时，一对小情侣挤到他身边，一边看江水，一边勾肩搭背叽叽喳喳地说话。父亲突然问身边那个穿红裙的女孩："请问，现在几点了？"

女孩诧异地看了看他，又看了看他手中的表，很不耐烦地说："你不是有表吗？自己不会看吗？"说完，便拉着小男友离开了。男孩还回头看了他一眼，嘴里嘟哝着什么，惹得女孩发出一阵大笑。

这时，外滩海关大楼的钟声响了。"当，当，当……"，钟声悠远，激昂，"北京时间二十点整"。

钟声是上海迷人夜色的刻度，但在此时，对父亲而言却成了一种催促。如果有人在这个时候仔细看他，会发现他脸上有一种荒漠般的表情。

过了片刻，他突然一抬手，将这块上海牌手表扔进了黄浦江中。这个小玩意儿在空中划了一道细小的弧线就落在了江水中，倏然不见，连一点儿浪花都没溅起。

"简买丽，我来上海看过你了……"他轻轻说出这句话，声音有如耳语。

没有一个人，没有一个人看他。

从上海回到奎兰镇后的一日，父亲穿着一双黑皮鞋来到工地。皮鞋鞋底没有打防滑皮，走在稍有些陡峭的沙石山的山坡上很是吃力。那些凸出来的碎石，像一个个数不清的支撑点，倒是可以方便蹬踏。

慢慢地，在他的脚下，假山越来越陡峭，最终的顶点似乎越来越远，被深灰色山脊遮了个严严实实。当天色暗下来，便无法估计太阳的高度。父亲感觉到了一丝凉意，冷风从山底刮上来，山隙之间可以听到它呼呼的吼声。

"老严——"

父亲听见有人在山下喊他，声音在风中缥缥缈缈的，很不真实。

"要停工了——"

这句话像箭一样掠过他的耳边，某种预感如钟声般响起，从他头顶不可知的高处直抵内心。

"停工？"他的脑子顿时一片空白。

父亲看着气喘吁吁跑上假山顶向他通报消息的工程信息员小章，问道："这是谁的决定？"

"杨正。"

父亲吃了一惊。杨正，这个当年带人抄自己家的人，刚成为镇城建所基建项目总负责人。

这个人还像年轻时候一样，夏披一件单褂，冬披黑色长棉服，衣服呈倒三角形垂下来，从背影看，显得有些阴森。

当他四处走动的时候，两手卡在腰上。就是这么一个人，一个半文盲，曾是小镇权力的象征，掌握着小镇很多人的生杀大权，连他鼻子里的"哼"声，都似乎有着权威性。当他沉默不语时，他身边爱揣摩他心思的人，得费尽脑汁想它个几天几夜。

父亲从皮林农场回来后见到他的第一面，看到的就是他的背影。在施工工地上，他的脊背紧靠着一块半人高的石头，一抹落日的余晖洒在他的额头。他听到了响动，回过身来，父亲站在那里，看见他还是像多年前一样，姿势相同，衣服的皱褶相同，有着冷冷敌意的神情相同。

他俩的目光终于对视，如同曲折狭窄的山路上两对车灯碰撞一样，都预感到有翻车和坠入深渊的危险。

挖池建山工程断断续续持续了近三年。在这之前，没有什么事情能让父亲这么热切，并付出全部心力。此刻，他目光热切地看那些运沙工将一车车的沙土、鹅卵石堆放在没有草没有水的戈壁滩上，他知道，这座假山再也不会像被期待的那样，有一天垒得像真正的山那样高大。

没有人再去增加它的高度，只有月光或者日光在添加它内部的阴影。还有风，在添加它怪兽般的嘶鸣。

他在心里为它判了死刑。

但他心里有一个声音在替自己说"不"。他不甘心。这份不甘心，像肉眼看不见的小虫子，日日噬咬着他。

十八

一九九三年，有两件大事值得记述：一件事是奎兰镇又刮过一次沙尘暴，规模比往年大了许多，可以载入气象史册了；另一件事是，我的父母亲在这一年冬天离婚了。

这一年的春天，奎兰镇破天荒地搞了一个"杏花节"，外县好多人都来了。一眼望不到边的杏花正在盛开，散发出馥郁的香味。人们出没在花海中。最后，当他们头顶着花瓣从花海中出来时，脸上都挂着和杏花一起燃烧后的迷惘的笑容。

街上的老人们都说：今年的杏花开得有点儿疯。

"疯"是有点儿过分的意思。

奎兰镇人还没见过杏花开得像今年这样歇斯底里的。不过，这个春天之所以被人们记住，不仅仅是因开得有些疯的杏花，还出于另外一个特别的原因。

暮春的一个早晨，人们从梦中醒来，发现奎兰镇的整个世界全变了样——天蒙蒙亮，小镇笼罩在一层古怪的安谧中，空气中悬浮着几百万吨的沙尘，像卷起千尺高的黄澄澄的沙墙。懵懂的小孩子看着窗外，不知道发生了什么事情，嘴角一歪哭了起来。老人一脸沉重，想破脑袋也想不出从前是否也发生过这样的事情，觉得这是一个凶兆。

"下土了！"不知谁喊了一声。

尘土正从这个世界的边边角角升起来，空气里飘浮着浑浊的浮游物，诡异地弥漫着，融入浩荡的天空中去，满得不得了，也空得不得了。周围看不到什么，只见天光越来越暗，空中弥漫着一股浓重尘土的味道。

当天边的一小抹亮光奋力地从浓云里挤出来，地上已经覆满了泥灰色的浮土。整个小镇变得丑陋，荒凉。马路边的几栋厂房看起来脏污、歪七扭八的，像是被这场突如其来的浮尘压着，就快要倒塌了。

在这之前，父亲已连续做了几个噩梦，并被噩梦惊醒。睁开眼睛，他听见窗子上发出细微的刮鱼鳞一样的嚓嚓的声响，第一感觉是下雪了。一想到"雪"这个词，他一下子就觉出身上有些发冷。

好像不对，四月底，不是下雪的季节啊！无声的尘土固执地渗到事物的内部，使一切都带上了尘土的颜色——那种亘古长存的与天一样的灰色。有些呛人的尘土的气味就像是从人的嘴巴、头发、指甲盖里散发出来的，从屋子里的家具、衣服、床底往外渗，甚至路上的人们带着浓重的尘土味道回到家里，把家里的味道又重新变成了尘土的味道。

几声鸡啼以后，天仍然是混沌的，因而这几声鸡啼也像是泡过水似的软绵绵的。我家屋后老车工艾江家的狗一出门，发现周围的景色全不对头了，像不知从哪儿点了一盏黄色的灯，黄色的光一直从天边布下来，到处都是黄色的，树木、房屋变得灰黄，颜色看起来怪怪的，像假的。周围一片死寂，仿佛早被这黄色的天地震慑住。这只胆小的狗害怕得跑了起来。它跑得很快，全身映着黄光，跑在大路中间有点儿像离地半尺腾空而起的怪物。

这座小镇何曾像这样安静过呢？

这突如其来的沙尘让一个原本美好的早晨变得昏暗，无精打采。

对于这天早上突然降下的沙尘，人们各自有着不同的反应。他们从窗子里向外张望，外边是没完没了的灰尘，他们的脑子一下子混乱起来，拉上了屋子里所有的窗帘，把混沌的世界紧紧关在外面，然后打开了电灯。

这罕见的沙尘暴天气持续了整整两天，然后，天晴了。

大风过后，有不少的沙枣花掉落在了地上。

父亲站在家门前的沙枣树下，突然觉得自己从这场风中活过来很累。他无视我母亲正冷着脸清扫院落，故意把夹杂着泥点子的沙枣落花扬得很高，被雨水淋湿既而又被浮尘浸染的沙枣花的气味，在阳光下越发地俗腻。

他站在那里，深深吸了一口气。他模糊记得自己刚来南疆时是厌恶这种花的气味的，现在却不一样了，觉得自己的眼睛里也有沙枣花的金黄在闪闪烁烁了。

是从什么时候开始变化的呢？他想不起来了。只知道，沙枣花败落之际，就是盛夏，到处都有滞留不去的蝇阵和热风。

挖池建山工程停工那年冬天，杨正的小女儿雀儿断了一条腿。虽然最后查明，是卡车司机开车戴墨镜惹出的祸，但说起来，这件事还真的与我的父亲有点儿关系。

初冬的第一场雪还没融化，第二场大雪又纷纷扬扬、气势汹汹地落在奎兰镇的各个角落。要知道，小镇人已有两年没见到这么大的雪了。

铅灰色的天低垂着，这场罕见的大雪一层层地落下。还是在白天，小镇的人就在屋子里亮起昏黄的灯，跟家人有一搭没一搭地闲扯。但更多的时候是沉默，因为他们说话的声音像是被茫茫无边的大雪吸吮净了，偶尔有尖厉的声音漏出门缝、窗缝，便会惊起一阵更大更猛的雪。

这场雪整整下了一天一夜，终于在早上停了下来。父亲推开家门，满眼都是白色。外面很明显地风冷，太阳热。阳光是南疆冬季正午独有的温热。

此时，父亲在厚厚的雪地上走动着，这种单纯的生之喜悦，对他而言却已是如履薄冰。

雪停就像是命令，整个小镇的人都出来扫雪了，扫那种冻得硬实的白雪，还有墙角里透明的冰块。每到这个时候，小镇就像一个大的铁匠铺，到处都是人们用铁锹或铲子挖掘、碰撞雪地的声音。

那些腿脚灵敏的巴郎子用绳索将一筐筐雪拉到街道另一边的空地上倒掉，那空着的箩筐里便坐着了拖着鼻涕的更小的孩子，大些的孩子则三五成群地拖着箩筐在雪地上欢快地滑行，一路上笑声不断，伴着矮墙围起的居民区上空的白色炊烟，给边疆小镇平添了一种温情，构成一幅古老大地上的平民冬日生活画卷。

这样的下雪天，只有小孩子们才觉得自己是得到了意外的礼物，他们一个个大呼小叫着在家门口的空地上堆雪人。

事情的起因是一群男孩为了显示勇气和胆量在镇招待所的花池前争论不休：谁敢在卡车行驶过来的时候从它的跟前快速跑过去，谁就是真正的英雄。他们一边激烈地争吵着，一边推推搡搡地往公路上走。杨正六岁的小女儿雀儿跟在这些男孩的后面，边走边问："你们真的要比吗？你们不怕车来了轧死你们吗？"

一个叫小康的调皮的男孩，不喜欢雀儿这个饶舌的小跟屁虫，很烦她，所以雀儿就跟在别的男孩后面玩耍。

孩子们来到公路上，站在公路旁，脸上的表情怪模怪样的。雀儿跟着他们又蹦又跳："卡车卡车，快开快开！"

"卡车来了！"小康喊了一声。远处，两团黑影一点点地靠近——两辆运沙石的卡车一前一后朝着他们的方向驶来。

"快跑过去啊——"

大雪伴着冷风，眼前的一切都迷迷蒙蒙的，让人看不清楚。只见男孩们一个个迅速地飞奔到马路对面，卡车越驶越近。

最后，马路这边只剩下雀儿一个人了。

"跑啊！快跑过来，胆小鬼！"小康站在马路对面又跳又叫。

雀儿看着越来越近的卡车，咬咬牙往马路对面跑去，可是脚底在雪中一滑，她摔倒在了马路中间。她抬起头，惊恐地看见急速驶来的卡车像一道巨大的黑影，朝自己飞扑过来。雀儿发出一声凄厉的惨叫，但她的声音在一瞬间就被庞大坚硬的卡车撞碎了。

雀儿的身影被一片更大的雪雾吞没了。

男孩们听到卡车与人相撞时粗钝的一声闷响，一只果绿色的布棉鞋从车轮下面飞出来，像一滴绿色的水滴。

小康捡起鞋子，擦去上面的雪花。他第一次注意到，这个小女孩的鞋子是非常洁净、非常鲜亮的。

那个冬天，杨正的老婆向阳精神紊乱，每当看见卡车驶过来的时候，她的身体就会忍不住地颤抖，特别是它鸣响喇叭的时候，更会引发她尖厉悠长的嘶叫。在这嘶叫和呜咽之间，她的身体上下起伏。

杨正苦着脸看着这个女人。

这个冬天很长一段时间里，杨正一家就生活在雀儿被卡车轧断左腿的阴影中。

还有我的一家。

雀儿刚受伤的那段时间，杨正的老婆向阳致力于收集那天在场的每一个孩子的姓名，她抓住从家门口路过的每一个男孩："我的雀儿被卡车轧断腿的那天你在不在场？"大多数男孩紧张地点点头又坚定地摇摇头。一些妇女也陪着她落泪，用尖锐的词句抨击那些孩子，但都矢口否认自己的孩子那天在场。那些抨击性的话语便就成为了目标不明的泛泛之谈。

向阳找到与这件事相关的男孩小康和他的父母。她目光炯炯地盯着他们的脸，像是一定要找到一个答案："为啥要让我的雀儿跑过马路？你家孩子不让她跑不就没事了？你家孩子的心怎么就这么狠？"

小康躲在母亲身后，听这个女人用尖厉的嗓音质问："你的心怎么就这么狠？"

懵懂的孩子不知道这个疯女人是来骂他还是来骂他的母亲的。

小康的母亲被骂得心一急，终于用手指着向阳说："你横什么横——"然后说："我揭发，那天是严国光坐着那辆大卡车从雀儿的腿上轧过去的。他是故意指使卡车司机干的吧，要不怎么会这么巧，大卡车偏偏就从杨正的女儿的腿上轧过去了？这个镇子上，谁不知道严国光和杨正是死对头？"

"我看见那辆卡车的驾驶室里，严叔叔就坐在卡车司机旁边。出事的时候，司机下车来了，但是严叔叔没下车，我从车窗玻璃看见他的脸了。"小康红着眼，在人们万般诧异的眼神中挤到了他的母亲身后，得意扬扬地看着一下子蒙了的向阳。

向阳在那一瞬间回过神来，眼神瞬间变得尖利，从嘴角轻轻地吐出一句："去祸害一个无辜的孩子，真的是猪狗不如的东西！"

第二天，一轮艳阳当头，关于严国光指使运货卡车碾轧仇人孩子的新闻像混着泥浆的雪水一样四处流淌，很多人都知道了这个惊人的消息。

随后的那些天，对我的家人来说很是难熬。在我的想象中多次出现了这样一个情节：父亲坐在小镇广场的台阶上，那张被冬日暖阳照射的脸因皱纹的波动而显得跟之前的他有点儿不一样了——他的脸上，挂着如水波一般微微摇晃的胜利的笑意，这笑意令人感到陌生而且难堪。

他在脏污的台阶上笑得满脸通红——他大笑的气力仿佛不是出自他自己，令人不安，而且会让人怀疑他笑的理由。

当母亲找到他，走到他面前时，母亲用手拨开他头上的一根白发，他的笑容依然在脸上微妙地流动。

父亲目不转睛地盯着妻子，眼睛里仍然充满着笑意。显然，他并不是真的想笑，但是他没有忍住，像是从沉沉的黑夜中，或者是从一片火海中走来一样，眼睛炯炯发光，细小的汗水流淌下来，忍不住发出来的笑声像是在燃烧着他。

母亲像训斥她班上的小学生那样训斥父亲："你一个人笑什么笑？你是神经出问题了吗？你以后别再这样笑了！看你干的好事，连一个孩子都不放过！你到底是为什么？小心恶有恶报，你小心！"

"你小心！"母亲的这句话，将父亲从莫名其妙的大笑中一把拉了出来。那一脸有趣的笑戛然而止，他浑身像遭受电击了似的，一种尴尬和委屈在他的眼中闪闪发亮。他像一个受了委屈的孩子那样对她点了点头。

突然，父亲将手上一只装了半瓶浓茶的罐头瓶子朝母亲扔了过来，准准地砸在她的小腿肚子上，大声说道："我没有干坏事，那孩子不是我指使司机轧的！不是我，你爱信不信！你这个蠢女人，你这辈子祸害我还不够吗?!"父亲嫌弃地踢了她一脚。母亲打了一个趔趄，一屁股坐在了地上。

"老天爷在看着我……"父亲抬起头，突然指了指天空。

那一天，正是雪后天晴，天空很蓝，蓝得像一双幽深无底的眼睛在看着父亲和母亲。

父亲从胸腔里迸出全部力气，继续大声说："我——还有你，我们做了什么，老天爷看得一清二楚，谁也别想骗它！"

父亲在晴朗的冬日对着天空发出吼叫的那一刻，他吃惊地感到自己的身体内有一样什么东西从张开的嘴里飞了出去，那东西似乎像鸟一样有着翅膀，在美妙地拍动。

母亲开始哭诉她这些年养育三个孩子的辛苦，哭为我父亲所做的牺牲，哭她这些年为我父亲消散的年华，哭自己过着的守活寡的下半生。

她哭泣的声音越来越大，哭出了另一种嗓音——那样酣畅淋漓大悲大怒，就连她抖衣服上的灰尘、擤鼻涕的姿态和声音都让人觉得，她这些年经历了怎样的心理锤炼才达到如此境界。

我从来没有赞美过我出生的奎兰镇，没有赞美过这条尘土飞扬的、缺乏人情味的公路，没有赞美丑陋破旧、烟囱四起的泥坯平房，没有赞美夏季沙枣花的味道，更没有赞美出没在浮尘里的街坊邻居——我生长在这里，就像一颗被大风刮来的草籽一样，落在哪里不由自己选择，但我厌恶这种生活由来已久。

但是，我更厌恶的是我父母之间的仇恨。仇恨，是一棵会开花会结果的树，在他们之间披挂了无数暗褐色的叶子，繁衍出这个故事的细枝末节。

是的，我的父亲与母亲的这段故事到这里总是停顿。但无论如何，这是一段隐秘的家史。

又一个下雪天，我听到父亲和杨正在街上大吼大叫的时候，天上的雪突然停住了。

冬天的黄昏，电线上，一排一排的麻雀静止在上面，人们缩头缩脑地走着，更多的人骑着自行车，在蒙着灰尘的马路上灰溜溜地行进，整个奎兰镇像一个画错的棋盘，人们陷进自己预设的迷魂阵。

那场雪就像是婴儿的哭声，在落下的时候没有一个从哽咽、抽泣，再到泪如雨下的过程，或者说是预演，而且收场时也是戛然而止，好像那雪珠雪片还悬在半空中，是杨正的吼叫声的威慑力把它们给吓住了。

寒假回家的我，当时正在东巴扎上买菜。我惊恐地转过身来，看见杨正叉着腰，而我刚路过此处的父亲则是一脸不想跟他说什么的神情。我知道，他们之间又将爆发一场"战争"。

我父亲的脸上凝固着一种很古怪的笑容，这笑容介于嘲讽与悲伤之间。看得出来，他面对杨正得需要付出很大的耐心，还有克制。

杨正盯着我父亲的脸看了一会儿，又盯着他瘸了的右腿突然说："你忘了，我可没忘。我小女儿雀儿的左腿换你一条右腿，值吗？你说值吗？"

说着，他用一只手臂紧紧地挟着我父亲的肩，另一只手将他的头拼命地往下按。他一脸轻蔑地看着我父亲，觉得这个被称之为男人的人根本不配生在这个世界上。

我看到父亲的脸遭受了重重一击，身体摇晃了一下，随后一下子跌坐在地。当我父亲准备爬起来时，杨正一脚蹬在他的胸口，一股沉闷的疼痛使我父亲想要呕吐。

不过，杨正的腿脚不够利索，随即被我父亲连带着摔倒在了地上。他爬起来，又朝地下的这个男人一阵猛踢，一面踢，一面嘴里咒骂着，大概的意思就是：你整我，你整死我吧！你冲我来，你别整我的女儿，你个老不死的老流氓！你的心怎么这么狠？

踢到后来，杨正的腿一阵发软酸麻。

东巴扎上，包括买菜的、在街边闲聊的人一下子围了上来。

他们看看我父亲，又看看杨正，然后又看看我，一脸的幸灾乐祸。

我惊慌失措地跑到菜市场外面，迎着投在我身上的目光一直往前走。这些目光时刻被新的目光替代，我不得不迎着更大的、越来越响的笑声向前走。这些笑声从我身边飘过，又从我身后像脏水一样泼过来，我真想当场倒地而死。如果我在那一刻死去了的话，可能就不会有人耻笑了。

那一天正是周日，大街上人来人往，很多路人都听到了菜市场上的叫骂声。有个女人看我惊惶无措地站在马路边上张望，就走过来问我："菜市场怎么啦？怎么这么吵啊，是打架还是吵架了？"

我想说别去，别去那边，可是嘴里却发出不耐烦的充满敌意的声音："走开走开快走开，里面没你看的热闹！"

说完那一瞬间，我的眼泪夺眶而出。这眼泪，说不清楚是为父亲而流，还是为母亲而流。还有，我的眼泪是对他们的怜悯之泪，还是恐惧之泪？是伤心过度，还是惊吓过度？我抬头看向天空。此刻，天空蓝得要命。不知为什么，看到这天空我就止住了眼泪，对着天空狠狠地说："你们都滚吧！"

我跑着跑着就停下了，打量着四周，没有人留意我，还是那几条主街，还是那些模样粗陋的一排排平房，还是那些镇上的人，穿着蓝色、灰色或黑色的衣服在路上来来去去。可是我的脚却有些不对劲儿了，马路突然变得微微倾斜，路上的小石子在粗野地冲撞我的脚，合着路边的野花野草也在传着关于我家人的流言蜚语。

我想掏空每一只闲言碎语的口袋。

这时候，我多么希望有一个亲人在场。姐姐，这时候我的姐姐在哪里呢？

我在人群中寻找着姐姐。

这个时候，我如此渴望见到姐姐，无论哪一个都行。

但是没有。

一九九三年冬天，我的父母离婚了。

离婚，是父亲提出来的。

他的态度异常坚决。

其过程之周折艰难，无数细节之中的内心挣扎，足以让一个正常的旁观者心碎。

他们离婚的导火索，还是那件往事。

一天，母亲偏头痛的老毛病犯了，她去镇医院开药。医院人不多，她路过外科门诊的时候，坐在门口一排木椅上的一个有些壮硕的小姑娘引起了她的注意。小姑娘低着头，仔细地把左腿的裤腿一点点地往上翻卷，骇然地露出一段白得耀眼、白得廉价的假肢。她把假肢很熟练地从断肢处取下来，搁到椅子上。那一截子白在若干年后想起来，仍然散发出一股悲怆而骇然的气息。

母亲第一次见到这样的情形，眼睛一眨不眨地将这一过程看完。

小姑娘感觉到有人在注意自己，抬起头来，看了我母亲一眼。就这一眼，母亲像是被钉在了那儿，动也动不了，好半天，才从嘴角勉强地挤出一抹笑："雀儿——很长时间不见你，长这么大了，我都认不出来你了。"

这个叫雀儿的小姑娘惨白着脸，笑了笑："阿姨，你看我的腿，它没了。"她夸张地摇晃了一下自己空荡荡的左裤管，母亲的后背一阵发凉。

"你的腿——还疼吗?"母亲低声问道。雀儿没有马上回答，眼中好像掠过某种东西，像是一种战栗。

她刚与惊骇擦肩而过，人们还没弄清是哪一种惊骇，她就有了一个病愈者的微笑。

"严叔叔呢，阿姨?"

雀儿定定地看着母亲："我要让严叔叔看我的腿。他人在哪里？是他害的我——"

那是一个普通的冬日午后，从医院的窗玻璃向外看，天空高而清澈，冷风吹动着新疆杨光秃秃的枝干上一枚干枯的叶片。母亲仰头看着那个窗口，恍惚中听见有人在轻轻抽泣，而那个抽泣的女人正是她自己。她用手捂住耳朵，可是那难听而压抑的哭泣声依然在医院空空的走廊回荡。那不是幻觉，而是现实。

时间一点一点地滴落，在我母亲身边，一个失去了左腿的小姑娘坐在椅子上，若无其事地晃动她空荡荡的裤管，一下，一下，又一下。

都过了晚饭的点了，母亲才回到家，将在镇医院里看到的一幕说给父亲听。

她冷着脸，轻蔑地拉着长调对父亲说："雀儿这一辈子被你毁了啊！你不该报复一个无辜的孩子——"

父亲当时正坐在沙发上看报纸，有气无力地说："我早给你说很多遍了，我没干那事，不是我干的，我也配合调查了，证明杨正女儿的腿不是我指使人轧的，你别赖我……"

母亲听了，从鼻子里哼了一声："你，杀人犯，连个孩子都不放过！"

父亲听了母亲这些话，站了起来，面色变得惨白，像是一下子蒙了，身体也像是有些站不稳。他注视她的目光，像最后一根绳子仓促地抛了过来，却没能套住她。他看她的眼神与其说是凶狠，倒不如说是彻底的绝望。他想开口说话，结果，一口没吐出的痰却引发了剧烈的咳嗽。

然后，他重新坐回沙发上，一动不动，饭也不吃，一直到晚上。

"杀人犯"这三个字像针一样刺痛了他。

"我是杀人犯吗？到底谁是杀人犯？是谁在戕害谁？反了，全说反了。如果我是她说的那个杀人犯，那我变成了什么？我堕落成了什么？"

晚上，一轮明月升空，从窗户可以清晰地看见电线从房顶横空而过，在月光下亮若游丝，通往另一个不可知的世界。

从皮林农场回到家后的这些年，父亲一直沉浸在精神的睡眠中。现在，他沉睡的灵魂在一路摩擦中醒了过来，赤裸裸地面对如此羞耻和如此深刻的困境。它栖息在窗外明亮的电线之上，就像一个满身疮痍的肉体突兀在那里，与自己肃然相对。它像是在对自己说："你看你变成了什么，堕落成了什么！"

父亲站起身来，径直走到卧室，拉开灯，熟睡的母亲被刺眼的灯光惊醒了。她揉揉惺忪的眼睛，准备发火，却听见父亲一字一顿地对她说："你——这辈子为什么总成为迫害我的帮凶呢？我们离婚吧，这两天就去办手续，越快越好！"

母亲没有丝毫反应地躺在那里，含糊不清的眼神一直在看着别的什么，好像不相信他说的是真的。

得知父亲提出与母亲离婚的消息，我向学校请假回了趟家。一个深夜，熟睡中的我像是被什么声响惊动了。屋子里昏暗，从厨房扫过来的灯光映照出母亲向我压低的身影。

她坐在我的床头，用陌生的眼神瞧着我。我伸手拧开了台灯，看到她的眼睛干干的、红红的，简直就像饥饿的母兽的眼睛，整个人有一种从里到外的枯槁。

我惊骇极了，以为母亲要掐死我。

她按住我的肩，低声说："我只要你一句话，我听你的，我要不要跟你爸离婚？"

她的声音干涩艰难。

我坐起身，觉着双手指尖冰凉。我想说，妈，你这样对我不公平。

可是我却说不出这句话，一下子就哭了："妈，我不要你们离婚。"

而我心里纷乱如麻。这一边，我听见自己的声音在说："离婚吧，希望你们赶紧离婚。"那一边却黯然冷笑："小崴，你的心怎么这么恶毒？"

他们第一次持传票到法院那天，父亲却在法庭上对着法官大发其火。

年轻的法官冷冷地看着他，问他叫什么名字，父亲发火了："你难道不看诉讼材料吗？我的名字都在上面写着。"

"这是审理程序。请问你叫什么名字？"

法官不动声色地看着他，重新问了一遍。

父亲低着头，仍然拒绝回答他的问题。他这一生中最不能容忍的就是对他人格的蔑视。这一生，他经历了妻子的背叛，在皮林农场的十年，尊严受到践踏，其性情早已扭曲，变得多疑暴躁、粗蛮无理，病态到要跟全世界的人作对。

那天，法官当即宣布休庭，拂袖而去。

数日后，他们第二次去了法院。

法院的离婚判决终于下来的那天是冬至。清晨，我出门倒垃圾，返回的路上，感到一股气息正穿过清晨的薄雾还有朝霞的余烬向我袭来。我回过头，看到我那落魄的、衰老的父亲正远远地向我走来。

他在小区院子里弓着背，浑身颤抖着，瘸着右腿走在一九九三年冬季的一个清晨——那正是朝霞与乌云纠缠不清的时候。然后，天上飘起了雪花。

他走路的时候，还是那种用一只手撑住瘸腿才能走的样子，姿势像划船，看得我心里又酸楚又好笑。

我似乎看到了这样的情形：父亲走在纷扬的雪花中，穿着很久未洗的黑呢中山装，不知为何，领口下的两三颗扣子未扣上，使脖子以下的些许皮肤暴露在冬日的寒冷中。这个略弓着背，双手插在袖管里的老人，好多天没刮的胡子上粘着一粒米饭，亮晶晶的。雪花飘落并且融化在他的胸口上。他紧抱着双臂，一副冻坏了的模样。

他朝我走来，一下子拉住我的胳膊，眼神变得复杂，然后泪水滚滚而出。他试图将他的悲哀传达我的内心，而当时的我居然吓出了冷汗。我清晰地听到了他牙齿打着寒战的声响，他见到我的第一句话就是："我和你妈离掉了啊！离掉了啊！"

说完，泪水纵横。

周围的空气突然凝固了。我一下子挣脱了他的拉扯，拔腿就往家的方向跑，身后传来父亲绝望而颤抖的叫喊："你们，你们每一个人都抛弃了我。不，是我抛弃了你妈。是我不要她了——"

我远远地听着他在我身后叫喊，什么话也说不出来，任凭风将他的悲哀之声传递到我的心里。

天底下居然有这样的女儿，会害怕自己的父亲。

"是我抛弃了你妈。是我不要她了——不要了。不——不要——她了！"

我依稀记得他在家住的最后一晚，不吃不喝，关上卧室的门，捂着棉被，汗流满面，但棉被下的身体却哆嗦不止。

父亲离开家的那天是一个大晴天，太阳升起，地面上、树梢上还有屋檐上的白雪，在阳光下异常刺眼。

这难得的好天气似乎是某种美好事物的开端。

在这样一个晴天朗日下，父亲却永久地失去了维持三十多年的家庭生活。

他原本在这个家庭中勉为其难地活着，现在却一下子从这样的生活中抽离出来，被突如其来的一掌推到了另一种生活的深处，悬浮在人生的虚空中。

父亲搬起家来很仓促，像是急于离开一座坟墓似的手忙脚乱，不停地督促他请来的搬家工人："快一点儿，你们都快一点儿。"

我站在一旁无事可做，默默地看着眼前混乱的一切，心里空荡荡的，像是身体里有什么东西被抽空了。不，是终于解脱了——这个令人窒息而又病态的牢笼。

母亲一直在厨房忙这忙那，没有出来照看。

临走的时候，父亲突然骂了一句脏话，好像这句脏话不过是出于一种快意。然后，他又以一种低得连自己都快要听不见的声音说："要不算了，过去的事情就让它过去吧！孩子都这么大了，以后还要过日子呢！"

一阵沉寂过后，他知道，这只是一个幻觉。这句话他终究没有说出口。

走到窗口，一只麻雀从屋檐上飞过，他的心里突然感到一阵轻松，为自己亲手打开了一个封存多年的黑暗的洞感到欣慰——不，是解脱。他可以义无反顾毫无牵累了。

父亲上车时，我扫到了他的身影。他离开家的最后一刻，我就注意到了那片长久不散的离奇黑暗。

父亲离开家后，母亲从厨房里出来，将所有房间的窗户一一打开，屋子里的湿气四处逃遁。墙壁，床板，椅子，连同早晨的清光一起，全都充满了一种晴朗的气息，好像身体中残留的阴郁气息正从略显空荡的屋子一点点地消散。

太阳越升越高，丰富明亮的光线在我家沤了一冬的阴湿发潮的屋子里流淌，使整间屋子弥漫着一种金黄色的雾气。

我父母的离异之事，在奎兰镇传得沸沸扬扬。

我因心理障碍而远离父母这一积压多年的争端，为此，我冷漠的性情在家人和周围熟人那里受到颇为激烈的指责。

不过，很多日子过后，似乎谁也没有超出往常的言行。也许长久的孤单和被冷落，使我如释重负地发现自己被周围的人遗忘了。

因此，在这里我不想再过多地讲述这个家庭毁灭的故事。这不重要。重要的是，从这个家庭的残垣断壁的废墟中挣扎着爬出去的每一个人，对于家庭的信念都彻底崩溃坍塌了。我和姐姐们，到了后来，都无一例外地成为了一个"婚姻是否是大多数人认同的美妙生活方式"的怀疑论者。

我记得，母亲与父亲办理了离婚手续后，她在家里对父亲说的最后一句话是："不光是我，还有你，我们都是有罪过的！"

当母亲带着眼泪狂吼出这句话的时候，我感到她使尽了这些年的全部气力。她的眼睛里闪着愤怒的金灿灿的光芒——自那一刹那，母亲就有了这样的一双眼睛。

而父亲的冷笑则像是一个嘲讽："这么多年来，我被你坑苦了，毁掉了！当年——你的心怎么就那么狠毒？"

他的这句质问，再次越过重山复水，在母亲的耳边响起。

母亲沉默着，不说一句话。

成年后的我，有一次在黑塞的《纳齐斯与戈德蒙》一书中看他谈起母性的复杂和神秘时，颇有同感。

他说："我在母亲那里所发现的不只是世界美好的一面：充满爱的温柔的眼光的蔚蓝，微笑的优美，幸福的承诺，慈爱的话语的慰安；在这慈祥之下还藏有另一面，一切大恐怖，一切阴暗，一切的贪婪欲求，一切焦虑，一切罪孽，一切绝望，一切生与死的铁律。"

那天，我一直闲逛到夜幕降临。整个世界暗了下来，我看见昏黄的路灯投射在铺满雪的街面上，那么小那么弱的一片黑影，像一摊水渍，在白雪中正慢慢干涸。我突然发现，我被自己的影子困住了。

这个时候，我看见镇广场上的露天电影院在放电影。

此时，夜晚中的露天电影院就像是一座沙漠中的绿洲，是孤独的人的黑夜。露天电影院里的黑夜要比现实生活中真正的黑夜更加真实、宽厚、仁慈，让我感到慰藉。

因为这黑夜不再为所蒙受的耻辱而痛苦，也许，就那么一刻，整个青春时代的丑陋的苦闷的污垢都将被这黑夜涤荡一空。

那是一部有关桥的电影。《桥》，一部南斯拉夫影片。

银幕上，绵长的大桥之上是炎炎烈日，但没有传感到热度，只有冷寂和凉意。影片结尾，负责保护大桥的德军上校看着断桥，悲哀地叹道："可惜，真是一座好桥！"

峡谷对面，游击队少校"老虎"也对着升起烟雾的断桥发出感慨："可惜，真是一座好桥！"

灯亮了，该回家了。我听到坚持到最后的几个年轻人打着疲倦的哈欠准备起身。显然，这部片子并不符合小镇人的审美趣味。电影院里人影寥落，场面冷清得令人沮丧。

从露天电影院出来，天已经完全黑了。

"啊朋友再见，啊朋友再见，啊朋友再见吧，再见吧，再见吧……"一个（或多个）男声这样唱着，像是对我衷心而善意的告别。

我失魂落魄地走在回家的路上。我在这一年流光了的泪，仿佛流感一样又突然出现在我的眼眶里，还有微弱的因流泪伴随而来的快感。我四处瞅了瞅，有些替自己害羞。

我走得如此缓慢——打量着迎面而过的路人，好像沿途在寻找什么。我仿佛不认识我眼前的这生活过多年的小镇了。

我一遍一遍地在心里对自己说："啊再见吧，再见吧，再见吧……"

那些天里，我总是梦见自己在拼命地奔跑。

仿佛多年前我已经这样跑了。

我梦见通往乌鲁木齐的道路上有一道强烈的白光，引着我追逐它。在奔跑途中，我看见一个高挑的年轻女子从镇小卖部的台阶上走下来，远看酷似上海女子简买丽。

她微微颦着眉，一副心事重重的样子。我想叫住她，她却冷淡地看了我一眼。

我又觉得她的样子像极了我的大姐红掌，还像我的二姐严小凤。我从道路的左侧跑到右侧，想真正看清她的模样，好像垂死的鱼追逐着最后一滴水。我拼命地跑，心里软弱到了极点。

明明知道我是在尾随一个幻影，但我仍然紧追不舍。

我奔跑的时候，听见整个奎兰镇发出一种熟悉的喧哗声，犹如一个受了委屈的人向我诉说他的不幸。

父亲离婚后搬出去的次年初夏，我家院子里的一棵老榆树突然枯黄了。满树的叶子像密密麻麻的黄色蝴蝶浮在干枯的树枝上，使整个院子发出一股焦煳的味道。母亲的嗓子眼儿又干又痒，莫名其妙地咳嗽起来，咳嗽声响亮又干燥。

她开始奔波于奎兰镇的医院问诊，甚至到游医那里去寻找偏方，然后每日在煤气炉灶上熬树皮草根，那些又苦又黑的汤汁味道弥散在整个屋子，家里便有了病人的气味。

这样长久地持续了两个多月，母亲治咳嗽的疗效似乎并不明显。这个时候，她跟着一帮老头老太太，每天早上在小区后面的一个小山坡练起了一种稀奇古怪的气功。每人的脚下搁着一台小收录机，从里面传出的音乐十分古怪诡异，配着他们更加古怪的手势和姿势，让每一个过往的路人感到诧异。

只见母亲伸出瘦长的双手，配合着音乐声在空气中一把一把地抓呀抓的，像是空气中有许多抓得住的东西，比如尘埃，比如某种气味，它们在她的周围飞来飞去，还沾到她的头发和衣服上。

母亲将手在空气中抓一阵子后就放到自己的头顶上，还有衣服口袋里。过了一阵子，她又在自己的身体上乱扯一阵，然后往外猛甩，说是要把自己身体中的沖气和阴气放掉，一点儿都不能留，否则是要倒霉的——倒大霉的。她说自己之所以运气不好，劳碌多愁多病，这把年纪还跟老头子离了婚，一定是身体和心里充满了这种青灰色的不好的气体，是要补一补运气的。怎么补呢？抓天地之气，补自身之躯，也就是补运气。

十九

严小凤走后的第二年秋天，一个内心畸形的女孩双臂环抱，坐着朝南去的火车去南方的一座城市上大学。坐的是硬座。她不过二十岁出头，却长着一张成熟妇人的脸，孩子般的眼睛。她目光安静，形容憔悴，皮肤坑坑洼洼，五官小而分散，脸上散开着为数不少的斑点，鼻翼和下巴上有螨虫的痕迹，四肢细弱得似乎一掰就碎。最有看点的是她的乳房，平铺在胸前，一大片无边无沿，像要从腋下漫出去，一看就是从来没有领受过内衣的恩宠。

这个人就是我。

火车上邻座的几个闲得无聊的男人打牌、抽烟、说黄色笑话，背着我说我长得美，却偏偏要我听见，像是要用这种方法讨好我。

他们不停地夸我的长相，还互相掏钱打赌猜我的民族，猜一个他们只是听说过但是从未见过的民族。我听了，内心感到惊喜。之前，我一直觉得自己长得不好看，奇丑无比。

他们调戏我，还故意猜我的年龄。谁也没猜对——因为我的年纪比我的身体年幼得多。

两天三夜。

待下了火车，我长长地吁出一口气。站台上，一辆刚出站的火车一节接着一节地朝南边驶去，轰鸣声不绝。待火车过去，我才看到连绵的灰色城墙露出车站的墙头。我知道自己终于摆脱了这个家庭，摆脱了与这个家有关的一切生活。

我就要脱胎换骨了。

我对着车站脏污的窗玻璃看一动不动的自己，怎么也想不起与父母亲、与奎兰镇有关的一切。

拖着行李走在异乡的街道上，感觉每前行一步，我的容貌就有了一丝变化——

两天三夜，每一个昼都像是受到了夜的整容。

每前行一步，都像是朝颜夕改，气象万千。

每一分美丽都是因为一束目光的照耀。

每一分姣好，都是对于一束目光的报答。

在奎兰镇的我，昨天的我，下一分钟的我，都无法用言语描述。我像是一只青蝉化蛹成蝶，就要成形了。

这时候一辆卡车从我的身边驶过，掀起好长一段灰尘，一个女人在灰尘中死死盯住我的脸，惊讶的目光快掷进我眼眶里去了。然后，她用目光细细地描绘我的脸，好像是在暗示我的这张脸惊艳无比，简直可以入画。

愈美丽，愈动荡。

我的身体虽不是一座可以炫耀的城池，却又因过分珍爱而危险无处不在。甚至在最单纯无凭的事件中，我也能看出危险。比如从镜中看到鬼影，从男人的爱抚中感觉到凉意，从甜蜜中嗅到腐烂的气息，从奔跑中想到撞裂的脾脏……这种神经质，有如天赋，有如所有人的死都使我有所缺失。

生活像是对我露出了令我感激的微笑，我的全新的生活在异乡的城市展开。

我迷恋城市宽阔的街道。我常常在夜晚站在大街上的十字路口，看街道两旁霓虹闪烁、车来车往，我像羊羔迷恋鲜美的青草一样，难以说服自己离去。

但是，整个大学生活的前三年就像是南方冬日澡堂里的蒸汽，只有少数几个人的脸影影绰绰地从蒸腾的水汽中冒出来，很快又消失在蒸汽中。没有特别的故事和完整的事件，就是有，也是支离破碎的，就像远去的黑白年代。

现在，我就要说到晕眩了。如果这样的晕眩只与爱情有关，那么，我如何知道，我的灵魂将被放在危险、微妙的，布满鲜花又处处是陷阱的路上。

那是在异乡的某个夜晚，在一座小旅馆。

那时我将上大四，因一次社会实践活动，暑假期间我与班上的同学来到了成都郊县的某个小镇，在一家小旅馆里住了下来。

一天晚上，我照例端着盛放白色印花毛巾的水盆到走廊尽头的公用盥洗池边洗漱。旅馆外面或是霓虹闪烁、人影幢幢，或是街道寂静、夜色宽广，这都是极易被忽略的生活景象。我走在狭长的走廊上，感到自己的心是沉睡的，还没有什么东西触动我。

公用盥洗池的前方有一面很大的镜子，我慢慢洗着我的手、胳膊，洗着身体裸露的肌肤。我的眼睛里有一丝疲惫和恍惚，肩头略略倾斜着，显得很柔弱，还是一副什么都担不住的样子。

此时，我还不知道，那扇通向盥洗池的走廊的门被人拉开了，从走廊向我走过来的是他。他端着水盆出现了。

在异乡陌生旅馆的走廊里，他一步步向我走过来，走向走廊尽头的公用盥洗池。他的身边没有谁，没有任何人，我有些手足无措地等着他走近。这时，明亮的走廊突然变得空旷无物，似乎所有的门窗都不翼而飞。他向我走来的过程十分缓慢。他从容地走着，仿佛总也走不到我的面前。

终于，他站在了我的面前，犹豫了一下，礼貌地问道："你是来这里旅行吗？"

我屏住呼吸，犹豫了一下："是的。"

"你是从西北地区来的吗？看你的模样很像那边过来的。"

"是的。"我说。

他走到窗前，打开了其中一扇窗，一股热浪夹杂着嘈杂的市声涌了进来。他看着窗外热闹的大街，若有所思地自言自语："街上的人倒是越来越多了，前阵子可不是这样的。"

"是的。"我拼命地盯着他的背影。

他慢慢地转过身，慢慢地掏出烟，点燃，深深地吸了一口，然后认真地盯着我看："你好像喜欢说'是的'。"

我一脸的慌乱："是的。"

说完，我俩不约而同地笑了起来。然后一起看着我浸在水盆里的手，看洁白细腻的泡沫正沿着水盆边沿慢慢滑下。

他像对一个孩子说话："你这样一直把手泡在盆子里吗？"

我说："是的。"

他又笑了。

一股温情席卷了过来，那像是人世间最后的温情。我仿佛要被这样的笑容压倒了。

"你是在这里等我吗？"

一个低低的，充满无限诱惑和温情的声音从云雾缥缈的上空传了下来。

"是的。"

我说。

元旦的一个清晨，成都刚刚下过初雪，我穿着单衣，几乎穿越了小半个城市来到他所在学校的宿舍门前，冻得几乎无法说话，那种感觉像是眩晕。

我敲了他的门。

过了一会儿，门开了，我听见有人叫我的名字。声音很轻柔，但在空气中清晰地割开了我，就像打磨好的石头被清晰地割开，我心里的某些部分开始脱落，那下面粗糙不平，未经雕琢。

他把我扶到屋子里。过了十多分钟，我好像缓过来了，意识还在。

"我不想回新疆了。"

这是我见到他的第一句话。这差不多是一个祈祷。像我们中的大多数人一样，我祈祷向往一种事物，同时又把自己的生活驱往别处。

我不期待他回答，也不笑，只是一直盯着他看。我想我当时的目光也只能用"凶狠""咄咄逼人"来形容。换句话说，是肆无忌惮——"不能用这样的眼神盯着别人。"小时候，母亲时常叮嘱我，但我像是没有听懂她的话。

我看他的目光带有一种不得体的、令人猝不及防的、不知满足的好奇心，但也流露出童心。

他看着我，揉了揉微湿的头发。此刻，他的身体还是那么地自由。是的，他的身体，他的自由。我因他带给我的这种感觉而害怕，害怕自己有一天会失去他。

我是一个玻璃女孩，体内没有光。不像他，让一个没有希望的地方有了一点儿希望，有了光。此刻，我们是两个人，我们是一体的。但是，部分的他在城市中，在烈日里，在老鹰的俯冲里。我凝视他的时候就会找到他，哪怕自己再也见不到他。

想到这儿，我抱紧了他。空荡荡的屋子坠入寂静，如同坠入睡眠。我闭着眼睛感受着他的温存，感受那陌生的肌肤，那嗓音，那怀有惧意的心脏。你相信吗？我遇见他，就是为了洞见另一种人生，另一种平行的人生。这使我在某一个时段上分裂成了两个，一个留在了原地，而另一个，则——

你会相信吗？太阳在一天之内，会为我们升起两次。

他说，他也爱着我。这是什么意思呢？

那些日子，日渐饱满、膨胀了的胸脯是情动于衷的证据。

无论是起身、走动、整理衣服或者头发，我感觉自己的动作都是肉感的——少女的身体。是二姐严小凤附上了身吗？或者，是我在模仿她吗？那创伤，那令人快乐的劫难在喊叫，在呼唤着让人来安慰它。这身体，只有在他面前才是完整的。我被他的身体劈开，停留在那里，因疯狂的欲念而静止不动。然后，我变成了他身体的附属品，被他一人所占有，成为他一人独享的财产。

我吞噬着这新异的感觉，还来不及为它命名，就迅速消融在一种同样新生的混沌状态中。

因为他，异乡的陌室变成一个忧伤之地。房间里枯死的植物和刷了石灰的墙壁，厨房沾了油渍的细竹帘，垃圾桶下面的鸡血渍，我记得所有的这一切。多年后，它依然在我脑海清晰地浮现。

我闭着眼睛，感受他的温存，嗓音，那悬在我的身体上方，随时准备为我开窍的身躯。

我疼。它是阴影、尖端、断裂的光线组成的变幻不定的角度，跟着光影的起伏而坍塌，然后，又不知疲倦地重新形成，继续存在。

当痛苦离开瘦小的身体，离开头脑，身体仍向外部敞开，它被跨越了。可能这不叫痛苦，也许这就叫死去。

这种感觉来自爱而不自知。

数月后的一天，我惊诧地发现自己正在经历第二次的青春发育。我就这样站在窗前，看着他早已离去的方向呆立，然后，手伸进怀里摸着自己的胸，心想："完了，完了。"

从那之后，我每次见他都有一种晕厥感。我知道这是因为血液突然上涌，也明白，这些都不过是普通的症状，源自普通的缘由。但无论自己何时见他，我那脱水的、半僵死的身躯都会突然被激活，向着阳光奔去。光和热都有了。他就是我的光和热。一想到有一天要和他别离，我心中的痛苦在锋利地回旋，能感觉自己的恐惧在身体的最柔软的部分抛下锚。

这么多年来，我对每天的生活都无比厌恶，难以忍受，只有他才是我那翻了个个儿的船只的透气孔。

我从没想到有一天，他会从我的生活中沉没。

四月的一个下午，我到邮局给母亲打电话，鼓足勇气说我在这里很好，有男朋友了。他是一个转业军人，对我不错，我毕业后想留在成都，不回去了。

好半天，我听到电话那边的喘息声："那真是好，以后我也可以跟着你们去大地方看看了。"

我放下电话，如释重负地松了口气。

那天黄昏，我和他各骑一辆自行车，在城市郊区傍晚的水渠边前行。

天还没有黑，暮色像孩童的眼睛一样蓝，虫鸣声此起彼伏，水渠两旁的枣树林弥漫着水雾，隐现着枝头刚吐的新芽。我贪婪地看着，突然有了一种感觉，可以把它叫作美妙的遗忘——就是在一刹那忘了自己身在何处，让我看到了我和一个普通男人生活的图景。

这个迟到的南方的春天的确很美，我辨认出了一切——植物，色彩，飞鸟，通向果园的老路，还有缓慢的、令人困倦的时间，就像一个暂时被遗弃的房间，在等待因天气恶劣而没有来的恋人。

是的，世界上总有一些生命像这颗小小的心脏这样不甘心，它要给你看，你剥掉它所有掩体和保护它还要跳动，它面对粉碎性的伤害，还是要执着地跳动，执着地让你看它的生命力——那最是脆弱，又最是顽强的，这样不设防的渺小生命。

我回过头来看他，他也恰好转过头来看我，眼睛里闪着光，好像有一种特别的存在变成了我们之间共同的东西，在我和他之间流动着。

远处天高地阔，一池庞大的江水清晰地起伏，我觉得这一切真的是太好了。而他，也真的是太好了。水里的沙子，水泥台阶上的草，脚下的球鞋，阴雨天，雾气中模糊的汽笛声，跑来跑去的狗，天地，以及空气，总有一种令我们愉悦的东西从眼睛和身体中散发出来——这一切，真的是太好了。

我就这么看着他，我不是仅仅在看他的模样。他明白了，把他的胳膊围拢过来，我的腰和背就是他的了。渐渐地，我的手，肩，脖子，脸颊，都是他的了。我的整个人在一分钟之内都是他的了。我们就那样重叠着，看着水渠对面的灯火一点一点地熄灭。

我说了一些傻话，他也重复了我说的傻话。我就在此略过了——那都是一些可以想见的傻话。

是的，什么也挡不住恋爱。饥饿，贫穷，前途，什么都挡不住。对于我们那个年纪的男女，可以没有面包，但不能没有恋爱。我们对于普希金、莎士比亚、拜伦、雪莱等等的解读，其实都有一些乱码，等到自己真正开始投入一场恋爱，才能最后将它们完全解密。

就像解读他的皮肤。它就像呼吸一样，有一种流动的甜蜜。当我抚摸他，他的皮肤颤动两次，但不是因为这寒冷的黎明。

这就是劫后余生的我。

二十

一天，我收到一封家信，是母亲写的，说是奎兰镇二中教初中数学的陈华老师带着孩子来成都旅游，要抽空来看我。

几天后，我和男友在火车站接到了陈老师和她的孩子。

吃饭的时候，陈老师谈到了奎兰镇故人的消息。她意味深长地看着他，又看看我说："你有男朋友了呀！这样的话你就不用回奎兰镇了，回去的话你也会过不惯那里的生活的。"

"奎兰镇"这个名字一经她的口说出，立即形质俱全地自天而降，从黑暗中隆隆地突驶而来。

我看着对面这个熟悉的家乡人，难免会一下子再次将自己归到沙漠中的小镇人里去，小镇风季的气息蹦跳着扑到我的身上，又如同一只拖泥带水的野狗，大，重，腥气十足，鼻息咻咻，亲热得可怕且可憎，躲都躲不掉。泥坯房的气息，沙枣花及杏花的气息，没完没了的浮尘的气息，全都迅速地聚集，变成某种具有张力的东西，包裹着此时此刻的我，把我变成它们，变成我在其中的陈年旧景。

想到这儿，我的心一阵酥麻，然后讨好般没心没肺地随口敷衍说："我就是从那个小镇出来的，以后还要回去的，怎么会过不惯？"这句话说完，我自己都吃了一惊。

从小镇出来的，还要回到小镇去——那个被风沙包裹的地方，人的心也像是被沙子打磨过了，无情，自私。沙枣花高高开在树上，盛夏的大毒日头照下来；泥屋下生了蛆的一排排鱼干被晒出来，蠕动着米粒一样白胖的身子；走着的人，身上黏着汗酸的衣服；在泛着白碱的戈壁滩上走几十里都见不到可以说话的人，闷臭了的嘴，荒凉的岁月——非得回去吗？太可怕了。

我看着这个多年不见的熟悉的陌生人，感觉我的心都快跳出来了。她让我如此地紧张和不适，让我无端地想到这一切注定不可逃遁，注定要在一个巨大的掌心上挣扎，那掌心随时合拢，掌心上方的一双双眼睛射出鄙夷、嘲笑，以及对弱小者的傲慢轻视。我赤裸裸地挣扎在这些眼睛的追光中，徒劳而可悲。

我几乎快要喊了——我厌恶奎兰镇，厌恶小镇的家，厌恶家里的旧家具，厌恶被白石灰水潦草地刷过，残存着臭虫、苍蝇及蚊子尸体脏污的点点血迹的墙壁，厌恶家里所有的十五瓦的白炽灯发出的昏暗惨白的光。甚至厌恶笨重的五斗橱，五斗橱上的座钟，一只瓷瓶里插着的一束塑料花，饭桌上掉了漆的盘子和碗，还有始终直对着卫生间的那扇有些破残的门，一股浊气正弥散出来，让家里卑微而贫贱的气息愈发地浓重。

还有，还有——我最厌恶的是五斗橱上方那张二十世纪八十年代盛行的全家福照片，背景是南方古镇带石洞的小桥流水。布景当然是画出来的那种。当时照相的时候，右边的布景布上还扯了一个长条的洞，耷拉下来，我们家五个家庭成员的面孔从脏污背景的尘埃中就这样破茧而出——一对中年夫妇在前，坐姿端正，三个女孩站在他们身后，从高到低排列，脸上的笑容是被照相的师傅逼出来的，看起来很不自然，表情僵硬而勉强，比哭还难看。

特别是个子最矮的那个女孩，局促地站在左边，一缕短发突兀地翘起，目光带着讥诮。

这个女孩就是我。

说了这么多的厌恶，其实，我真正厌恶的是我的父母亲。厌恶他们这么多年来彼此间的恨意与恶意——母亲的那一场告密事件，成了父亲心里的一块伤疤，没有任何东西可以抹去。而这块伤疤，又成了我和两个姐姐共同的疤痕。

触摸着这些看不见的疤痕，我对自己的命运生出一种广大的悲悯。

没有人知道我的心里在想什么，连他也不能——他从头到尾不说话，一直静静地看着我们不停地说。我偶尔转过头看他，破天荒第一次发现，孤独始终横在他与我之间。

后来，我见那小孩一直看我笑。小孩不懂我的心，她可能根本也没有心，淡白的脸张着小薄片嘴，一双大眼发出玻璃似的光。这是一块还不通人情的肉，没有多少人气，哪里像当时那个年龄的我——那个时候，我就已经老了。

"我就是从那个小镇出来的，以后还要回去的……"

这句敷衍她的话竟然一语成谶。

这让我越发觉得，故乡永远像一只阴险的猫，它蹲在暗处，瞪大眼睛，一不留神就会跳到自己的面前。

大学毕业，就在我积极找工作、租房子，打算在成都定居下来的时候，一天，我接到母亲发来的电报："我病重，正住院，速回疆。"

我不知道那是一个噩兆的开始。

收到电报的第二天，我乘坐飞机又转长途汽车回到了奎兰镇。

我坐长途汽车赶往奎兰镇的一路上，经过了数不清的村镇，车窗外的一些站牌花花绿绿的，加之数天来的劳累奔波，脑子晕眩，看什么都有了险象环生的感觉。

坐在车上，我一直不说话，呆望着车窗外单调的景色和延伸到戈壁沙漠中有如一条黑色细线的公路。后来，客车到了一个站点，我随旅客一起下了车。静止的热流一下子铺天盖地，没有一丝风。灰蒙蒙的炎热，太阳被遮蔽了。它站在原处，像顷刻间融化，随即又重新显身。目光所及之处，白色的砾石铺展在戈壁荒滩，从大地的这一头伸展到另一头，阻挡了远方那座看不见的城市。

我贪婪地看着这一切，在那一刻，我无端地感到害怕，害怕再也见不到这片薄情寡义的土地，还有风季里被浮尘遮蔽着的土黄色天空。天晴的时候，它在白天与黑夜一样墨蓝。当夜晚来临，星星的光亮穿透天空。

我知道，我日后一定会讲到这片不确定的土地。还有孤独，有如自身，始终横亘在这个地方，像周围的乡土，不会离开彼此，孤独得像每天刚刚出生。

只是眼下，这个故事变得沉默。

初秋的阳光依然像从前一样猛烈，无遮无拦。无比宽阔的马路上没有人，没有来往的车辆。而一只鸡，仍像从前那样大摇大摆地走过去，一只鸭大摇大摆地走过来，它们擦肩而过，没有打招呼。

一条路把镇子分成两半，路的左边是当年的厂区，包括家属院、俱乐部、老年活动中心、商店、菜市场、医务中心、幼儿园、学校等。多少年过去了，临街的那些房子在很早之前是铺面，掉了灰的墙面上依稀可以看到歪扭着的大字——"美发""上海服装""馒头油条""四季蔬果"。周润发、刘德华还有小虎队的张贴画，垮掉了半边，斜斜地挂在早没了玻璃的窗户上。墙上，那些脸在对着人笑。墙角有一盆绿植，是绿萝，在晴天朗日下像个静止的图案似的不真实。

路过镇机关大礼堂时，我站在台阶上发了好长时间的呆。门前放着一些被随意弃置的旧木板，还有来路不明的废轮胎，它们的周围是一些枯枝败叶，和这些破旧晦暗的旧物一起，以一副斑驳的身影站在了荒草蔓延的记忆里——二十世纪八十年代初期的公判大会、露天电影，以及八十年代末的小镇舞会。旱冰场里发出的喧哗声，好像在我的身后响起来，成群结队的人似乎正穿过我的身体走下台阶。

正当我转身的时候，居民区一个女人走出来，搬一把椅子，坐在坍塌了小半边的墙角庇荫处织起了毛衣。

过了一会儿，又有一个老人慢慢走了出来，从怀里掏出一团鲜艳的包裹——居然是一个小女婴。

女婴的啼哭声响彻空荡的屋舍间，一时间，长风浩荡的戈壁滩，还有明亮干爽的阳光，烈日下的蝇阵，长途汽车的喇叭声，以及雨天里的泥泞和彩虹，等等，在她的周围旋转，成为闪闪发光的背景，与我生长在一起，难舍难分；像一双巨大而透明的翅膀，带我腾空而起，飞越在戈壁沙漠的漫天黄尘中——每一粒沙子都包裹着一个短发少女，肤色黝黑，双眼明亮。

快到家了，我却意外地看见母亲站在家门口。我提着行李从马路对面慢慢向她走过去——母亲骗我回来，她并没有心脏病发作住院。

她叫了我一声："小崽——"然后，带着复杂的笑容替我接下行李时，迅速地用眼角的余光扫了一下我的肚皮。她的眼神让我不寒而栗。

她看着这个总是怯生生的小女儿，感觉跟以前有点儿不一样了——看，她有些迟疑地、非常温柔且循环不断地扭动着腰肢，使她行走的每一刻都像是对自己轻柔的、隐秘的、无尽的谄媚，小而苍白的三角脸上，一双明亮的眼睛里，因隐藏着以往过于充沛的性事而显得不可言喻。还有——那一头长而浓密的黑发在她肩头放肆地跳跃着，张扬着心里的秘密。

母亲明白，一部分的我已经丢失在他乡了。

她一直盯着我的头发，看着我走到她身边，越看越觉得这头发的重量像要把我的肩膀压弯，它的浓密厚重会使我的脸变形，一想到这些，她的心情就变得很烦躁。

很久未见，她对我说的第一句话就是："你明天把这头发去给我剪短了。"

第二天下午，我出门上街买菜回到家，发现我的行李箱、抽屉有被打开过的痕迹。我的衣服、床铺、鞋子、小收录机、书本等，似乎都被人动过。我能想象出我不在家时，母亲翻检过我带回家的所有物品，尽情捕捉我在外地这么多年来生活中不为人知的信息。

我哭笑不得，就这么一点儿家当，我有什么好隐藏的呢？我并没有太多不安，心里愤愤地对着空气——不，是对着她说："你看吧，看吧看吧！这么贫贱的生活，就让比我更贫贱的你们来看吧！"

后来，母亲倒是真的大病了一场。

我回到奎兰镇后，每天都心神不定。

有一天，我一出家门，发现自己完全置身于一个陌生的环境里了。马路两边的树木稀疏，多为细干细颈的杨树，看起来瘦弱、营养不良的样子。那个曾在暮春的沙枣花、槐花里呼吸的绿洲小镇永逝不返。

一路上，我走在一条亮堂而陌生的公路上——这条公路又窄又直，而且长极了，它像是我记忆的肢体上安装的一条假肢，完整簇新。路两旁不时地有新鲜的泥土裸露出来，散发出雨后的生涩气味。而水泥加固网则持续不断地向前延伸，显得生硬，粗暴，有力。

路是宽阔的，没有什么人走动。到了清晨，居民家的屋檐、电线杆上会栖满毛色发亮的鸽子和乌鸦。而头顶上的天空，还像多年前一样，总是深蓝不变，蓝得令人心生悲伤。

的确，周遭的一切看起来是有所不同——洗菜池里的绿皮萝卜，客厅正面墙上蒙了些灰尘的黑白镜框，洗手间映在镜子里的脸庞，衣柜里打包好的夏季衣裙——我刚出门时的这一切，回忆起来都显得轮廓更为清晰。连刚才开门时冰凉把手的脆响惊动了在屋檐上歇息的鸽子，它们呼啦啦地惊飞起来，都让我的心为之一怔。

这般听闻和触摸到的明晰感，是为了新的生活葱郁而起，像炽热的觉悟认识到了一个渐进的结局。

我想，我不会在此地待太久的。我过些天就走，这可能就是我在奎兰镇最后的时光了。之前所经历的，只会在回忆中烁烁闪耀；眼前所看到的，只会让我感觉离去的日子越发紧迫。

我一路走一路看。在一种生活开始之前，我必须想透它的过程、它的未来。许多事情虽然无法预料，但是可以去想，想什么都可以，想是隐秘而遮人耳目的。

一天，我鼓起勇气对母亲说："妈，我想回成都，那里的生活我会更习惯些。"

母亲轻描淡写地说："行，你走吧！只要你高兴、顺心，去天边我都不拦着你。"

她每天给我做吃做喝，做好了，自己也不吃，搬个小板凳坐在门口，一个人想心事。

我说："妈，你过来吃点儿饭吧！"

母亲说："我不吃，这胸口堵着，吃不下。"

这样折腾了好几天后，母亲终于病倒了。

她说："你走吧小崽，我不留你了。衣柜里有一只棕色皮箱，有件咖色丝袄，我走的时候就做我的装裹吧，小崽。"

我败下阵来，哭了起来，对她说："我哪儿也不去，你别瞎想了。我不走，就守着你……"

那些天里，我守在母亲床边，看着液体一滴一滴地流进她的体内。她面色苍白，像个纸人。我看着她，惨然一笑，感觉自己像是做了一场大梦——我不是要从这个家、这个小镇彻底逃走吗？多么天真的想法，我怎么逃得出去？

回到家一个半月后，我没有去成都，而是留在了奎兰镇照顾母亲。我在大学学的是土壤化学专业，便在镇农研所找了一份闲职。

奎兰镇人羡慕严家出了一个女大学生，少不了要在我母亲面前说一些好听的话："你看你，多有福气！你看你家小崽多争气。"母亲淡淡地笑着："嗨，不过是瞎猫碰上死老鼠罢了。"

母亲嘴里这么说，但心里却还是满意的。自己当了一辈子的教师，教师的女儿要是考不上大学，说起来终究不是那么好听。

母亲叹了口气，又说："红掌要不生那病，也一定会考上大学的。"

就这样，我回到了故乡奎兰镇。生活是个圆，我以为自己接近了终点，却没想到又回到起点——这一切对我而言，多像一个嘲讽啊！

我对这个地方虽了如指掌，却不拥有任何东西，任何在我眼中表明认识这个小镇的标志。但是我认出了这个地方，不断地认出它，或者因为我很久以前认识，或者因为我前一天认识。

我以为这世界上唯一让我痛苦的地方，随着我的离去，就消失了。

可是没有。

无论我去哪儿，都像是第一次去。我的出现使这个奎兰镇变得纯粹。我开始行走在这个豪华的遗忘之宫中。

我回到小镇的第二年，五月暮春的一天，一个外省男人来到了奎兰镇。

因数天来在路上的奔波劳累，他在沿街一家旅馆订好了房间，没吃饭便睡下了。

灰蒙蒙的阳光下，干燥的热气混合着浮尘，像油一样地沾在道路两旁的新疆杨及沙枣树的叶片上。灰头土脸的沙枣花提前半个多月开放了。几位园艺工人举着铁剪，正在修剪马路两边的沙枣树，沙枣花刺鼻的甜腻气息像水流一样荡漾在大街上。这个外地男人在半梦半醒中无意识地伸出两只手，驱赶这股具有侵略性的气味——似乎没啥作用，他的午睡就这样被打扰了。

外省男人揉了揉略显疲惫的眼睛，走到了大街上。这座小镇街道狭窄，沿街的房屋破损老旧，都敞着门，聚拢在一起像是一处居所似的。街上的人都骑自行车，都有一副无所事事的神情，偶尔会有一两辆汽车驶过，带起飞扬的尘土，让人意识到戈壁沙漠就在不远处，从空气中就能闻到它的碱性气味。

还有，那迎面扑来的浓郁、厚重的沙枣花的味道，强烈得几乎要将他击倒。小镇街道两旁的树，除了新疆杨，就是沙枣树。现在正是盛花期，太多的沙枣花开放在道路两旁的巨大树冠上，密密匝匝的花瓣一簇簇地拥在枝头，把树干都压弯了，给这个外省男人留下一种拼尽全力的焦灼的印象。它们混合着浮尘，显得脏而旧。他觉得这种花朵散发出的气味像被年深日久的积水泡过，有种猥亵和放肆的暗示。在这样的气味中，他的心情自然也好不到哪里去。

连续好几天，外省男人浸在这样的气味中，头晕恶心，甚至有想要呕吐的感觉。一个词，在他的喉咙里憋了好几天，像要呼啸而出，化为一声尖叫。

但是他终究害怕这个词，从早到晚回避着它，直到最终离开这里时也没能说出它。

这个外省男人终于忍不住了，悄悄离开了这个有如梦魇般的小镇。

——不是的，尽管我不想回忆，但还是忍不住地在这里补充一下，这个外省男人是专门从成都为我而来。他在小镇旅馆住下的当天黄昏，就来到了我家。

他捏着我给他的信件地址，朝着一处空寂炎热的巷道走去。呈现在他面前的这条小巷，像一条灰色的裤带，两边的砖房有如裤子上的皱纹，死去一样地固定在了那里。

　　一路上，他走走停停。路两边的砖房低矮破旧，整个巷子里腐烂食物的气味混合着尘埃在污水沟里静静地发酵。一个女人从自家门口探出身子，怒气冲冲地把一盆脏水泼到了门口，有几滴水还溅到了他的身上。几位老者懒洋洋地靠在巷道的泥墙上，或蹲或站，面无表情地看着他从面前走过去。

　　他继续往前走。刚下过微雨，昏暗的街道上，一个个浅水坑扭曲着，闪着忽明忽暗的光，低矮错落的房子退在一旁，暮春黄昏微寒的天气让它们个个都蜷缩起身子，一些路人裹紧衣服急匆匆地往家赶，他也忍不住缩紧了肩膀。

　　突然，他的头顶被一个小物件轻轻敲了一下——一枚沾着青黑色干果皮的桃核落到了地上。他回过头，一个脏兮兮的小男孩用褐色的大眼睛看着他，不时地用更脏的小手擦嘴，表情无辜又无邪。

　　外省男人把目光定在小男孩脸上，虽然他的眼珠子如演戏般乱转，但又像是这条巷子里唯一静止的东西。他长久地盯着他看，这目光几乎要将自己催眠了。

　　好像是被一声声呼唤吸引，这个小孩子一下子不见了。

　　再一看，巷子里的人也都全没了。

　　眼见的这一切，让这个外省男人感到不可思议。

　　最后，这个外省男人的身影停在了我家门前。只见一扇窗子里透出灯光，灯上罩着一张画报纸，依稀传来几声咳嗽声，仿佛屋子里有病人似的。

我打开了门——那一刻，整个世界向我敞开了怀抱。

作为一个难得的贵客，母亲尽可能热情地款待他。整个傍晚，她朝我嘟嘴、挤眉弄眼的小动作多了起来。我被她支到厨房去做饭。可能是平时闲出来的毛病，母亲不知跟谁学来了嗑瓜子的技巧，一边跟他说话，一边嘴皮一抿，啪的一声，瓜子壳被分为两瓣吐出来，整整齐齐的。她停留过的地方，桌子上，地上，都会微微隆起一堆瓜子壳的小山来。

外省男人看到我母亲用她肥唧唧的大腿抵着桌子，　·身的肥肉过于油腻，衣服也过于花哨，不干不净的。他的世界是浅灰色的浮雕，而她，则是这浮雕上突兀的一大块，而且还是多余的。

"小崽要离开我们了吗？那真是好。以后我也可以跟着你们去大地方看看了。"的确，母亲是一个没有什么个性的人，像小镇大街上随处可见的妇人一样，竟也等待着一个新世界的来临，却不承想，那世界却是危机四伏，庞大的阴影已经落在她的脸上。

母亲整个的身体太大，当她在桌子上伸直了两条胳膊，两条肉黄色的满溢的河，像汤汤水水流进未来的岁月里，太触目。她自己也似乎感觉到了这些，便心虚地萎缩下去，失去了从前吸引过别的男人的悍然的美。

这个外省男人瞬间领悟到了她的变化，感到自己安全了。

红掌可能都觉得母亲有些过分了。她轻轻一笑的尾声，有一点儿像呜咽。

当时，我一边在厨房里削着一根胡萝卜的皮，一边紧张地听着他们断断续续的谈话，间或传来外省男人轻微的咳嗽声。

猛然，我听见母亲说："我的女儿小崽除了爱生病之外，其他都很好，也很孝顺……"

我听见他很愉快地轻微地"嗯"了一声。

"我家小崽，你知道吗？她脑筋是有点儿病的——前些年想当舞蹈演员，没当上，脑筋受了刺激，医院的大夫说是精神分裂。她病了好些年，时好时坏的。很多社会上的事情她自己想不明白，不像我在她身边，还能给她操点儿心，免得她被骗子给骗喽！"母亲说。

"你知道，小崽疯起来是什么样子吗？"母亲又说，突然嘎嘎地笑起来，我好像看见了她的脸正憋得通红。

她的笑具有传染性，带有某种不可抗拒的兴奋，而一阵低沉的嘎嘎声，意味着我父亲这时也参与了进来。

"啊，啊，我不说了，笑死人了，我快喘不过气来了！"

随后，母亲打了一个很响亮的嗝。

我听着她刺耳的笑声，手中的胡萝卜瞬间掉落在了地上，胸口烧灼得几乎要用一盆冰水浇浇才好，两耳涌起一阵潮声，再也听不见任何声音。可屋子那边分明还在喧哗着，像有无数的人在争吵——这真是一个疯狂的世界。

此时此刻，母亲第一次对我的人生进行了不公平的裁决。

这时，窗外突然刮起了风，是那种干燥的、裹挟着沙石的风，院落内梨树上的花被风吹落，像一层层的雪杀气腾腾地从天上铺下来，遍地的白，连树上也是。只有我，像一具尸体——全身都是冷去的尸身的颜色，被覆盖在死寂的影子里。

隔壁的胡姓人家的屋子两个月前就出租给了弹棉花的作坊。弹棉花的师傅工作很卖力，"嘭——嘭——嘭——"，钢丝弦弹击棉花的噪声真像我此时的心跳。

我突然想到了他，这个外省男人——我的家人他知道多少？他了解吗？再这么交往下去，他迟早会彻底了解到的。他会怎么想？怎么看我和我的家人？谁知道相处下去，以后会出现什么不堪的事情来呢？最重要的是，他真的会要我吗？

可是，若是没了他，我怎么独自消磨这往后的岁月？最终，像母亲说的那样——我管得住自己以后不发疯吗？

我手里拎着削胡萝卜的刀子，满脑子空白地站在窗前。玻璃窗上隐隐约约映照出门前一个中年妇女瘦小的身影，她骑着自行车缓慢经过，一辆小型货车从她的身边驶过；一个小男孩嘴里叼着小半块饼，蹦跳着走，一直蹦出玻璃窗的边缘；一个老头斜抱着一床棉被，复印在小孩身上——他们一溜烟儿地掠过。我的目光静静地盯住这扇玻璃，怕错过了什么——都是些鬼。多年前的鬼。多年后的没投胎的鬼。

什么是真的，什么又是假的？

厨房没开灯，光线渐渐暗下来。我在窗前站着，胸口疼痛得要命。我小声对自己说："天啊，这个家我还住得吗？"声音灰暗而轻飘，像做梦似的。我感觉自己迷迷糊糊地躲进卧室，向床前一扑，以为是枕住了母亲的腿，忍不住呜呜咽咽地哭起来，而母亲却笑嘻嘻的。恍惚回到多年前，奎兰镇在游行集会，到处都是人，我与母亲挤散了，我独自站在人行道上瞪着眼看人，人也瞪着眼看我，在树影间，隔着一层层的大字报和标语，就像隔着一层层无形的玻璃罩，人人都被关在了自己的小世界里，我撞破了头也撞不进去，似乎被魇住了。

忽然，身后传来脚步声。我以为是母亲来了，便竭力定了定神，不说话。

我所乞求的母亲和现实中的母亲根本是两个人。

恍惚中，我看见那人走到床边坐下了。我微微仰头，一看，的确是我的母亲。

她头上的那盏灯拉得很低，发黄的白瓷灯罩像一朵大花别在她的头发上，深深的阴影在她脸上无情地刻画着，她像那些早衰的小镇女人一样，显得异常憔悴。

她的声音很沙哑："小崽，你不走了好不好？你别走。你二姐离开这个家去深圳了，红掌是个废人了，我跟你爸也散了！你若再走，剩下我一个孤老婆子，这个家，就散喽……"她微张着嘴，头发散乱。母亲此时尽管不多说什么，但我也听出了她心里的喋喋不休："我命好苦啊，我祖坟没埋好啊，你那个爹十来年不在家，孤儿寡母的我拉扯着你们三个孩子长大，如今个个都不争气。"

到了吃饭的时候，没有人注意到我一脸惨白的笑容——谁也没有。母亲到底是缺乏审慎和机智，她就想多说话，用她的话锋将在座的每一个人赤裸裸地剥开。她早已习惯了那种痛苦——被人看笑话的痛苦。再提起我的时候，她轻描淡写地把那几句话重复了一遍，那扁平尖厉的声调像刀片，割着人也割着空气。

外省男人突然觉着气闷，随便夹了些菜塞进嘴里，放下筷子时，在桌面重重地一顿。周围的人不说话了，也随他闷闷地吃饭，气氛异常地沉闷。墙角五斗橱上那束放置多年的粉色塑料花早已变色，蒙着灰尘，木质相框里的照片，还有屋子里淡淡腐烂的气味——他游离的目光——检视着它们，像在检视我在这里成长这么多年来的蛛丝马迹，神情异常落寞。

我的直觉懂得整个事情的另外一个性质。最开始，我感觉他是来搭救我的，如同青蛇搭救盗仙草的白蛇。

但是此刻，我看不透这个青年男子的冷静，我的直觉不能穿透他严谨的礼貌。

有那么一刻，我隔着饭桌望着他，眼泪在眼眶中打转，像是彻底明白了，在我和他之间，真切地隔着我家破旧的、蒙着一层灰的暗咖格子的地板胶，隔着开得诡异的粉色夹竹桃花，隔着木方桌上小撮的瓜子皮，以及茶杯、凌乱的报纸和杂志——就这么短短的距离，似乎满地都是尖利的玻璃屑、碎纸片，我确实不能够坦然走过去，走到他的身边，坐下来。

他告别的时候，我送他出门。他看着我，两手交握着。我看着他的眼睛，然后郑重地对他说："事情不是我母亲说的那样，我没病，你知道的。如果你能接受我，我愿意什么都不要，跟着你离开这里，去哪儿都行。"

他笑笑，沉默了好一会儿，低低地对我说："这事情，没那么简单。"

然后伸出一只手轻轻拍了下我的肩头，又怕烫似的一下子拿开了。

看到他的犹疑，我站在那里，明白了一切。如同当初看到了爱本身。我感觉自己被一种陌生的光亮刺透——周围，是一个黑圈，是光亮和包围它的黑圈。

在这个黑圈中，他向我走来，以之前同样的脚步。他既不能走得更快，也不能放慢脚步，动作中的任何一点儿改变，在我看来都是一场灾难，是我和他的故事中最后的失败。

暮春的小镇天黑得晚，临近二十二点，天边还隐隐有晚霞的红黑灰烬。晚风中，父亲也出来跟他道了别，他的声音一直飘向很远。不过是送个客，转个身，可是一眨眼的工夫，天一下子就黑透了。

我倚在门框上，远远地看着他远去，感受着他以能找到的近乎完美的方式支配着时间。他消磨它。他走。走。他背对着我，每往前行走一步，那脚步都像是在我的身上累加，准确地击中同一个地方，有如血肉之钉。

我想看的东西越来越确切清晰，我要重建的是世界的末日。

当他的背影像一粒黑点，天地空白，这一刻只剩下纯粹的时间。

我大口大口地喘气，第一次感觉小镇的暮春如此令人窒息。

多年后，回想起这一刻，我觉得自己是隔着相当长的距离看这暮春夕阳下走远的他，心里突然涌上一股温情。这种情感像是一道光芒，使我的理智像一只虫子似的从沉寂的身体里脱离出去。

我仿佛是站在一个远远的地方注视着自己，看见自己始终是一面空窗子，长久以来孤零零地敞开着。这种沉入比无人的沉寂更加令我无所适从。还有周围丑陋不堪的房屋，灰点麻雀，青黄的树拽着萧条的、正在泛绿的影子——这不多的一点儿回忆，也是很快要被忘记的。

所以，我才如此贪婪地看着他的背影，看着他的衣领竖起来。小镇夕阳的光线暖烘烘地从脖领里一直晒进来，晒到颈窝，这让我有一种奇异的感觉，好像天要黑了——其实已经黑透了，只剩下我独自站在家门前。我心里的白天也跟着暗下去，那种说不出来的昏暗和哀愁。

等他的身影彻底不见了，我才从心里默默地喊出声来。

这是一声凄惨、漫长的呼喊，是出于无能为力，以及绝望的呼喊，好像它是从胸腔中被呕吐出来的，是一个人临死前的绝叫，最后变成了呻吟。

他到底还是离开了。

回屋后，我索性就坐在黑暗中。母亲房里也黑着。整套房间黑黢黢的，在寂灭里沉没。墙角渗出一股暮春的潮气，剥落的石灰墙皮中爬出几只潮虫来。

月亮升起了。

很好的月亮，细细如钩，微黄着，悲凉宁静。

外省男人离开奎兰镇的前一天晚上，我俩见了最后一面。

那天晚上，整个世界都在刮风。无数双隐形的、带着根须的手撕扯着夜色，风呜呜地叫着，风里面全是过去的声音——

树枝被折断的声音；

细小沙石撞击玻璃的声音；

头发在风中被吹乱的声音；

仓皇的脚步溅起夜色和尘土的声音……

风穿过瓦楞，从风的拍打声中，我听出了鸟的脚步声，许多的鸟，数不清的鸟……

风呜呜地刮了一整夜。我在小镇待了这么多年，这一场一场的风快要吹透我的身体了。

刮风的时候，整个天空都在落土，整个小镇弥漫着浓重的、带着泥腥味的尘土气息。裹着尘土味的风使暗夜中走向小镇的一些东西远远停住。看不清那是什么，是隐约的一声狗吠，是一树犹犹豫豫打开花蕾又闭合的槐花，还是在风中迷失方向的路人？也许什么都不是，但它们停住了，远远地留在了大风的背面，无法成为小镇的一部分。

天色已晚，街上已没有什么人闲逛，风急急地吹，吹向哪里，哪里就有累累尘土，昏黄，混沌。

这时，一个面容紧张、僵硬的年轻女子，一个穿着灰色风衣的外省男人，还有男人身体下左避右闪、嘎嘎作响的自行车，像是从一个遥远的地方突然切开了此刻——她在他的身后，他的力量在她的身后，他们一起切开了风的身体，在风中带着一种加速度，恍若一个一个的片段，向他们自己也不知道的地方驶去。偶尔有冰冷的夜行车飞驰而过——车灯一点一点地划过，也像是今夜最后的光亮。

不知过了多久，他们穿过了重重的风的屏障，在小镇郊外的一片玉米地边停了下来。她从未见到过大风夜下的玉米地，就像她从未见到过大风夜下的荒凉、破败的景象。一地稀疏的黝黑枝叶鬼魅般地迎风动荡起伏，散发出一种令她感到陌生的植物的泥腥气息。

他们面对面站着，谁也不说话，只是在大口地喘气，身边是风卷起玉米叶的声音。他们好像第一次这么近地站在一起。大风夜中她看不清他的脸，但她知道他在看她，心里不禁温柔地伤感起来，充满爱意地对自己说："他就要给我一个幸福的夜晚了。"

她解开薄纱巾的结，把纱巾卷作一团，小心翼翼地塞到上衣口袋里。然后，又慢慢地掀开已洗得褪色的鹅黄外套的一角。这件外套皱巴巴的已有了时间的印迹——一年前，她曾穿着这件鹅黄色的外套奔赴另一个异乡……她的动作慢下来，默然地想，是该洗洗它了。

外省男人在喊她的名字，声音透出些许烦躁、急切……

她恍然记起：他来到这里，就是要给我一个幸福的夜晚啊！慌乱中，她加快了速度，把衣服一层一层地掀起来，但衣服上那一粒粒细小的扣子总也解不完，灰绿的下面是泥黄的一层，下面又是青蓝印花的一层……它们都是多年的日子中用过的，带着已逝的时间的气息和痕迹，现在，她把它们全部穿在了身上。

她手忙脚乱地解身上那一粒粒细小的扣子，但手脚却不听使唤，动作笨拙又迟缓……她急得快要叫起来……

慌乱中，她抬起头来看他。这个外省男人站在那里，眼睛里那一小团火熄灭了，目光中充满了陌生的质询，还有嘲讽，让她浑身发凉。她终于看见了，在他的目光中自己所背负的各种人生的窘迫。

她低下头，心中忍住那涌上来的全部悲哀。他不说话，只是站着。更猛烈的风吹来，吹得她的身体薄得像层纸。

多想，她突然多想在风中加进自己的一点点声音，加在一声呼喊的后面，加在一声叹息的后面，或者一地玉米叶随风起伏的声音后面。她那么渴望听见自己的声音，哪怕是微小的一声。

啊，她多么想！

一切似乎在令人窒息的时候结束了。

没有了那破败稀疏的玉米地，没有了外省男人，也没有了那一层层衣服上总也解不完的扣子。

只是那个外省男人，还有那吹向她全部岁月的一场又一场的大风，仿佛还存在在这未来的日子里……

从那以后，我再也没有见过这个外省男人，也再没有听到有关他的任何消息。

我有时回想起那个多风沙的暮春，面对与那个外省男人突如其来的重逢，面对着他与自己，面对悠悠前生与茫茫后世，想着人终将各得其所，属于我的，也许只能是这个荒僻的小镇。

　　但是，我为什么偏偏不甘心呢？我想离开这里的愿望一天都没断过。

　　与外省男人分手后的次年盛夏，机会来了。镇农研所有三个去新疆农业大学委培两年的名额，其中一个给了我。

　　九月初，在我准备动身的前一天晚上，母亲突然心绞痛发作被送进了镇医院。

　　我守在她的床边，看她输液体。她面白如纸，像是一个没有涂色的偶人。我看着液体一滴滴流进她僵硬苍青的血管，润泽母亲几近枯萎的余生，而生命因被这些吊管、针头、氧气瓶肢解得七零八落而后退。

　　摸着她的手，感觉我的四肢麻木、冰冷。我的全身僵硬如一段槁木，许久以来置身于梦中的感觉一下子消失了。我为这个梦付出了代价。如果母亲再有个三长两短，我就是一个凶手。

　　命运再一次以这种方式对我说："你无可逃避。"

　　我放弃了去新疆农业大学委培两年的学习机会。

　　母亲出院两个月后，我陪她去M市地区医院复查。回去时，我们坐上了长途大巴车。车窗开着，我把身子俯在前面座位的靠背上，迎着戈壁滩干热的风狂吹了一阵，气还没透过来，风又没头没脸地包住我，人有点儿倦了。

窗外熟悉的景致，让我突然想起两年多前接到母亲谎称自己病重的电报往家赶，下飞机后乘坐的也是长途汽车，看到的也是一样的风景，便有一种奇怪的感觉涌上心头，心里热着，但是手脚却是冰冷的，打着寒战。这一股外冷内热的逆流，像窗外戈壁滩上的风那般紧一阵儿，缓一阵儿。

我贪婪地看着这一切，在那一刻，我无端地感到害怕，害怕再也见不到风季里被浮尘覆盖着的土黄色天空。

偏偏这个时候下起了暴雨。一开始，醋风吹着饱饱的雨点，啪嗒啪嗒地打在车厢顶上，声音疏疏落落，个个分明。稍后，雨势开始凶猛，像从天上直接泼下水来，哗哗地落到地上，地上起了一层白烟。我把关闭的车窗推开一道缝，雨水斜斜地打了我一脸，连忙又关上，庆幸自己此时是在车上。

车窗外的天空灰蒙蒙的，我们所乘坐的这辆汽车像一条孤单的船，在大雨中颠簸。车窗里，时而映照出一张疲惫苍白的脸——我的脸。我软塌塌地坐在靠背椅上，看雨柱沿着挡风玻璃窗流淌下一条条不规则的水流，那种眩晕感，让我觉得自己正行进在波浪滔天的大海上。

雨下得越来越大了，溅在车厢顶上啪啪作响，窗外是一片滔滔的白，而车厢内则是黑沉沉的人，视觉中的世界像是被消灭了，留下的仅是嗅觉的世界——雨的气味，打湿的尘土的气味，树木的腥气，车厢顶泥垢的气味。我侧身朝窗外贪婪地看着、呼吸着，不知不觉，我的腿，还有半个身子，紧紧压在了母亲身上——她此时嘴唇微张着，正睡得酣甜。

我看着她的脸，突然嫌弃紧紧挤挨着自己的温暖的他人的肌肉。

呵，我自己的母亲。

日子过得好快。不知不觉，我成了"大龄女青年"，所有的熟人见了我都要问："你的个人问题怎么样啦？"

我笑笑，什么也不说。笑容有些虚无缥缈。

有好事者还到母亲那里饶舌："小崽快三十了怎么还不找男朋友？"

母亲好脾气地对人笑笑："是啊是啊，我家小崽就是这么怪。"

总之，我为小镇人提供了一个不错的话题。

每天，我照旧在奎兰镇农研所上下班，还经常被派去下乡，走在田间地头，手把手地对农民进行技能培训，讲"如何富起来"，讲"亩产吨粮不是梦"，等等，很受农民的欢迎。我还用他们喜闻乐见的口头语言，如将赤眼蜂叫作"红眼睛蜂"，玉米螟改称"箭秆虫"。我的话通俗易懂，农民们一听就明白。

我越来越喜欢下乡，觉得跟这些农民在一起很有意思。特别是那些在土墙下晒太阳的老人，他们脸上有一种满足和慵懒的神情。村庄的空气中弥散着刚烘烤出来的馕还有孜然、羊肉、莫合烟的味道。这一切搅在一起，加上一整个村庄正午的沉沉睡意，给这个村庄平添了古老的温情。

天骤然热了。小镇的春天照例风沙蔽日，照例短得出奇，风一住，就是骄阳炎炎的酷夏了。天一热，人也发懒，长天白日，坐下的时候倒比站着的时候多，屋檐、树荫、巨型油罐塔还有卡车下，以及别的隐蔽处，都有人的身影，他们聊天，玩"拱猪"，或者是午睡，懒洋洋地将一个个白昼打发出去。

一天下午，我从Y县往回赶，路过村头时，不知哪个地方的哪一家商店里有收录机在唱："下雪啦，天晴啦，下雪别忘穿棉袄；下雪啦，天晴了，天晴别忘戴草帽……"

我朝着车窗外看，太阳将落未落，像一幅旧画。

这一年七月，我被单位下派到Y县开展扶贫工作，与社区人员及卫生所的医生麦丽凯·萨依尔到农民家里宣传食用加碘精制盐的好处，挨家挨户地给农民做工作，不让他们吃土盐，还给农民发免费碘盐，让"盐葫芦"退出农家的灶台。

南疆一眼望不到边际的盐碱滩遍地都是土盐，只要肯下气力，就能挖出盐块。

土盐，就是南疆戈壁滩上的带泥巴的盐碱，是实实在在的带土的盐。早些年，在南疆农村的灶台旁，均可见到一个"盐葫芦"——盛装土盐和水的混合液的葫芦。他们把土盐溶解在水里，静置后会分层：上层是一层泡沫，油腻腻的，像腌咸菜的水缸表面漂的那层东西；中层是混浊或者清亮的液体；下层是沉淀物和泥巴。

烧菜用盐时，主妇们就用瓢舀这种土盐和水的混合液体。

当然是取中层的水。

这是不太纯的土盐，盐块表层的虚土杂质没刮干净，泡盐的时候就会产生泡沫，味道苦涩。而质量好的土盐，会像冰块一样透明、硬实。

但最近发生的事情他们都知道了——政府严格管控出售土盐的行为，因为没经过提炼的土盐含有害物质，食用时间长了会因缺碘患上大脖子病。

政府大力推广普及碘盐，但仍有一些农民用这种土盐泡过的水做饭、煮肉、烤馕。南疆的许多馕坑就是由土盐加黏土打成的。老一辈人说，用土盐打的馕坑，馕的味道合口味，吃起来带劲儿。

麦丽凯·萨依尔给村里的育龄妇女们上课，告诉她们，孕妇吃土盐生下的孩子会因缺碘得地汀病，也就是会生出傻娃娃。

农民们也知道吃土盐不好，可不少老人一辈子习惯了土盐的味道，认为袋装加碘盐不经吃，滋味不如土盐合口味，而且价格贵，等我们一走，他们又偷偷地吃土盐。

三十二岁那年冬天，我结婚了。如此大龄初婚，在二十世纪九十年代的南疆小镇简直是一件不可思议的事情。我丈夫是经人介绍认识的，是本地中学的老师，叫陈立。他的个子比我矮半头，戴着啤酒瓶底一般厚的近视眼镜，不嗜烟酒，也没有任何兴趣爱好。

我见了他，开始觉得他个子不够高，面色不够白，工作单位也不是特好——而且，说起话来慢条斯理，不够爽利。待正式交往了一些日子后，我就习惯上了他的这些种种"不够好"。

我很少想起那个外省男人。

这么多年过去，一切都变得没有痕迹。哪怕是被人议论一下，被别人知道了你们有这种关系，就确定了这种关系的存在。哪怕是流言蜚语满城沸扬，也算是一个痕迹。因为，多个人的记忆总比一个人的记忆要可靠。

但是没有。

几乎同时，我发现自己彻底变了。我以为自己会有一种爆发。这种力量一直存在于我的记忆和想象中——很多年前那个曾经幻想着为爱情奋不顾身的少女，她把那种爱的力量一直流贯在胸腔中，一直曼延至今。我以为那个少女还是我自己，我以为她还存在于我的身体之中跟随我一同长大，多年前存在于她身上的力量同样存在于我身上。

但是在这一刻，我发现，那个曾经附着在我身体上的少女已经离我远去，我的记忆已变成了他人的记忆。

我和陈立订婚那天是正月十五，奎兰镇一年一度的猜灯谜春节庙会开园了，不少爱热闹的人都愿意去挤一挤。

我和陈立也去了。

那天晚上，我的头顶上是黑蓝色的天，一轮令人汗毛凛凛的明月散发着金属一样冷冷的光。地上是脏污的薄雪，但是在这么一个又小又脏的地方，有的是密密层层的人，密密层层的灯与影，到处是粗陋不堪的动物形状的纸灯在月光下闪烁——这种欢乐的成本真的是很低廉。

到了午夜,空中大放烟火,花炮在人的头顶上乱飞,也不知在庆祝些什么,欢喜些什么,倒有几分不管不顾的狂欢劲儿。

我在人堆里挤着,像是在寻找着什么人,心里突然有一种悲哀的感觉——好像是那个外省男人,走着走着就丢下我不管,彻底失踪了。

在这人与灯之外的凛冽寒夜,只剩下那无尽的戈壁沙漠,无尽的荒凉,无尽的恐怖。

我在这样一个家庭的狭小的范围里生活得太久了,被深深嵌入生活的栅栏中,拔也拔不出——是太晚了么?而我的未来,恐怕也是如此了。

心里怀着这样的心思,我的身体有时发热,有时发冷。我惶惶地回过头来,一眼就看到陈立在身后,他瘦小的脸紧贴着一盏兔子灯,浓烈的红光正照在他的脸上,显得山峦起伏。

我们没有举办婚礼仪式,没有照婚纱照,甚至没有当年小镇流行的结婚旅行环节——我连糖果都没有给任何人发,所有的喜事似乎都不能唤起我真正的快乐。

是不是在我的童年和少女时代就把所有的喜气洋洋都看透了?那些世俗的事情,我一眼扫过去,就像透支了人生一样了然它们的乏味。我想,这一切真没意思。与其说我嫁人,倒不如说我是为了从那个令人窒息的家庭中逃出去。

丈夫陈立在一种极其困惑的心绪中遂我的愿。

我记得,我和他第一次见面,他送我的礼物居然是一只七件套的俄罗斯套娃。

经历了新婚的第一夜，当我从睡梦中醒来，淡金色的晨光将窗框投影到桌面，微尘在光影里飞舞。窗外，汽车喇叭声、孩子的嬉闹声在零碎起伏着。我睁开眼睛第一眼看到的却是床对面梳妆台上摆放着的俄罗斯套娃。它们从高到矮一字排开，一个个面孔新亮亮的，脸颊泛着桃红，眼睛却瞪得溜圆，仿佛对什么未知的事物有着懵懂的震惊。在镜子的反射下，七个套娃变成了十四个，它们是一群，而我只是一个，还是如此弱小无助的一个。

我朝着它们"喂"了一声。没有应答。

一种巨大的虚空袭击了我。

二十一

小镇不少年轻人外出打工，有门路的人举家调动，到了更适宜居住的三、四线城市，一些舍不得离开此地的老人便留下了。

当年几乎在每一个住宅区里，都住着像我母亲这样的老妇人。幸亏她身边还有一个看起来较为年轻的孩子，这孩子还算听话懂事。在死亡来临之前，她理所应当地认为，这个孩子将会照料自己的后半生。

我结婚后，母亲要我和丈夫陈立一周至少回去吃三顿饭，而我总是只在周六去她那里，周日则去父亲家。

父亲与母亲离婚后，属于他的物件和他一起搬走了，他的痕迹一点一点地从这个家消失。

一个晴天，我和母亲收拾以前父亲住过的屋子。临近正午的阳光召唤着房间里的尘埃，那些衰老的尘埃经过混乱无序地组合，勉强组成了一道肮脏的彩虹，让这间闲置多时的屋子显得瑰丽而诡异。在床角，母亲扫出来一张我父亲的照片，照片的表面已蒙上了厚厚一层灰。

父亲穿着黑呢子中山装在尘埃里微笑。这是父亲六十岁那年的微笑——他过生日那天，我拉着他去镇照相馆留了一个影。

在这个正午的光线中，父亲的面容有如魔法般不可思议地变化着——如果看照片的左侧，他的笑容有着某种阴郁和诡谲；如果看照片的右侧，他的笑容会像孩子那样单纯而满足。

但实际上，照片里的父亲真实的面容瘦削如刀，一双忧虑重重的眼睛，一种戒备多疑而防范的表情。两片薄唇微张着，那句要命的话像是要随时随地吐出来："你的心，怎么这么恶毒？!"

母亲怔怔地看着照片发了好长时间呆，突然，她把照片狠狠丢到墙角，大声对我说："他的东西还给他，这个阴魂不散的家伙！"

而我就在这一刻，洞察到了母亲来历不明的愤怒其实是来自内心的恐惧、焦灼，还有不安。

她经常边炒菜边问我父亲那边的事情："都冬天了，他还是每星期一、三、五去锻炼身体吗？"她几乎是幸灾乐祸地听我说父亲如何笨手笨脚地一天三餐下挂面煮冻饺子。

每次去她那里，她都给我做父亲最爱吃的拉条子拌面，还有臊子面，反复雕琢，越做越精细，然后扯着嗓子大声吼我："吃啊，你吃啊！我可是费了力气做的饭，你吃啊！"

我了解她扯着嗓门的举动是另一种哭法。她是让我吃足父亲的那一份饭。

这一份替父亲吃的饭吃得我直打饱嗝，简直像是哽到了胸口。

有时做着饭，她拿起菜刀的手又落了下来，对着窗户发呆，像是明白了一会儿："我当时要是不那么糊涂去揭发他，他也不会受那样的罪，我们也不会离婚的。"

母亲每日除了练气功，就是剪贴报纸。报纸的好些文章都被她用笔画了重点，还做过批注。

她还专门用一个废旧的硬皮笔记本粘贴新闻故事。

我想象我的母亲架着一副老花眼镜，像小学生写作文似的捏着钢笔，一篇篇圈点报纸上的新闻故事。她就像是一只即将走停的旧式座钟，慢慢地不再发出声响，以回应这个冷漠的世界。

偶尔，她身上那种神经质，像走钢丝的人一样带着小心翼翼的、悲剧性的、令人揪心的易碎感，好像大半辈子时光过去了，她仍需要一点儿悲情和惊悚，在平淡无奇的生活中惊起一点儿小小的波澜。

我帮她整理好到处乱扔的报纸，心里有些难过。

除了补气补运气，母亲不知从哪里找来两枚干瘪的灵芝，用红绳串起来，挂在客厅正中的一盏灯下面，说是可以避邪，给家人带来健康和好运气。

这两枚灵芝有三岁小孩的巴掌大小，都长着坚硬的冠盖和根茎，有着流畅的年轮般的线条和神秘的纹理，向这个破落的家暗示一种超自然的存在。

后来，母亲生活在这种神秘植物的阴影下长达数年之久。但在我的记忆里，灵芝并未治愈母亲后来的失眠症、痛风、颈椎病，也没有给大姐红掌带来任何的好运气。

我的大姐红掌跟母亲同住。

她和那个老工人结婚还不到三年就离婚了，原因是老工人一直想要个孩子，可红掌有这个特殊的病，虽然她的精神分裂症好得差不多了，但是病根子还在，怕生了孩子之后有遗传，于是这个老工人说什么都要跟红掌离婚。

老工人离婚后，很快就找了一个本地郊县的寡妇，没两年就得了一个大胖儿子。我有好些年没见着这个老工人了，听说他退休后跟那个寡妇回四川老家去了。

每天，当夜晚来临，两枚暗褐色的圆片飘浮在白炽灯下的灯影里，满含嘲讽地打量着这个渴望得到好运气的人家，却拒绝交出传说里的神性。

直到我们家搬走，它都没有向我们显示过任何神迹。

后来，这两枚倒霉的灵芝被母亲毫不留恋地扔到了垃圾桶里。

在红掌卧室的木桌上，不知为何，一直摆着她和老工人的结婚照。照片是彩色的，放在七寸的木质相框里。新郎穿着当年流行的中山装，脸上堆着假笑，眼珠都快要瞪出来了，但新娘却没有笑，眉峰挑起，像是眼前的什么东西让她吃了一惊。

我奇怪她离婚后为什么还要留着这张照片。

四十五岁那年，红掌做了子宫肌瘤手术。她的颈椎也开始出现问题。她经常抱怨消化不良，肩膀痛，还有菜市场的东西贵，又涨价了……

这一年，临近春节的半个月里，小镇上的人们一直在为新年做准备。巴扎的路口，那些流动小贩们把自己的摊位装点得张灯结彩。直到除夕夜，这座小镇才变得疯狂。还没等到钟声敲响，整个小镇已在绚烂的烟花中上下颠簸浮动，那些明亮的光带透着喜气，像是献给新年的护身符。

在这样的一个时辰，我总是心神不定，终于想起来一件事，想起前些日子我睡午觉梦见我和红掌路遇。

梦里，也是在这样的一个春节前夕，在某个大城市的百货商场——但肯定不是奎兰镇，我买了几件应季的衣裙。下到三楼电梯的时候，我意外地看见一个熟悉的身影——是大姐红掌。她正在上行的电梯上，面无表情，像一尊缓缓行走着的衣衫褴褛的观音。

我看着她，微微有些羞愧，似乎不该让一个还不算太老的女人穿得这么破旧，好像没有亲人或者亲人不济。其实，我也曾尝试给她买好点儿的新衣服，可是她拒绝穿，一副破罐子破摔的样儿。她的身边都是年轻的红男绿女，其中一对情侣上了电梯还说个不停，看见她，像被吓了一跳，突然噤声了，随后，一边很嫌弃地看她，一边窃窃私语。他们看她的眼神是上等人对下等人的那种眼神。我有些不快，她什么地方不能去，干吗来这里？

两列电梯相对上下间她看到了我，眼神有些惊喜，等着我开口叫她。可是，我看了她一眼，很快把眼神错开了，紧紧盯着衣服手提袋上的字：遇见。下了电梯，我感到背后满是她的眼神。

像我这么一个冷漠的人，有意错失了亲人间的一次偶然的、本能相认的邂逅。但很快，我就后悔了——这真是做妹妹的缺德，还有恶毒。但也只有我，为自己最初所能领悟到的这个世界的荒诞撑腰。

这个梦，让我对红掌心生歉意，好像这梦是真的一样。

我也就越发勤快地到母亲家探望红掌。

最近，红掌烫了发，脑袋看起来大了一圈。

离了婚的红掌变得爱美起来，开始抹口红，涂指甲油。她文过又洗掉的眼线在眼睛旁留下淡淡的蓝色印痕，文过的蓝黑色的眉毛很生硬。可以看出来，这是一个精力过剩的中年女人，在小镇范围内，她这些年并没有错过所有的时髦。

说实话，我并不想常常去母亲家，但一个月里总有数次在母亲家耗一个上午或者下午。母亲的家里总是有股陈年棉花胎的味道，随着房门的开启和关闭，味道也随之浓一阵淡一阵，空气中有一种长日将尽的倦意。

这一天我在母亲家听她说，红掌前些日子又一次相亲失败了。

那一段时间，已不年轻的红掌上瘾似的到处找对象，见面一开口就打听对方的职业、父母状况、家族病史、有无婚史、工资存款、有无小孩，等等。在六七次看不上，还有被看不上、互相看不上之后，她学会了上网，在一个婚恋网站注册了个人信息，间或有 K 市那边一两个在网上结识的男人来小镇看望她一两次，然后便再没了下文。

母亲对于选女婿的事情比红掌还热衷。家里可能好长一段时间没有发生大事了，这件事可能是她死灰般的生命中一星微红的炭火。

渐渐地，随着年龄增长、疾病、衰老、家境差、生活不如意等话题的增多，大姐好像也慢慢断了要成家的念想。她热衷各种电视剧，尤其喜欢追韩剧，偶尔深夜里给我打来电话，从听筒那边传来的韩剧的声音就像是从水里面传来的。

除了看韩剧，红掌开始对广场舞上瘾。

不知从什么时候起，广场舞风靡到了这个僻远小镇。

每当夜幕降临，跳广场舞的女人们便不约而同、三三两两地聚集到一起。广场舞的队伍里大多数是中年妇女，还有一些退了休的老年妇女。

她们阵容强大，每天占据镇广场最中心的位置。她们彼此只知姓不知名，如姓王按年龄分就称为小王、大王、老王，其他姓氏以此类推，叫不出名的见面也会点头笑笑。

她们随着音乐扭着屁股甩着腿跳《最炫民族风》，只有到这个时刻，她们似乎才是这个世界真正的主人。

离婚后的红掌，在她的病治好后，其面容不知为什么开始水肿，身体也急速地膨胀起来，所有的肉飘浮在腰上、背上、脸上，上眼皮因肿胀而垮塌了下来，显得郁郁寡欢。到了五十岁之龄，她笑起来，眼角的皱纹像是摔碎的镜子，而眼神也在松懈——可她的穿着打扮却越来越像一个年轻姑娘，只是风姿早已经变得空洞和虚弱了。

现在，这个被事业和容貌一并冷落的前业余舞蹈演员，每日穿着鼓囊囊的玫紫色罩衫，围着廉价的拉毛大围巾，人还没到，一股浓重的雪花膏的香气扑面而来——就这样，她像一枚酸涩的火龙果一样加入这群跳广场舞大妈的队伍中。

她平时缺乏锻炼的身体一旦跳起广场舞来，就会把任何场所当作舞台。她跳起舞来不止是有板有眼，简直是形神兼备，一抬胳膊一撇腿，一转身一错位，那是分毫不差啊。只见她习惯性地舞动腰肢，摇摆双臂，手上拎着的买菜的红布袋子就像是一团红色的火焰，不，更像是一段红绸——这舞姿有点儿滑稽，有点儿辛酸。

我在一个被事业、健康和容貌一并冷落的前业余舞蹈演员的身上，看到了青春的残酷凋零。

广场舞的女领队当然不知道红掌少女时代是本镇的舞蹈明星，跳舞很有天赋。

广场舞的女领队很有经济头脑，镇上哪里有婚宴，或者餐厅举行开业典礼，她就会积极组织大家前去跑场子，每人能分个一两公斤白砂糖或者吊干杏；如果去邻县乡镇文化站参加广场舞邀请赛，最次每人也能分到一两袋雕牌洗衣粉。队员们对这类奖品很是嫌弃不屑，可是奖品真的拿在手里，那种喜滋滋的感觉也是很鲜明的。

红掌也是，在这样的社交活动中找到了生活的寄托和乐趣。

五月初的南疆空气中，沙枣花甜腻的气息在小镇的每一个角落隐隐浮动——我知道，一年一度的风季又将如期而至。

我家门前的沙枣花也开了，淡黄色的花柄只有黄豆大，小而坚硬，在月光下泛着一种纸质的光泽。这一股气息应和着整片沙枣林浓稠的异香从烤肉的焦香、沙石的泥腥气中分离出来，像雾一样地漫延在整个小镇，又在道路的两旁透迤而行。它层层叠叠，饱满而深厚，几乎每个睡着和没睡着的人都闻到了这股味道。

然后是夏天。

一个周日的晚上，灰色的沙尘天气阴沉沉的，我去探望母亲。母亲在厨房里烧开水做饭，我帮忙择菜，给她打下手。大姐红掌在狭小的卫生间洗衣服，穿着一件很邋遢的、几乎看不出什么颜色的碎花睡衣，脚穿一双踩塌了帮的仿皮料的拖鞋。

门微闭着，红掌的身影伴随着哗哗的水流声在上下起伏，间或还传来她的低声歌吟。她的声音从门窗的缝隙里钻出来，我感觉她歌声的气味就像是沙枣花开放的气味，或者说，是沙尘的气味，细小的粉尘在空中将落未落。

红掌唱的是一首过去的人都听过而且会唱的歌，歌词和曲调含混不清，怪耳熟的，它肯定属于遥远的二十世纪六十年代中后期。

我感觉得出，她此时的心情不错。

我突发奇想，走到卫生间缠着她，让她再唱一遍刚才唱的歌。

她甩了甩满是洗衣液的手，似乎还朝着很远的地方笑了一下，在扭捏半天之后突然唱了起来。她的略显苍老沙哑的嗓音连同稀奇古怪的曲调让我吃惊。

我看着她郑重其事地唱，感到她心里的声音跟往昔众多喉咙发出的声音汇集在一起，发出轰轰的声响，让我感到唱这首歌已不是娱乐，而似一项宗教功课。红掌唱得十分忘我，连中途换气的呼吸都变得深沉许多。

红掌平淡而重复地唱着它。这首歌似乎只有几句歌词，此刻，它就像曾经那个年代特有的空气——馊饭的气味，还有汗渍的气味，令我厌恶。

现在，这首古怪的歌被红掌再次唱出来，像是一道裂缝，使我从中窥视到我家这几十年来生活发生的巨大变迁。这几个互不连贯的音符，像一些弥散着的无形的东西，深入地触及了她生活的各个方面——她曾经在工厂的黑屋子里唱，在糊纸盒的时候唱，在医院的药剂室洗药瓶子的时候唱。那些音符飘荡在奎兰镇戈壁沙漠边缘，飘荡在黄色沙尘拍打的新疆杨间，烈日之下，以及沙尘暴来临时哗哗作响的泥屋顶，成为一道年深日久的灰黄色的光晕。

这首歌的声音一层又一层地覆盖了我的身心，像水一样，浇灌着我往后的时光，成为我的南疆记忆。

唱着唱着，她停了下来，房间里一下子静悄悄的。她疑惑地看着我。我想我当时也同样满脸疑惑地看着她。她的眼神如天鹅绒一般柔和，目光中混杂着死水与淤泥，在此时此刻波澜不兴，只露出一丝疲惫。

她感受不到身边另一个女人——她的亲人在聆听着虚无，饱餐、狂食着这不存在的、看不见的演出。

我没有再鼓励她接着唱完这首歌。我们互相看了一会儿，想说什么又没说出来，然后各怀心事地各干各的去了。

而母亲在厨房忙活，出出进进，对这一切置若罔闻。

红掌那几句古怪的歌词和音调一直萦绕在我的心头。过了好久，我都没想起来这首歌的歌名，也忘了问她这首歌是什么时候的。我想，这几句歌词经受了四十多年时光的磨损，放到今天肯定已经面目全非了。

在当年，它本来是柔软、新鲜光滑的，从年轻如白杨般的胸膛和喉咙里轻盈地飞出来，如今却变得干涩、僵硬和陈旧，以至于我忍俊不禁，很疑惑地望着她，像是在说："怎么会这样呢？"

红掌向我转身的那一瞬间，我清晰地看到了她遭受岁月摧残的脸，松弛的皮肤上斑点清晰可见，她那失去了青春激情的黄浊眼睛看着我时，就像南疆扬尘天气中的尘土向我飘浮而来。

她走向灶台，无情地向我呈现了下垂的臀部和粗壮的腰身，让我目睹了美丽的残酷凋零。

每当我想起那个晚上大姐红掌唱的那首歌，我的心就会隐隐作痛。我写下这个故事，只是试图向你们传达那一晚究竟发生了什么。

那一晚，我分不清白天黑夜，也不知自己在干什么。我努力鼓励自己不要有太多的编造，但是，当我不经意间想起她，眼前的文字一片模糊——笔悬在空中，一直就这么悬着，我能这样数小时地想着那一晚，那水池旁洗衣泡沫喷出的味道一下子就覆盖了我……

二十二

父亲离婚后，性格日益孤僻，脾气越发大了，干什么都要占个上风，使别人生出不安和不愉快。

一次，单位发端午节的粽子忘记通知他这个退休了的老人，他竟然跑去跟人大吵一架。工资发少了十几块也不服气，要去闹，将会计的胳膊扯脱了臼。在超市里，一位老人在收款台前多看了他一眼，他也能将别人骂个半死。若走在街上，一位不相熟的路人骑着自行车，一路看天看树也看人，远远地朝着他的方向而来，顺便看了他一眼，就那么一眼，还没等人过去，他就会忍不住地朝这个人身上吐口水。我告诫他多少回，他还是要用牙膏洗脸，有一次甚至试图用洁厕灵。

一天，父亲在街上与一位年纪老迈却口齿伶俐的老妇人对骂，间或还有些拉扯的小动作。他情绪激动，声音突然变得很大，好像回到了三十多岁，声音有金属般的铿锵响亮——只有一个老人在自认为他被欺负了的时候，才会有这样一个令人无措的、洪亮的嗓音。

父亲的白背心被扯出了几个洞，露出的皮肉闪闪烁烁。很快围观了很多看热闹的人。此景被我的邻居目击，很有兴味地看完这一幕闹剧后，嬉笑着把父亲领回我家，说："跟你们一家人做邻居真是幽默。"

当时我和陈立正在屋子里吃水果，毫不设防地突然听到有人在我的家里说这样的话。我停下削苹果的手，静止片刻，像面对一杯隔夜茶，无法一饮而尽。

我当时想，父亲若是一条鱼的话，那些体面自尊的鳞在回家的一路上已是被一片一片地剥了下来，但被弄疼的，却是他的亲人。我不忍看他身上被抓得深一道浅一道的痕迹，还有被撕破的衣衫。我忍住要流出的眼泪，无从安慰他，只是在一旁默默地吃水果，不敢与他对视。

年老的他非常爱钱，也吝啬。回忆之前的大半生，言语间全是愤恨。他常常对我说，想当年，要是在那个动乱年代留下一枚少见的领袖像章，或者一张发行量不大的邮票，现在变卖，就是一笔横财。

他还举了一些例子给我。比如：一个没儿没女的穷要饭的，一天对着一堵废墙撒了泡黄尿，你猜怎么着？尿淋出来了一块黄澄澄的金砖。这穷乡僻壤的，却到处都是奇迹，但就是不肯降临在我的身上。

我静静地停泊在他的笑话里，像是置身一些溪流当中。父亲的幽默一度像一些药片，医治着我的冷漠和忧郁。

父亲离婚后一直习惯于睡觉前收听电台的晚间天气预报，这个节目如一道餐前甜点，对他来说必不可少。

每天入睡前，父亲照例打开那台木壳收音机，传出来的是一段自己再熟悉不过的乐曲。这段乐曲播放完就是天气预报节目了。父亲半卧在床上，微闭着眼睛，等待着那个圆润动听的女声出现，向自己汇报第二天的天气情况，最高温度和最低温度，风向和风力。他一天的生活有了一个尾声，也因此获得了圆满。

我目睹父亲的老去，每一天他都将自己推向生命的边缘，脸上拥有了一种沧桑的水肿，好些鱼尾纹躲藏于他的脸庞，像一些鱼嬉戏于他生命的流域，而身子却急剧瘦下来。他的衣服开始飘浮在身上，显得整个脑袋日益硕大。他整日的郁郁寡欢使眼珠潮湿，像两颗黑灰色的围棋子。

我时常看到老年的他，奇异地胖着脸颊，使皮肤有一种儿童般的潮红，脏兮兮的衣角擦着饭桌、书桌、床头，拖拖拉拉一路走来，像极了一堆超大垃圾被遗漏在坑坑洼洼的人生之路上，不时地擦出微弱的声响。一个人，总要在这个世界上闹出点儿动静来，不闹出来就不算人。哪怕声音很小很小，啼哭、骂街、开怀畅饮、淫笑、哼哼唧唧……可是，谁肯帮你悉心录下来呢？谁又有闲工夫反复聆听？

而我会倾听吗？我这个冷漠到无精打采的人，主张在亲人活着的时候描述他们，即便其面目是多么地可憎可怜。他们死后，我也许会迅速地忘掉他们，这样一来，我在讲述亲人的故事时，就可以在日后伤肝摧肺的回忆里偷工减料，或者根本不会去伤心——还不如为又一次乱七八糟惨败的恋爱伤心呢！

但是，我为什么一遍遍地纠缠在如此多的细节中出不来呢？为什么我总想到我的父亲呢？一天，路过街上一家小服装店，看到在卖打折的过季服装，我的手长久地摸着一件样子老气的大号灰黑色棉服，想象父亲穿上它的样子，想到他以后不在人世了，突然想哭出声来。

　　孤独的人经常光顾的地方是邮局。我是在某一个下雨的正午得到这一结论的。

　　那天一大早，我到父亲家，看他在屋子里的写字台前忙碌了好一阵儿——拿笔在信封上写地址，折信纸，找胶水，封牛皮信封的口子。他做这一系列动作的时候很有仪式感，当忙完这件事情后，他给窗户开了一道缝，一丝带雨气的凉风让他打了一个哆嗦。

　　"又下雨了。"他自言自语道，从门背后取了一把旧黑伞，用抹布擦了一下灰尘。

　　"爸，下雨了还出门啊？"我从里屋探出头，对他说。

　　他不回话，径直出了家门。

　　父亲有事没事经常去邮局，一待就是大半天，把自己弄得很忙碌的样子。在过去的十多年里，父亲让我寄出去了无数封信，却从未收到过任何的回信。越是没有等到回信，他越要寄，像是被一种强大的信念支持着，渴望收到信的想法像一块坚硬的石头，或者坚硬的沙粒，再或者是蜜蜂的刺，隐藏在他的心里，跟他的血液连在了一起，在他的胸腔里转动。

　　新千年的第一年，各地大小邮局格外忙碌。在这个戈壁沙漠边缘的小镇也不例外。

　　父亲拿着两封信坐在椅子上，饶有兴趣地看这个面积不大的邮局，好似在看着一个微缩的人间——电话房的门开合不断，等待打长途电话的人一边排队，一边骂娘。一个中年

387

妇女握着电话筒长时间地抽泣着，不住地点头或者摇头；一个年轻女孩兴奋地跟电话那边的人说，她在电话里听见了北京街头清晨洒水车的声音。

有人托举着装满干果的大号纸箱，在柜台旁等着寄包裹；有人慢条斯理地用口水沾湿邮票背面，小心翼翼地粘贴在信封上；还有人急火火地到处找人借圆珠笔、钢笔，以便填写表格——一片热气腾腾的场面。父亲莫名地高兴起来，像是被这个繁忙而孤独的世界所打动，发现自己死寂的生活中有这么一个角落正与外部世界相连。

父亲坐在邮局的椅子上，寄两封永远收不到回信的信。

执拗，在不同的人身上可能会有不同的结果，但在父亲这里，除了让他变成一个畸零人，还能是什么？这么多年来，他始终沉浸在自己的世界里，主动退后一步，站到了人群的对面去，把自己归到正常人之外，再也没有回来过。

终于有一天，他开始行动了。他在镇邮局办公室走廊里找到一位穿着墨绿色邮政制服的年轻人："小伙子，我要找你们邮局的负责人。"

年轻人看着老人一脸庄重的神情，猜想有这种面孔的人肯定有非见领导不可的大事，是糊弄不了的。年轻人朝着走廊尽头一间挂了小木牌的房子一指："就在那儿。"

父亲径直走了过去。

他走路的时候，还是那种用一只手撑住瘸腿才能走的样子，姿势像划船。

"同志，我叫严国光。这是我的证件。"

父亲把他的工作证很郑重地放到一脸诧异的中年男人面前，然后唰地一下将右腿的裤腿撩到了大腿根部，看着他的眼睛，一字一顿地说："从一九八二年四月十三号开始，我给XX信访办写信，给XX写信，要求补发我十年的工资，要求有关人员公开道歉，但是，十几年过去了，我从没有收到过任何回信。我的信，在你们这里是不是寄丢了？"

镇邮局局长挑了挑眉毛，看着父亲，把桌子上的一张报纸往前一推："你，是哪个单位的？"

晚上，我到父亲家，看见在他房间里的黑暗中凸显出来一盏灯。一开始，我并不能一下子感觉到桌子的存在。桌子与黑暗浑然一体，这盏铸铁台灯像是悬搁在空气里，一圈暖黄的灯光映照出了桌子上的器物——纸，笔，水杯，打开的字帖，在灯光里，它们是悬浮的，沉在睡眠中的掌心——什么都给凝固住了。

时间就停留在这一刻。

父亲半卧在床上吸烟，一支又一支。屋子里的空气混浊而呛人。他的头发发暗，没有光泽，连同皮肤也是如此。他因长期的消瘦而皮肤松弛，从这个角度看，他完全像是一个陌生的男人。

当他给我描述完白天在镇邮局受到的冷遇时，我走到窗台前，大理石台面上的一些绿色植物刚好遮挡住我的脸，遮住我难以启齿的情感。在那一刻，我感觉自己正亵渎什么，否则，为什么会有一种大祸临头时的恐慌？

我替父亲感到难堪。好像一个宴会的主人，还没有举杯，就被宾客们驱逐了。他苦心经营的一点儿希望，一眨眼间已经沦为了羞耻。

我背过身去，屈辱的泪水流了下来，落进眼前花盆植物的叶片上。

多年后，当我想起一个用后半生的时间来等一封回信的人——我的父亲，当我想起这个事件的源头时，觉得自己比探究这一切之前更加无知了。

我无法理解，在他已遭受生活的重创时，为什么要用这种主动的方式进入到一个更深的绝望，来减损第一次绝望所带来的伤害。

让我宽容父亲的这种举动似乎越来越是一件难堪的事情，难堪到我经常不得不低下头来装作并不在意，即便是以最善意的语调，也令我沉重。

我的父亲，已然成为我的命运的一部分。我从来就没有想到过，这样的命运我可以反对，可以挣脱。这种感情因为血脉中的亲情而显得格外纯粹、浓烈，将我们一家人捆绑在一起，互相成为对方的重负，以便于我们更好地下沉。

有一天，父亲又要去邮局寄信，我忍不住了，小心翼翼地对他说："你不就是要讨一个说法吗？那件事毕竟过去这么多年了，你这样做值得吗？"

我其实想表达的是：这个世界上，哪里没有苦情，哪里没有冤屈呢？那么多更大更美的东西都被大时代的生活巨轮视而不见地碾轧过去了，谁还会为一个人的命运叹息呢？往往，我们自己觉得重要的事情，在别人看来却是微不足道的。

但是这样的话，我却说不出口。

果然，我的话音刚落，父亲发火了——近些年，他很少发火，发这么大的火，只有在他觉得被人为地边缘化，受到侵害的时候。

他扯着嗓子对我大声吼叫："我不去讨说法，难道就让它一辈子埋到地底下吗？就这样完结了吗？"

我知道，平日里看似平静温和镇定的他，心里蕴藏着一股愤怒。这愤怒在他的身体里，就像一栋秩序井然但正从内部瓦解的房子。

现在，他被内在涌动着的无法控制的愤怒力量所折磨。

最后，他大声对我说："你不要再管我了，我愿意这样!"

是的，我的父亲愿意这么活着。活着，真的是一件强大的事情。只要活着，有这样强大的理念支撑着，当然会活上很久，尤其是像父亲这样的人。他成为了一个与现实对抗的人。只要他还在坚持，事情的结局就不会到来，他停留在那里，就是站在了这一事件的开端，站在这一变化之前。

夜半时分，我起身上厕所，看见父亲在沙发上睡着了，灯却还亮着。他苍老水肿的半边脸上还残留着白天愤怒的烙印，另半边脸被灯光所映照，看上去肃穆而庄严。那半边脸上的每一条皱纹都在控诉他的妻子——我的母亲，他脸上的每一块老人斑都在说着她对自己的不义。

我不敢惊动父亲。披上衣服来到院子，我看见一轮冷月闪着微寒的金属之光，而那光也像是陈旧的。

似乎就是从那天开始，我发现父亲的面容发生了奇怪的变化，脸形变得狭长，瘦削，给人一种冷飕飕的感觉。我经常想，如果我把手或脸贴到他的脸上，一定会感到一阵慢慢散发出来的凉气，就像手沾湿了，还没来得及被一阵均匀的风吹干。

是不是，这些细微的变化只有我一人洞悉？

我觉得我像一只土猫伏在自家的屋檐下，通体发着幽亮的黑蓝色，窥视着这个家随日夜飘浮越飘越浓的雾障，而在这雾障下就是我们家七零八落的生活。

我喜欢窥看一个人的命运。街道上走过去的某一个老人的背影，菜市场上一个靠着破木板打盹儿的老头，都让我想起他。我的父亲，他无处不在，令我痛苦。

但是，我爱父亲。我甚至相信，我永远不会像爱他一样去爱任何一个男人了。这是一种尚未被命名的感情。我一想起父亲，不知该站在一个什么样的位置上，是他的左边还是右边？我离他多远才是正确？我对他的感情，包括同情、内疚，如同赃物一样只能在黑夜里深埋在地下，不为他所知。当我感知他的悲伤的时候，我就已经和他产生了精神联系；当我叫他"父亲"的时候，我已经进入他的生命之流。

可是，和父亲还有母亲在一起生活，又是那样地难以忍受。我只是希望，这辈子再不会有人像他们那样去生活了。

这一年，我的孩子小婉的出生，让父亲的人生似乎很安慰。我体谅父亲孤单，每周三次带着孩子看望他。

初冬的一天，他把两岁多的小婉放在肩上，我跟在他们的身后，看他们炫耀似的来到小镇广场上。广场的一个角落，我看见一群人围观一个把戏，一个从外地来的老头在指使一只小猴子表演。我们正赶上一场表演的尾声。我们很想从头到尾地看一遍。可是，看全场要二十块钱，而我们的口袋里只有七块七毛钱。那些围了一圈的人早就看过一场或者几场了，不肯凑钱。

小婉咧了咧嘴，要哭出来。

父亲见状，去请求老人再表演一场。老人忙着收场，显得很不耐烦。这样请求了好几次，老人还是不肯。父亲做出要发怒的样子，把孩子放到地上，挥着胳膊，对着正在收拾东西的老人，也像是对着正在嗑瓜子的小猴子恶狠狠地说："让你演你就演，再不表演就对你不客气了！"他两只手上的大拇指和食指都硬起来，有弹性地一张一合，做出要掐死人的动作。

小猴子慌里慌张地拾起地上的小铜锣，开始为我们表演。那个小猴子长着一张老人的脸，表情有着低等动物的卑微，还孤僻，脸上的喜悦都像是一种忍受。

它挑着一副由两只装满水的易拉罐做的小水桶和一根细木棒组合成的挑水担，一边打锣一边满场转圈子，小婉无比惊喜地看着小猴子，眼睛眨都不眨，生怕一眨眼它就没了。她好喜爱这个半人半兽的小东西。它穿着脏污破旧的花裙子，头顶上却戴着男式礼帽，看起来不辨雌雄。

它在转圈的时候被老人牵着的绳子拉扯着打了个趔趄，摔倒在小婉的跟前，易拉罐倾倒了，结了冰碴的泥水溅满了它的后背，溅到后脑勺上。

　　小婉故作惊讶地大声地"哎呀"了一声，并不是真心怜惜，而是要这个小东西注意到她。果然，那个小猴子回头深深看了她一眼，就那么一眼，充满了所有的悸动和心碎，把一个孩子心里所有的天真和恶毒看了进去。

　　不知道父亲是爱孙女心切还是因为他的不肯服输，这么一个在生活中处处碰壁的人，一个失意且失败的人，却在此时成功地威胁了一个要把戏的老人和一只年纪尚幼的猴子。

　　四月的风一吹，雪彻底融化了，地上到处稀里哗啦地流、淌、涌，布满纵横交错的小溪流。

　　这段时间，父亲得了偏头痛，老是梦见一棵古怪的树，不是槐树也不是沙枣树。这棵树长着两种不一样的叶子，一半是齿形叶，另一半是椭圆叶。椭圆叶是豆青色，齿形叶黄中带红，两种叶子在梦中奇怪地扭结在一起，令人费解。有时这棵树还出现在白茫茫的雪野，四周没有人，没有房屋，突兀地立在亮白的雪地里。这个反复被梦见的事物，究竟意味着什么呢？

　　好像从这个时候起，父亲不再往外寄信了，却突发奇想，打算离世之前给自己写一个长长的自传。这个自传该有多长呢？大概有二三百页信纸的厚度吧。他兴致勃勃地搜集了很多材料，做了很多笔记，找出了很多老照片，还有旧报纸，认真地做着大量的准备工作。他觉得，这是自己这辈子将要完成的最后一件事情了。

某个深秋日，他早上起来，发现院子外面打了一层薄霜。

要知道，南疆的秋天与春天一样短促，当地人只是把烈日与冰火之间的两个短暂间歇叫作春和秋。

就在这一日，他坐下来准备动笔写这个自传的时候，忽然没有了一点儿兴趣。他琢磨着下笔的词语，如同嚼蜡，觉得自己的故事毫不出色，失去了打动自己的力量，那些曾经的愤怒和恨意，像潮水一样地退去了，变得苍白而又干瘪，随之而来的，是一种意想不到的沮丧心情。

这么多年的时间使他承受了大量的记忆，从而又将过去的记忆挤到了模糊不清的角落。其中有很多记忆面目含糊，像树木进入夜色一样。

疾病和衰老开始无情地剥夺他的往事，让他在一条最为熟悉的路上迷失了方向。

他想：也许这就是我的一生。

每一个人的一生。

但是，真的能彻底忘却吗？这片空空如也的戈壁荒漠，足够容纳那些往事，但谁又有力量彻底拔掉它呢？那么多年的岁月，都伸满了它的根须。

自从他不再执着于给上级部门写信，他整个人看起来也轻松许多。那段时间里，他最爱做的事是去镇广场晒太阳。

秋冬季节，南疆多的是那种透彻、干爽、鲜亮的好天气，天蓝得没有一点儿渣滓。

还有好太阳。我在别的地方很少遇见这样铮铮作响，不含一点儿水的黏腻的太阳，好像太阳的光不是从天空倾泻下来，而是从地面涌出，一道金色的屏障，像是把整个地面也罩住了。

在镇广场的台阶上，父亲和十多个差不多年纪的老人聚在一起，三五成群地晒太阳。他们的身前身后有笔直的新疆杨、梧桐，碎金般的枯叶随风哗哗作响。

看上去，这些暮气沉沉的老人的模样乃至举止相似——都是老头，高矮胖瘦都有，他们的脸颊深陷，目光迟缓、木讷，灰黑的棉服大多敞着，拢着手，彼此半倚半靠，或蹲或坐，脚插进了疏松的土里，好像再也离不开这个晒暖的窝儿。他们在阳光下眯缝起眼睛，似乎不想辜负大好的太阳，松弛的程度仅次于在家里。

父亲和他们互相之间有一搭没一搭地说话，家长里短的没一个中心，话音有些轻飘，像是酒醉人的呓语，又好像是光线渗透地面的嗞嗞声。太阳懒洋洋地爬满他们的周身，好似一味药，正溶解掉心里所有淤滞的东西，让人对这些与正午的光线融为一体的老人有了新的感觉。

等阳光晒透了身体，心里放满了好阳光，舒坦一点儿了，手就开始不安分起来，伸进自己的衣领，沿着焦铜的皮肤这儿挠挠，那儿抓抓。偶尔还有老人咳嗽起来，旁若无人地吐出一些叫人感到毛骨悚然的黏液。

这些时辰里，太阳是不花什么钱就能得到的一份美好的礼物。

阳光的味道很好，辽阔无边。这会儿，万物都在阳光之下，被宁静、和谐，以及仁慈的光笼罩着，不偏不倚。秋冬时节的楼舍、树木，以及家禽们，和人们一样摊开了手脚，让阳光穿透自己黏腻的身体。土墙干爽，丝丝缕缕的潮气在看不见的地方消散，小虫从墙缝里探出头来。这个时候，几乎每一家的门都笔直大开，阳光冲进屋子，将积累了几个月的潮气、霉气荡除得干干净净。

他们一早一晚地仍爱聚在镇广场的大榆树下，全穿老头衫，锻炼的时候全跳广场舞，全出汗，全想多活几天——

等他们锻炼结束后，气喘得匀了，便坐在一起晒太阳，一起胡聊，过去的事才提起来。

人们看见的他们，只是一些坐在公园的大树下或者马路边晒太阳的昏昏欲睡的"卖呆"的老人，温和暖熏的阳光被层层叠叠的树叶所过滤，漏到他们身上，就变成了淡淡的圆圆的轻轻摇晃的光晕，这圆圆淡淡的光晕在老人的满头银发上静止。他们安静地，有一句没一句地聊着天，天空又高又蓝，飞虫在头顶的树上细声细气地吟唱。

他们闲聊的时候，说哪一种药活血化瘀、理气止痛，用于胸部憋闷最管用；说谁家的孩子孝顺，才给老人买了按摩椅；说自家的孙子高考上了一本分数线——那些话，也像偶尔落在身上的叶片般不沾身。他们轻轻笑着，说着，看起来无一不是仁慈、心平气和的。

这些平凡而普通的老人被固定在了这脆亮的太阳下，由他们传达出来的光是那么地单纯，让他们在不觉间接近了神。

那一刻，凝滞的时光像含着永恒。

秋意渐渐深了。

这些日子，父亲一有时间就整理写自传的笔记、老照片及旧报纸，说有些东西准备烧掉。我说不出什么，便在一旁帮他的忙。

突然，一张照片从旧报纸里掉落了下来：人迹罕至的红色群山之间，一条狭长河谷中密密麻麻散布着大片蜂窝状东西。细瞧，竟是几百间废弃房屋的残垣断壁。一堵堵半塌民宅，到处是张大了嘴的土灰色门洞，乱草没院，破残的土墙上，透空隔栅的窗洞似乎在呜咽。一些房子里还能看到以前人们留下的生活用品，一些碗及盘子的碎片，以及小孩穿破的解放牌胶鞋。

这片废墟如同一座停摆的老钟静止在那里，带着死一般的沉寂。

所有的符号都指向过去——像一只抛锚的船，遭到了世界的遗弃。干打垒的房子几近倒塌，古老如一个世纪。它们形貌苍苍地守候在原处，不知在等候什么。

这张照片的空白处写着一行潦草的钢笔字：依奇克里克矿镇。

父亲看着我吃惊的神情，沉默了一会儿，说："你就是在这里出生的。再没回去过吧？"

我点点头，问他："这张照片是从哪里来的？"

他回答说："前两年有一位北京来的女记者，好像是《中国石油报》的。她专程来采访依奇克里克矿镇的事情，就是健人沟那件事。我给她提供了很多素材。她专门去了矿镇，拍了这张照片邮寄给我。说真的，我真的有几十年没去过那里了。看到这张照片，我想起很多事情，真想回去看看。"

"爸，我替您去吧。"那一瞬间，我感觉自己拿着照片的手在发抖。

依奇克里克距离奎兰镇二百多公里，得先乘坐汽车到达K县后，再找拉油罐的卡车到矿镇。

一路上，我与同伴议论最多的是那对失去女儿的老夫妇。

有关这个女孩的故事，父亲给我讲了很多次——一九五八年的夏天，两位年轻的勘探队员被山洪卷走。他们如星星一样静默无声，最终如星星一样遥远缥缈。其中一个女孩叫戴健。她还很年轻啊，才二十四岁。

她有一只口琴。

在这座大山中，有口琴的人凤毛麟角。这只口琴是她远在湖南的父亲寄来的。工作不忙时，几个女伴和她挤在一起，催她拿出口琴吹。口琴旋律响起来的时候，男青年们故意不往她们这边看，可耳朵却竖着，全神贯注地捕捉熟悉的旋律，无端地感到有些心跳加速，在心里跟着唱："赶快上山吧勇士们，我们在春天里参加游击队。敌人的末日就要来临，我们的祖国将要赢得自由解放……"

这是阿尔巴尼亚故事片《宁死不屈》里的插曲。

这首歌回荡在这个美好的夏天，使枯燥贫乏的日子变得诗意和松软。

八月十八日这天早上，戴健带上队员李越人和一名实习生赴工作点作业，临走交代说："我们要去依奇克里克深山进行野外地质调查作业，晚点儿回来。"

没承想临近中午突然下起了暴雨。

硕大的雨滴急不可待地从天上砸下来，砸出金属之声，在地上激起一层绵密的水雾。风跟着来了，新疆杨的树梢次第发出尖锐的声响，像琴弦一根根被重重拨开又弹回去。

留守的队员站在窗前，忧心地看着窗外的急雨，耳边回响起这个年轻的队长清脆的嗓音："我们要去依奇克里克深山进行野外地质调查作业，晚点儿回来。"

要知道，依奇克里克地处天山南麓海拔两千多米的丹霞地貌区，秃山布满狰狞的砾石，空气稀薄缺氧，气候恶劣，可能刚才还是万里无云的蓝天，顷刻之间惊雷、闪电、急雨同时上演。雨不停，水暴涨，然后山洪说来就来，滚滚浊流倾泻在干涸的河沟里，立即成为惊涛骇浪的河流，冲毁沿途遇到的一切……

你若没有见过洪水，不妨想象一下：沟壑两岸是泥石山峰，形状各异；河床堆满鹅卵石，山洪水势凶猛，惊涛拍岸，卷起千堆雪。

突兀的水，肆虐的水，骄横的水，隔断的水，毁灭的水，混浊的水，带着泥土、草根、枝叶顺流而下。那是水的顽固压迫，不歇剥夺。水底有巨石滚动，如雷声轰隆作响。

山洪声淹没了一切。

此时，洪水中有一个穿着绿衣的女孩，试图将手伸给另一位更年轻的队员，她一次次站起，却被洪水一次次冲倒。

他们单薄的身影在浊红泥水里沉浮，最后没入滚滚洪流中，不见了。

几天后，当戴健和李越人的遗体被找到时，已是血肉模糊。戴健手里紧紧攥着勘探资料包，手指掰都掰不开。

牺牲时，戴健二十四岁，李越人二十岁。同一天遇难的还有另一支石油地质队的队员李乃君、杨秀龙。

得知消息的人们在河岸上穿梭奔突，水，水，水，他们不知是在询问，还是在号叫。

没有人回应。

他们说死者不会说话。

他们还说，死者的沉默像是坟墓。

但事实并非如此，死者一直在说话，每当涨水时，就会有人听见他们的声音。

他们身处永恒之中，因为时间已经停摆。

可这对老夫妇知道怎么才能回到依奇克里克矿镇吗？我知道的。但即使我所去之处总在我的前方，通向它的道路却永远曲折难寻。

那天，我与同伴坐在拉油罐的卡车里，天地间只有一轮快要融化的烈日和脚下一条干渴的道路。卡车像一粒青石子，在红细沙均净平滑的空阔河道缓缓滚动。

当车子开到一条大深沟前时，我们迷路了。正当我们不知所措时，一个捡石头的维吾尔族汉子走过来。

我向他比画，问依奇克里克怎么走。

多亏"依奇克里克"这个地名源自维吾尔语，这位汉子听懂了我们的意图。他指了指伸向前方山内的一条红色大深沟，用生硬的普通话说："依奇克里克嘛，就这个样子直直地走，再直直地走，那边远远的地方一拐，再一拐，就到了。"

于是我们又上车，继续沿着蜿蜒在戈壁滩上的便道向天山腹地行进。天上有毒花花的日光，而两侧则是连绵起伏的丘陵，便道被车辆碾轧出很深的车辙。这是一条载重车辆经常通行的道路。

车子微颤，在山谷响起寂寞的节奏。

我们还遇见一对放羊的父女。

女孩笑着问我："你怎么回来啦？"好像她认识我，好像我们昨天才见过面似的。

我说："我回来看看。"

父女俩听后笑了起来，我也跟着笑。

然后，女孩又问我："你吃了吗？"

没等我回答，她又没完没了地笑起来——

我们一起笑了好久，好像这句话是个很可笑的笑话似的。

当车子疲惫不堪地拐进一个沟口，两侧鲜红浓重的山崖猛地挤压过来——那红色强光一下子击中了我。

看啊，那山，赤裸的鲜红山岩，就像血流满面的失语者，他愤怒地拧挣着身子，向上蹿跳。

我再找不出任何语言形容了。

山脊在左，密密的沟纹竖立着，绞结成一个个凝固的红色火焰，连绵成一条红褐色的山脊。

是的，我自幼就见过这样的山，并且在这样的山里生活过。遭逢这样的生活之后，最终，我什么也说不出来，只能把它深深埋在心底。

在这条狭长的河谷之中，分布着几百间废弃房屋的残垣断壁——它就是依奇克里克。

废弃的房屋在白色雪山和红色山峦的衬托下，像大地震后的遗迹，又像大火焚毁的集镇，还像影片里被外星人劫掠过的村庄——一堵土坯砌的大照壁上的宣传画早已剥落，剩下一行褪了色的标语独对风雨，萧瑟又荒凉。

沙枣花、槐花落在地上，无人捡拾。在被遗弃的油井旁，偶有驼队缓缓走过。

从定居到陆续撤离，到最终废弃，才三十来年时间，这座倾圮的、默默隐身于天山深处的报废石油城已成废墟——人们终究放弃了这里。

这片废墟偶存了一些砖混的房子，无水无电，被牧羊人作为临时放牧点居住。

如果我有幸在这片废弃的某处房屋遇到那对老夫妇，其中一个人会不会问我："你是谁家的孩子?"

然后，我说出父亲的名字。

他们可能笑着对我说："啊，原来是你呀，都长这么大了。如果我们的女儿还活着的话，她的孩子也像你这么大了。"

我不知该说什么，看着他们的目光温润地看向远处的红色群山，长时间地沉默——这些都是我的想象啊，现实中的我，没有遇见那对老夫妇。

还有人说，那对老夫妇回到依奇克里克后没多久，又离开了。

此后再没有他们的消息。

这个被人抛弃的地方，已成为牧羊人的家园。

多年后，更多人离开了他们亲手建造的沙漠边镇——奎兰镇。

他们为什么不能永远地在这个沙漠中的小镇生活下去？就像当年没能在依奇克里克矿镇生活下去一样。听说有不少原籍四川、山东、陕西的人回到了故乡，与过去的生活断然割裂，让新疆生活成为没有根基的存在。其中，以川籍人最多。

他们在奎兰镇就喜欢扎堆，待回到故乡后，虽难以融入当地生活，但还是喜欢扎堆——几户或者十几户老邻居、老同事买房买在了一个小区。

他们买东西习惯说"公斤"而不是"斤"，他们说新疆味很浓的重庆话、成都话，抱怨重庆一年四季雾蒙蒙湿答答，冬天阴冷，从四月到九月却炎热不堪，太阳像火，天却像块旧抹布，灰沉沉的。

当本地人好奇地问他们从哪里来，他们望向西边，说："新疆啊！那儿的天很蓝很蓝，全国都找不到比那儿更蓝的天。"

他们说这话的时候，目光虚虚的，很怅惘。

但是，又为了什么一定要离开奎兰镇呢？

其实，西部地区有很多这样的小镇，它们曾是大厂或矿区，因建设需要，其驻地都建在荒原或山坳，外界很少注意到它们的存在。

坐着车子在戈壁滩行走数天也难见到人。最后，它像一个突兀的梦境出现——

远处是起伏的山脉，近旁是大片田野，而厂房像不速之客，东拉西扯地依山就势而建，如同绿地毯上打了一些刺目的灰补丁。在这里，机器的轰鸣与牛羊的哞叫交织在一起，绿树婆娑的身影和厂房硬朗的倒影交织在一起。下班后，来自四川、山东的工人和担粪劳作的当地农民交织在一起，普通话和山东、四川方言交织在一起……在这种看似浪漫的田园工厂背后，是如鱼饮水冷暖自知的生活艰辛。

这些厂矿单位自成一个封闭的社会，厂房、办公楼、宿舍楼、食堂、学校、菜场、小卖部、医院等一应俱全。

多年过去，当这些千里转战的建设者们已经主动或被动地习惯了厂矿生活时，却突如其来地面临着一场前所未有的冲击：二十世纪七八十年代，随着国际形势巨大而深刻的变化，一些企业合并了，一些企业转产了，一些企业停办了，一些企业则选择了迁出。

已经定居的人们不得不经历第二次或第三次迁移，而曾有的家园在搬迁后成为了一处工业遗产，一个特殊年代的工业标本，一座弃城。

远远地，我看见山下一块大石头上刻着"健人沟"三个红色大字——那是为纪念在山洪中逝去的年轻生命而立的石碑。

那三个红字刺痛了我的眼睛。以往，我只知道一种人生，却在此时阴差阳错地感受到其他人生的存在——那是一种自我燃烧的激情。

比如牺牲。

一想到这几位年轻逝者的生命存在形式，便想到古人对"牺牲"一词的解释：色纯为"牺"，体全为"牲"。因为再也没有比肉身更残酷的消耗品了。一滴泪或一声笑还没散去，时间早已久远，似水无痕，只能在发黄的年鉴，还有老人的回忆里，寻找到他们的踪迹。

在不需要英雄的年代，他或者他们，就是我们身边的普通人。

站在石碑前，我想了一会儿过去的事情，又想了一会儿未来的事情。在这之前，我只爱着自己，而此时此刻，我又加入了一点儿对他人的爱，对奎兰镇的爱——那是一些大于世界的事情，大于地面上的事情，以至于我的眼睛，再次充满了泪水。

二十三

从依奇克里克矿镇回奎兰镇后，经过数天焦急等待，这一天，新疆农业大学土壤化学系的三位老师与新疆农科院的两位治碱专家来到了奎兰镇。

盐碱地在南疆这样的地方很常见，几位专家和老师便是为了综合治理奎兰镇土地的盐碱化问题而来。他们个个是理论联系实际的好手，但到了吉英乡，还是被眼前的景象惊到了。

夏日的田野里本应麦浪翻滚，绿油油连成片，但是吉英乡的土地白花花一片，全是盐霜。"庄稼就像秃子头上的毛发，清晰可数。"新疆农科院的一位治碱专家看了后，心痛不已。

当地领导建议，先选一个点做试验。几位专家便圈了四百亩地，作为吉英乡的第一个治理盐碱的试验点。

八月，我带着这几位专家到吉英乡王庄大队住了下来。我加入到了科学治理盐碱的团队中。

我们给这个王庄大队驻地起了一个名字——科技小院。

王庄大队一下子热闹起来，一百多号村民有的蹲在地上，有的倚着门框，有的坐块砖头，参加动员大会。随后，土地平整、土壤质量改良、盐壳剥离、灌水洗盐、挖沟打井等工作顺利开展了起来。

在改土治碱过程中，村民们长了不少知识。

有一次，一位专家提到"反渗"这个概念，一个村民问他："是不是就跟腌咸菜一个道理？"

专家听了哈哈大笑："对，你理解得非常对！"

由于科学治碱成效明显，不少乡镇的领导专门跑来取经。后来，我们团队将改土治碱的试验点扩展到了奎兰镇周边好几个乡镇，旱涝盐碱综合治理科技大会战迅速打响。

要问成效有多好？通过制定策略、设计施工、科学调节与管理、科学播种等一整套组合拳，粮食亩产均有了很大的提高。

后来的故事，你们可能已经知道了。

如今，奎兰镇包括它的周边到处是绿，还有别的地方不多见的湿地，大片大片的、小片小片的还嫌不够，还要向附近的村庄发展。

一年四季，要抽绿就抽绿，要灌浆就灌浆。绿的时候，全都一起绿了；黄的时候，也都一片片地黄了。枯黄的树叶就像是在敲击着自己排列成序的精巧编钟，每一枚叶片是一棵树的缩影，它的韵律升至时间的深处。风吹过，其声飒飒。脚踩下去，发出咔嚓咔嚓的声响，惊起草丛及林间的青翅鸟雀。

特别是刚下过微雨的日子，空气湿润好闻，裹挟了干草、晨露、鸟鸣、泥土，以及近处人家的屋顶和未腐烂的树叶的味道。透过这些生动的枝叶气息，可以听到大地根系水流的声音。

人们在这里安心地生息繁衍，渐渐有了家园感。

在重盐渍化的土地上，新种植的高耐盐性的沙枣、梭梭、骆驼刺、红柳、白榆、白蜡等材质优良、根系发达的经济植物业已成林。

在道路两侧，一排排、一行行的新疆杨在寂寥的风中静默。那些树正像两条绿色飘带伸向无尽的远方，坚定而执着。它们散发出遥远而迅疾的植物气息，把人的目光从过往的这座小镇的历史中连根拔起，使我们大致可以看到是什么正汇聚成了一个浩大的世界。现在，它正向它们的策源地遥遥致意。

是的，一场一场的风会老去，会安静，而树身里向上鼓胀和涌动的绿色血液，会令一个地方永远年轻。

我还想说说这一年发生在父亲身上的重要的事。

父亲退休后，新交了两位文友。这两位文友，父亲仿佛是为了我才去结识的。

一个是报摊的小贩，父亲买报纸时认识的。小贩在我们家楼房汇入大街的转角处支了一个小摊，主要卖报纸。他们常站在昏暗的灯光里交流。

父亲提供的那些文学资讯早已老掉牙，小贩强忍着听他絮叨。卖报纸是寂寞的行业，难得有个人陪他说说话。他会推荐一些报纸上的文章给父亲，父亲打包这些文章的名字，就像打包一些我最爱吃的夜宵，一路默念，回到家趁热复述给我。

他说给我听的时候，我看见他的嘴角烟雾缭绕。

每次经过这个路口，总是看见几个小贩，不能辨别出哪位是父亲的那个朋友，但感觉是愉悦的——这个世界固然窝囊，总算没有我想象中那么简单低俗。

还有一个极其特殊的朋友——其实也不算朋友，他就是把父亲送到皮林农场劳改的杨正。

杨正早就退休了，偶尔到单位上走走，去领节日单位发的米、面、油之类的福利。可能是闲得无聊，退休之后的杨正突然变成了一个文学爱好者，可惜毕生只发表过一篇文章，还是在 M 市的小报上。文章内容大约不到八百字，讲的是穿山甲婆婆的子孙后代被端上了餐桌，她要讨回公道的故事。

杨正七十岁那年，在一次免费的健康体检中查出自己得了胃癌，而且还是晚期。命运跟你开个玩笑，你还真拿它没办法。

那时候，医疗报销的事情好像都是单位承担。不到两年，杨正看病吃药化疗什么的，公费医疗花去单位的钱有十多万，令单位难以承受，便索性停了他的报销账单。但是，还有不少的医疗费用被他欠着。

父亲听了这个消息后，不甘寂寞，主动要求去讨要杨正拖欠单位多年的医药费。大概十天半个月的，他要去杨正家报到一次。

"你来了。"每次见到父亲，杨正都要以这三个字跟他打招呼，好像这三个字是我父亲的姓名。

杨正有时坐在靠窗的藤椅上，更多的时候，是半卧在冬日黄昏的床上。在惨白的日光灯的光圈里，他的脸色微微发青，像一只苍老干瘪的苹果。跟人说话的时候，隐现着他晦暗的门牙。如果是炎热的中午，就会闻到一股子难以描述的气味，像发馊的稀饭和泡久的衣服的混合气味，像久住屋子的霉味，又像某种花发出来的古怪气味。这种特别的气味弥漫在屋子里，过了很久之后，我才得知，这样的味道其实是从人的身体中发出来的，是暮年的气味，老人家多半会有这样的气味。

父亲注视着他居住多年的房间，感觉世界向杨正最后呈现出的面貌竟是那么地狭窄，他依稀感觉到了杨正在床上沉睡的模样，像一块巨石，正一点点地封住他的出口。

他正沉往一个深不见底的深渊。

杨正体力不支，与我父亲说话的时候，经常会借助简单的手语，仿若置身于语言诞生之前的蛮荒时代。说着说着，他便从脏污的枕头底下翻出发表自己作品的那张小报给父亲炫耀，而父亲似乎又是个残忍的人，经常在杨正讲到高潮之处，连忙搬出我在大报大刊上发表的作品的集子来击退他的骄傲——这个作品集是他自己私下复印装订的。

"我已经是一个老人了！老球了，没啥用了。"杨正含混不清地一再重复着这句话，抬起他忧郁的眼睛。

父亲看着他眼球里不多的发黄的液体——杨正这个狗东西确实老了，真的比自己还要老，而且还得了癌症。

父亲对他笑笑，告诉他这句话已经对自己说过了。

"你女儿的腿不是我让卡车司机轧的。真的不是我。"父亲说。

杨正也对他笑笑，说他这句话已经对自己说过好多遍了："我知道雀儿的腿不是你轧的，你没这么坏。"

父亲最后一次到杨正家，是我陪他去的。杨正此时已经奄奄一息，整个身体像是被扔在棉絮堆里。他无精打采地做了一个手势，切切地对我父亲说："一分钱都没有啦，还有半瓶药，我来不及吃了，你看看拿去给其他病人吃吧，这总算能抵一些吧。"

说完之后，杨正做出要同我父亲讨论文学的样子。父亲有些不屑，心态宛如那个报摊小贩。

在一瞬间高看这个叫杨正的老人，完全是因为他念过的一句诗。父亲回来说给我听，使我吃了一惊。好像一个人，这么多年过去，一辈子就是为了说出这么一句话，就够了，够听去的几个人交头接耳好一阵子。

不妨说杨正还是幸运的，在他的末日里拥有了我们父女两个听众。

我们找了很多诗集都没找到这句诗的出处。我们又在记忆里搜寻一番，没有相似的诗。要是你找得到这句诗的出处，请尽快写信告诉我们，消除这位不相干的死者对我们的长期困扰和我们对这位不相干死者的莫名敬意。

我差点儿忘了，你还在等待着这句令我们父女俩对杨正刮目相看的诗句。"出师未捷身先死，长使英雄泪满襟"？不是这一句。让我想想看，可能是另外一句。对，我保证是这一句。还真的就是这一句。我很正经郑重，因为这句诗的作者是一个苍老的亡魂，他在半空中静静地盯着，不允许被辱没。

　　他说："莫道故园春色好，疆场碧血艳如花。"

二十四

这一年，我被单位委派到北京的中国农业大学参加为期两年的学习交流活动。

八月初的一天，烈日又一次沸腾了，地上冒出了隐隐的白烟。我出门去拿飞机票，一路上想着，在这样的酷夏季节，我是不是不应该离开。因为我需要一份暂时的酷热能使我原地不动，需要这种酷热来制服我最后还在犹豫的理由。

一想到要暂时离开奎兰镇，我突然又舍不得了。那最艰难的"攻坚战"时期早已经过去，到了春天，又有多少生命会活过来？

因此，越是临别在即，我就越舍不得这里的一切。

说到底，这戈壁沙漠中灰白而干涩的盐碱地还是好的，土拨鼠和麻雀也不无善意，看起来都是好的。

临走前，我收拾二姐严小凤的房间时，看到箱子底下有一个用报纸包裹的东西。我打开一看，是一双破旧不堪的猩红色人造革皮鞋。这双皮鞋有如一扇陈旧的窗口，让我从这里向逝去的时光瞥了一眼。正是这一眼，便被时间所击中。

我隐隐约约地看到了时间朦胧的面影。

下午取回机票后，我穿过一个十字路口，来到一片拆迁中的废墟。红底白字的横幅上写着大大的"拆"，斜挂在电线杆之间。

这就是曾经的镇机关大礼堂。尽管时间带走了它周围的景色，但它的突然出现，仍使我面临另一种情感的袭击，唤醒了过去的现实。

这个大礼堂在半年前刚刚被拆掉，但是还没有彻底拆完，礼堂门前到处是碎石瓦砾，杂草钻出缝隙，营养不良地枯黄着。有人支起铁钎，在砖瓦堆里晾衣服。墙角有蜘蛛网，光线黯淡，空气凝滞。

我扒开一处没有围严实的竹席，看里面的沟沟壑壑。一摊污水将垃圾冲向路面，淹着破布片、棉絮、碎砖、水泥板残块等。土黄色的泥土和沙石从深处被挖了出来，土腥气阵阵升起，在空中飞来飞去，就像失明了的鸟。钢筋沉着地压在柔软的沙石泥土上面，软的和硬的两种物质胶合在一起，凝结在一起，密不可分。这是非常现实的存在，它们的上面将生长出一幢四层高的百货大楼，那里面曾经的歌声和口号，都已消失得无影无踪，像一部纪实电影无声地破碎，以一副斑驳的身影站立在漫延的碎沙石中。

我久久地站在那里，从未想象过它会如此地破败。原先我以为，这个大礼堂是会永世长存的。

我抬起头，仰望那支伸向空中的长得不可思议的铁臂，它正在不动声色地升起，内部的钢索正轰隆隆地滑动，连空气中都充满了嘎嘎的声音。

是的，时代在变，生活在继续，人人都有自己的事情要做，没有什么是永恒的，不变的。

结　尾

在北京学习的第一年，我继续写作。

我从没写过这棵梨树，但我知道，它依然在南疆以南的某个荒僻角落，在蓝得忧伤的天空下，花朵饱含汁液，独自开败。

这年秋天，母亲打来电话说，院子里的那棵梨树结果子了，味道酸涩，不好吃。

但我依然爱它，爱梨树甚于爱白杨树——

梨树戈壁滩上长着呢，
梨树昆仑山下长着呢，
梨树玉龙喀什河边长着呢，
梨树我家门前也长着呢。

风吹倒了戈壁滩上的梨树，
风吹倒了昆仑山下的梨树，
风把玉龙喀什河边的梨树也吹倒了，
我家门前的梨树还挺立着呢。

寒假来临，我从北京回到奎兰镇过春节。

除夕那天，奎兰镇下起了大雪。地上臃肿起来，显得过分堆砌。

听母亲说，我的二姐严小凤已搭乘一辆夜班车在回家的路上了。

我站在窗前，恍若看到她左手提着一只行李箱走在归家的路上。我可以想见她当时的眼神如同黑夜来临般灰暗，命运对她的歧视，使她窘迫地站在小镇陌生的车站东张西望——那一刻，南疆小镇夏日的酷热与阴凉，在一树树沙枣花与尘沙中滞重地浮动着。这些无法存留的记忆，正被粗糙的现实磨损。

我还想象着她正心绪复杂地穿过马路边已然成白雪枯枝的沙枣和新疆杨树林。此时，奎兰镇大雪纷飞，而她却想象成是白色的槐花坠落，铺满了洒过清水的街面。它们和自己多年前的青春时光一起，成为某种超现实的记忆，鲜明而恍惚，坚硬而又虚空。

被她带来的大雪所触动，暮春沙尘暴的气息，南疆初夏干燥的夜晚，马路两旁的灯光，还有戈壁滩上孤独的夜行车，带着岁月的晦暗之光开始降临了。

这些年来，严小凤过得怎么样，她曾经历过什么足以改变她人生观的大事，或者说是人生危机，她有多少次感到过绝望，我一无所知。

当我回溯向着时间深处坠落，如同直接看到时间本身的流动。多年的时光裹成厚厚的一大团，漫长而又短促，它旋转着，像飞一样，比飞还快。每个人都远远地离开了过去结实完整的生活，在自己的身体中七零八落，都遗落在了时间中。

如同闪电。

此时的她，将在这座小镇里和她多年前的日子相遇，接续。她就要和我的家人上演一场久别重逢的戏剧。但她在这期间大段的生活，对于我和家人来说始终是一个空白，是一个黑洞。

但是，这已经不重要了。

我屏住呼吸，支起耳朵听门外的响动。那响动，似乎是大红色的高跟鞋踩在雪里的声音。严小凤曾经那么爱漂亮，又是一个乖张的人，在下雪天也穿红色的高跟鞋。

可是，在这个小镇寂寥的冬夜，严小凤穿这么香艳的鞋一步步地踏过来，是要给谁看到、给谁听见呢？

我一定要从深夜被翻动的大雪中，从无垠的戈壁荒滩中听出来。